천룡팔부

5

天龍八部
Demi-Gods and Semi-Devils by Jin Yong

Copyright©1963, 1978, 2005 by Louis Cha.
Korean translation copyright © 2020 by Gimm-Young Publishers, Inc.
All rights reserved.

1963, 1978, 2005 Original Chinese Edition Written by Dr. LOUIS CHA 查良鏞傳士 known as Jin Yong 金庸.
All rights of Dr. Louis Cha vested in the Chinese language novel are reserved and any infringement thereof is
strictly prohibited.

Original Chinese Edition Published by MING HO PUBLICATIONS CORPORATION LIMITED,
HONG KONG.
Korean translation copyright is held by Gimm-Young Publishers, Inc.
This Korean edition is published by arrangement of JIN YONG &Gimm-Young Publishers, Inc.

이 책의 한국어판 저작권은 저자와의 독점 계약으로 김영사에 있습니다.
저작권법에 의해 한국 내에서 보호를 받는 저작물이므로 무단전재와 무단복제를 금합니다.

천룡팔부 5 - 복수의 칼

1판 1쇄 인쇄 2020. 5. 13.
1판 1쇄 발행 2020. 5. 25.

지은이 김용
옮긴이 이정원
발행인 고세규
편집 봉정하 디자인 지은혜 마케팅 김용환 홍보 반재서
발행처 김영사
등록 1979년 5월 17일 (제406-2003-036호)
주소 경기도 파주시 문발로 197(문발동) 우편번호 10881
전화 마케팅부 031)955-3100, 편집부 031)955-3200 | 팩스 031)955-3111

값은 뒤표지에 있습니다.
ISBN 978-89-349-9119-9 04820
      978-89-349-9114-4 (세트)

홈페이지 www.gimmyoung.com 블로그 blog.naver.com/gybook
페이스북 facebook.com/gybooks 이메일 bestbook@gimmyoung.com

좋은 독자가 좋은 책을 만듭니다.
김영사는 독자 여러분의 의견에 항상 귀 기울이고 있습니다.

이 도서의 국립중앙도서관 출판시도서목록(CIP)은 서지정보유통지원시스템 홈페이지
(http://seoji.nl.go.kr)와 국가자료공동목록시스템(http://www.nl.go.kr/kolisnet)에서
이용하실 수 있습니다.(CIP제어번호 : CIP2020018333)

일러두기

본문의 미주는 옮긴이의 주이다. 작품의 이해를 돕기 위한 김용 선생님의 작가 주는 • 로 표기하고 미주 뒤에 수록한다.
단, 전체 내용에 대한 주일 경우 • 없이 장만 표기한다. 원서 편집자 주도 장별로 작가 주 뒤에 수록한다.

천룡팔부

天龍　　　　八部

김용 대하역사무협 — 이정원 옮김

복수의 칼

5

天龍八部

토번吐蕃 불상

당송 시기에 토번국으로 불린 티
베트는 불교를 숭배했으며 중국
및 인도 문화의 영향을 동시에
받았다. 그림 속 불상은 인도 화
풍의 아미타불로 배경의 산수는
중국 화풍이다. 원본은 샌프란시
스코 아시아 예술박물관에 소장
되어 있다.

요나라 시기의 삼채나한좌상三彩羅漢坐像

현재 런던 대영박물관에 소장되어 있다.

호괴 胡瑰**의 〈출렵도** 出獵圖 〉

그림 속의 거란인은 활이 아닌 비수를 지니고 있으며 말안장 밑에 짐승 가죽을 깔아놓았다. 호괴는
서기 930년 전후의 거란인이지만 섬세한 화풍을 지니고 있는 것으로 보아 그 당시 거란인들이 문화
적으로 한인漢人의 영향을 받았음을 알 수 있다.

호괴의 〈락혈도 卓歇圖〉

거란인들이 길을 가는 도중 잠시 쉬어가는 상황을 묘사했다. 화풍이 이전 그림과 달라 이 그림은 호괴 작품이 아니라고 여기는 사람도 있다.

이찬화李贊華의 〈사기도射騎圖〉

이찬화李贊華는 아명이 도욕圖欲 또는 돌욕突欲인 요나라 태조의 장자로 후당後唐 시기 장흥長興 2년
에 중국에 의탁하면서 명종明宗이 그에게 이李씨 성과 찬화贊華라는 이름을 하사했다. 그림은 거란
무사와 말, 안장을 묘사했다.

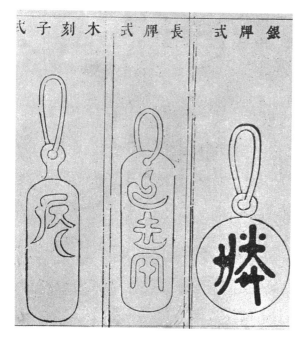

거란문자

송나라 왕이王易의 〈연북록燕北錄〉에 수록. 원나라 시기 도종의陶宗儀의 〈서사회요書史會要〉에서 고증한 바에 따르면 이 팻말 세 개에 적힌 글자는 '짐朕', '주마走馬', '급急'이다. 이는 당시 조정이 황명을 전하거나 군대 지휘관의 명을 전하는 신부信符였다. 거란문자는 매우 복잡해서 대문자와 소문자 두 체가 있고, 한자의 전서篆書, 해서楷書, 행서行書, 초서草書 체가 변화를 거쳐 만들어진 것이다.

전서체 거란문자

(도종황제애책비道宗皇帝哀冊碑 덮개)

요나라 도종황제인 야율홍기는 47년 동안 재위에 있다 요나라 수창壽昌 7년(서기 1101년) 정월에 사망했다. '애책哀冊'은 야율홍기 사후 요나라 조정이 그의 죽음을 애도하고 공적과 은덕을 찬양하는 기념 글이다. 이 비석은 1922년 열하성熱河省(중국 남동부에 있던 성으로 1955년에 하북河北성, 요녕遼寧성, 내몽고內蒙古자치구에 분할 편입)의 '요경릉遼慶陵'에서 발견됐다.

해서체 거란문자(도종황제애책비 몸체)

첫 번째 줄의 열 글자는 '인성대효문제애책문仁聖大孝文皇帝哀冊文'. 야율홍기 사후의 시호는 '인성대효문황제'이며 묘호는 '도종'이다. 비석 몸체에는 모두 1,135글자가 새겨져 있어 후대에 거란문자를 연구하는 데 매우 풍족한 자료가 됐다.

여진문자(여진진사제명비_{女眞進士題名碑})

거란문자를 모방해 만들어진 표음문자로 글자체는 비교적 간단하다. 그림 속 석비는 하남河南성 개
봉開封에서 발견됐으며 금나라 정대正大 원년(서기 1224년)에 새겨진 것이다.

동북 호랑이

장백산長白山 일대 호랑이의 웅장하고 위세 넘치는 자태. 소봉과 완안 아골타가 죽인 호랑이가 바로 이런 종류였다.

21

꿈결 같은 천 리 길

가는 길에 보이는 주변의 화사한 풍광들에 흠뻑 도취되고 말았다.
이 수천 리 여정은 마치 깊은 꿈을 꾸는 듯했다.
만약 사랑스럽고 기분 좋은 아주가 곁에서 마음을 설레게 만들지 않
았다면 지금까지도 여전히 악몽에서 헤어나오지 못했을 것이다.

두 사람은 곧장 남쪽으로 향했다. 산봉우리 사이에서 안문관을 돌아나가 한 작은 마을에 도착하자마자 객점을 찾아 들어갔다. 아주는 교봉이 입을 열기도 전에 점소이에게 술 스무 근을 시켰다. 점소이는 부부 같기도 하고 남매 같기도 한 두 사람을 보고 특이하다고 느끼던 참이었는데 느닷없이 술을 스무 근이나 시키자 더욱 의아해하며 술도 가지러 가지 않고 아무 대답 없이 두 사람을 멍하니 바라보기만 했다. 교봉이 힐끗 한번 째려보며 위엄 어린 표정을 짓자 그리 화난 기색이 아니었음에도 깜짝 놀란 점소이는 그제야 몸을 돌리고 혼자 중얼거렸다.

"술 스무 근이라고? 술로 목욕이라도 할 생각인가?"

아주가 조용히 혼자 웃었다.

"교 대협, 서 장로가 있는 곳까지 가려면 아무래도 이틀은 더 걸어가야 할 텐데 이러다 남들한테 발각되고 말겠어요. 가는 길에 적들을 만나 싸우고 죽이고 하다 보면 심심치는 않겠지만 서 장로가 망을 보다 도망이라도 가는 날에는 찾기 힘들어질 거예요."

교봉은 껄껄대고 웃었다.

"그렇게 치켜세울 필요 없소. 가는 길에 싸움이 벌어진다면 적들이 점점 더 많아지고 우리 두 사람은 목숨을 잃고 말 것이오…."

"위험한 일이 있을 거란 말은 아니에요. 다만 그자들이 하나같이 망만 보다가 달아나면 일이 어려워질까 봐 그러는 것뿐이죠.”

“무슨 묘책이라도 있소? 낮에는 객점에서 쉬고 밤을 틈타 움직이면 어떻겠소?”

아주가 빙긋 미소를 지으며 말했다.

“그자들이 알아보지 못하게 만드는 건 아주 쉬워요. 다만 천하의 교 대협께서 변장을 하실 의향이 있는지 그게 문제죠.”

그녀가 제안한 것은 바로 변장이었다.

교봉이 씨익 웃었다.

“난 이제 한인이 아니오. 이 한인 옷도 사실 입고 싶지 않지만 거란 인 차림을 하고 나선다면 이 중원에서는 한 발짝도 옮기기 힘들 것이 오. 아주, 내가 어떤 사람으로 변장을 하면 좋겠소?”

“대협은 우람한 체구를 지니고 있어서 가만히 서 있기만 해도 남들 한테 주목을 끌 거예요. 평범한 외모에 몸에 특이한 점이 없는 강호 무 사로 변장하는 게 가장 좋아요. 그런 사람은 길거리에 나가면 하루에 수백 명은 만날 수 있으니까요. 그럼 누구도 대협한테 눈길을 주지 않 을 거예요.”

교봉이 무릎을 탁 치며 말했다.

“그거 묘책이오! 묘책이야! 술을 다 마시면 가서 변장을 하도록 합 시다.”

술 스무 근을 모두 마시자 아주가 당장 손을 놀리기 시작했다. 밀가 루와 풀, 아교, 먹물 등 각양각색의 재료들을 준비해 교봉의 얼굴에 있 는 특이한 곳들을 하나하나 없앴다. 아주가 다시 그의 윗입술에 옅은 팔자수염을 덧붙이자 교봉이 거울에 비춰보고 자신조차 알아보지 못했다. 아주는 곧이어 자신의 차림새도 바꿔 중년 사내로 변장했다.

아주가 웃으며 말했다.

"외모는 완전히 바뀌었지만 말을 하거나 술을 마시면 사람들이 대협인 줄 알 거예요."

교봉이 고개를 끄덕였다.

"음. 말도 줄이고 술도 적게 마시도록 하겠소."

두 사람은 그길로 남쪽을 향해 걸어갔다. 과연 교봉은 말을 최대한 아꼈고 매 끼니때마다 술을 마시긴 했어도 두세 근 정도로 구색만 갖출 뿐이었다.

어느 날 진남晉南의 삼갑진三甲鎭에 이르러 두 사람이 한 작은 국수집에서 국수를 먹는데 갑자기 문밖에서 두 걸개가 담소를 나누는 소리가 들려왔다. 걸개 하나가 말했다.

"서 장로가 아주 처참하게 죽었어. 앞가슴과 등짝의 근골들이 모조리 부러진 걸로 봐서는 교봉 그 악적이 독수를 쓴 게 틀림없어."

교봉이 깜짝 놀라 생각했다.

'서 장로가 죽었다고?'

그는 아주와 눈이 마주쳤다.

그때 다른 걸개 목소리가 들렸다.

"내일모레 위휘衛輝에서 조문이 시작된다는데 방내 장로와 형제들이 모두 가서 제를 올리게 될 거야. 어쨌든 교봉을 잡을 방법을 상의해야 되겠지."

첫 번째 걸개는 방내의 은어로 몇 마디 덧붙였는데 교봉은 당연히 그 의미를 이해했다. 교봉의 기세가 보통 무서운 게 아니니 말을 가려서 해야지 그의 수하들이 들으면 절대 안 된다는 내용이었다.

교봉과 아주는 국수를 먹고 난 후 삼갑진을 떠나 교외로 나갔다. 교봉이 말했다.

"위휘로 가봐야겠소. 무슨 단서라도 얻을 수 있을지 모르오."

"맞아요. 위휘는 꼭 가봐야겠어요. 하지만 서 장로의 제를 올리는 사람들 대부분은 대협의 옛 수하들이라 말투나 행동거지에 있어 꼬리를 잡혀서는 안 돼요."

교봉이 고개를 끄덕였다.

"알고 있소."

두 사람은 방향을 틀어 동쪽의 위휘를 향해 걸어갔다.

사흘째 되는 날 위휘에 당도해 성안으로 들어가자 거리는 물론 작은 골목까지 개방 제자들로 가득 차 있었다. 주루에서 술을 마시거나 작은 골목에서 돼지와 개를 잡고 있는 이들도 있었고 거리에서 강압적으로 구걸을 하는 사람들도 있었다. 교봉은 속으로 참을 수가 없었다. 강호 제일대방이라 일컫는 개방의 기강이 문란해져 자신이 개방 일을 관장하던 때의 그 위엄 넘치는 왕성한 기상이라고는 도저히 찾아볼 수 없으니 이대로 가다가는 얼마 안 있어 세인들의 경멸을 받게 될 것처럼 보였다. 개방이 이미 그와 아무 관련이 없다고는 해도 자신이 수년 동안 심혈을 기울여 정비한 조직이건만 하루아침에 이토록 쇠퇴하는 모습을 보자 애석하기 짝이 없게 느껴진 것이다.

개방 제자 몇 명이 방내 은어로 말하는 소리가 들렸다. 서 장로의 위패가 성 서쪽에 있는 한 폐원廢園에 모셔진다는 것이었다. 교봉과 아주는 향과 초, 지전을 사가지고 사람들을 따라 폐원으로 가서 서 장로 위패 앞에 절을 올렸다.

그때 서 장로의 위패에 선혈이 잔뜩 묻어 있는 것이 보였다. 이는 개방의 규율로 망자가 누군가에게 살해됐으니 본방의 제자들은 그를 위해 원수를 갚아야 한다는 의미였다. 빈소에 온 사람들은 하나같이 그가 바로 옆에 있는 것도 모르고 신나게 교봉 욕을 해댔다. 고강한 무공을 지닌 몇몇 칠대 제자들은 목소리를 낮춰 토론을 했다. 교봉이 서 장로의 가슴 근골을 부러뜨린 것은 물론 오장육부까지 모두 터뜨려놓고서 어째서 또 그의 등 근골도 부러뜨렸는지 모르겠다며 그토록 악랄하게 손을 쓴 것은 도리에 어긋난다는 말이었다. 교봉은 남들한테 허점을 보일까 두려워 당장 그 자리를 빠져나왔다. 그는 아주와 어깨를 나란히 하고 걸으며 생각했다.

'서 장로가 죽었으니 이 세상에 선봉장 대형을 아는 사람이 하나 줄었다.'

별안간 작은 골목 끝에서 인영이 번뜩이더니 몸집이 아주 큰 여자 하나가 나타났다. 교봉은 눈치가 빨라 그녀가 담파라는 걸 단번에 알아채고 생각했다.

'잘됐다. 담파는 서 장로를 조문하러 온 게 틀림없어. 저 여자를 찾아가야겠다.'

곧이어 또 한 사람이 스쳐 지나가는데 그의 경공 실력 역시 매우 뛰어났다. 바로 조전손이었다.

교봉은 깜짝 놀랐다.

'저 두 사람 행동이 왜 저리 정정당당하지 못하고 괴이쩍은 거지?'

그는 그 두 사람이 원래 사남매지간이며 치정으로 얽혀 있지만 그게 아직 해결되지 않았다는 사실을 알고 있었다.

'두 사람 모두 이미 60~70 정도 되는 나이인데 설마 아직까지 사통을 하고 있다는 것인가?'

그는 남의 일에 간여하기를 좋아하지 않았지만 조전손이 선봉장 대형의 정체를 알고 있고 담공과 담파 부부 역시 그 내용을 어느 정도 알고 있기에 한꺼번에 잡을 수만 있다면 그들을 압박해 진상을 밝혀낼 수 있을 것이라 생각했다. 그는 아주의 귓전에 대고 말했다.

"객점에서 기다리고 계시오."

아주가 고개를 끄덕이자 교봉은 곧바로 조전손이 지나간 길을 뒤쫓기 시작했다.

조전손은 외진 곳을 택해 걸어가 동쪽 담장 모퉁이 밑에 숨었다가 다시 서쪽 처마 밑에 움츠리는 등 아주 은밀하게 움직이며 동문을 나섰다. 교봉은 그에게 발각되지 않기 위해 멀찌감치 뒤쫓아갔다. 먼 곳에서 바라보니 그는 강가로 달려가다 몸을 구부려 한 커다란 목선 안으로 들어갔다. 교봉은 진기를 돋우어 재빨리 내달렸다. 몇 번 오르락내리락하자 목선 옆에 도착할 수 있었다. 그는 몸을 훌쩍 날려 선봉船蓬에 올라 귀를 바짝 대고 엿듣기 시작했다.

선실 안에서 담파가 긴 한숨을 내쉬며 말했다.

"사형, 우리 둘 다 이제 나이도 먹을 만큼 먹었잖아요? 젊었을 때 일은 후회해봐야 소용없어요. 자꾸 옛일을 들춰내야 무슨 소용이에요?"

조전손이 말했다.

"난 일생이 망가졌소. 후회해봐야 이미 늦었지. 당신을 불러낸 건 다른 일 때문이 아니오. 소연, 옛날에 당신이 불렀던 그 노래 좀 다시 불러주시오."

담파가 말했다.

"에이. 사형도 참 순진하기가 이를 데 없군요. 우리 남편이 위휘까지 와서 당신을 보고 얼마나 기분 나빠 하는데요. 게다가 의심은 또 얼마나 많은지 알아요? 그러니 절 건드리지 않는 게 좋아요."

조전손이 말했다.

"뭐가 무서워서? 우리 사남매는 정정당당하게 옛일을 얘기하는 것뿐인데 안 될 게 뭐 있다고?"

담파가 한숨을 내쉬며 나지막이 말했다.

"예전의 그 노래들, 예전의 그 노래들은…."

조전손은 그녀가 마음이 동하는 걸 보고 더욱 졸라댔다.

"소연, 오늘 우리가 만나긴 했지만 앞으로 언제 또 만날지 모르오. 아마 내 명이 길진 않을 테니 당신이 나한테 들려주겠다고 해도 내가 들으러 오지 못할 수도 있소."

담파가 말했다.

"사형, 그런 말 말아요. 잘 들어요. 내가 조용히 한 수 부를게요."

조전손이 기쁨에 넘쳐 말했다.

"좋소. 고맙소, 소연. 정말 고맙소."

담파가 늘어지는 목소리로 노래를 부르기 시작했다.

"그해 낭군께서는 다리 위를 지나고, 여동생은 다리 밑에서 빨래를 했다네…."

이제 막 두 마디를 불렀을 때 덜컹 소리와 함께 선실 문을 열어젖히며 대한 하나가 뛰어들었다. 교봉은 역용을 펼친 후라 조전손과 담파 모두 그를 알아보지 못했다. 두 사람은 깜짝 놀랐다가 담공이 아닌 것을 보자 이내 안심을 하고 호통을 치며 물었다.

"누구냐!"

교봉은 싸늘한 표정을 지으며 곁눈질로 바라봤다.

"하나는 도리를 저버리고 유부녀를 유혹한 자, 하나는 부도婦道를 지키지 않고 지아비를 배신해 정부와 사통한…."

그의 말이 채 끝나기도 전에 담파와 조전손은 이미 동시에 출수를 해서 좌우로 나누어 공격해 들어가고 있었다.

교봉은 몸을 슬쩍 틀며 손을 엎어 담파의 손목을 잡고 이어서 팔꿈치를 내밀며 후발선지로 조전손의 왼쪽 옆구리를 공격해 들어갔다. 조전손과 담파는 모두 무림의 대고수였기에 일초 안에 적을 제압할 생각이었다. 그러나 이 대수롭지 않게 생긴 사내의 무공이 이토록 기이할 정도로 고강해 단 일초 만에 반격을 가해오리라고는 상상도 하지 못했다. 선실 안은 손발을 모두 펼칠 수 없을 정도로 작았지만 교봉은 크면 큰 대로, 작으면 작은 대로 공간의 제약에 관계없이 금나수와 단타 기술을 펼쳐내며 1장丈이 채 되지 않는 정방형의 선실 안에서 극히 기민하게 움직였다. 일곱 번째 초식을 주고받을 때 조전손이 허리춤을 손가락에 찍히자 담파가 깜짝 놀라 출수 속도를 늦추다 등짝에 일장을 얻어맞고 힘없이 쓰러져버리고 말았다.

교봉이 차가운 목소리로 말했다.

"두 사람은 여기서 좀 쉬도록 하시오. 위휘성 안의 폐원에는 수많은 영웅호한이 서 장로 영전 앞에 제를 올리고 있으니 그들에게 청해 당신들의 도리를 따져보도록 할 것이오."

　조전손과 담파는 깜짝 놀라 황급히 기를 모으려 했지만 혈도가 봉
쇄된 상태라 손가락 하나 꼼짝할 수 없었다. 두 사람은 이미 나이가 들
어 애당초 욕정이라고는 전혀 없었다. 오늘 여기서 만난 것도 그저 옛
이야기를 하며 옛정을 나누려 했을 뿐 도를 넘는 행위를 할 생각은 추
호도 없었다. 이때는 북송 연간으로 사람들이 예법을 매우 중시했던
시기였기에 강호의 호한들이 색계色戒를 범하면 멸시의 대상이 되곤
했다. 남녀가 은밀하게 배 안에서 단둘이 만나는데 둘이 노래나 불러
주며 쓸데없는 말이나 나누고 있다고 누가 믿을 수 있겠는가? 사람들
이 와서 본다면 앞으로 어찌 처신을 해야 한단 말인가? 그리되면 담공
조차 얼굴을 들고 다닐 수 없게 될 것이다.

　담파가 황급히 말했다.

　"이보시오, 영웅 나리! 우린 귀하께 잘못한 것이 없어요. 한 번만 봐
주신다면 제… 제가 기필코 보답하겠어요."

　교봉이 말했다.

　"보답은 필요 없고 한 가지만 물어보겠소. 딱 세 글자만 말해주면 그
뿐이오. 사실대로 말해준다면 재하가 당장 두 사람 혈도를 풀어주고
손뼉을 치며 보내주겠소. 또한 오늘 일은 영원히 남들한테 언급하지
않을 것이오."

　담파가 말했다.

　"이 늙은이가 아는 것이라면 응당 말씀드리죠."

　교봉이 말했다.

　"누군가 개방의 왕 방주에게 교봉과 관련된 내용의 서찰을 썼다고

들었소. 한데 그 서찰 쓴 사람을 사람들이 선봉장 대형이라 부른다던데 그자가 누구요?"

담파가 머뭇거리며 답을 하지 못하자 조전손이 큰 소리로 외쳤다.

"소연, 말하면 아니 되오. 절대 말하지 마시오!"

교봉은 조전손을 노려보며 물었다.

"신세를 망칠지언정 말할 수 없다는 것인가?"

조전손이 말했다.

"노부는 한번 죽으면 그뿐이다. 그 선봉장 대형은 내 은인이기에 노부는 절대 말할 수 없다."

교봉이 말했다.

"소연이 신세를 망쳐도 상관없다는 것이오?"

조전손이 말했다.

"담공이 오늘 일을 안다면 난 담공 앞에서 자결을 할 것이다. 죽음으로 사죄를 하면 그뿐이다."

교봉이 담파를 향해 말했다.

"그 선봉장 대형은 당신한테 은혜를 베푼 것도 아니니 당신이 말해보시오. 그럼 모두가 평안무사하고 담공과 당신의 체면도 보전해줄 것이오. 또한 당신 사형 목숨도 보전해주겠소."

담파는 그가 조전손의 목숨으로 협박을 하자 몸을 부르르 떨었다.

"좋아요. 말해주죠. 그 사람은….'

조전손이 다급하게 소리쳤다.

"소연, 절대 말해선 아니 되오. 제발 부탁이오. 부탁이오. 저자는 교봉의 수하가 틀림없소. 당신이 입을 여는 순간 선봉장 대형은 목숨을 부지하지 못할 것이오."

교봉이 말했다.

"내가 바로 교봉이오. 정 말하지 않겠다면 후환을 남길 것이오."

조전손이 깜짝 놀랐다.

"어쩐지 무공 실력이 보통이 아니다 했다. 소연. 난 평생 당신한테 부탁이라곤 한 적이 없소. 지금 이게 당신한테 하는 유일한 간청이니 무슨 말을 해도 답하지 마시오."

담파는 속으로 생각했다. 그는 수십 년 동안 자신에게 미련을 두고 소중히 대하며 깊은 정과 의리를 품고 있었지만 자신은 그를 배신하지 않았던가? 그는 여태껏 그가 속으로 원하는 바를 자신에게 명확히 밝힌 적이 없었다. 이렇게 그가 은인을 보호하기 위해 죽음을 돌보지 않는데 자신이 그의 의거를 망칠 순 없었다. 담파가 답했다.

"교 방주, 오늘 일에 대해 선을 행하든 악을 행하든 모두 당신 손에 달려 있어요. 우리 사남매 두 사람은 양심에 거리끼는 일은 하지 않았기에 하늘에 맹세할 수 있어요. 당신이 알고 싶어 하는 건 말해드릴 수 없으니 용서하세요. 정말 미안합니다!"

그녀의 이 몇 마디 말은 매우 공손했지만 단호하기 그지없었다. 무슨 일이 있어도 실토하지 않겠다는 의지였다.

기쁨에 찬 조전손이 말했다.

"소연, 고맙소! 정말 고맙소!"

교봉은 더 이상 강요해야 소용없다는 사실을 알고 코웃음을 치며 담파의 머리에 있는 옥비녀를 뽑아 들었다. 선실에서 홀쩍 뛰어나온 그는 그길로 위휘성 안으로 돌아가 담공의 거처를 수소문했다. 그는 변장을 한 상태라 아무도 알아보지 못했다. 담공과 담파 부부가 위휘성 내의 여귀객점如歸客店에 묵고 있다는 건 그리 은밀한 비밀이 아니었던 터라 단번에 알아낼 수 있었다.

객점 내 담공이 묵고 있는 방 안으로 들어가 보니 담공은 두 손으로 뒷짐을 진 채 초초한 기색으로 이리저리 서성대고 있었다. 교봉이 다짜고짜 손을 내밀어 담파의 옥비녀가 든 손바닥을 펼쳐 보였다.

담공은 조전손이 그림자처럼 자신을 따라 위휘까지 오자 줄곧 답답하고 불안해하고 있던 차였다. 더구나 반나절 동안이나 아내가 보이지 않자 어디 갔는지 근심을 하던 차에 느닷없이 아내의 옥비녀가 보이니 두려움과 기쁨이 함께 몰려왔다. 그는 교봉을 향해 득달같이 물었다.

"귀하는 뉘시오? 우처가 당신을 보낸 것이오? 무슨 일이오?"

이 말을 하고는 손을 뻗어 그 옥비녀를 집어들었다. 교봉은 그냥 가져가도록 놔두고 말했다.

"부인께서 지금 누군가에게 잡혀 위험한 상황에 처해 있소."

담공이 깜짝 놀라며 말했다.

"우처는 뛰어난 무공 실력을 지니고 있는데 어찌 그리 쉽게 남에게 잡힐 수 있단 말이오?"

"교봉이오."

담공은 교봉이라는 말을 듣자 일말의 의심조차 하지 않고 오히려 근심스러운 듯 다급하게 물었다.

"교봉? 에이! 골치 아프게 됐군. 우리 안사람은 지금 어디 있소?"

"부인을 살리는 건 아주 쉽소. 또한 죽이는 것도 매우 쉽소!"

담공은 매우 다급했지만 전혀 내색하지 않고 물었다.

"가르침을 내려주시오!"

"교봉이 담공에게 물어볼 것이 있다고 하니 사실대로 말하면 털끝 하나 건드리지 않고 부인을 당장 풀어줄 것이오. 귀하가 말하지 않는다면 하는 수 없이 부인은 목숨을 잃고 조전손과 함께 한 구덩이에 합장될 것이오."

담공은 마지막 한마디를 듣자 더 이상 참지 못하고 대로하며 호통을 치더니 교봉의 얼굴을 향해 일장을 내려찍으려 했다. 교봉이 비스듬히 몸을 움직여 살짝 뒤로 물러나자 그 일장은 허공을 갈랐다. 담공은 깜짝 놀랐다. 자신의 번개 같은 일장은 비범하기 짝이 없다 여겼건만 자신의 일장을 그가 아무렇지 않다는 듯 피했으니 말이다. 그는 당장 오른손을 비스듬히 끌어들이고 왼손을 들어 다시 비스듬히 후려쳐나갔다. 교봉은 방 안이 협소한 나머지 더 이상 피할 곳이 없자 오른팔을 곧추세워 강력하게 막아냈다.

퍽 소리와 함께 그 일장이 교봉의 손목을 강타했지만 몸은 조금도 흔들리지 않았다. 오히려 교봉이 오른팔을 엎어 담공의 어깨 위에 걸치고 찍어 눌렀다.

삽시간에 담공은 어깨에 수천 근이나 되는 커다란 바위가 얹혀 있는 듯 느껴졌다. 그는 운기를 돋우어 역으로 밀어내려 했지만 어깨에 밀려오는 중압감은 마치 태산과도 같았다. 척추 뼈에 우두두둑 하는 소리가 끊임없이 이어지며 압박이 가해져 부러지기 일보직전이었던 터라 무릎을 꿇지 않고서는 달리 방법이 없었다. 그는 안간힘을 써가며 끝까지 버텨 어찌 됐건 굴복하지 않으려 애썼지만 숨조차 들이마실 수 없었다. 곧 두 무릎에 힘이 빠지면서 풀썩 하고 무릎을 꿇고 말았다. 실로 몸을 주체할 수 없었기 때문이다.

교봉은 그의 오기를 꺾어놓기 위해 강압적으로 무릎을 꿇린 것이었기에 팔에 가한 경력도 줄이지 않고 오히려 등이 활처럼 휘어 고개가 땅을 바라보도록 더욱더 압박을 가했다. 담공은 얼굴이 온통 시뻘겋게 물들도록 버텨내다 젖 먹던 힘까지 모조리 쏟아내 저항하며 힘껏 위로 밀어올렸다. 이때, 교봉이 갑작스레 손을 풀어버리자 담공의 어깨를 짓누르던 중압감이 졸지에 사라져버렸다. 이는 전혀 생각지도 못했던 일이었기에 그가 기세를 거두어들이기도 전에 그의 몸이 위쪽으로 1장가량 튀어나가면서 쾅 하는 둔탁한 소리와 함께 머리를 대들보에 심하게 부딪혀 하마터면 대들보를 부술 뻔했다.

담공이 반공중에서 밑으로 떨어져 내려오자 교봉은 그의 두 발이 땅에 닿기도 전에 오른손을 내뻗어 그의 가슴을 움켜쥐었다. 교봉의 오른팔은 지극히 길고 담공의 몸은 무척이나 왜소해서 그가 아무리 주먹질을 하고 발길질을 해대도 상대의 몸에 전혀 닿지를 않았다. 더구나 그의 두 다리는 허공에 있어 아무리 뛰어난 무공 실력을 지녔다 해도 펼쳐낼 도리가 없었다. 담공은 다급한 나머지 뭔가를 깨달은 듯 소리쳤다.

"넌 교봉이로구나!"

교봉이 말했다.

"당연히 나지!"

담공이 버럭 화를 냈다.

"잇… 네놈이… 빌어먹을! 한데 어찌 조전손 그 자식을 결부하는 것이냐?"

그가 화를 낸 가장 큰 이유는 교봉이 자기 마누라를 죽여 조전손과 함께 합장하겠다고 한 말 때문이었다.

"당신 부인이 그자와 결부된 것이 나와 무슨 상관이겠소? 담파가 지금 어디 있는지 알고 싶지 않으시오? 당신 부인이 누구와 함께 정담을 나누고 연가를 부르고 있는지 말이오."

담공이 앞서 한 말이 생각나 물었다.

"나한테 물어볼 게 있다고 했는데 그게 무엇이냐?"

"그날 무석성 밖의 행자림에서 서 장로가 누군가 개방의 전임 방주인 왕검통에게 쓴 서찰을 가져왔다는 건 알고 있을 것이오. 그 서찰은 누가 쓴 것이오?"

담공의 손발이 살짝 떨렸다. 이때 그는 여전히 교봉에게 몸이 들려 허공에 떠 있었던 터라 교봉이 손바닥 내력을 쏟아내기만 한다면 당장이라도 목숨이 날아갈 형편이었다. 그러나 그는 전혀 두려움 없는 표정으로 말했다.

"그 사람은 네 아버지를 죽인 원수라 절대 그 이름을 밝힐 수 없다. 그 이름을 말하면 네가 당장 가서 복수를 할 텐데 그럼 내가 그의 목숨을 해치는 것이나 다름없는 짓 아니겠느냐?"

"말하지 않는다면 당신 목숨부터 날아가고 말 것이오."

담공이 껄껄대고 웃었다.

"이 담 모某가 어찌 죽음 따위가 두려워 친구를 배신하겠는가?"

교봉은 그토록 의리를 중시하는 그의 태도를 보고 속으로 탄복해 마지않았다. 만일 다른 문제였다면 더 이상 다그쳐 묻지 않았을 테지만 부모의 원수를 알아내는 문제를 어찌 다른 일과 비교할 수 있으랴? 그는 다시 물었다.

"자기 목숨을 돌보지 않는 건 그렇다 쳐도 당신 부인 목숨까지 돌보지 않겠다는 말이오? 담공과 담파의 명성이 땅에 떨어져 만천하에 치욕을 남기게 될 텐데 그조차 두렵지 않다는 것이오?"

담공은 담담한 이조로 외쳤다.

"이 담 모는 앉으나 서나 신중하고 올바르게 행동했을 뿐 평생 친구에게 미안한 짓을 한 적이 없다. 한데 어찌 '명성이 땅에 떨어져 만천하에 치욕을 남긴다'는 말을 할 수 있겠느냐?"

교봉이 냉혹하게 말했다.

"허나 당신 부인은 앉으나 서나 신중하고 올바르게 행동하지 않았고, 조전손 역시 친구에게 미안한 짓 한두 가지를 안 했다 할 수 없소."

담공의 얼굴이 새빨갛게 달아오르다 이내 새파랗게 질려서는 눈썹을 세워 노기 띤 눈으로 무섭게 째려봤다.

교봉이 손을 풀어 그를 바닥에 내려놓고는 몸을 돌려 밖으로 나가자 담공은 아무 말 없이 그 뒤를 따라갔다. 두 사람은 앞뒤로 서서 위휘성을 나섰다. 가는 길에 수많은 강호 호한이 담공을 알아보고 공손하게 예를 올리며 길을 터주었다. 담공은 비웃으며 지나쳐갈 따름이었다. 얼마 지나지 않아 두 사람은 그 커다란 목선 옆에 이르렀다.

교봉은 뱃머리로 홀쩍 뛰어올라 선실 안을 가리키며 말했다.

"당신이 직접 가서 보시오!"

담공이 뒤이어 뱃머리에 올라 선실 안을 들여다봤다. 안에는 아내와 조전손이 서로 가까이 기댄 채 선실 한 귀퉁이에 모여 있었다. 담공은 노기를 참지 못하고 손을 들어 조전손의 머리통을 향해 힘껏 내리쳤다. 빽 소리와 함께 조전손의 몸이 움찔하는가 싶었지만 반격을 하지 않고 피할 생각도 하지 않았다. 담공은 자신의 손날이 그의 정수리에 부딪치는 순간 뭔가 잘못됐다는 걸 알아채고 손을 뻗어 재빨리 아내의 얼굴을 만져봤다. 손이 닿는 순간 얼음장처럼 차가웠다. 담파는 이미 죽은 지 오래된 것으로 보였다. 담공은 전신을 부르르 떨다가 단념하지 못하고 다시 손을 뻗어 그녀의 코 밑에 가져다 댔다. 아직까지 호흡이 남아 있을 턱이 있겠는가? 순간 멍하니 있다 조전손의 이마를 만져보자 역시 얼음장처럼 차가웠다. 담공은 너무도 비통하고 분한 나머지 몸을 돌려 교봉을 매섭게 노려봤다. 눈에서 불이라도 뿜어낼 것 같은 기세였다.

교봉은 담파와 조전손이 돌연 동시에 죽은 것을 보고 의아함을 감출 수 없었다. 그는 배를 떠나 성으로 들어갈 때 두 사람의 혈도만 짚었을 뿐인데 어찌 이 두 고수가 갑작스레 목숨을 잃을 수 있단 말인가? 그는 조전손의 시신을 들어올려 대충 살폈다. 몸에는 다른 무기로 인한 상처는 없었고 피를 흘린 흔적도 없었다. 그의 가슴팍 옷자락을 잡아당겨 찌익 찢어버리자 가슴에 커다란 어혈이 보였다. 필시 치명적인 장력에 맞은 것으로 보였다. 더욱 기이한 것은 이 강력한 수법은 놀랍게도 마치 자신이 펼쳐낸 듯했다.

담공이 담파를 안고 몸을 돌린 채 그녀의 옷을 풀어헤쳐 그녀 가슴에 난 상흔을 보니 조전손이 입은 상처와 똑같았다. 담공은 울고 싶었지만 눈물이 나오지 않았다. 그는 교봉을 향해 나직이 말했다.

"사람의 탈을 쓴 짐승 같은 놈! 이토록 악독한 짓을 하다니!"

교봉은 경악을 금치 못해 순간 아무 말도 나오지 않았다.

'누가 이런 치명적인 수를 펼쳐 담파와 조전손을 죽였을까? 손을 쓴 자의 공력은 보통 심후한 것이 아니다. 설마 또 내 원수가 여기까지 왔단 말인가? 한데 이 두 사람이 배 안에 있는 걸 어찌 알았지?'

사랑하는 아내의 참혹한 죽음에 상심한 담공은 양팔의 기운을 돋우어 교봉을 향해 힘껏 후려쳤다. 교봉이 한쪽으로 피하자 우지끈 뚝딱하는 굉음과 함께 담공의 가공할 장력은 선봉 반쪽을 무너뜨려버렸다. 교봉은 오른손을 앞으로 쭉 내밀어 그의 어깨 위에 올리며 말했다.

"담공, 당신 부인은 내가 죽인 것이 아니오."

"네가 아니면 누구란 말이냐?"

"당신 목숨은 내 손에 달려 있소. 이 교봉이 당신을 죽이려 한다면 언제든 죽일 수 있는데 거짓말은 해야 뭐 하겠소?"

"넌 오로지 아버지를 죽인 원수가 누구인지 알아내려 할 뿐이다. 담모의 무공이 너보다 못하다만 내 어찌 의리 없는 소인배로 남을 수 있겠느냐?"

"좋소, 당신이 내 아버지를 죽인 원수 이름을 말해준다면 내가 당신 부인을 죽인 원수를 죽이는 데 힘을 보태겠소."

담공은 비통한 마음에 미친 듯이 웃어대다 연이어 세 차례 경력을 돋우어 교봉의 손을 뿌리치려 했지만, 교봉이 그의 어깨 위에 가볍게 올려놓았던 손바닥의 경력을 지속적으로 변화시키자 담공의 뿌리치려는 힘이 커질수록 상대의 손바닥 경력 또한 그에 상응하게 강해져 도저히 뿌리칠 수 없었다. 담공은 마음을 모질게 먹고 혓바닥을 이 사이에 뻗어 힘껏 깨물었다. 그는 혀를 깨물어 자른 뒤 입안에 가득 고인 선혈을 교봉을 향해 미친 듯이 뿜어냈다. 교봉이 재빨리 한쪽으로 비켜서자 담공은 그대로 달려가 매서운 일각으로 조전손의 시신을 걸어찼다. 그리고 왼손으로는 담파의 시신을 안고, 오른손으로는 담파의 옥비녀 끝으로 자신의 인후부를 겨냥해 찔러넣자 목의 힘이 빠져 그대로 숨을 거두고 말았다.

교봉은 이 같은 참상을 목격하자 처연한 마음에 무척이나 후회스러웠다. 담씨 부부와 조전손은 자기 손으로 직접 죽이지 않았지만 결과적으로는 자신 때문에 죽게 된 것이다. 만일 시신을 훼손해 흔적을 없애려 한다면 발을 뻗어 배 위에 구멍 하나만 내면 배가 저절로 강 밑으로 가라앉을 것이다. 그는 곰곰이 생각해봤다.

'내가 이 시신들을 암장한다면 오히려 도둑이 제 발 저린다는 소리를 들으며 내가 한 짓이 되고 말 것이다. 그래도 담씨 부부와 조전손의 명성을 손상시킬 수는 없다.'

그는 선실 바닥에 구멍을 뚫고 선실을 빠져나와 뭍으로 돌아갔다. 주변에서 족적과 단서들을 찾으려 했지만 도저히 찾을 수가 없었다.

그는 서둘러 객점으로 돌아왔다. 아주가 문 앞에서 주위를 두리번거리다 무탈하게 돌아오는 교봉의 모습을 보고 기뻐서 어쩔 줄 몰라 했다. 그러나 안색이 좋지 않은 것으로 보아 조전손과 담파를 추적한 결과에 문제가 있음을 간파한 아주가 넌지시 물었다.

"어찌 됐어요?"

"모두 죽었소!"

아주가 흠칫 놀라며 물었다.

"담파와 조전손 둘 다요?"

"담공도 있소. 모두 셋이오!"

아주는 그가 죽인 것으로 알고 살짝 불안했지만 따져묻지 않았다.

"조전손은 당신 아버님을 죽인 방조범이니 죽여도… 죽여도 상관 없죠."

교봉이 고개를 가로저었다.

"내가 죽인 게 아니오!"

아주는 푹 한숨을 내쉬었다.

"그럼 됐어요. 전 담공과 담파가 당신한테 큰 잘못을 한 게 없으니 용서해줄 수도 있겠다 생각했어요. 그럼 누가 죽인 거예요?"

교봉이 고개를 설레설레 저었다.

"모르겠소!"

그리고 다시 말했다.

"그 악독한 원흉의 이름을 아는 건 이 세상에 셋밖에 남지 않았소. 일 처리를 서둘러야 할 것 같소. 적에게 계속 선수를 뺏긴다면 계속 불리한 상황에 놓이게 될 것이오."

"맞아요, 마 부인은 당신을 뼛속 깊이 증오하니까 무슨 일이 있어도 말하려 하지 않을 거예요. 더구나 과부를 핍박하는 건 사내대장부의 도리가 아니죠. 지광대사가 있는 절은 강남에서 멀리 떨어져 있으니까 산동 태안泰安의 선가單家부터 가도록 해요!"

교봉이 애처로운 눈빛으로 말했다.

"아주, 며칠 동안 고생 많았소."

아주가 큰 소리로 외쳤다.

"주인장! 주인장! 계산요! 빨리!"

교봉이 의아한 듯 물었다.

"계산은 내일 아침에 해도 늦지 않소."

"아니에요. 지금 당장 밤을 달려서 가야 해요. 적이 선수를 치게 내 버려둘 순 없어요."

교봉은 감격스러운 마음에 고개를 끄덕였다.

모색이 창연한 가운데 위휘성을 빠져나오자 거리에는 이미 소문이 흉흉하게 퍼져 있었다. 거란의 악마 교봉이 독수를 써서 담공 부부와 조전손을 죽였다는 내용이었다. 그 세 사람이 갑작스레 실종되자 누군가 수소문을 하다 가라앉은 배에서 찾아낸 것으로 보였다. 사람들은 그 말을 하면서도 주변을 두리번거리며 교봉이 언제든 자기 곁에 나타날까 봐 두려워하는 모습이었다. 교봉이 바로 옆에 있으리라고는 생각지 못했던 것이다.

두 사람은 말을 바꾸어가며 밤낮으로 쉬지 않고 동쪽을 향해 내달렸다. 이틀 동안 달려도 아주는 힘들다는 말 한번 하지 않았지만 졸려서 가물가물한 눈으로 말에 앉아 있다 하마터면 몇 번이나 말 등에서 떨어질 뻔했다. 교봉은 그녀가 더 이상 버티지 못하는 것 같아 말을 버리고 마차로 바꾸었다. 두 사람은 마차 안에서 서너 시진 동안 눈을 붙이다가 충분히 수면을 취했다 생각되면 다시 마차를 버리고 말로 바꿔 타 먼지를 일으키며 질주했다. 이렇게 밤낮으로 쉬지 않고 내달리자 아주가 기쁜 목소리로 말했다.

"이번에는 어찌 됐건 그 대악인보다 앞서갈 수 있겠어요."

그녀와 교봉 모두 상대에 대해 아는 게 없어 그 원수를 거론할 때는 공히 '대악인'이라 칭했다.

교봉은 은연중 걱정이 됐다. 그 대악인이 매번 선수를 쳤다는 건 그자의 무공이 자신보다 못하지 않고 지혜와 계략 역시 한참 앞서 있다고 느꼈기 때문이다. 더구나 자신은 지금 이 순간까지도 눈앞에 펼쳐진 모든 것이 시종 짙은 안개 속에 싸여 있는 느낌이었지만 상대는 자신의 일거수일투족을 속속들이 꿰고 있지 않은가? 그는 평생 동안 이토록 무서운 적수를 만난 적이 없었다. 오로지 적이 강할수록 기개 역시 호기로워지고 투지가 들끓어 한 치의 두려움도 없던 그였다.

철면판관 선정이 산동 태안의 대동문大東門 외곽에 거주하고 있다는 사실은 태안 경내에서는 누구나 알고 있었다. 교봉과 아주가 태안에 도착했을 때는 이미 저녁 무렵이었다. 그들은 선가의 소재지를 물어보고 곧바로 성을 가로질러 갔다. 대동문을 나서 채 1마장도 걸어가지 못했을 때 난데없이 중천에 떠오르는 짙은 연기가 보였다. 건너편 어딘가에 불이 난 것 같았다. 곧이어 징소리가 댕댕 하며 들리기 시작하더니 저 멀리서 누군가의 외침 소리가 들려왔다.

"물을 길어와라! 물을 길어와! 어서 불을 꺼라!"

교봉은 이에 개의치 않고 아주와 함께 말을 재촉해 내달렸지만 불이 난 곳은 점점 가까워졌다. 누군가 큰 소리로 부르짖는 소리가 들렸다.

"어서 불을 꺼라! 어서 불을 꺼라! 철면 선가다!"

교봉과 아주는 깜짝 놀라 일제히 말을 세우고 서로의 얼굴을 바라보며 생각했다.

'설마 대악인한테 선수를 빼앗긴 건 아니겠지?'

아주가 위안을 하며 말했다.

"선정은 무예가 고강한 사람이니 집이 불타도 사람까지 불타 죽진 않았을 거예요."

교봉이 고개를 가로저었다. 그는 선씨의 두 아들을 죽인 뒤부터 선가와 깊은 원한을 맺게 됐다. 이번에 태안에 와서 누구를 죽일 의도는 없었지만 선정과 그의 자손, 제자들이 자신을 절대 가만두지 않을 것을 생각하면 필시 큰 싸움이 벌어지리라 예상하고 있었다. 그러나 뜻밖에도 그 집에 도착하기도 전에 상대가 화재를 당했으니 동정심이 솟아오를 수밖에 없었다.

선가장에 점점 가까워질수록 열기가 점점 뜨거워지고 홍염이 난무했다. 실로 어마어마하게 큰 화재였다.

이때 사방에서 불을 끄기 위해 마을 사람들이 떼를 지어 달려왔다. 물을 길어오는 사람도 있고 모래를 들고 오는 사람도 있었다. 다행히 선가장 주변에는 깊은 수로를 파놓아 근처에 거주하는 사람도 없었고 불길도 널리 번지지는 않았다.

교봉과 아주는 불이 난 곳 옆까지 내달리다 말에서 내려 지켜봤다. 한 사내의 탄식 소리가 들렸다.

"선 어르신께서 얼마나 호인이셨나? 이 지역의 빈민들을 구제해온 것은 물론 이재민들까지 도와주시면서 수십 년 동안 수많은 공덕을 쌓으셨던 분 아니셨나? 한데 집이 타버리는 건 그렇다 쳐도 서른 명이 넘는 식솔들 중에 어찌 한 명도 빠져나오지 못할 수가 있단 말인가?"

또 다른 사내가 말했다.

"원수가 불을 지른 게 틀림없어요. 문을 닫아걸어 사람이 빠져나오지 못하게 했잖아요. 안 그랬다면 선가에선 다섯 살 먹은 어린애까지 무공을 할 줄 아는데 어찌 빠져나오지 못할 수 있단 말이에요?"

첫 번째 사내가 말했다.

"듣기로는 선가의 큰 나리와 둘째 나리, 다섯째 나리가 하남에서 무슨 '교봉'인가 뭔가 하는 악인한테 당했다고 하던데 이번에 불을 지른 사람도 혹시 또 그 대악인이 아닐까?"

아주와 교봉이 미지의 상대를 거론할 때 '대악인'이라고 칭했건만 지금 그 마을 사람 두 명 역시 자신을 '대악인'이라고 칭하자 두 사람은 서로를 마주보며 의아해했다.

나이가 비교적 젊은 사내가 말했다.

"그야 물론 교봉 그자겠죠."

그는 여기까지 말하고 목소리를 낮추었다.

"교봉 그놈이 수하들을 무더기로 끌고 와서 선가장에 난입하고 선가의 식솔들은 물론 개와 닭까지 남김없이 죽인 게 분명해요. 에이, 하늘도 무심하시지."

나이 많은 사내가 말했다.

"교봉 그놈이 나쁜 짓을 많이 했으니 나중에 선가 나리들보다 몇백 배 더 참혹하게 죽임을 당할 게 분명하네."

아주는 교봉을 저주하는 그들 얘기를 듣고 속으로 울화가 치밀었다. 그녀가 손을 뻗어 말 목을 퍽 치자 말이 깜짝 놀라 왼쪽 다리를 팅겨내면서 공교롭게도 그 사내의 엉덩이를 걷어찼다. 그 사내는 비명을 지르며 고꾸라지고 말았다. 아주가 호통을 쳤다.

"어디서 그런 더러운 말을 함부로 내뱉는 거예요?"

그 사내는 말발굽에 걷어차이자 대악인인 교봉이 도처에 많은 수하를 거느리고 있다는 사실이 생각난 듯 비명 소리조차 내뱉지 못한 채 황급히 줄행랑을 쳤다.

교봉은 빙긋 웃었다. 그러나 그 웃음 속에는 처참하고 고통스러운 기색이 배어 있었다. 그는 아수와 함께 불이 난 다른 곳으로 걸어갔다. 여기저기서 사람들 말소리가 들렸다. 다름 아닌 선가의 남녀노소 30여 명 중 단 한 명도 빠져나오지 못했다는 얘기였다. 교봉은 불이 난 곳에서 끊임없이 퍼져 나오는 시체 타는 냄새를 맡고 나서 사람들 말이 거짓이 아님을 알 수 있었다. 남녀노소를 막론하고 선정의 온 가족이 모조리 화마에 묻힌 것이 확실했다.

아주가 나지막이 말했다.

"그 대악인은 정말 악랄한 자예요. 선정 부자만 죽이면 그만이지 왜 온 가족을 다 죽였을까요? 게다가 집은 어찌 모두 태워버린 거죠?"

교봉이 코웃음을 쳤다.

"참초제근斬草除根이라는 말이 있지 않소? 화근을 남기지 않겠다는 의도지. 내가 그 입장이었어도 집까지 태웠을 것이오."

아주가 깜짝 놀라 물었다.

"어째서요?"

"그날 밤 행자림에서 선정이 했던 말을 당신도 들었을 것이오. 이런 말을 했지. '우리 집에는 선봉장 대형의 서찰이 여러 통 보관되어 있소. 이 서찰을 가져가 필적을 대조해보니 진필이 틀림없었소.'"

아주가 한숨을 내쉬며 말했다.

"맞아요. 선정을 죽여버린다 해도 당신이 선가장에 와서 서찰을 찾아내 그자 이름을 알아낼까 두려웠던 거예요. 불을 질러 선가장을 모조리 불태워버리면 서찰도 남아 있지 않을 테니까요."

이때 불을 끄려는 사람들이 점점 많아졌지만 불길은 더더욱 거세졌다. 사람들이 아무리 물을 길어다 부어도 순식간에 김으로 변해버리기만 할 뿐 불길을 잡기가 만만치 않았다. 엄청난 화염의 열기가 뿜어져 나오자 사람들은 뒤로 물러설 수밖에 없었다. 사람들은 한편으로는 탄식을 하고 한편으로는 교봉을 욕하기 바빴다. 마을 사람들 입에서 나오는 욕지거리는 듣기가 매우 힘들 정도였다.

아주는 교봉이 그들의 무지막지한 욕지거리를 듣고 화가 치밀어오른 나머지 마을 사람들을 마구잡이로 죽일까 두려워 힐끗 쳐다봤지만 그의 얼굴 표정은 기이하기 이를 데 없었다. 상심을 한 것 같기도 하고 후회를 하는 것 같기도 했지만 그보다는 동정 어린 표정이 더 많았다. 마치 이곳 마을 사람들이 너무도 아둔해 죽일 가치도 없다 여기는 것 같았다. 그가 길게 탄식을 하며 침울한 표정으로 말했다.

"천태산으로 갑시다!"

그가 천태산을 언급한 이유는 달리 방법이 없었기 때문이었다. 지광대사가 과거 그의 부모를 죽이는 싸움에 참여하긴 했지만 후에 그는 자신의 서원誓願을 지키기 위해 멀리 이역 땅에서 나무껍질을 채집해 장기와 학질 같은 병에 걸린 절강, 복건, 양광兩廣 일대 백성들을 치료해주면서 수많은 사람을 살려냈다. 그러나 자기 자신은 오히려 그로 인해 중병이 옮았고 후에 완쾌는 되었지만 무공을 모두 잃고 말았다. 이런 제세구인濟世救人 행동에 대해 강호에서는 존경하지 않는 이가 없어 지광대사를 언급하면 모두가 살아 있는 보살이라 칭할 정도였기에 교봉도 부득이한 상황이 아니었다면 절대 그를 찾아가 힘들게 하지 않았을 것이다.

두 사람은 태안을 떠나 남쪽으로 향했다. 이번에는 죽어라 달려가지 않고 아주와 이런저런 얘기를 나누며 천천히 여유 있게 가기로 했다. 그리해야만 지광대사의 목숨을 보전할 수 있을 것 같았기 때문이다. 전처럼 길을 재촉해 가다가는 천태산에 당도했을 때 또다시 지광대사의 시신을 봐야 할지도 모르고 그가 거주하는 사원 역시 이미 불타 없어졌을지도 모를 일이었다. 더구나 지광은 천하를 방랑하기로 알려져 있어 행적이 불분명하기 때문에 천태산 사원 안에 있다고 장담할 수도 없는 상황이었다.

천태산은 절동浙東에 있었다. 두 사람은 태안으로부터 남쪽을 향해 마치 산수를 유람하는 듯 속도를 늦춰 천천히 나아갔다. 가면서 교봉과 아주는 강호에서 일어난 기이한 일화들에 대해 담론을 했는데 걱정이 태산 같은 상황만 아니었어도 유쾌한 여정이 됐을 것이다.

꼬박 하루를 달려 진강鎭江에 당도하자 두 사람은 금산사金山寺에 올라 저 멀리 흐르는 강물을 굽어봤다. 교봉은 도도하게 흐르는 강물이 끊임없이 동쪽을 향하는 것을 보고 문득 무슨 생각이 떠오른 듯 말했다.

"그 선봉장 대형과 대악인이 같은 사람일지도 모르겠소."

아주가 손뼉을 치며 말했다.

"그래요. 우리가 왜 여태까지 그 생각을 못했을까요?"

"물론 두 사람일 수도 있지만 그 두 사람은 매우 밀접한 관계에 있을 것이오. 그렇지 않다면 그 대악인이 백방으로 계략을 써가며 선봉장 대형의 신분을 감추려 하진 않았을 것이오. 왕 방주 같은 인물마저 추종하는 걸로 봐서는 그 선봉장 대형이란 사람은 결코 평범한 사람이 아닐 것이오. 그 대악인 역시 이토록 대단하지 않소? 세상에 정말 그런 고인이 둘이나 있다면 어찌 단 한 명도 생각나지 않을 수 있겠소? 이로 미루어볼 때 그 두 사람은 동일인임이 틀림없소. 그 대악인을 없애버린다면 우리 부모님을 죽인 원수를 갚았다 할 수 있을 것이오."

아주는 고개를 끄덕여 맞장구를 쳤다.

"교 대협, 그날 밤 행자림에서 그 사람들이 과거 얘기를 할 때… 혹시… 혹시…."

이 말을 하는 목소리가 살짝 떨렸다.

교봉이 이어서 말했다.

"혹시 그 대악인이 그 행자림에 있지 않았느냐고 묻는 거요?"

아주가 떨면서 말했다.

"그래요. 철면판관 선정이 말했잖아요. 자기 집에 선봉장 대형의 서찰이 있다고… 그 말을 행자림에서 했어요. 그의 온 가족이 모두 불에 타버린 건… 에이. 그 일만 생각하면 너무 무서워요."

그녀는 살짝 몸을 떨며 교봉에게 기댔다.

"그자는 세상에 보기 드물 정도로 악랄한 자요. 조전손이 신세를 망칠지언정 그의 이름만은 실토하려 하지 않았던 건 의리를 지키기 위해서가 아니라 진실을 밝히면 그자의 악랄한 수에 보복을 당할까 두려워서였을 것이오. 선정과는 절친한 사이였음에도 그자는 뜻밖에도 독수를 썼소. 그날 밤 행자림에 그렇게 대단한 인물이 또 누가 있었을까?"

그는 한참을 중얼거리다 다시 말했다.

"뭔가 기괴한 일이 또 하나 있소."

"무슨 일요?"

교봉은 강물 위에 떠 있는 범선을 바라보며 말했다.

"그 대악인은 매우 영리하고 지모가 뛰어난 자요. 더구나 모든 방면에서 나보다 위에 있고 무공 실력 또한 절대 나보다 부족하지 않은 것 같소. 그자가 내 목숨을 취하려 한다면 그리 어렵지는 않을 것이오. 한데 내가 원수의 정체를 아는 것을 왜 그리 두려워하는지 모르겠소?"

"교 대협, 그건 지나친 겸손이에요. 그 대악인이 아무리 대단하다 해도 속으로는 당신을 무척 두려워하고 있을 거예요. 제 짐작에 그자는 요 며칠 겁에 질려 있는 것 같아요. 당신이 진상을 알아내면 복수를 하러 갈까 두려워 말이에요. 그게 아니라면 그자가 교가의 두 어르신과 현고대사를 죽이고 또 조전손과 담파, 철면판관 일가를 죽일 필요까지는 없었겠죠. 담공 역시 그가 죽인 거나 마찬가지잖아요."

교봉이 고개를 끄덕였다.

"그 역시 맞는 말이오."

그는 그녀를 향해 빙긋 웃음을 보였다.

"그자는 감히 날 해치러 오지 못할 것이오. 당신 옆에는 접근조차 할 수 없을 테니 겁낼 것 없소."

교봉은 한참 후에 한숨을 내쉬며 다시 말했다.

"정말 책략이 뛰어난 자요. 영웅이라 불리는 나 교봉이 오히려 남의 손바닥 안에서 놀아나 반격할 힘조차 없으니…."

장강을 건넌 후, 하루가 채 되지 않아 다시 전당강錢塘江을 건너 천태현天台縣성에 도착했다. 교봉과 아주는 객점에서 하루 묵어가기로 했다. 다음 날 아침 일찍 일어나 점소이에게 천태산으로 가는 길을 물으려 하는 순간 객점 주인이 황급히 달려왔다.

"교 대협, 천태산 지관선사止觀禪寺의 한 스님께서 뵙자고 합니다."

교봉은 깜짝 놀랐다. 객점에 묵을 때 남에게 자기 성을 말한 적이 없었기 때문이다. 그는 주인장에게 물었다.

"어찌 날 교 대협이라 부르는 게요?"

그 주인장이 말했다.

"지관선사 스님께서 교 대협의 인상착의를 말씀해주셨는데 틀림없으시네요."

교봉과 아주는 서로를 멀뚱멀뚱 쳐다보며 경악을 금치 못했다. 두 사람은 변장을 하고 있었고 산동 태안에 있을 때와는 또 다른 모습을 하고 있었건만 뜻밖에도 천태에 오자마자 남들한테 발각이 됐다니 말이다. 교봉이 말했다.

"좋소. 들어오시라 전하시오."

주인장은 몸을 돌려 나갔다. 얼마 지나지 않아 그는 서른 살 남짓 되는 땅딸막한 승려 한 명을 데리고 들어왔다. 그 승려는 교봉을 향해 합장으로 예를 올리며 말했다.

"저희 사부님이신 지智 자, 광光 자 지광대사께서 소승 박자樸者에게 교 대협과 완 낭자를 폐사로 모시고 오라 명하셨습니다."

교봉은 그가 아주의 성이 '완'이라는 것까지 알고 있는 것을 보고 더욱 의아해하며 물었다.

"존사尊師께서 재하의 성씨를 어찌 알고 계시는지 모르겠소?"

박자 화상이 말했다.

"사부님께서는 소승에게 천태현성의 경개객점傾蓋客店 안에 교씨 성의 영웅 한 분과 완 낭자가 묵고 계실 것이니 두 분을 영접하고 잘 모시고 오라 분부하셨습니다. 교 대협은 계신데 완 낭자는 어디 계시는지요?"

아주가 중년 사내로 변장을 하고 있다 보니 이를 알아보지 못한 박자 화상도 완씨 성의 낭자가 있다고는 생각지 못한 것이다.

교봉이 다시 물었다.

"우리는 어젯밤에야 여기 당도했는데 존사께서 어찌 아신 것이오? 혹시 앞을 내다보는 능력이라도 있으신 게요?"

박자 화상이 채 대답도 하기 전에 주인장이 끼어들며 말했다.

"지관선사의 노신승老神僧께서는 신통력이 굉장하십니다. 손가락만 꼽아보고도 교 대협이 오신다는 걸 아신 거지요. 내일모레 일을 내다보는 건 말할 것도 없고 500년 후 일까지도 그 어르신께서는 6, 7할 정도 헤아리실 수가 있습니다요."

박자 화상이 말했다.

"저희 사부님께서는 앞을 내다보신 것이 아닙니다. 그저 소식을 접해 두 분께서 폐사에 왕림하신다는 걸 아신 것입니다. 해서 소승에게 영접을 하라 명하시어 소승이 이미 여러 번 와서 몇몇 객점에 수소문을 해봤던 것입니다."

교봉은 박자 화상의 솔직한 답변으로 보아 상대에게 악의가 없다고 짐작했다.

"완 낭자는 뒤따라올 것이니 우리 두 사람 먼저 존사를 뵙도록 안내

해주시오!"

박자 화상이 말했다.

"알겠습니다."

교봉이 숙식비를 계산하려 하자 주인장이 황급히 말했다.

"대협께서는 지관선사 노신승의 객이시니 저희 같은 작은 객점에 묵으신 것만 해도 크나큰 영광입니다. 그깟 은자 몇 푼밖에 안 되는 숙식비는 어찌 됐건 받을 수가 없습니다."

교봉이 말했다.

"그렇다면 폐를 끼쳤구려."

그러고는 속으로 생각했다.

'지광대사가 백성들에게 덕을 베풀고 있구나. 우리 부모님을 살해한 원한은 없던 일로 하는 것이 좋겠다. 그가 선봉장 대형과 대악인이 누구인지 말해주기만 한다면 그걸로 만족해야겠다. 설사 말하지 않는다 해도 절대 강요할 수는 없지.'

곧바로 박자 화상을 따라 현성을 나서 천태산을 향해 걸어갔다.

천태산의 풍경은 매우 수려하고 정취가 있었지만 가는 길은 매우 험준해서 오르기가 무척이나 힘들었다. 전해지는 바로는 한漢나라 시기에 유신劉晨과 완조阮肇라는 사람이 천태산에 잘못 들어갔다가 선녀를 만났다는 전설이 있다. 그것만 봐도 산수는 극히 수려하지만 산길에 우여곡절이 많아 길을 찾기 어렵다는 뜻이 아니겠는가? 교봉은 박자 화상 뒤를 따라가다 그의 다릿심이 굉장한 걸 보고 무공을 모르는 것처럼 보였지만 경계를 게을리해서는 안 되겠다는 생각이 들었다.

'상대가 이미 날 알고 있는데 어찌 경계를 하지 않을 수 있겠는가?

지광대사가 비록 덕이 있는 고승이라 하나 그 외 사람들은 그와 생각이 다를 수도 있다.'

산길을 어느 정도 올라가니 한 산간 평지를 돌아 고개 쪽으로 일직선으로 난 험한 산길이 나왔다. 오른쪽 석벽 밑에 정자가 하나 있었는데 정자 안에는 항아리가 놓여 있고 그 위쪽에 대나무로 만든 국자가 놓여 있었다. 길을 지나는 나그네들더러 쉬면서 물을 마시라고 만들어놓은 것 같았다. 교봉은 아주가 걷기 힘들어하는 것처럼 보이자 말했다.

"우리 저 정자 안에 가서 잠깐 쉬었다 갑시다."

"좋아요!"

아주가 그를 따라 정자로 향하자 박자 화상이 그 뒤를 따라 다가오며 말했다.

"목이 마르시면 차를 드셔도 됩니다."

교봉이 국자를 들어 항아리 안을 들여다보자 안에는 옅은 황갈색으로 우려낸 조차粗茶가 반 항아리 정도 있었다. 그는 차를 한 국자 떠서 아주에게 건네주었다. 아주는 국자를 받아 한 모금 마셨다. 그때 자신들이 온 길에 다섯 명의 사내가 빠른 걸음으로 산을 오르고 있었는데 커다란 소맷자락을 휘날리며 매우 민첩하게 움직였다.

교봉이 그들을 유심히 살펴봤다. 그 다섯 사람은 모두 나이가 젊지는 않았지만 걸음걸이는 나는 듯 빨랐다. 각자 잿빛 도포를 입고 머리에 면으로 된 잿빛 모자를 쓴 이들이 정자 안으로 들어왔다. 다섯 사람은 포권을 하고 예를 올리며 일제히 말했다.

"안녕하시오? 대협. 안녕하시오? 낭자!"

이때 아주는 아직 변장을 한 상태 그대로였지만 이 다섯 사람은 그녀를 '낭자'라고 칭했다. 교봉과 아주는 경계를 풀지 않고 답례를 했다.

"모두 안녕들 하십니까? 여기 차가 있으니 좀 드시면서 쉬십시오."

한 사람이 말했다.

"고맙소이다!"

교봉이 들어보니 그들은 북방 말투를 쓰고 있었다. 또한 다섯 사람 모두 예순 전후의 나이에 대부분 눈썹이 흰색이었고 그중 셋은 콧수염마저 희끗희끗했다. 교봉은 곰곰이 생각했다.

'다섯 사람 모두 무공이 고강하구나. 한데 어디서 왔는지 모르겠군.'

이런 생각을 하다 아주 옆으로 걸어가 그녀와 어깨를 나란히 하고 긴 나무의자에 앉았다. 그는 다섯 사람의 부드러운 안색을 보고 적의는 없는 것 같아 살짝 마음을 놓았다.

이 다섯 노인은 각자 차를 마신 후 자리에 앉았다. 그때 한 노인이 공수를 하며 말했다.

"재하는 두杜씨요. 회북淮北 사람이지요. 여기 있는 네 사람 모두 재하의 사제이외다. 이 친구 성은 지遲이고, 이 친구는 금金, 이 친구는 저褚, 이 친구는 손孫이오."

네 사람은 자기 얘기를 할 때 각자 자리에서 일어나 포권을 하며 예를 올렸다. 교봉 역시 포권으로 답례를 했다. 아주는 그들의 나이가 많은 것을 보고 연장자에 대한 예를 갖춰야 된다고 생각해 답례를 할 때 아주 공손하게 무릎을 구부리고 허리를 굽혔다. 두씨 성을 가진 노인이 허허하고 너털웃음을 지었다.

"다 같은 나그네인데 소낭자께서는 지나친 예를 거두시오."

아주가 말했다.

"두 어르신, 어르신은 우리 할아버지 연배시니 소녀가 공손하게 대하는 게 마땅합니다."

그녀는 목소리를 여자 음성으로 다시 바꾸고 더 이상 거친 사내 목소리로 가장하지 않았다.

두씨 성의 노인이 껄껄대고 웃으며 비쩍 마른 손을 뻗어내며 허공에다 자세를 취했다. 마치 그녀의 머리카락을 쓰다듬는 자세였다. 교봉은 그가 표정은 매우 자상해 보였지만 허공에다 취한 출수의 기세가 이상하리만치 평온한 것을 보고 수백 근의 힘으로도 그의 손을 움직이기 힘들겠다는 생각이 들었다. 마치 수십 년의 고강하고도 심후한 공력을 갖추고 있는 실로 비범하기 이를 데 없는 자라고 느끼고는 속으로 깜짝 놀랐다.

"여기 계신 다섯 고인과 요행히 여기 이 절동에서 만나뵙게 됐으니 이 교봉이 운이 아주 좋은 것 같습니다."

두씨 노인이 말했다.

"교 대협, 우린 줄곧 뵙고 싶었소. 하남 위휘에서 산동 태안의 선가장까지 쫓아와서 다시 절강까지 쫓아와 다행히 이곳에서 만나게 됐소이다. 잠시 후에는 또 지관사에 가려 하기에 우리가 더 이상 기다릴 수가 없어 하는 수 없이 무리를 해서 만나러 온 것이오."

교봉이 다급하게 말했다.

"천만의 말씀입니다. 이 교봉이 다섯 고인께서 뒤에 따라오는 것을 몰랐습니다. 안 그랬다면 벌써 뒤로 달려가 영접했을 것입니다."

그는 속으로 그들이 위휘부터 계속 쫓아왔다면 충분히 대비를 하고 왔을 것이며 저 다섯 사람의 행동거지로 볼 때 강적들이 틀림없으니 아마 이 정자에서 악투가 한바탕 벌어지겠다고 생각했다. 다만 아주를 어찌 돌볼 것인지 그게 문제였다.

두씨 노인이 말을 이었다.

"역시 대영웅다운 모습이오. 교 대협, 대협이 스스로 본명을 밝히고 일을 행함에 있어 공명정대하니 우리가 온 목적도 숨길 필요가 없을 것 같소. 지관사의 지광대사께선 덕을 많이 쌓으신 고승이시오. 우리 사형제 다섯 사람이 이렇게 달려온 것은 부디 그분을 해치지 말아달라고 부탁하기 위함이오."

"과분하신 말씀입니다. 노선생 다섯 분이 동시에 출수한다면 이 교봉의 목숨 정도는 간단히 취할 수 있을 터인데 어찌 제게 그런 부탁을 하실 수 있습니까? 저 교봉이 지광대사를 뵙고자 하는 것은 어르신께 그릇된 방향을 잡아달라 청하기 위해서일 뿐입니다. 그분께서 말씀을 해주시건 안 해주시건 재하는 예를 갖춘 채 와서 예를 갖추고 돌아갈 것입니다. 제가 어찌 감히 어르신의 털끝 하나 건드릴 수 있겠습니까?"

"교 대협, 남아일언 중천금이라 했소. 대협이 그리 말했으니 우리 다섯 형제는 당연히 그리 믿겠소. 재하가 진심 어린 충고 한 말씀 올리겠소. 초면인 얕은 교분으로 깊은 얘기는 피해야 하지만 그래도 직언을 하고자 하니 부디 나무라지 마시오."

"기탄없이 말씀하십시오."

"담공과 담파, 조전손, 개방의 서 장로, 선정 부자 등이 선봉장 대형의 이름을 말하지 않으려다 죽음에 이르게 됐소. 강호에서는 진상을 정확히 모르는 사람들이 이를 교 대협의 소행이라 말하고 있소…."

"말씀하신 분들 중 단 한 명도 제가 죽이지 않았습니다. 담씨 부부와 조전손이 선봉장 대형의 이름을 말하지 않으려 하기에 재하가 약간의 핍박을 가한 적이 있는 건 맞습니다. 허나 그들이 죽으면 죽었지 친구를 배신하지 않겠다는 호한다운 행동을 하기에 재하도 속으로 탄복했을 뿐 절대 목숨을 해치지는 않았습니다. 오히려 누구의 소행인지 재하가 진상을 밝혀내려 하는 중입니다. 저 교봉은 억울한 누명을 쓰고 있는 몸입니다. 강호에서도 다들 제가 의부와 의모, 은사를 죽였다고 억울한 누명을 씌우고 있습니다. 사실 그 세 분은 절 친자식처럼 돌봐주신 분들이고 제가 그분들의 크나큰 은혜를 채 갚지도 못했는데 어찌 그분들 몸에 손가락 하나 댈 수 있겠습니까…?"

그는 이 말을 하면서 애써 눈물을 삼켰다.

두씨 노인이 말했다.

"이번에 우리 다섯 형제가 달려왔다고 해서 교 대협이 지광대사를 해치는 상황을 억지로 저지할 수 있다 말할 수는 없소이다. 그보다는 교 대협에게 아주 정확한 정보를 알려주기 위해 온 것이오. 그 선봉장 대형이 이런 말을 했소. 자기 한 사람 때문에 강호의 수많은 친구가 목숨을 잃어 스스로 죄과가 매우 깊다 느낀다고 말이오. 취현장 일전에서 더 많은 사람이 살상당하자 선봉장 대형은 과거 안문관 관외 사건에 관해 자신이 큰 잘못을 했기에 진작 자기 목숨으로 사죄해야 마땅했다고 말했소. 또한 교 대협이 만일 자신에게 복수를 하러 찾아온다면 가슴을 내밀어 죽음을 받아들일 것이며 절대 도망가지 않겠다고도 했고 말이오…"

교봉은 들으면 들을수록 의아해 그에게 물었다.

"그런 일이 있었단 말입니까? 노선생께서 선봉장 대형에게 직접 들은 겁니까? 아니면 남에게 전해들은 겁니까?"

"직접 들은 것이오. 선봉장 대형이 확실히 그런 의미로 말했소. 이 늙은이는 강호에서 이름이 알려지지 않은 사람이고 우리 사제 네 명 역시 무명에 가깝지만 우리 다섯 사람은 한번 한 말에 대해서는 책임을 지는 사람들이오. 지금 당장은 우리가 본명을 말해드릴 수 없지만 훗날 교 대협도 자연히 알게 될 것이오."

"그렇다면 선봉장 대형이 도대체 누구입니까?"

두씨 노인이 고개를 가로젓고는 크게 한숨을 내쉬었다.

"노부의 무공이 교 대협에 한참 미치지 못하지만 하찮은 재주로 대협과 일장을 겨루어 우리 사형제 다섯 명의 말이 허튼소리가 아님을 증명해 보이고자 하오."

이 말을 하면서 한쪽에 서서 아주 공손하게 말했다.

"교 대협, 재하가 대협께 한 수 가르침을 받겠소."

교봉은 그가 일장을 겨루어 자신의 신분을 무공으로 표명하겠다는 뜻인 것 같았다.

"다섯 분께서 선배 고인이란 것은 재하가 단번에 알아봤습니다. 다섯 분 말씀을 재하가 어찌 믿지 않을 수 있겠습니까? 다섯 분께서 가르침을 내려주시겠다면 저 교봉의 무공이 보잘것없으니 부디 사정을 봐주시며 출수해주시기 바랍니다!"

두씨 노인이 껄껄대고 웃었다.

"천하에 위세를 떨친 교 방주 무공이 보잘것없다면 세상에 그 누구의 무공이 고강하다는 말이오? 시작하시오!"

이 말을 하면서 무릎을 굽히고 허리를 구부리며 오른손을 천천히 내뻗었다.

교봉은 그가 내뻗은 일장이 그리 강력해 보이지 않자 곧바로 왼손을 한 바퀴 돌리면서 오른손으로 항룡유회 일초를 펼쳤다. 이 일장은 원래 펼쳐내면서 거두어들여 최대한 여력을 남겨두는 초식이다. 쌍장이 교차하자 팟 하는 가벼운 소리가 들렸다. 교봉은 상대의 장력이 천천히 들어오는 모습에서 최선을 다하지 않는 여유를 느꼈다. 그의 항룡유회 초식 역시 펼쳐내는 장력보다 여력이 더 크기에 내력을 축적할 수 있었다. 두 사람은 장력을 교환하자마자 즉각 손을 거두며 서로에게 탄복한 듯 동시에 말했다.

"대단하시오. 감탄을 금치 못하겠소이다."

"대단합니다. 감탄을 금치 못하겠습니다."

다른 세 노인이 하나씩 자리에서 일어나 각자 말했다.

"재하가 한 수 가르침을 받겠소. 천하제일 장력을 느껴볼 좋은 기회를 놓칠 수는 없지!"

교봉은 세 노인과 일일이 대결을 펼치며 속으로 깜짝 놀랐다. 이 네 노인의 장력은 모두 달랐지만 하나같이 소림파의 고명한 장법이었던 것이다. 단 일장만으로도 당대 일류고수의 면모가 보였다. 알고 보니 이들은 모두 소림파 고수들이었다. 교봉은 네 명과 장력 대결을 펼치면서 그 어떤 일장에도 우세를 점하지 못했지만 그렇다고 밀린 것도 아니었다. 그는 이마에 땀을 흘리지도, 그렇다고 요란한 소리도 내지 않고 대충 건성으로 네 사람과 일장을 교환하다 보니 장법에 맹렬한 패기라고는 보이지 않았다. 아주 가볍게 상대한 것이라 여력이 남아 있는 것으로 보였다. 내력을 남겨 다섯 명 중 공력이 가장 높은 것으로 보이는 지씨 노인과 상대할 때 쓸 생각이었던 것이다.

다섯 노인이 일제히 외쳤다.

"북교봉이 당대 무공의 1인자라 하더니만 오늘 가르침을 받아보니 과연 명불허전이오. 존경해 마지않소!"

교봉은 허리를 바닥까지 구부리며 답했다.

"다섯 선배님들의 과분한 칭찬입니다. 오늘 선배님들의 가르침과 깊은 우의를 죽을 때까지 잊지 않겠습니다."

지씨 노인이 말했다.

"교 대협, 한 수 가르침을 부탁드리겠소!"

이 말과 함께 그는 두 손으로 각각 원을 그리며 동시에 일장을 내뻗었다. 교봉의 항룡이십팔장은 개방 전임 방주인 왕검통에게 전수받은 것이다. 그러나 선천적으로 무공을 배우기에 우월한 조건을 갖춘 그였기에 그의 이 항룡이십팔장은 그야말로 천하무적이라 할 수 있었다. 심지어 왕 방주를 능가할 정도였으니 말이다. 교봉은 상대가 쌍장을 일제히 내뻗는 것을 보고 단장單掌으로 상대해 비긴다면 자신이 약간 우세를 점하는 셈이 될 것이라 생각했지만 상대에게 실례가 되는 것 같아 그 역시 양손을 동시에 내뻗었다. 그는 좌우 쌍장을 펼치면서도 장력에는 여전히 3할 정도만 사용해 7할에 이르는 대부분의 장력은 내뻗지 않고 여력을 남겨두었다.

두 사람의 쌍장이 교차하자 교봉은 별안간 상대의 장력이 사라지는 느낌이 들었다. 찰나의 순간에 그 힘이 어디로 갔는지 몰라 깜짝 놀라지 않을 수 없었다. 쌍장을 밀어내는 그의 힘이 비록 3할에 불과하다 해도 그 위력은 워낙 강력해서 상대가 막아내기 힘들 정도의 기세였지만 뜻밖에도 지씨 노인은 장력을 맞부딪치지 않고 있었던 것이다. 자신의 장력은 벼락이 내리치듯 엄청난 위력으로 내뻗고 있었기에 그 기세로 상대를 타격한다면 근골이 모두 부러지고 심폐가 파열되는 상황을 면치 못할 것이었다. 교봉이 당황한 나머지 황급히 장력을 거두었다. 그러나 이런 위험천만한 행동은 상대가 고의로 유도를 한 것처럼 느껴졌다. 자신이 장력을 거둘 때 기회를 틈타 장력을 강화해 공격해 들어온다면 두 줄기 장력이 합류한 상태로 한꺼번에 뻗어올 터라 자신에게 여력이 남아 있다 해도 그 위력에 중상을 면치 못하게 될 것이었다. 찰나의 순간 이런 생각이 뇌리를 스치고 지나갔다.

'내가 지금 죽으면 아주를 돌봐줄 사람이 없는데….'

이런 생각에 참담한 표정을 감출 수 없었다. 그런데 장력을 막 거두자마자 지씨 노인 역시 재빨리 쌍장을 거둘 줄 어찌 알았겠는가? 그는 뒤로 한 걸음 물러나 땅바닥까지 몸을 굽히며 말했다.

"교 방주의 대인대의한 행동 덕분에 제가 반야장般若掌 중 일공도저一空到底 초식을 깨닫게 됐소. 진심으로 감사드리겠소."

나머지 네 노인이 일제히 지씨 노인을 향해 말했다.

"신공의 깨달음을 감축드립니다!"

교봉의 이마에서는 땀이 줄줄 흘러내렸다. 사지에서 빠져나왔다 할 수 있었으니 그야말로 다시 태어나 아주와 상봉하는 셈이나 마찬가지였다. 그는 너무 격동한 나머지 참다못해 아주에게 달려가 그녀의 손을 꼭 잡았다.

지씨 노인이 아주를 향해 말했다.

"아주 낭자, 조금 전 내가 교 대협과 장력 대결을 벌일 때 펼친 것은

'반야장'이란 장법으로 이는 불문 장법 중 최고의 기술이오. 반야 불법에서는 공무空無[1]를 중시하기 때문에 마지막 일초인 일공도저를 펼칠 때는 이미 공空도 아니고 비공非空도 아니며 장력을 무형화한 것에 불과한 것이오. 색色[2]이 없으면 수受, 상想, 행行, 식識도 없는 것이며, 색은 공이고 성聲, 향香, 미味, 촉觸, 법法[3] 모두 공이니, 장력 또한 공이라 공은 곧 장력인 것이오. 난 그동안 늘 조금씩 부족했소. 따라서 일장을 펼칠 때마다 마음속으로 늘 부족함이 있어 자신의 장력은 비울 수 있었지만 상대의 힘까지 비워낼 수는 없었소. 오늘 교 대협같이 세상에 보기 드문 고수와 대결을 펼치게 되면서 난 이런 천재일우의 기회를 놓칠 수 없었기에 다시 일공도저를 펼쳐내게 된 것이오. 한데 교 대협이 이토록 대인대의한 인물이라고는 상상도 하지 못했소. 그는 내 일장에 힘이 없다는 것을 곧바로 느꼈음에도 찰나의 순간에 자신의 장력을 거두었소. 내가 필사적으로 힘을 써서 나에게 반격을 펼치도록 유도했음에도 말이오. 난 순간 깨달았소. 나 스스로 비우면 상대 역시 비운다는 걸 말이오. 이것이야말로 진정한 일공도저인 것이오. 만일 교 대협처럼 자신의 목숨을 돌보지 않고 상대를 함부로 해치려 하지 않는 인의로운 영웅이 아니었다면 이 일초를 내가 어찌 깨달을 수 있었겠소?"

교봉은 은연중에 깨닫는 바가 있었다.

'저 노인이 만일 나에게 기꺼이 맞아 죽으려 하지 않고 나도 기꺼이 저 노인의 장력을 받아들이려는 모험을 하지 않았다면 그 일초를 결국 깨닫지 못했을 것이다. 저 노인과는 전에 만난 적이 없었건만 어찌 그런 위험을 자초했을까? 내가 결코 비열한 소인배가 아니란 걸 확인

하기 위해서였다면 나 역시 그를 고결한 군자로 이해해야겠다.'

무학에 뛰어난 인사들은 무공을 통해 상대를 깊이 이해할 수 있었다. 문학을 하는 사람들이 글을 통해 상대의 인품을 알아보는 것과 같은 이치다. 교봉은 이 네 노인과 일대일 장력 대결을 펼친 후 상대가 무공만 고강한 것이 아니라 인품 또한 존경할 정도로 고결하다는 것을 알았다. 이른바 경개여고傾蓋如故란 말도 있지 않은가? 처음 보고도 자신의 목숨을 상대방 손에 맡길 만한 가치가 있다고 느낀 것이다.

두씨 노인이 말했다.

"교 대협, 대협과 우리는 장력 대결을 펼친 후 이미 생사지교를 맺게 됐소. 대협에게 한마디만 하겠소. 지광대사께서 과거 영존과 영당을 살해하는 데 참여한 것은 황당무계한 사람에게 잘못 이끌려 했던 행동일 뿐 결코 본심에서 그런 것이 아니오. 그분도 이미 깊이 뉘우치고 있으니 부디 사정을 봐주기를 바라겠소."

교봉이 말했다.

"저 교봉은 요행히 살아남은 목숨입니다. 이렇게 다섯 고인과 교분을 맺을 수 있게 되어 실로 평생의 행운입니다. 재하는 지광대사의 몸에 손가락 하나 대지 못합니다. 가르침에 감사드립니다."

그는 곧 아주와 함께 얼굴에 한 변장을 모두 지우고 본래의 모습으로 돌아왔다.

박자 화상은 두 사람 모습이 바뀌고 아주가 여자로 변한 모습을 보고 의아함을 감추지 못했다.

다섯 노인이 몸을 일으켜 포권을 하며 작별을 고했다.

"이만 가보겠소. 훗날 또 만납시다!"

아주가 말했다.

"어르신들! 살펴 가십시오!"

두씨 노인이 말했다.

"낭자도 살펴 가시오."

다섯 사람은 정자를 나서 길을 따라 걸어갔다. 한참을 걸어가던 다섯 사람이 고개를 돌려 교봉과 아주를 바라봤다. 아주는 다섯 사람이 산비탈을 돌아가 뒷모습이 보이지 않을 때까지 계속해서 손을 흔들었다.

아주가 조용히 물었다.

"교 대협, 조금 전에 제 손을 잡을 때 왜 그렇게 떠셨어요?"

교봉은 쑥스러운 듯 말했다.

"조금 전에 하마터면 지씨 노선생한테 죽을 뻔했소. 돌봐줄 사람 하나 없는 이 세상에 당신 혼자 외롭게 남을 생각을 하니 견디기가 힘들었소…."

아주는 갓 핀 꽃처럼 발갛게 얼굴이 달아오른 채 고개를 돌려 교봉을 바라봤다.

"저… 정말 저랑 헤어지기 아쉬우셨던 건가요?"

교봉은 대답하기 곤란한 듯 아무 말 없이 웃으며 고개만 가로저었다. 아주도 자신의 말이 어리광 섞인 말이라는 걸 느낀 데다 옆에서 박자 화상이 지켜보고 있자 얼굴이 새빨개져 더 이상 물어볼 수가 없었다.

박자 화상의 안내하에 세 사람은 산길을 따라 걸어가 10리쯤 더 나아가 지관사 밖에 이르렀다.

천태산의 여러 사원 중에는 국청사國淸寺가 가장 널리 알려져 있었다. 수隋나라 시기의 고승인 지자智者대사가 이곳에 주석駐錫*하면서 천태종天台宗을 크게 일으켰고 그 이후로 수백 년 동안 불문의 성지가 되었기 때문이다. 그러나 무림에서는 지관선사의 명성이 더 널리 알려져 있었다. 교봉이 직접 보니 지관사는 평범하기 짝이 없는 작은 절에 불과했다. 회칠이 된 절의 외부는 대부분 벗겨져 있어 박자 화상의 안내 없이 교봉과 아주가 직접 찾아왔다면 이곳이 그 유명한 지관선사라고 믿지 않았을 것이다.

박자 화상이 절문을 밀어젖히며 큰 소리로 말했다.

"사부님, 교 대협이 당도했습니다."

지광대사의 목소리가 들려왔다.

"귀객이 멀리서 오셨는데 노납이 마중을 나가지 못했소."

이 말을 하면서 문 앞으로 걸어나와 합장을 하며 예를 올렸다.

교봉은 지광대사를 만나기 전에 대악인이 또 선수를 쳐서 그를 죽였을까 걱정했다가 그의 얼굴을 직접 마주하자 그제야 안심을 했다. 그는 깊이 읍을 하며 말했다.

"수행 중에 폐를 끼치게 되어 저 교봉이 편치가 않습니다."

지광대사가 말했다.

"선재로다! 선재로다! 교 시주, 시주는 본디 소蕭씨요. 알고 계시오?"

교봉은 흠칫 놀랐다. 자신이 거란인이라는 건 알았지만 부친의 성이 무엇인지는 줄곧 몰랐던 터였다. 그런데 지금 자신이 소씨라고 하는 지광의 말을 듣자 자기도 모르게 식은땀이 흘러내리기 시작했다. 자신의 출신 내력에 대한 진상이 점점 밝혀지고 있는 것이 아니던가? 그는 몸을 굽히며 말했다.

"소인이 불효한 놈이니 대사께서 가르침을 내려주십시오."

지광대사가 고개를 끄덕였다.

"두 분 시주께서는 앉으시오."

세 사람이 의자 위에 앉자 박자 화상이 차를 올렸다.

지광대사가 말을 이었다.

"영존께서는 안문관 밖 석벽 위에 글을 남기시면서 자칭 성은 '소'이고 이름은 '원산遠山'이라고 하셨소. 그리고 유문에 시주를 '봉아峰兒'라고 칭했기에 우리는 시주의 원래 이름을 그대로 남겨두었소. 다만 교가 부부에게 양육을 맡겨야 했기에 그들의 성을 따르게 했던 것이오."

교봉은 눈물을 글썽이며 몸을 일으켰다.

"재하는 오늘에야 부친의 성명을 처음 알게 됐습니다. 이 모든 건 대사의 은덕이니 제 절을 받으십시오."

이 말을 하고 절을 하기 시작했다. 아주 역시 자리에서 일어났다.

지광대사가 합장으로 답례를 하며 말했다.

"은덕이라는 말이 어찌 타당하다 하겠소?"

요遼나라의 국성은 야율耶律이었으며 황후들은 대대로 소씨였다. 이로 인해 소씨 집안은 대대로 황후의 친족이라는 이유로 조정의 장수와 재상 직을 도맡으며 요나라에서 막강한 권력을 휘둘렀다. 한때 나이 어린 요나라 군주를 대신해 소태후가 집정한 뒤로 소가의 위세는 더욱 드높아졌다. 교봉은 자신이 거란의 권문세가 후손이라는 사실을 알고 순간 만감이 교차한 나머지 한동안 넋을 잃었다. 그는 아주를 향해 고개를 돌려 장탄식을 내뱉었다.

"오늘 이후로 난 소봉이오. 더 이상 교봉이 아니오."

아주가 말했다.

"네. 소 대협!"

지광대사가 말했다.

"소 시주, 안문관 관외의 석벽 위에 남겨진 글은 보았소?"

소봉이 고개를 가로저었다.

"아니요. 관문 밖에 당도했을 때 석벽 위의 글은 이미 누군가에 의해 깨끗이 지워지고 흔적조차 남아 있지 않았습니다."

지광대사가 가벼운 한숨을 내쉬었다.

"이미 엎질러진 물이거늘 석벽 위의 글을 지운다고 수십 명의 목숨을 어찌 살려낼 수 있단 말인가?"

그는 소매 안에서 커다랗고 낡은 천 조각 하나를 꺼냈다.

"소 시주, 이게 바로 석벽에 남겨져 있던 유문의 탁본이오."

소봉은 두려움에 휩싸인 채 천 조각을 받아들고 천천히 펼쳤다. 커다란 천 조각은 수많은 옷 조각을 대충대충 기워서 만든 것으로 천 위에 적힌 한 글자 한 글자가 모두 속이 빈 흰색 글자였다. 필획이 매우 특이하고 모양이 한자와는 매우 달라 소봉은 한 글자도 알아볼 수 없었다. 그게 거란문자라는 건 알았지만 필적이 무척이나 웅후해서 마치 칼이나 도끼로 찍은 듯이 보였다. 이 글을 자신의 부친이 죽기 전에 단도로 새겼다는 지광대사의 말을 듣자 소봉은 자신도 모르게 비탄에 빠졌다.

"대사께서 해석해주십시오."

"그해, 우리가 탁본을 하러 갔을 때 안문관 안에서 거란문자를 아는 사람을 청해 해석을 부탁했소. 여러 명에게 물어봤고 그 뜻이 모두 같

앞으니 내용은 틀림없을 것이오. 맨 앞의 한 줄은 이런 말이오. '봉아가 돌을 맞이해 처와 함께 외가댁에 잔치를 하러 가는 도중 남조南朝의 도적 떼를 만났다….'"

소봉은 여기까지 듣고 더욱더 가슴이 아팠다. 지광대사가 말을 이었다.

"… 창졸간에 일어난 일이라 하나 처와 봉아가 도적들에게 해를 입었으니 난 더 이상 속세에 살아남고 싶지 않다. 나에게 무예를 전수한 은사는 남조의 한인이며 은사 앞에서 한인을 적으로 삼지 않고 죽이지도 않겠노라고 맹세했건만 오늘 한 번에 10여 명이나 죽이게 될 줄 어찌 알았겠는가? 부끄럽고도 가슴이 아파 죽어서도 은사를 뵐 면목이 없도다. 소원산蕭遠山 절필絶筆."

소봉은 지광대사의 말이 끝나자 공손하게 탁본을 접어넣으며 말했다.

"이건 선친께서 남기신 유품이니 대사께서 하사해주시기 바랍니다."

지광대사가 말했다.

"마땅히 그래야지요."

소봉은 머리가 혼란스러웠다. 부친이 당시에 느꼈을 고통스러운 마음을 실감했던 것이다. 그는 그제야 비로소 알 수 있었다. 부친이 벼랑 아래로 투신한 것은 단지 처자를 잃은 슬픔 때문만이 아니라 스스로 한 맹세를 파기하고 수많은 한인을 죽였다는 사문에 대한 자괴감 때문도 있음을 말이다.

한참 후에 소봉이 입을 열었다.

"재하는 그날 무석 행자림에서 대사를 뵙고 난 후, 수많은 의혹을 떨

처버릴 수 없었습니다. 대사께서 부디 가르침을 내려주십시오.”

지광대사가 답했다.

“부처님께서 과거 천축에서 제자들을 가르칠 때, 다방면으로 질문을 던지는 여러 제자들에게 세세하게 일깨움을 내리셨지만 어떤 질문에 대해서는 함부로 답을 하지 않으셨소. 그건 부처님께서 답을 몰라서가 아니라 어떤 답은 너무나도 심오하고 너무나 극히 광범위하게 연관이 되어 있어 한마디로 다 할 수 없으셨던 것이오. 만일 간단명료하게 답을 하셨다면 많은 제자가 이해하기 힘들었을 테고, 억지로 이해하는 척하는 사람이 확실한 해답이 아닌 상태로 널리 전파하게 된다면 정법正法에 해가 되는 상황을 피할 수 없었을 것이오. 부처님께서 14가지 질문에 답을 하지 않으셨던 이유는 불경 안에 기재되어 있소. 그것이 바로 그 유명한 십사무기十四無記[5]요. 불교의 각 종파에는 여러 가지 질문이 있으나 답이 있는 것도 있고 답이 없는 것도 있소. 예를 들어 이런 질문이 있소. ‘부처님께서 동쪽에 오신 까닭은?’ 이 질문에 대해서는 선종의 역대 대덕大德[6]들께서도 답을 한 사람보다 답을 하지 않은 사람이 더 많았소. 또 이런 질문도 있소. ‘한 손으로 손뼉을 치면 어떤 소리가 납니까?’ 이 질문에는 사람들마다 임기응변으로 답을 했기에 그 답이 아주 많소. 노납은 수행이 부족하여 감히 부처님 근처에도 가지 못하나 소 시주께서 물어볼 것이 있다 하니 노납이 답해줄 수 있다면 답할 것이고, 만일 답을 해주기가 타당치 않다면 답을 하지 아니할 것이오. 그 점에 대해서는 시주께서 양해를 하기 바라겠소.”

소봉이 몸을 일으키며 말했다.

“재하가 오늘 이곳에 오는 길에 다섯 노인을 만났는데 모두 고상한 품격과 절조를 지니신 분들이라 실로 탄복하지 않을 수 없었습니다. 그 다섯 고인들께서 재하에게 가르침을 내려주셨습니다. 과거 대사께서 안문관 대전에 가담하신 것은 오해에서 빚어진 것일 뿐 본심은 아니라고 말입니다. 재하가 묻고자 하는 모든 것이 재하의 무지로 인한 것이니 대사께서는 부디 재하처럼 평생 제대로 된 가르침을 받지 못한 일개 상스러운 무인이 사리분별을 제대로 하지 못한 나머지 함부로 던지는 질문임을 용서해주시기 바랍니다."

그는 평생 거칠고 우악스럽게만 살아왔던 터라 이렇게 문자를 써가며 하는 말은 평생 해본 적이 없었다. 그 때문에 스스로 본성에 위배되는 행동이라 느꼈지만 지광대사는 도리가 있고 큰 덕을 지녔다고 믿고 있었기에 열과 성을 다해 말을 내뱉은 것이다.

지광대사가 말했다.

"소 시주, 겸손이 지나치시오. 노납 역시 본래 무예를 배운 사람이오. 물론 근자에 무공을 모두 잃기는 했지만 무인으로서의 기상은 아직 그대로 지니고 있소. 우리끼리는 지나친 예를 갖출 것 없으니 단도직입적으로 질문을 해도 좋소!"

소봉은 크게 한숨을 내쉬고 큰 소리로 말했다.

"그렇다면 좋소이다!"

그는 이렇게 말하는 것이야말로 자신의 평소 모습이라는 생각이 들었다.

"소 시주, 앉아서 말씀하시오."

소봉은 여전히 그 자리에 서서 차수叉手의 예를 올리며 말했다.

"부디 대사님께서 가르침을 내려주십시오. 송요宋遼 변경에서는 해마다 싸움이 벌어지고 있고 그해 송나라 무인들이 안문관에 매복해 제 선부모先父母를 죽였습니다. 양국 간 싸움이 벌어질 경우 변경 지역에서 서로를 죽이는 일은 흔히 있는 일이라 생각합니다. 한데 대사께서는 어찌 조전손과 얘기를 나눌 때 마치 그래서는 안 되는 일을 한 듯 뼈저리게 후회하는 어투로 말씀하셨는지 모르겠습니다. 양국 간 싸움이 벌어지는 전장에서는 수많은 사람이 살상되기 마련이거늘 어찌 잘잘못이 있다 할 수 있습니까?”

지광대사가 한숨을 내쉬고는 천천히 입을 열었다.

“앉으시오! 영존께서 요나라의 어떤 직위에 있었는지 시주도 알고 계시오?”

“선부의 명휘名諱는 오늘 대사로부터 처음 들었으며 선부의 과거 사적事迹에 대해서도 소인이 불효자인지라 아는 바가 전혀 없습니다.”

“아까 말씀드렸다시피 영존의 명휘는 소원산이오. 이미 30년 전 일이라 지금은 송요 양국에서 그 이름을 아는 사람이 많지 않소. 30년 전, 영존께서는 요나라 황후 속산군屬珊軍[7]의 친군총교두親軍總敎頭였소. 무공 실력이 요나라에서 일인자라 할 수 있었으니 대송에서는 그분에 미치는 사람이 아마 없었을 것이오. 그분의 무예는 요나라의 한 한인 고수로부터 전수받은 것이었소. 송군은 그해 진가곡陳家谷에서 대패를 한 뒤부터 거란군이 해마다 남침을 해왔지만 패배보다는 승리한 경우가 더 많았소. 진종眞宗 황제 경덕景德 원년에 이르러 거란 황제와 모친인 소태후가 친히 대군을 인솔해 전주성澶州城으로 공격해 들어오자, 진종 황제 역시 친히 전주로 가서 거란과 전연지맹澶淵之盟[8]이라 일컫는 맹약을 맺게 됐소. 그 맹약으로 양국은 형제 나라가 됐고 그때부터 서로 휴전을 하게 된 것이오. 그 후 80여 년 동안 양국 간에 큰 싸움이 벌어진 적이 없어 요나라는 고려를 상대로 싸움을 벌였고 대송은 서하에 대해서만 군사를 동원했소. 그 이유가 뭔지 아시오?”

“양국 군주를 비롯해 당시 집권을 하고 있던 조정의 장상將相들이 맹약을 준수하길 원해서였겠지요. 듣기로는 맹약 내용에 송조에서 매년 기란에 온 10만 냥과 비단 20만 필을 보내되 만약 싸움이 벌어지면 거란이 은견銀絹을 받지 못한다는 조항이 있다고 하더군요.”

지광대사가 입가에 미소를 지으며 말했다.

“거란은 직물 생산량이 적고 양식도 부족해 대송에 의존해야만 하니 금전적인 면을 생각해 대송을 공격하지 않는 것이 중요한 원인 중 하나일 수는 있소. 허나 또 다른 원인은 바로 영존께서 대단한 일을 해냈기 때문이오.”

소봉이 의아한 듯 물었다.

“아버지께서요? 아버지께서는 친군총교두였다고 하지 않으셨습니까? 친군총교두라면 무공은 강하다 해도 직위가 비천했을 테니 국가 지사에 있어 조정에서 발언권이 없었을 것 아닙니까?”

“친군총교두란 직위가 그리 높지는 않지만 황제와 태후를 보위하는 책임을 맡고 있는 자리요. 그해 거란의 황제와 태후는 무공에 관심이 많아 영존을 매우 높이 평가하고 있었소. 매번 송요 간에 쟁점이 있을 때마다 영존께서는 늘 황제와 태후에게 무력을 동원해서는 안 된다고 진언을 했소. 영존께서 지위는 낮았지만 태후와 황제 수중에 있던 나라의 대권을 조종할 수 있었던 것이오. 태후와 황제에게 싸움을 하지 말라고 하면 하지 않았으니까 말이오. 송요가 무력적인 행동을 하지 않자 양국의 수많은 군사와 백성이 목숨을 부지할 수 있게 된 것은 물론 군사적 손실도 줄어들고 군비와 양식 소모도 적어 의식주가 풍족해진 백성들은 평온한 생활을 영위할 수 있게 됐소. 허니 이 얼마나 큰 일을 한 것이오?"

지광대사는 차를 몇 모금 마시고 말을 이었다.

"대송이 개국한 이래 줄곧 요강송약遼强宋弱의 형세는 계속되어왔소. 더구나 송조에는 서쪽 변경 지역의 대적大敵인 서하가 있었기에 거란군이 남하하지만 않는다면 더 이상 바랄 것이 없었고 절대 북쪽을 공격할 일도 없었소. 영존께서 요나라 군주에게 송조와 화친할 것을 권한 사실에 대해 초창기 송조에서는 아는 사람이 없었으나, 후에 그 소식이 차츰 전해지면서 조정 대신들과 무림의 수뇌부들도 비로소 영존의 행동에 대해 알게 됐소. 거란인들 중에 그런 호인이 있으리라고는 상상도 하지 못했던 것이오. 누군가 영존에게 예물을 보내면 영존께서는 오히려 사람을 보내 일일이 돌려보내시며 말씀하셨소. '내 은사께서는 남조의 한인이오. 나 소원산의 힘으로 송나라의 군사행동을 저지하는 것은 은사의 깊은 은덕에 보답하기 위해서요.' 선봉장 대형과 노납 그리고 왕 방주는 우리가 죽인 사람이 뜻밖에도 영존이었다는 사실을 알고 모두들 부끄러움을 감출 수 없었소. 특히 선봉장 대형은 지난 수년 동안 이를 밤낮으로 마음에 담아두고 늘 괴로워하면서 송요전쟁이 다시 발발할까 두려워했지만 다행히도 요나라 군주와 태후가 백성들을 아끼는 마음에 전쟁을 재개하지는 않았소. 요나라 군주 역시 휴전 맹약의 이점을 직접 누려보고 영존께서 간곡하게 간언한 깊은 뜻을 실감했던 것이오. 우리는 그렇게 만민에게 행복을 가져다준 살아 있는 보살님을 우리 손으로 죽였다는 죄책감 때문에 시주의 목숨을 보전하기로 결의하고 시주를 재목으로 키울 방법을 마련하게 됐소."

소봉은 여기까지 듣고 생각했다.

'그랬었군. 내가 개방의 방주일 때 친히 말을 몰고 나가거나 사람을 보내 손을 쓰면서 수많은 요나라 장군과 무인을 죽였지만 일말의 자괴감이라도 있었던가? 오직 그들을 죽여야 마땅하고 잘 죽였다고만 느꼈을 뿐이다. 한데 내 아버지께서는 오히려 양국의 휴전과 화친을 위해 힘쓰고 양국에 인의를 베푸셨으니 그 공덕은 나보다 열 배 이상 되는 것이 아닌가?'

그러고는 지광대사에게 말했다.

"대사의 가르침에 감사드립니다. 재하가 마음속에 묻어두었던 의혹이 깨끗이 풀렸습니다."

지광대사는 고개를 들어 한참을 사색하다 천천히 말했다.

"처음 우리는 영존께서 거란 무사들을 인솔해오는 것이 소림사를 덮쳐 경서를 훔쳐가려는 행동으로만 알았소. 후에 그 석벽의 유문을 읽고 나서야 그게 다 오해였으며 우리가 크나큰 실수를 했다는 걸 알게 된 것이오. 영존께서 자결을 결심한 이상 결코 죽기 전까지 유문에 거짓말을 써서 속일 리는 없었을 것이오. 그분께서 소림사 경서를 뺏어가기 위해 오는 길이었다면 어찌 무공이라고는 전혀 모르는 자신의 부인과 이제 갓 돌이 된 영아를 품에 안은 채 올 수 있단 말이오? 후에 소림사에 경서를 뺏으러 온다는 소식에 대한 근원을 조사해보니 일개 망인妄人의 입에서 나온 것임을 알게 됐소. 다름 아닌 선봉장 대형을 희롱하려는 마음을 품은 자였소. 선봉장 대형의 무공과 명성이 자기보다 위에 있는 사실에 대해 불만을 품고 선봉장 대형이 천 리 먼 길을 힘들게 다녀오게 만들어 그걸 조롱거리로 삼고 그의 명성에 커다란 흠집을 내려는 의도였던 것이오."

"음. 이제 보니 누군가 악의를 품고 한 짓이었군요. 그 망인은 후에 어찌 됐습니까?"

"선봉장 대형은 진상을 알고 나서 크게 분노했지만 그 망인은 어디로 도망을 갔는지 종적조차 알 수가 없었소. 그 사건이 있은 후 30년이 지났으니 필시 현세에 살아남아 있지는 않을 것이오."

"그 망인이 말도 안 되는 유언비어를 날조한 것이 그저 희롱을 하거나 남의 명성에 흠집을 낼 생각에 그랬다고 볼 수만은 없습니다. 그자는 내 아버지를 해친 후 송요의 분쟁을 야기해 양국이 대전을 일으키고 끊임없는 전화를 발생토록 만들어 쌍방 모두에게 손상을 입히려한 것입니다. 그 망인은 아마 고려에서 왔거나 서하의 지시를 받고 온 자일 겁니다. 어찌 됐건 송요 양국에 앙심을 품고 있는 자일 테지요. 대사께서 그자를 망인이라고 칭하신 건 자비를 베푸신 겁니다."

교봉은 천성이 거칠고 호탕했지만 다년간 개방 방주를 맡으면서 평소에도 군국대사에 마음을 써왔기에 생각이 단지 강호 무림의 원한과 쟁투에만 미치지 않았다.

지광대사가 고개를 끄덕였다.

"시주는 필경 큰일을 할 사람이니 생각을 바꾸면 천하의 대세가 생각날 것이오. 무예를 배운 수많은 사람이 이런저런 생각을 하지만 오로지 무공이나 파벌, 명성 같은 아주 사소한 가치 안에서 선회할 뿐이오. 선봉장 대형은 이런 엄중한 과오를 빚어낸 후 30년 동안, 밤낮으로 애를 태워가며 요군이 남하를 할까 노심초사했소. 더구나 그 일에 대한 후회와 자책감으로 모진 고통을 받았으니 그가 받은 죄의 대가는 이미 충분하다고 생각되는 바요. 원한은 풀어야지 맺어서는 아니 된다 했소. 복수는 원한을 불러일으키는 법이니 아무 의미가 없다는 말씀이오. 차라리 마음을 편히 먹고 웃어넘기느니만 못한 것이오. 한 가지 원인이 더 있으나 말을 하려니 시주에게 불경한 말이 아닌가 염려되는구려."

"대사께서 가르침을 내려주십시오."

지광대사가 천천히 말했다.

"시주는 선봉장 대형을 찾아가 복수를 하려 할 테지만 선봉장 대형은 절대 도망가지 않겠다고 결심을 한 상태요. 소 시주처럼 무공이 탁월한 사람은 말할 것도 없고 무공을 전혀 모르는 사람이라 할지라도 단도 한 자루만 쥐고 간다면 일도에 그를 죽일 수 있을 것이오. 허나 선봉장 대형 옆에는 고수들이 부지기수라 그들이 전력을 다해 선봉장 대형을 보호하려 한다면 상황은 달라질 수 있소. 설사 선봉장 대형이 그들을 제지하고 기꺼이 죽겠다고 나선다 해도 그가 죽고 난 후 수하들이 한꺼번에 공격을 해온다면 막아내기는 쉽지 않을 것이오."

하지만 소봉은 단호했다.

'원흉을 죽인다 해도 결국에는 숫자가 많고 세력이 큰 상대에게 적수가 되지 못한다. 그러나 나 소봉이 어디 죽음을 두려워해 꽁무니를 빼는 놈이던가? 부모의 원수와는 같은 하늘 아래 살 수 없는 법. 사내 대장부가 어찌 그까짓 위험을 두려워하겠는가? 나 소봉은 그 어떤 고난이 있더라도 앞으로 나아갈 것이다.'

그는 곧 자리에서 일어나 공손하게 말했다.

"대사의 가르침에 감사드립니다. 저 소봉이 우둔하여 여전히 그 선봉장 대형을 만나보고 싶습니다. 그자는 제가 어릴 때부터 제 친부모로부터 받아야 할 사랑과 기르는 정을 받지 못하게 만들었는데 이 어찌 하찮은 일이라 할 수 있겠습니까?"

"소 시주는 정녕 그 사람 이름을 알고 싶으시오?"

"네, 대사께서 자비를 베풀어주십시오."

"노납은 소 시주가 그 일을 조사하면서 이미 개방의 서 장로와 담공, 담파, 조전손 네 사람을 죽이고 철면판관 선정 일가를 몰살했으며 또한 선가장마저 모조리 태워버렸다는 말을 듣고 시주가 조만간 이곳에 올 것이라 짐작하고 있었소. 시주, 잠시만 기다리시오."

이 말을 하고는 몸을 일으켰다.

소봉은 서 장로 등을 자신이 죽인 게 아니라고 소명하려 했지만 지광대사는 이미 뒤도 돌아보지 않고 후당으로 나가버렸다.

잠시 후 박자 화상이 객당으로 걸어 들어와 고했다.

"사부님께서 두 분을 선방禪房으로 모시라 하십니다."

소봉과 아주는 그를 따라 대나무가 우거진 오솔길을 가로질러 한 작은 법당 앞에 이르렀다. 박자 화상이 판자문을 밀어젖히며 말했다.

"드시지요!"

소봉과 아주는 안으로 들어갔다.

지광대사가 부들방석 위에 책상다리를 하고 앉아 있다 소봉을 보고 빙긋 웃었다.

"시주의 질문에 노납은 답을 하지 않겠소."

그는 손가락을 뻗어내 바닥에 글을 써나가기 시작했다. 작은 법당 바닥은 오랫동안 청소를 안 했는지 먼지가 두껍게 쌓여 있었다. 지광 대사는 그 희뿌연 먼지 위에 글을 써내려갔다.

'만물은 다 똑같고 중생이 평등하니 한인과 거란인에 차별을 두면 아니 된다. 은원과 영욕은 오묘하여 명확하지 않으니 자비심을 품고 백성을 염두에 두어야 하느니라.'

그는 글을 모두 쓰고 살짝 미소를 지은 채 두 눈을 감았다.

소봉은 바닥에 적힌 글을 보고 한동안 넋을 잃고 있다 생각했다.

'불가에서 볼 때 인자仁者나 악인惡人은 모두 똑같을 뿐만 아니라 금수와 아귀餓鬼, 제왕과 장상 역시 차별이 없다는 것이니 내가 한인인지 거란인인지는 얘기할 가치가 전혀 없다는 뜻이다. 하지만 난 불문 자제가 아닌데 어찌 그토록 대범할 수 있단 말인가?'

이런 생각을 마치고 말했다.

"대사, 도대체 그 선봉장 대형이 누구인지 가르침을 내려주십시오."

이렇게 질문했지만 지광대사는 웃음만 지을 뿐 답을 하지 않았다.

소봉이 지광대사를 자세히 들여다보고는 깜짝 놀라지 않을 수 없었다. 웃는 모습을 하고 있는 그의 얼굴이 딱딱하게 굳어 있는 것처럼 보인 것이다.

소봉은 연이어 두 번 '지광대사'를 불러봤지만 여전히 아무 반응이 없자 손을 뻗어 그의 코끝에 가져다 대보니 호흡이 멎어 있었다. 이미 원적에 든 것이다. 소봉은 처연한 마음에 아무 말도 하지 않은 채 무릎 꿇어 몇 번 절을 하고 아주를 향해 손짓했다.

"갑시다!"

두 사람은 박자 화상에게 작별을 고하고 지관사를 빠져나왔다. 소봉은 고개를 숙이고 낙담한 모습으로 천태현성을 향해 발길을 돌렸다.

10여 리를 걸어가다 소봉이 입을 열었다.

"아주, 난 지광대사에게 해를 입힐 의도가 전혀 없었소. 한데… 그분이… 그분이 왜 굳이 그랬는지 모르겠소?"

"대사께서는 속세의 무상함을 간파해 생사의 구별이란 원래 없다는 큰 깨달음이 있으셨던 거예요. 그분께서는 서 장로를 비롯한 망자들을 소 대협이 모두 죽였다고 여겨 선봉장 대형의 이름을 말하지 않기로 결심한 거죠. 그리고 자신은 소 대협의 독수를 피하기 어렵다 느끼고 얘기를 모두 끝낸 후 자결해버린 거예요."

두 사람은 서로의 얼굴을 쳐다보며 한동안 아무 말도 하지 않았다.

아주가 대뜸 말했다.

"소 대협, 제가 분수에 맞지 않는 말씀을 드릴 테니 부디 절 나무라지 마세요."

"어찌 그리 예를 차리는 것이오? 당연히 나무라지 않을 것이오."

"제가 볼 때는 지광대사가 바닥에 쓴 몇 마디 말에 일리가 있는 것 같아요. '한인과 거란인에 차별을 두면 안 된다. 은원과 영욕은 오묘하여 명확하지가 않다'라고 했잖아요? 사실 대협은 한인이어도 좋고 거란인이어도 좋은데 무슨 구분이 필요하겠어요? 늘 위험천만한 강호 생활을 대협도 싫어했었잖아요? 차라리 안문관 밖에 나가 사냥이나 하고 방목이나 하면서 중원 무림의 은원과 영욕은 다시 신경 쓰지 않는 게 나을 것 같아요."

소봉이 긴 한숨을 내쉬었다.

"그 위험천만한 곳에서 살기 위해 발버둥치는 짓은 나도 이제 지긋지긋하오. 새외의 초원에 가서 말에 올라 매사냥을 하거나 개를 풀어 토끼를 쫓아가며 아무 근심 없이 사는 게 훨씬 더 기쁠 것 같소. 아주, 내가 새외에 살면 날 보러 오겠소?"

아주는 얼굴에 홍조를 띠며 조용히 말했다.

"제가 방목을 하겠다고 말하지 않았나요? 대협이 말을 달리며 사냥을 하면 전 소와 양을 키울 거예요. 두 사람이 매일 함께하면서 눈만 뜨면 볼 수 있게 되겠죠."

그녀는 여기까지 말하다 고개를 숙였다.

소봉은 거친 사내였지만 그녀가 한 말의 함축된 의미를 똑똑히 알 수 있었다. 그녀는 자신과 평생 새외에서 서로를 의지해 살아가며 다시는 중원에 돌아가지 않겠다는 말이었다. 소봉이 처음 그녀를 구할 때는 일시적인 호기에 불과했지만 후에 그녀가 안문관 밖에까지 쫓아오고 함께 위휘와 태안, 천태산 등을 분주하게 돌아다니며 조석으로 가까이 지내다 보니 그녀의 온유하고 친절한 태도를 시시각각 느끼게 됐다. 지금 그녀가 속에 있는 말을 단도직입적으로 털어놓자 자기도 모르게 가슴이 요동을 쳤다. 그는 거칠고 큰 손을 내밀어 그녀의 작은 손을 꼭 잡았다.

"아주, 나한테 잘 대해줘서 정말 고맙소. 내가 거란의 천한 종자라 싫지 않소?"

"한인도 사람이고 거란인도 사람인데 무슨 귀천의 구분이 있겠어요? 전… 전 거란인으로 살고 싶어요. 이건 진심이에요. 억지로 하는 말이 아니에요."

이 말을 하면서 목소리가 모깃소리처럼 가늘어져 제대로 들리지 않았다.

소봉은 너무도 기쁜 나머지 대뜸 손을 뻗어 그녀의 허리를 끌어안고 그녀의 몸을 허공에 던졌다가 그녀가 떨어지는 순간 가볍게 받아들어 다시 바닥에 내려놓았다. 그는 그녀를 바라보고 싱긋 웃으며 큰소리로 외쳤다.

"아주, 앞으로 나를 따라 말을 타고 사냥을 하며 소와 양을 기른다고 한 말, 영원히 후회하지 않을 자신 있소?"

아주가 정색을 하며 말했다.

"대협을 따라 살인방화를 하고 민가를 습격해 약탈한다 해도 절대 후회하지 않을 거예요. 대협을 따르며 갖은 고초를 당하고 괴로운 일을 당해도 기뻐할 거예요."

소봉이 큰 소리로 말했다.

"나 소봉한테 오늘 같은 날이 왔으니 나한테 개방 방주를 다시 맡으라고 하는 건 물론이고 나더러 송나라 황제가 되라고 해도 하지 않을 것이오. 차라리 거란인이 될지언정 한인이 되지는 않겠소. 아주, 당장 마 부인을 찾아 신양信陽으로 갑시다. 마 부인이 말을 하든 안 하든 우리가 찾아갈 마지막 사람이오. 한 번만 더 물어보고 우린 새외로 가서 사냥을 하고 양이나 키웁시다!"

"소 대협…."

"지금 이 순간부터 더 이상 대협이니 나리니 하고 부르지 마시오. 오라버니라 부르시오!"

아주가 만면에 홍조를 띠고 나지막이 말했다.

"제가 그럴 자격이 되나요?"

"그렇게 부르겠소? 안 부르겠소?"

아주가 미소를 지으며 말했다.

"천 번 만 번 부르고 싶지만 감히 그럴 수는 없죠."

소봉이 싱긋 웃었다.

"일단 시험 삼아 한번 불러보시오."

아주가 작은 소리로 말했다.

"오… 오라버니!"

소봉은 큰 소리로 껄껄 웃었다.

"됐소! 지금부터 나 소봉은 더 이상 남들한테 멸시를 받는 고독하고 천한 오랑캐 종자가 아니오. 이 세상에 적어도 단 한 사람… 한 사람이…."

그는 순간 어떻게 말해야 할지 몰랐다.

아주가 그 말에 이어 말했다.

"한 사람이 있어 당신을 존경하고, 흠모하고, 고마워하며, 만겁을 다시 태어난다 해도 영원토록 당신 곁을 지키며 당신과 함께 환난과 굴욕, 고난과 위험을 견뎌나가겠어요."

그녀의 말은 진지하고 성실하기 이를 데 없었다.

소봉이 큰 소리로 긴 웃음을 내뱉자 사방의 산골짜기에서 메아리가 들려왔다. 그는 아주의 '만겁을 다시 태어난다 해도 영원토록 당신 곁을 지키며 당신과 함께 환난과 굴욕, 고난과 위험을 견뎌나가겠어요'

란 말이 그녀가 앞으로 가시밭길을 걷게 될 것임을 뻔히 알면서도 이를 기꺼이 받아들이고 후회하지 않겠다는 의미라는 생각이 들자 속으로 너무나도 감격스러웠다. 비록 만면에 웃음을 짓고 있기는 했지만 그의 양볼에서는 두 줄기 눈물이 흘러내리고 있었다.

개방 전임 부방주 마대원의 집은 하남 신양의 한 시골 마을에 있었다. 개방의 총타가 하남 낙양에 있어 신양과 위휘는 총타에서 그리 멀지 않은 경서남로京西南路와 경서북로京西北路 내에 있었다. 소봉은 아주와 함께 강남 천태산으로부터 신양으로 건너갔다. 가는 길 대부분이 이미 지나온 길인 머나먼 여정이라 하루아침에 갈 수 있는 거리가 아니었다.

두 사람은 천태산 위에서 속마음을 털어놓은 후 서로에 대한 정이 매우 깊어져만 갔다. 가는 길은 고삐를 늦춰 천천히 나아가다 보니 주변의 화사한 풍광들이 보이기 시작하면서 그 안에 흠뻑 도취되고 말았다. 아주는 술을 잘 못하지만 소봉의 흥을 맞춰주기 위해 마지못해 함께 몇 잔 마시다 보니 곱디고운 얼굴이 발갛게 달아올라 더욱 온화한 모습으로 변했다. 가슴 가득 분노로 차올라 있던 소봉은 아주가 웃음 띤 얼굴로 위안하고 재치 있는 말로 기분을 풀어주다 보니 비분한 마음이 눈 녹듯이 사라져버렸다. 강남에서 북쪽으로 중주까지 가는 이번 길은 얼마 전 안문관 밖에서 산동으로 갈 때와 비교하면 전혀 다른 심정이었다. 생각해보면 막연하기만 했던 이 수천 리 여정은 마치 깊은 꿈을 꾸는 듯해서 처음 한동안 끊임없이 이어지던 악몽이 마침내 단꿈으로 바뀌었다. 만약 이 사랑스럽고 보기만 해도 기분 좋은 아주가 곁에서 마음을 설레게 만들지 않았다면 지금까지도 여전히 악몽에서 헤어나오지 못했을 것이다.

이날 이들은 광주光州에 도착했다. 이곳에서 신양까지는 이틀 정도면 갈 수 있는 거리였다. 아주가 말했다.

"오라버니, 마 부인한테는 어찌 물어봐야 하는 거죠?"

얼마 전 행자림과 취현장에서 마 부인은 말투나 태도에 있어 소봉에게 적의로 가득한 모습을 보였고 심지어 무고한 누명까지 씌우지 않았던가? 소봉은 비록 불쾌하긴 했지만 후에 생각해보니 남편을 잃은 그녀가 남편을 해친 사람이 자신이라 확신하는 이상 자신을 원망하는 것도 무리가 아닌 것 같았다. 자신을 증오하지 않는 것이 오히려 이치에 맞지 않을 테니 말이다. 더구나 그녀가 무공을 모르는 과부인 점을 생각해볼 때, 그녀에게 위협을 가한다면 스스로 호협豪俠으로서의 체면을 잃게 되는 결과를 가져올 것이니 무력을 써서 추궁하는 상황은 더더욱 있을 수 없는 일이었다. 따라서 아주의 질문을 듣자 고개를 갸웃거릴 따름이었다.

"내 생각엔 좋은 말로 부탁을 하는 수밖에 없겠소. 마 부인이 이치를 깨닫고 더 이상 내가 자기 남편을 죽였다는 누명을 씌우지 않기만 바랄 뿐이오. 아주. 차라리 당신이 가서 얘기하는 게 어떻겠소? 당신은 언변이 뛰어난 데다 똑같은 여자인 몸이 아니오? 마 부인이 내 얼굴을 보면 가슴에 가득 찬 원한 때문에 대화가 경직되고 말 것이오."

아주가 미소를 띠었다.

"저한테 계책이 하나 있는데 오라버니가 원치 않을까 염려돼요."

소봉이 다급하게 물었다.

"어떤 계책이오?"

아주가 말했다.

"오라버니는 대영웅이자 대장부이니 오라버니가 직접 부인을 추궁해선 안 돼요. 차라리 제가 부인을 구슬리는 게 낫죠. 어때요?"

소봉이 웃으며 말했다.

"구슬려서 진상을 밝히게 만들 수 있다면 그보다 좋을 수는 없소. 아주. 내가 밤낮을 가리지 않고 고민하는 이유가 내 손으로 그 대악인을 처단하고 싶어서라는 걸 알 것이오. 난 원래 거란인이니 그가 내 진면목을 폭로하는 건 당연한 일이오. 우리 조상이 누군지 나한테 알려준 점에 대해서는 오히려 고맙다고 인사를 해야 마땅하오. 하지만 왜 우리 양부모를 죽이고 내 은사를 죽였으며 왜 내가 친구들을 해치도록 핍박해 오명을 뒤집어쓴 채 천하 영웅들의 원수가 되도록 만들었는지 알고 싶소. 내가 놈을 갈기갈기 찢어 죽여놓지 않는다면 어찌 내 마음이 편할 수 있으며, 어찌 평생 당신과 새외에서 말을 타고 사냥을 하며 소와 양을 기르며 살 수 있겠소?"

이 말을 하면서 그의 목소리는 점점 격앙되어갔다. 시간이 지나면서 그의 태도가 과거처럼 침울하지는 않았지만 그 대악인에 대한 원한만은 조금도 줄어들지 않았던 것이다.

아주가 말했다.

"대악인이 그토록 악랄하게 오라버니를 해쳤으니 제가 우선 칼로 몇 번 베어버려 당신 대신 화풀이를 하고 싶어요. 대악인을 잡으면 영웅연이라도 열어서 천하의 영웅호한들을 초빙해 그들 앞에서 오라버니의 억울함을 해명하고 오라버니의 결백한 명성을 되찾아야만 해요."

소봉이 탄식하며 말했다.

"그럴 필요 없소. 난 이미 취현장에서 수많은 사람을 죽여 천하 영웅들과 깊은 원한을 맺었으니 군이 이해를 바라지는 않소. 나 소봉은 이 일이 일단락되면 스스로 마음속의 평안을 찾을 수 있기만 바랄 뿐이오. 그런 연후에 당신과 말을 타고 새외로 건너가 우리 둘이 평생 들짐승들을 벗 삼아 살면서 다시는 중원의 영웅호한들을 보지 않으면 그뿐이오."

아주가 기뻐하며 말했다.

"그야말로 천지신명께 감사드릴 일이며 저 역시 바라던 바예요."

그녀는 싱긋 웃으며 말을 이었다.

"오라버니, 제가 누군가로 변장을 해서 마 부인이 그 선봉장 대형의 이름을 밝히도록 구슬려보겠어요."

소봉이 무릎을 탁 치며 소리쳤다.

"그거요! 내가 왜 그 생각을 하지 못했을까? 당신 역용술을 이 일에 쓴다면 그보다 좋을 수는 없소. 누구로 변장할 생각이오?"

"그건 오라버니께 물어봐야지요. 마 부방주가 살아 있을 때 개방에서 누구와 가장 교분이 깊었죠? 제가 그 사람으로 변장한다면 마 부인은 남편의 절친한 벗으로 생각해 절대 숨기는 일이 없을 거예요."

"음. 개방에서 마대원 형제와 가장 친했던 사람은 왕 타주와 전관청 그리고 진 장로요. 그리고 집법 장로인 백세경과의 교분도 상당히 깊은 편이었소."

아주는 고개를 갸우뚱거리며 그 몇 명의 행동과 모습을 상상했다. 소봉이 다시 말했다.

"마 형제는 사람이 조용하고 신중한 편이라 나처럼 술을 탐하거나 큰 소리로 떠드는 성격이 아니었소. 그런 이유로 평소에 나와 함께 술을 마시며 담소를 나누는 일도 극히 적었지. 전관청과 백세경 같은 사람이 그와 성격이 비슷해 늘 함께 무공을 연구하곤 했소."

"왕 타주가 누군지 전 잘 몰라요. 진 장로는 마대 속에 늘 독사와 전갈을 가득 채워넣고 다니는 사람이라 생각만 해도 닭살이 돋아 제 능력 가지고는 비슷하게 할 수 없어요. 또 전관청은 반나절이면 비슷하게 변장할 수 있지만 워낙 발음이 괴상해서 마 부인 집에 오래 머물면서 천천히 속마음을 떠보다가는 아마 정체가 탄로 나고 말 거예요. 아무래도 백 장로를 따라 해야겠어요. 취현장에서 저한테 몇 마디 말을 던진 적이 있는데 그 사람을 흉내 내는 게 가장 쉬워요."

소봉이 빙긋 웃었다.

"백 장로는 당신에게 잘 대해주기도 했거니와 설신의한테 치료를 해달라고 부탁까지 하지 않았소? 그의 모습으로 변장해서 남을 속인다면 그에게 미안할 것 아니겠소?"

"백 장로로 변장해서 좋은 일만 하고 나쁜 짓은 하지 않으면 그의 명성에 흠집이 갈 일은 없을 거예요."

그녀는 곧바로 작은 객점을 찾아들어가 변장을 하기 시작했다. 아주는 소봉을 개방의 오대 제자로 변장시켜 백 장로의 시종인 것처럼 행세하되 되도록 말을 하지 않도록 했다. 예리한 마 부인이 눈치채는 걸 방지하기 위해서였다. 소봉은 서릿발같이 차가운 얼굴에 노하지 않아도 위엄 있어 보이는 백 장로로 변신한 아주의 모습을 보고 과연 개방 남북의 수만 제자가 경외하는 집법 장로처럼 느껴졌다. 단지 용모만 닮은 것이 아니라 말투와 행동거지까지 백세경과 신통하게 닮았던 것이다. 소봉은 백 장로와 10년 넘게 교분을 맺어왔지만 아주의 변장에서 어떤 허점도 발견할 수 없었다.

두 사람이 신양에 당도하자마자 소봉은 길거리에 있는 개방 제자들을 보고 개방 은어로 담소를 나눠가며 개방의 수뇌 인물들에 대한 동향을 파악하기 시작했다. 그리고 백 장로가 신양에 왔다고 공개적으로 드러내 마 부인이 그 소식을 전해듣도록 만들었다. 그 소식을 먼저 마음속에 담아두고 있으면 아주가 한 변장에 허점이 노출된다 해도 쉽게 알아채지 못할 것이라는 기대 때문이었다.

마대원의 집은 성에서 30여 리쯤 떨어진 신양의 서쪽 교외에 있었다. 소봉은 현지 개방 제자들에게 길을 물어본 뒤 아주와 함께 마가로 향했다. 두 사람은 일부러 천천히 말을 몰아 시간을 지체한 뒤 해질 무렵에야 도착했다. 대낮에는 사물이 똑똑히 보여 변장한 얼굴이 탄로나기 쉽지만 밤이 되면 뭘 봐도 흐릿해서 대충 넘어갈 수가 있었기 때문이다.

마가 문밖에 당도하자 작은 개울이 작은 기와집 세 칸 주위를 감싸 돌고 있었고, 집 옆에는 수양버들 두 그루가 서 있었다. 문 앞에는 농가에서 곡식을 말릴 때 쓰는 마당이 있었는데 마당의 각 모퉁이에는 깊은 구덩이가 하나씩 파여 있었다. 마대원의 무공 실력을 잘 알고 있는 소봉은 그 네 구덩이가 평소 무공 연마에 쓰던 것이라 짐작했다. 그런 마대원이 지금은 유명을 달리했다는 생각이 들자 가슴이 미어지는 듯했다. 앞으로 나아가 문을 두드리려는 순간 갑자기 삐그덕 소리와 함께 판자문이 열리면서 전신에 소복을 입은 부인 하나가 걸어나왔다. 바로 마 부인이었다.

마 부인은 소봉을 힐끗 한번 쳐다보더니 몸을 숙여 아주를 향해 예를 올렸다.

"백 장로께서 이런 누추한 곳까지 왕림하시다니 정말 생각도 못했습니다. 안으로 들어가시지요. 제가 차를 올리겠습니다."

아주가 말했다.

"재하가 긴한 일로 제수씨와 상의할 것이 있어 이리 불쑥 찾아오게 됐소."

마 부인은 소복을 입은 채 웃는 것 같기도 하고 아닌 것 같기도 한 표정으로 가슴에 원망이 가득한 듯 입꼬리를 씰룩거렸다. 이때 마침 해가 지면서 희미한 석양빛이 그녀의 얼굴에 비치었다. 소봉은 지난 두 번의 만남과는 달리 그녀를 다시 마주하는 순간 심신이 동요하지 않았다. 눈가에 은은히 드러난 주름으로 보아 서른대여섯 정도 되는 나이였지만 연지와 분을 바르지 않은 얼굴이었음에도 희고 부드러운 살결은 아주와 비교해도 손색이 없을 정도였다.

두 사람은 마 부인을 따라 집 안으로 들어갔다. 대청은 무척이나 협소해서 가운데 탁자 하나와 양쪽에 의자 네 개 외에는 발 디딜 틈이 없었다. 한 나이 든 시녀가 차를 올렸다. 마 부인이 소봉 이름을 묻자 아주는 입에서 나오는 대로 이름을 만들어 말해줬다.

마 부인이 물었다.

"백 장로께서 어인 일로 예가지 왕림하셨는지 모르겠습니다."

아주가 말했다.

"서 장로가 위휘에서 목숨을 잃었다는 얘기는 제수씨도 이미 들으셨을 거요."

마 부인이 돌연 고개를 들어 의아한 눈빛으로 바라보았다.

"당연히 알지요."

"다들 교봉이 독수를 쓴 것이라 의심하고 있는 마당에 곧이어 담공과 담파, 조전손 세 선배가 또다시 위휘성 밖에서 누군가에게 죽임을 당했소. 그뿐 아니라 산동 태안의 철면판관 선가 역시 누군가에 의해 모조리 불타버렸고, 또 얼마 전에 내가 방규를 위반한 칠대 제자를 조사하러 강남에 가던 도중 접한 소식에 따르면 절동 천태산 지관사의 지광대사가 갑작스레 원적에 들었다 하오."

마 부인은 몸을 부르르 떨다 안색이 변했다.

"그… 그게 다 교봉이 한 짓인가요?"

"지관사로 직접 가서 현장 조사를 해봤지만 아무 결과도 얻지 못했소. 그러나 십중팔구 교봉 짓이 틀림없소. 내 짐작에 놈의 다음 목표는 바로 제수씨가 될 것이오. 해서 제수씨가 다른 곳에 가서 1년 반 정도만 숨어 지내며 교봉 그놈의 손길을 피해 있으라는 당부를 하기 위해 황급히 달려온 것이오."

마 부인은 금방이라도 눈물을 떨어뜨릴 듯 울먹였다.

"선부께서 불행한 변고를 당한 뒤부터 제가 세상에 살아 있는 건 덤이라 할 수 있습니다. 교가 그놈이 절 해치겠다면 그러라고 하십시오. 제가 바라던 바입니다. 피할 거 뭐 있겠습니까?"

"제수씨, 그게 무슨 말씀이시오? 마 형제의 피맺힌 원한을 아직 다 갚지도 못했소. 범인을 잡기 전까지 제수씨는 중임을 짊어지고 있는 몸이오. 참, 마 형제의 위패는 어디 있소? 영전에 가서 절이라도 올려야겠소."

"천만의 말씀입니다."

이 말을 하면서도 두 사람을 후당으로 안내했다. 아주가 먼저 절을 하고 소봉도 공손하게 마대원의 영전에 절을 올리며 속으로 기원했다.

'마 대형, 죽어 영혼이 있다면 오늘 대형 부인이 진범 이름을 실토하도록 유도해주시오. 내가 대형을 대신해 원수를 갚아주겠소.'

위패 옆에서 무릎 꿇고 답례를 하는 마 부인의 뺨에서 눈물이 흘러내렸다. 소봉이 절을 올리고 몸을 일으키자 영당 안에 여러 폭의 만련輓聯이 걸려 있는 게 보였다. 그 안에는 서 장로와 백 장로 등이 보낸 것들이 있었으나 자신이 방주 자리에 있을 때 보낸 만련은 걸려 있지 않았다. 영당 안의 흰색 휘장 위에 먼지가 쌓여 있어 더욱 스산한 느낌이 들었다. 소봉은 생각했다.

'마 부인한테 자식이라고는 없는데 집에서 나이 든 시녀 한 명을 벗삼아 이 외롭고 적막한 나날을 보내려면 많이 힘들 것이다.'

아주가 마 부인을 위로하며 말했다.

"제수씨, 부디 몸조심하시오. 마 형제의 원수는 모두의 원수요. 제수씨한테 힘든 일이 있으면 언제든 말씀하시오. 내가 나서서 처리해줄 것이오."

아주가 이 말을 하면서 늙은 티를 풍기자 소봉이 속으로 찬탄을 금치 못했다.

'요 아가씨가 아주 제대로 하는구나. 개방 방주는 축출되고 부방주역시 세상을 떠난 데다 서 장로까지 살해됐으니 지금 남은 사람 중 백장로와 여 장로의 지위가 가장 높지 않은가? 아주가 방주를 대신하는

듯한 말투를 쓰니 신분에 아주 잘 어울리는 것처럼 보인다.'

마 부인이 고맙다고 인사를 하는데 말투가 왠지 냉담하게 느껴졌다. 소봉은 속으로 살짝 걱정이 됐다. 마 부인은 의지할 곳 없이 정신적으로 피폐한 상태가 아니던가! 이미 남편이 세상을 떠난 마당에 이제 인생의 낙이라고는 없으니 지아비를 따라 자결을 하려 할지도 모른다. 더구나 워낙 강한 성격의 소유자라 무슨 짓이든 할 수 있지 않겠는가?

마 부인은 두 사람을 다시 객당으로 안내했다. 잠시 후 노시녀가 저녁상을 차리면서 나무 탁자 위에 네 가지 요리를 올렸다. 청경채, 무, 두부, 오이 같은 채소로 만든 요리에 뜨끈뜨끈한 찐빵 두 접시뿐이었고 술은 없었다. 아주가 소봉을 한번 쳐다보며 생각했다.

'오늘 밤에는 술을 못 드시겠네요.'

소봉은 아무런 내색도 하지 않고 찐빵을 가져다 먹기 시작했다.

마 부인이 말했다.

"나리께서 돌아가신 뒤로 미망인으로 혼자 살면서 채소만 먹고 지냈습니다. 산속이라 고기와 술을 준비 못했으니 두 분께서 양해해주십시오."

아주가 탄식하며 말했다.

"마 형제는 어차피 세상을 떠나 살아 돌아오지 못하는 몸이니 제수씨까지 그리 사서 고생할 필요 없소."

소봉은 선부에 대해 이토록 절개가 깊은 마 부인의 모습을 보고 마음속으로 존경심이 우러나왔다.

저녁 식사가 끝나자 마 부인이 말했다.

"백 장로께서 먼 길을 오셨는데 묵어가실 수 있게 잠자리를 마련해 드려야 마땅하나 혼자 사는 몸이다 보니 불편하실 것입니다. 장로께서 혹시 분부하실 게 또 있으신가요?"

그 말에는 이제 돌아가 달라는 뜻이 담겨 있었다.

아주가 말했다.

"내가 이번에 신양에 온 이유는 제수씨께 집을 떠나 피해 계시라는 충언을 드리기 위해서요. 제수씨께서는 어찌할 계획인지 모르겠소?"

마 부인은 긴 한숨을 내쉬었다.

"교봉이 우리 나리를 죽였는데 다시 저까지 해친다면 저더러 선부를 따라 저승으로 가라는 것입니다. 제가 비록 연약한 여자이긴 하지만 백 장로께 솔직히 말씀드리면 전 죽음이 두렵지 않습니다. 그 무엇도 두렵지 않습니다."

"그럼 이곳을 떠나 다른 곳으로 피란할 생각이 없다는 것이오?"

"백 장로의 후의에 대해선 감사드립니다. 소녀는 우리 선부의 고택古宅을 떠나지 않을 것입니다."

"내가 근방에 며칠 머물면서 제수씨를 보호해야겠소. 비록 이 백세경이 교봉 그놈의 적수가 되진 못하지만 위급한 순간에는 그래도 일조를 할 수 있을 것이오. 다만 오는 도중 내가 아주 중대한 기밀을 들었소."

"음. 중대 사안인가 보군요."

원래 여자들은 호기심이 많아서 무슨 중대한 기밀이 있다고 하면 자신과 관계없는 일이라 해도 반드시 알아야만 속이 풀리는 것이 인지상정이었다. 설사 직접 묻지는 않아도 얼굴에 어서 알려달라고 하는 표정이 나타나기 마련이었다. 그런데 마 부인은 전혀 관심 없으니 말을 하든 말든 맘대로 하라는 듯 세상의 그 어떤 일로도 내 마음을 움직일 수 없다는 듯한 표정을 짓고 있지 않은가? 소봉은 생각했다.

'사람들이 과부 마음을 말라 죽은 나무나 타고 남은 재에 비유하더니만 그 말이 마 부인한테 가장 적절한 말인 것 같다.'

아주는 소봉을 향해 손을 휘휘 내저으며 말했다.

"자넨 밖에서 기다리게. 마 부인과 조용히 할 말이 있네."

소봉은 고개를 끄덕이고 집 밖으로 나가면서 속으로 아주의 영리함에 찬사를 보냈다. 남에게 기밀을 실토하게 만들기 위해서는 자신의 기밀을 먼저 말해주고 신임을 얻어야 한다는 걸 그녀는 알고 있었다. 아주가 자신을 내보낸 것은 마 부인의 믿음을 얻기 위해 자신의 심복까지도 듣지 못하게 할 정도로 매우 중요한 기밀이란 뜻을 나타내는 행동이었다. 대문을 나서자 어둠이 깔린 문밖은 매우 조용했다. 그때 주방에서 달그락대는 작은 소리가 어슴푸레 들려왔다. 이 집의 노시녀가 설거지를 하는 소리였다. 그는 곧바로 담 모퉁이를 돌아 객당 창문 밖에 웅크리고 숨을 죽인 채 엿듣기 시작했다. 마 부인이 선봉장 대형의 이름은 말하지 않더라도 일말의 단서를 흘리기라도 한다면 뭔가 캐낼 근거가 있어 지금처럼 두서없이 갈팡질팡하진 않을 것이다. 더구나 가짜 백 장로가 천 리 먼 길을 달려와 경종을 울려주었다는 건 은혜를 베푼 셈이고 떠나기 전에 또 기밀까지 말해준다고 하지 않는가? 더구나 그는 개방의 수뇌 중 한 사람이니 마 부인도 그에게 굳이 숨기려 하지는 않을 것이다. 만일 개방에 관련된 단서가 있다면 아주가 그걸 듣고 나올 필요 없이 자신이 그 안에서 원인을 찾아내면 될 테니 반드시 엿들어야만 했다.

한참이 지난 후에야 마 부인이 한숨을 내쉬며 조용히 말했다.

"당… 당신이 왜 또 온 거예요?"

소봉은 대사를 그르칠까 두려워 감히 창문 틈 사이로 함부로 머리를 내밀어 객청 안 정경을 훔쳐볼 수는 없었다. 그는 뭔가 이상한 느낌이 들었다.

'저게 무슨 의도로 한 말이지?'

아주 목소리가 들렸다.

"이건 확실한 정보요. 교봉 그놈이 당신을 해치려 하고 있소. 그 말을 전하러 달려온 것이오."

마 부인이 말했다.

"음… 백 장로의 호의에 대해서는 감사드립니다."

아주가 낮게 깐 목소리로 말했다.

"제수씨, 마 형제가 불행하게 세상을 떠난 이후로 본방의 몇몇 장로가 마 형제의 공적을 기리는 뜻에서 제수씨께 본방의 장로직을 맡아 달라 청하려 하고 있소."

소봉은 진지한 태도로 말하는 아주를 보고 속으로 웃음을 참지 못하면서도 그녀의 고명한 계책에 찬사를 보냈다. 마 부인이 이를 승낙한다면 백 장로는 그녀의 상사가 될 테니 어떤 질문이든 대답하지 않을 수 없을 것 아닌가? 설사 개방의 장로를 맡지 않겠다고 해도 개방에서 그녀를 중시한다고 여길 테니 잠깐이나마 그녀의 환심을 살 수 있을 터였다.

마 부인의 목소리가 들렸다.

"제가 무슨 덕성과 능력이 있다고 개방의 장로를 맡을 수 있겠어요? 전 개방의 제자도 아니니 장로 같은 높은 지위는 저와 어마어마하게 먼 거리에 있습니다."

"내가 진 장로 등과 함께 강력하게 추천했더니 모두들 이리 말했소. 마 부인이 계책을 내는 데 동참한다면 교봉 그 자식을 잡기가 훨씬 쉬울 것이라고 말이오. 내가 아주 중대한 소식을 또 하나 들었소. 마 형제 살해 사건과 관련된 것이오."

"그래요?"

그녀의 목소리는 여전히 냉담했다.

아주가 말했다.

"그날 위휘성에서 서 장로 제를 올릴 때 조전손을 만났는데 그자가 나한테 이런 말을 했소. 마 형제를 죽인 진범이 누구인지 안다고 말이오."

별안간 쨍그랑 소리와 함께 찻잔 하나가 깨지는 소리가 들렸다. 마 부인이 깜짝 놀라는가 싶더니 이어서 말했다.

"지… 지금 농담하는 거예요?"

그 목소리는 분노로 가득했지만 약간은 당황스러운 느낌이었다.

아주가 말했다.

"이런 중대한 사안에 내 어찌 농을 던지겠소? 조전손이 직접 나한테 말해준 것이오. 마대원 형제를 죽인 진범이 누구인지 안다고 했소. 교봉은 절대 아니고 고소모용씨도 아니라면서 또 다른 사람이 확실하다고 말이오."

마 부인이 떨리는 목소리로 말했다.

"그 사람이 어찌 알죠? 어찌 아느냐고요? 헛소리 마세요. 그게 무슨 뚱딴지같은 소리예요?"

아주가 말했다.

"정말이오. 조급해 마시오. 내가 천천히 말해주겠소. 조전손이 이리 말했소. '작년 8월 보름에…'"

그녀의 말이 채 끝나기도 전에 마 부인이 헉 하고 깜짝 놀라 소리치며 그 자리에서 혼절해버렸다.

"제수씨, 제수씨!"

아주가 다급하게 소리치며 코와 입술 사이의 인중을 힘껏 누르자 마 부인은 가까스로 정신을 차리더니 원망스러운 눈길로 쳐다보았다.

"어… 어찌 나한테 겁을 주는 거죠?"

아주가 말했다.

"겁을 주는 게 아니오. 조전손이 분명히 그리 말했소. 이미 죽어버려 안타까울 뿐이오. 그렇지 않았다면 여기 불러 대질을 시켰을 것이오. 그자 말로는 작년 8월 보름에 담공과 담파 그리고 그 마 형제를 죽인 흉수와 함께 선봉장 대형 집에서 명절을 보냈다고 했소."

마 부인이 한숨을 푹 내쉬고는 말했다.

"정말 그렇게 말했어요?"

"그렇소, 진범이 누구냐고 물었더니 그 이름은 자기 입으로 말하기 불편하다 했소. 해서 담공에게 물었지. 담공은 씩씩대고 화를 내면서 날 한번 노려보더니 아무 말 하지 않았소. 그러자 담파가 이리 말했소. '틀림없는 사실이에요. 내가 조전손한테 얘기해준 거니까요.' 어쩐지 담공이 화가 났다 했더니만 부인이 사사건건 조전손한테 고해바쳐 그런 것이었소.”

“음. 그럼 또 어때서요?”

“조전손이 그러더군. 다들 마 형제를 죽인 사람이 교봉과 모용복이라고 의심만 할 뿐 진범은 죄에 대한 대가를 받지 않은 채 유유자적하고 있으니 마 형제가 저승에서 이를 알고 원한을 품은 채 괴로워하고 있을 거라고 말이오.”

“맞아요. 조전손이 죽어버려 안타깝네요. 담공과 담파도 백 장로께 말을 안 했을 거 아니에요?”

“그렇소. 일이 이리된 이상 하는 수 없이 선봉장 대형한테 가서 물어볼 수밖에 없겠소.”

“좋아요. 가서 물어보는 게 마땅하지요.”

“말하자니 우습긴 하지만 그 선봉장 대형이 도대체 누구며 집이 어딘지 난 잘 모르오.”

“음. 여태껏 빙빙 돌려 말한 건 선봉장 대형의 이름을 묻고 싶어서였군요.”

“불편하면 제수씨도 말할 필요 없소. 내가 가서 직접 조사해보고 그 진범을 찾아 결판을 내버려도 되니 말이오.”

소봉은 아주가 일부러 아무렇지 않은 듯 보이려 하는 것이 마 부인의 의심을 피하기 위한 것임을 알았지만 그래도 속으로 초조하지 않을 수 없었다.

마 부인이 담담하게 말했다.

“선봉장 대형의 이름을 남들한테 숨기는 게 당연하지요. 교봉이 알고 자기 부모를 죽인 원수에게 가는 상황은 막아야 하니 말이에요. 백 장로께선 우리 편인데 제가 어찌 숨기겠습니까? 그는 바로…."

'그는 바로…'란 말을 내뱉고는 순간 쥐 죽은 듯 조용해졌다.

소봉은 마치 자신의 심장박동 소리마저 들리는 듯했지만 마 부인이 선봉장 대형의 이름을 말하는 소리는 시종 들리지 않았다. 한참 후에야 그녀가 가볍게 한숨을 내쉬고 말했다.

"저 하늘의 달은 어쩌면 저토록 둥글고 흴까요?"

소봉은 검은 구름으로 가득한 하늘에 달이 없다는 걸 알고 있었음에도 고개를 들어 바라보며 생각했다.

'오늘은 초이튿날이니 설사 달이 떴다 해도 둥글지는 않을 것이다. 그녀의 말은 무슨 의미일까?'

아주 목소리가 들렸다.

"보름이 되면 달이 둥글고 하얗게 빛나는 게 당연하오. 에이. 마 형제는 다시 볼 수 없으니 안타까울 뿐이오."

"중추절 월병을 먹을 때 짭짤한 걸 좋아하시나요? 아니면 달콤한 걸 좋아하시나요?"

소봉은 더욱 의아한 생각이 들었다.

'마 부인은 남편을 잃고 나더니 정신이 온전하지 않은가 보다.'

아주가 말했다.

"우리 같은 걸개들이 중추절 월병을 골라 먹을 수나 있겠소? 진범을 잡지 못하면 마 형제의 원수도 갚지 못하는 것이니 월병은 고사하고 산해진미를 먹는다 해도 아무 맛을 느끼지 못할 것이오."

마 부인은 묵묵히 아무 말도 하지 않다가 한참 후에 냉랭한 어조로 말했다.

"백 장로께서 전심전력으로 진범을 잡아 선부의 원한을 갚아주시려 하는 데 대해서는 소녀가 진심으로 감사드립니다."

"그건 내 위치에서 응당 해야 할 일이오. 개방의 수만 형제 중 그 원한을 갚고자 하지 않는 이가 어디 있겠소?"

"선봉장 대형은 우러러 존경받는 위치에 있고 명성과 위세가 드높아 한마디만 던지면 수만 명을 움직일 수 있습니다. 그는 친구에 대한 의리를 중요시 여겨 백 장로가 진범이 누구냐고 묻는다면 당연히 대답하지 않을 겁니다."

소봉은 기쁨을 주체하지 못했다.

'어찌 됐건 간에 우리가 헛걸음은 안 했구나. 마 부인이 그자의 이름을 말하지 않는다 해도 "우러러 존경받는 위치에 있고 명성과 위세가 드높아 한마디만 던지면 수만 명을 움직일 수 있습니다"라는 이 말 한마디만으로도 추측을 해낼 수 있다. 무림에서 그런 신분을 가진 사람이 몇 명이나 되겠는가?'

그자가 누구일까 생각하는 순간 아주 목소리가 들렸다.

"무림에서 한마디 말로 수만 명을 움직일 수 있는 사람이라면 이전에는 개방 방주가 있었소. 음. 소림 제자들이 천하에 깔려 있으니 소림파 장문 방장의 한마디도 능히 수만 명을 움직일 수가 있을 터인데…."

마 부인이 말했다.

"함부로 추측하지 마세요. 제가 단서를 조금 더 드릴게요. 서남쪽으로 가서 찾아야만 합니다."

아주가 곰곰이 생각했다.

"서남쪽? 서남쪽에 대단한 배경을 지닌 인물이 누가 있소? 없는 것 같은데?"

마 부인은 창문 쪽으로 다가와 손가락을 뻗어 퍽 하고 창호지에 구멍을 뚫었다. 이때 뚫린 구멍은 바로 창문 밖에서 엿듣고 있던 소봉의 머리 위에 있었다. 그녀가 말을 이었다.

"소녀가 무공은 모르지만 백 장로께선 아마 아실 거예요. 천하에서 이런 무공에 가장 정통한 사람이 누구죠?"

"음… 그건 점혈 무공이 아니오? 공동파峒派의 금강지金剛指나 하북 창주滄州 정가鄭家의 탈백지奪魄指가 매우 정통하다고 할 수 있지."

소봉은 속으로 크게 외쳤다.

'아니! 아니오! 점혈 무공은 천하에서 대리단씨의 일양지가 제일이오. 더구나 그녀가 서남쪽이라고 말하지 않았소?'

과연 마 부인이 그 말을 듣고 말했다.

"백 장로같이 견식이 넓으신 분이 어찌 그 부분에 대해서는 생각이 미치지 못하시나요? 먼 길을 오시느라 힘드셔서 머리가 잘 돌아가지 않으시나 보네요. 그 이름도 유명한 일양지를 잊으시다니요?"

그의 말속에는 조소의 의미가 담겨 있었다.

아주가 말했다.

"단가의 일양지야 당연히 알고 있지만 단씨는 대리에서 황제를 자처하고 있어 중원 무림과는 왕래조차 안 하고 있소. 그 선봉장 대형이 그의 가족과 연관이 있다고 한다면 틀림없이 헛소문일 것이오."

마 부인이 말했다.

"단씨가 대리에서 황제 노릇을 하고 있지만 단가에 사람이 한 명뿐은 아니죠. 단가에서 황제를 하지 않는 사람은 중원에 자주 왕래를 하니까요. 그 선봉장 대형은 대리국 황제의 친아우로 진남왕에 봉해진 단정순이에요."

소봉은 마 부인이 단정순이라는 이름을 대자 자기도 모르게 전신을 부르르 떨었다. 수개월 동안 천 리 길을 분주하게 달려와 어렵게 수소문한 이름을 마침내 얻게 되는 순간이었으니 말이다.

아주의 목소리가 들려왔다.

"단왕야의 권력과 지위는 보통 높은 게 아닌데 어찌 강호의 은원 관계에 개입할 수 있단 말이오?"

"강호에서 흔히 벌어지는 은원 관계에는 당연히 단왕야가 연루되어 있지 않지요. 다만 대리국의 생사존망이나 국운성쇠와 관련된 대사라면 당연히 간섭하지 않을까요?"

"그야 당연히 간섭해야겠지요."

"서 장로가 하신 말씀이 있어요. 대송은 대리국 북쪽의 보호 장벽이라고 말이에요. 거란이 대송을 멸하면 다음 단계는 대리를 집어삼키지 않을 수 없겠죠. 대송과 대리는 상호 의존적인 관계에 있기 때문에 대리국은 대송이 요나라 손에 망하는 걸 원치 않을 거예요."

"그렇소. 옳은 말이오."

"서 장로 말로는 그해 단왕야가 개방 총타에 객으로 있을 때, 왕 방주와 대작을 하며 검술을 논하다 거란 무사들이 소림사의 경전을 탈취하기 위해 대거 몰려온다는 소식을 듣게 된 거라고 했어요. 단왕야는 이에 발 벗고 나서서 사람들을 끌고 안문관 밖으로 나가 거란 무사들을 막으려 한 거죠. 명분상으로는 대송을 위해서였지만 사실은 대리를 위한 일이었어요. 듣기로는 단왕야가 그 당시 젊은 나이기는 했지만 무공이 고강하고 인의가 있는 사람이었다고 하더군요. 그는 대리국에서 일인지하만인지상一人之下萬人之上의 위치에 있어 권세가 매우 드높았고 돈을 물 쓰듯 해서 먼저 말하지 않아도 수백, 수천 냥의 은자를 친구에게 마구 퍼줄 정도였대요. 중원의 무인들을 그런 사람이 통솔하지 않으면 누가 하겠어요? 더구나 훗날 대리국의 황제가 될 존귀한 몸이고 남들은 모두 초개 같은 한량들인데 누가 그에게 명을 내릴 수 있겠느냐는 말이에요?"

"이제 보니 선봉장 대형은 바로 대리국 진남왕이었군. 다들 죽어도 말하지 않으려 했던 건 바로 그자를 보호하기 위함이었어."

"백 장로, 이 비밀은 절대 남한테 누설해서는 안 됩니다. 단왕야는 본방과 교분이 깊은 편이라 그 사실이 새어나간다면 화를 자초할 거예요. 대리단씨가 비록 막강한 군사를 보유하고 있어 그 위세가 서남 지역을 진동하긴 하지만 교봉이 복수의 저의를 지니고 암중모색한다면 단정순도 그에 대처하기가 쉽진 않을 거예요."

"제수씨 말이 옳소. 내가 입을 꽉 다물고 절대 새어나가지 않도록 하겠소."

"제가 안심할 수 있게 제 앞에서 맹세를 해주셨으면 좋겠어요."

"좋소. 단정순이 선봉장 대형이란 사실을 누군가에게 누설한다면 나 백세경은 난도질을 당하는 참화를 당하고 신세를 망쳐 천하의 비웃음거리가 돼도 받아들일 것이오."

그녀가 이렇게 철석같이 군은 맹세를 하는 것은 실로 교활하기 짝이 없는 일이었다. 이 맹세는 구구절절 백세경에게 덮어씌우는 것이라 난도질을 당하는 것도 백세경이고 신세를 망치는 것도 백세경이 될 뿐 아주와는 전혀 상관이 없으니 말이다.

마 부인은 이 말을 듣고 매우 만족스럽게 여기는 것으로 보였다.

"그 정도면 됐어요."

아주는 잠시 생각에 잠겨 있다 말했다.

"제수씨. 듣기로는 단정순이 중년의 나이라 하던데 안문관 관외 일전은 벌써 30년 전 일이니 나이가 맞지 않는 것 아니오?"

"선부께 듣기로는 진남왕 단정순은 워낙 방탕하고 여색을 밝혀 나이가 꽤 많은데도 불구하고 젊은이로 가장해 여자를 유혹하길 좋아한다더군요. 내공이 심후해서 50~60대임에도 40대로 보이도록 연마를 했답니다. 실제로는 백 장로보다 나이가 몇 살 더 많아요."

"그럼 대리에 가서 진남왕을 예방해 작년 중추절에 그 집에 객으로 있던 사람이 누구였는지 에둘러 물어보고 마 형제를 죽인 진범을 찾아내야겠소. 허나 난 아직까지 여전히 교봉이 틀림없다 생각하고 있소. 조전손과 담공, 담파 세 사람은 제정신이 아니라 그자들 말에는 믿음이 가질 않소."

"흉수의 진상을 밝혀내는 일은 백 장로께 부탁드리겠어요."

"마 형제와 나는 친형제 같은 사이였소. 당연히 최선을 다할 것이오."

마 부인은 닭똥 같은 눈물을 뚝뚝 흘렸다.

"백 장로께서 이토록 정과 의리가 깊으시니 선부께서 지하에서 이를 아신다면 분명 감동하실 거예요."

"제수씨, 몸조심하시오. 재하는 이만 물러가겠소."

이 말을 마치고 아주는 곧바로 집을 나섰다.

22

별처럼 빛나는 눈동자

곧이어 푸 소리와 함께 호수 면이 갈라지면서 미부인이 자줏빛 옷을 입은 소녀를 받쳐들고 물 밖으로 머리를 내밀었다. 중년인은 크게 기뻐하며 재빨리 작은 배를 저어 그들을 맞으러 갔다.

미부인이 호통을 쳤다.

"몸에 손대지 말아요! 당신은 여색을 너무 밝혀서 믿을 수가 없어요."

아주가 문밖으로 나오자 소봉이 멀찌감치 서서 기다리고 있었다. 두 사람은 서로를 한번 쳐다보고 아무 말 없이 온 길로 다시 되돌아갔다.

초승달이 신양의 옛길을 비추었다. 두 사람이 어깨를 나란히 한 채 10여 리를 걸어나간 후에야 소봉이 입을 열었다.

"아주, 마 부인을 속여 선봉장 대형이 대리의 단정순이란 걸 실토하게 만들었으니 어찌 고마움을 표할지 모르겠소."

아주가 담담하게 웃으며 아무 말도 하지 않았다. 그녀는 백세경의 모습으로 변장하고 있었지만 소봉은 그녀의 눈빛 속에 뭔가 근심과 초조의 빛이 감돌고 있음을 간파하고 물었다.

"오늘 이런 큰 공을 세워놓고 어찌 기뻐하지 않는 것이오?"

"대리단씨 쪽에는 사람들도 많고 세력도 보통이 아니에요. 당신 혼자 복수를 하러 가는 건 실로 위험천만한 일이에요. 오라버니, 부디 조심하셔야 해요!"

"그야 당연하오."

그는 천천히 손을 뻗어 그녀의 손을 잡아끌었다.

"내가 단정순 손에 죽으면 누가 당신과 함께 안문관 밖에서 소와 양을 키우겠소?"

"휴. 왠지는 모르겠지만 이번 일이 뭔가 잘못된 것 같다는 생각이 자꾸 들어요. 마 부인 말이에요. 그… 겉모습은 그토록 고상하고 순결해 보이지만 가까이서 보니 두렵고도 가증스러운 느낌을 감출 수 없었어요."

"마 부인이 매우 영리하고 능력이 있는 여자다 보니 당신이 변장했다는 사실을 들킬까 봐 당신 스스로 두려움을 느낀 것이오."

"맞아요. 마 부인과 둘만 있을 때 절 이상한 눈빛으로 바라보는데 마치 내가 백 장로가 아닌 것처럼 노려봐서 얼마나 무서웠는데요."

그러고는 잠시 뭔가를 생각하다 다시 말했다.

"오라버니, 단정순은 주변 사람이 많아서 말 한마디면 천군만마를 움직일 수 있어요. 지광대사 충고대로 복수를 하러 안 가시면 안 될까요? 돌봐줄 사람도 없이 이 세상에 외롭게 남게 될 제 생각에 견디기 힘들었다고 하셨잖아요? 그때는 생각이 늦었지만 지금은 늦지 않았어요…."

그녀는 여기까지 얘기하고 귀밑까지 빨갛게 달아올랐다.

소봉은 왼손을 뻗어 그녀를 와락 품에 안았다.

"안심하시오. 앞으로 출수를 할 때는 손에 힘을 가하지 않을 것이오. 상대가 내 늑골을 부러뜨리고 내장을 파열시킨다고 해도 말이오. 하하… 나는 취현장에도 갔던 사람인데 선봉장 대형의 명성과 위세 따위를 두려워하겠소?"

아주가 눈썹을 삐죽 세우고 나지막이 말했다.

"오라버니, 취현장은 달라요."

"뭐가 다르다는 거요?"

"잊으셨어요? 취현장에 간 건 저 아주를 치료해주기 위해서였으니 용담호혈龍潭虎穴이라도 가야 했던 거지요. 오라버니, 그때 이미 저를 조금 좋아하고 계셨던 건가요?"

소봉이 껄껄대고 큰 소리로 웃었다.

"조금이라고 했소?"

아주는 고개를 옆으로 홱 돌렸다.

"조금이 아니라 아주 많이라고 말해주셔야 해요!"

소봉이 온화한 미소를 지었다.

"좋소, 아주 많이!"

"남들은 몰라요. 우리 오라버니가 가장 좋아하는 건 술이고 두 번째 는 싸움이라는 걸요."

소봉이 고개를 가로저었다.

"틀렸소. 이 오라버니가 가장 좋아하는 건 아주고 두 번째가 술, 세 번째가 싸움이오."

아주가 함박웃음을 지었다.

"좋아요, 고마워요!"

두 사람이 신양성의 한 객점에 당도했을 때는 이미 여명이 밝아오 고 있었다. 소봉은 곧 술 열 근을 시켜 대당에 앉아 실컷 들이켜기 시 작했다. 술을 마시며 복수를 어찌할 것인가에 대해 계속 머리를 굴렸 다. 대리단씨라고 생각하니 자연히 얼마 전 결의형제를 맺은 단예가 떠올라 속으로 뜨끔하지 않을 수 없었다. 그는 넋을 잃은 채 술 사발을 들고 더 이상 마시지 않았다. 순간 얼굴색이 잿빛으로 변했다.

아주는 교봉이 뭔가를 발견했나 싶어 사방을 둘러봤지만 이상한 점을 발견할 수 없었다. 그녀는 소봉에게 조용히 물었다.

"오라버니, 어찌 그러세요?"

소봉이 깜짝 놀라 답했다.

"아… 아니오."

그는 들고 있던 술 사발을 들이켜려다 술이 목구멍을 넘어가기도 전에 갑자기 사레가 들린 듯 기침을 하기 시작했다. 가슴팍의 옷자락은 입에서 뿜어낸 술로 흠뻑 젖어버렸다. 그는 주량에 있어서는 둘째 가라면 서러워할 정도였고 내공도 매우 심후하지 않던가? 그런데 술을 마시다 사레가 들리다니 이는 전에 없던 일이었다. 아주는 걱정이 됐지만 감히 물어볼 수가 없었다.

그녀가 어찌 알겠는가? 소봉은 술을 마시다 언젠가 무석에서 단예와 술 내기를 할 때 그가 육맥신검의 상승기공으로 술을 손가락으로 쏟아내던 일이 문득 생각났던 것이다. 그 후에 달리기 대결을 펼칠 때도 그가 지닌 신공과 내력은 소봉이 절대 미치지 못할 수준임을 알고 있었다. 단예가 무공은 모르지만 내공이 그 정도로 대단하다면 대원수인 단정순은 대리단씨의 수뇌 중 한 명이니 무공 실력이 훨씬 더 뛰어나다는 것이 아닌가? 그는 단예가 우연치 않게 신공을 얻고 내력을 흡입하는 각종 기연을 만났다는 사실을 전혀 모르고 있었다. 내력만 놓고 따지자면 단예가 그의 부친보다 몇 배나 더 심후할지 모르고 또 육맥신검 기술도 당대에 단예 한 사람을 제외하고는 완벽하게 펼쳐낼 줄 아는 사람이 없었다. 소봉과 아주가 단예를 익히 알고 있기는 하지만 대리국 단씨는 국성이라 송나라의 국성이 조趙, 서하의 국성이 이李, 요나라의 국성이 야율耶律인 것처럼 그 수를 헤아릴 수 없었다. 단예 자신이 대리국 왕자라는 사실을 거론조차 하지 않았기에 소봉과 아주는 그가 황제의 후예이며 단정순의 아들이란 사실에 대해 상상도 하지 못하고 있었던 것이다.

아주는 소봉이 무슨 생각을 하는지 자세히 알진 못했지만 필시 복수 문제에 대해 염려하고 있는 것이라 짐작했다.

"오라버니. 원수를 갚는 문제는 보통 큰일이 아닌데 그걸 어찌 하루아침에 끝내려 하세요? 반드시 계책을 세우고 움직여야 해요. 중과부적이라 이길 수 없다고 한들 설마 지략을 세워도 못 이기겠어요?"

소봉은 아주가 영리하고 꾀가 많다는 생각을 하니 큰 도움이 될 것 같아 안심할 수 있었다. 그는 곧 사발에 술을 한가득 채워 단숨에 마셔버렸다.

"부모의 원수와는 같은 하늘 아래 살 수가 없소. 원수를 갚기 위해서는 이제 강호상의 규칙과 도의 같은 건 다 소용없소. 그 어떤 악독한 수단이라도 써야만 하오. 그렇소! 힘으로 상대할 수 없다면 지략으로 승부해야만 하오."

아주가 다시 말했다.

"오라버니. 친부모님의 크나큰 원한 외에도 양부모님인 교가의 노선생과 노부인의 원한, 그리고 사부님인 현고대사의 원한도 있어요."

소봉이 손을 뻗어 탁자를 탁 내리치며 가라앉은 목소리로 말했다.

"그렇소. 하나도 아닌 겹겹이 쌓인 원한이오."

"오라버니가 과거 현고대사께 무예를 배울 때는 어린 나이라 소림파의 심오한 내공을 배우지 못했을 거예요. 소림파 무공을 제대로 익혔다면 대리단씨의 일양지가 아무리 대단하다 해도 소림파 달마노조의 역근경易筋經에는 미치지 못했을 거예요. 과거에 모용 어르신께서 천하 무공에 대해 말씀하시는 걸 들은 적이 있는데 대리단씨의 가장 무서운 무공은 일양지가 아니라 육맥신검인가 뭔가 하는 거랬어요. 한 토번 화상이 능공내경凌空內勁을 이용해서 저와 아벽을 죽이려 하는 걸 단 공자가 손가락으로 찍어내서 그 무형도 내경을 막을 수 있었어요. 그 화상은 그게 바로 육맥신검이라고 말했어요."

소봉이 고개를 끄덕였다.

"내가 조금 전에 근심했던 것도 바로 그 육맥신검 때문이오. 무형의 내경이 칼이나 검처럼 날아오니 그걸 어찌 막아낼 수 있겠소?"

이 말을 하고는 눈살을 찌푸리며 곰곰이 생각했다.

아주가 말했다.

"언젠가 모용 어르신과 모용 공자가 천하 무공에 대해 담론을 할 때 전 옆에서 차 시중을 들다가 두 분께서 하는 말을 들었어요. 모용 어르신께서 이런 말씀을 하셨죠. '소림파 72절기는 각자 정묘한 부분이 있지만 적을 물리치고 승리하는 건 한 가지 절기만으로도 충분할 뿐 72항까지도 필요 없다.'"

소봉이 고개를 끄덕였다.

"모용 선배님 말씀이 지당하오."

"그때 모용 공자는 이런 말을 했어요. '맞습니다. 왕가의 사촌누이가 천하 무공에 대해 많이 알고 있다고 자부하지만 폭넓게만 알고 있을 뿐 정통하지는 못하니 무슨 쓸모가 있겠습니까?' 그러자 모용 어르신께서 말씀하셨죠. '정통하다는 말을 어찌 그리 쉽게 논할 수 있겠느냐? 사실 소림파의 진정한 절학은 바로《역근경》이라는 서책 안에 있다. 이 경서를 연성한다면 그 어떤 평범하기 짝이 없는 무공도 그 손안에 들어가 썩어빠진 그 어떤 것조차 신기의 경지에 이르도록 변화시킬 수 있다.'"

기초가 탄탄하고 내력이 웅후하다면 평범하기 짝이 없는 모든 초식도 극한의 위력을 발휘할 수 있다는 점은 소봉도 깊이 깨닫고 있었다. 그는 아주가 모용 선생의 말로 그 이치를 다시 서술하자 자기도 모르게 연거푸 두 사발의 술을 들이켰다.

"깊이 느끼고 있소. 아주 깊이 느끼고 있소! 안타깝게도 모용 선생께서는 이미 별세하셨지 않소? 그렇지 않았다면 이 소봉이 그 천하의 기인을 찾아뵈러 달려갔을 것이오."

아주가 빙그레 웃었다.

"모용 어르신께서는 생전에 외부의 객을 만나지 않으셨지만 오라버니라면 얘기가 다르죠."

소봉이 고개를 들어 한바탕 웃었다. 그가 '얘기가 다르죠'라고 한 그녀의 말에 담긴 의미를 알아챘기 때문이다. 그 의미는 이러했다.

'당신은 저의 둘도 없는 정인이니 모용 선생께서도 당연히 특별하게 보실 거예요.'

아주는 소봉의 눈빛을 바라보고 고개를 숙이지 않을 수 없었다. 그녀는 양볼이 붉게 달아오르며 떨리는 가슴을 주체하지 못했다.

소봉이 술 한 사발을 모두 들이켜고는 물었다.

"모용 어르신께서 별세하실 때 연로하신 나이셨소?"

"쉰 살 정도였으니 그리 연로하다고 할 순 없죠."

"음. 내공도 심후한 데다 쉰 살의 나이라면 무공이 절정에 이르렀을 시기였을 텐데 어쩌다 갑자기 세상을 뜨셨는지 모르겠소?"

아주가 고개를 가로저었다.

"나리께서 무슨 병에 걸려 돌아가셨는지는 저희들도 몰라요. 너무 빨리 돌아가셨어요. 아침에 갑자기 병이 나셨는데 저녁에 공자께서 대성통곡을 하며 나오시더니 사람들한테 나리께서 돌아가셨다고 고지하신 거예요."

"음. 무슨 급증急症이었는지 모르지만 안타깝군. 안타까워! 설신의가 근방에 없었던 게 아쉽소. 안 그랬다면 어떻게든 그를 청해 와서 모용 선생의 목숨을 구할 수 있었을 텐데 말이오."

그는 모용씨 부자와 안면이라고는 없었지만 남들이 그 부자의 언행이나 성격에 대해 말하는 걸 듣고 무척이나 흠모해왔었다. 더구나 아주와의 인연으로 인해 한층 더 친근감이 느껴졌다.

아주가 다시 말을 이었다.

"그날 모용 나리께서 공자와 《역근경》에 대해 논하다가 이런 말씀을 하셨어요. '달마노조의 《역근경》은 내가 아직 훑어보지 못했지만 무학의 도로써 추측하자면 소림파가 명성을 떨칠 수 있었던 이유가 그 《역근경》에 있었다. 그 72절기를 대단하지 않다고 할 순 없지만 그 것만으로는 천하 동도들의 영수가 되거나 최고의 천하 무학이라는 말을 듣기는 어렵다.' 나리께서는 또 공자께 훈계의 말씀을 덧붙이셨어요. '우리 선조들께서 전수해주신 무공만 믿고 소림 제자들을 경시해서는 안 된다. 사원 안에 그 경서가 있으니 아마 천부적인 자질을 갖춘 아주 영리한 승려가 나타난다면 그걸 통달할 수도 있을 것이다.'"

소봉은 고개를 끄덕여 그 말에 수긍을 했다.

'천하에 그 이름이 알려져 있는 고소모용씨가 경거망동하거나 자만하지 않는 건 정말 쉽지 않은 일이다.'

아주가 말했다.

"나리께서는 또 이런 말씀도 하셨어요. 평생 살펴보지 않은 천하 무학이 없었지만 안타깝게도 대리단씨의 《육맥신검검보》와 소림파의 《역근경》만은 보지 못해 평생의 한이 아닐 수 없다고 말이에요. 오라버니. 모용 어르신께서 그 두 무공을 한데 섞어 논한 걸로 보아 대리단씨의 육맥신검에 대처하기 위해서는 소림파의 역근경부터 손을 대야할 것 같아요. 소림사 보리원에 있는《역근경》을 훔쳐와서 몇 년에 걸쳐 연마할 수만 있다면 육맥신검이건 칠맥귀도七脈鬼刀건 간에 신경 쓸필요도 없을 거예요."

그녀는 여기까지 말하고 웃는 듯 마는 듯하는 표정을 지어 보였다.

소봉이 몸을 벌떡 일으키며 웃었다.

"이런 영악한 아가씨 같으니! 아니… 이제 보니…."

"오라버니. 그 경서는 원래 모용 공자에게 드릴 생각에 훔쳤던 거예요. 공자에게 보여드린 후 어르신 묘소 앞에 태워 어르신의 원을 들어드릴 생각에 말이에요. 이젠 당연히 오라버니께 드려야죠."

이 말을 하면서 품속에서 기름천으로 된 작은 보자기를 꺼내 소봉의 손 위에 올려놓았다.

얼마 전 소봉은 그녀가 허청 화상으로 변장해 보리원의 구리거울 뒤에 있던 경서를 훔치는 걸 똑똑히 봤지만 그게 소림파의 내경 비급인《역근경》일 줄은 상상도 하지 못했다. 아주가 취현장에서 군호에게붙잡혀 있을 때에도 사람들은 그녀가 아녀자라는 점 때문에 몸수색을 하지 않았고 또한 현적과 현난 등 소림 고승들도 자신들의 절에서 사라진 경서가 그녀에게 있으리라고는 꿈에도 생각하지 못한 것이다.

그러나 소봉은 고개를 가로저었다.

"당신이 위험을 무릅쓰고 소림사에서 가까스로 훔쳐가지고 온 경서가 아니오? 모용 공자에게 주기 위해 가져온 것을 어찌 내가 가로챌 수가 있겠소?"

"오라버니, 그건 잘못 생각하신 거예요."

소봉이 의아한 듯 물었다.

"어찌 내가 잘못 생각했다는 거요?"

"이 경서는 저 혼자 생각해 훔친 것이지 모용 공자의 명을 받은 건 아니에요. 따라서 제가 주고 싶은 사람에게 주면 그뿐이에요. 더구나 오라버니가 먼저 보신 후에 다시 공자에게 가져다드려도 늦지 않아요. 부모를 죽인 원수와는 같은 하늘 아래 살 수 없는 법이에요. 원수를 갚기 위해서라면 그 어떤 악랄하고 비열하며 추악한 짓이라도 뭐든 해야만 하죠. 한데 어찌 이런 서책 한 권 빌려보는 걸 가지고 그렇게 주저할 수가 있어요?"

소봉은 그녀의 말에 살짝 놀란 듯 그녀를 향해 깊이 읍을 했다.

"현매賢妹의 질책이 옳소. 큰일을 해야 할 사람이 어찌 그런 하찮은 일에 구애를 받겠소?"

아주가 입술을 오므리며 웃었다.

"오라버니는 원래 소림 제자잖아요? 소림파 무공으로 소림파 현고 대사의 원수를 갚는 건 지극히 당연한 일인데 잘못된 게 뭐 있어요?"

소봉은 연신 옳다고 맞장구를 치며 고마워하면서도 기뻐했다. 작은 기름천 보자기를 열자 얇고 누런 책자가 하나 보이는데 겉장에는 구불구불 기이한 형태의 문자가 적혀 있었다.

그는 속으로 외쳤다.

'이런!'

첫 장을 펴보니 위쪽에 글이 가득 적혀 있었지만 이 글자들은 삐뚤거리고 둥글기도 하고 갈고리 같기도 한 것이 도저히 알아볼 수가 없었다.

"아이고!"

아주가 깜짝 놀라며 다급하게 말했다.

"이제 보니 범문이네요. 이런 낭패가 있나. 이 서책은 나리의 묘소 앞에 불태워버릴 생각이었던지라 시녀인 제가 먼저 봐서는 안 된다고 생각해 경서를 손에 넣고 나서도 여태껏 펼쳐볼 생각을 하지 않았어요. 에이. 어쩐지 그 화상들이 자기들 무공 비급을 도둑맞았는데도 크게 개의치 않더라니 누가 봐도 이해 못하는 난해한 글이라 그랬었군요…."

이 말을 하면서 무척이나 낙담한 듯 길게 탄식을 했다.

소봉이 아주를 달래며 말했다.

"얻고 잃는 것에 대해 너무 마음에 담아둘 필요는 없소."

이 말을 하면서 《역근경》을 다시 잘 싸서 아주에게 돌려주었다.

"오라버니가 보관하는 게 좋을 것 같아요. 그럼 남들한테 뺏기지는 않을 테니까요."

소봉이 씩 웃으며 작은 보자기를 품속에 넣었다. 다시 술을 한 사발 따라 마시려는 순간 갑자기 문밖에서 누군가의 목소리가 들려왔다.

"아니로소이다, 아니로소이다! 우리가 당해내지 못할 바에야 싸우지 않느니만 못하지. 굳이 한번 더 망신당할 필요 있겠나?"

아주가 그 말을 듣고는 자기도 모르게 얼굴에 화색이 돌았다. "아니로소이다, 아니로소이다!" 포부동 포 셋째 오라버니가 왔음을 알아차렸던 것이다.

포부동이 갈색 장포를 입고 말쑥한 모습으로 객점 안으로 들어오는데 뒤에 따르는 두 사람은 바지와 윗옷만 입은 간편한 차림새였다. 점소이가 그들을 맞으러 달려가며 소리쳤다.

"어서 오십시오, 세 분 나리! 술 드시게요? 앉으세요! 어서 앉으세요."

그때 아주가 불쑥 끼어들었다.

"아니로소이다, 아니로소이다! 세 분 나리께서는 술 말고도 요리가 필요하시다."

그녀가 포부동의 목소리를 그대로 흉내 내자 포부동은 흠칫 놀랐다. 이때 아주는 변장을 하고 있어 일순간 그녀를 알아보지 못했지만 자신의 말투를 이렇게 귀신같이 똑같이 할 수 있는 사람은 세상에 아주 외에 없다는 걸 알기에 반가운 목소리로 말했다.

"아주 누이, 어서 와서 같이 한잔하자고!"

아주는 소봉을 잡아끌고 포부동이 앉아 있는 탁자 옆으로 가서 자리를 잡고 나지막이 말했다.

"포 셋째 오라버니. 두 분께서는 무석에서 대면한 적이 있으실 거예요. 이분은 제가 평생을 따르기로 약속한 분이에요. 이 말은 '아니로소이다, 아니로소이다!'라고 말하면 안 된다는 의미예요."

포부동은 눈을 돌려 소봉을 훑어보려 했지만 아주 얼굴에 가려 보이지를 않자 물었다.

"훌륭하기 이를 데 없군! 이보시오, 매제! 성이 어찌 되시오?"

포부동의 질문에 아주가 나서서 대신 답했다.

"이분은 소씨예요."

포부동이 고개를 끄덕였다.

"내 옆에 있는 이 두 분은…."

아주가 그의 말을 끊으며 인사를 했다.

"진가채의 요 채주! 안녕하세요? 청성파의 제 대협, 안녕하세요?"

두 사람은 앞에 있는 대한이 자신들을 알아보자 무척 의아해했다. 이 두 사람은 다름 아닌 운주 진가채의 채주 요백당과 청성파의 제보곤이었다. 두 사람은 곧바로 자리에서 일어나 공수를 하며 예를 올렸다.

"어르신, 안녕하십니까?"

포부동이 말했다.

"여기는 듣는 귀가 많으니 얘기를 나눌 곳이 되지 못하오. 그러지 말고 조롱박에 든 술 몇 통만 사서 성 밖에 나가 마음껏 얘기하는 게 좋겠소."

요백당은 곧 점소이에게 분부해 큰 조롱박 네 통에 술 스무 근을 담아오라고 시킨 뒤 은덩이 하나를 꺼내 탁자 위에 올려놓는데 무척이나 호탕한 모습이었다.

아주가 생긋 웃으며 말했다.

"술이 부족해요!"

요백당은 두말하지 않고 다시 조롱박 술 네 통을 더 사서 제보곤과 나눠 등에 짊어지고 포부동과 소봉, 아주 세 사람 뒤를 따라갔다.

다섯 사람은 성 담벼락 옆에 이르러 사방이 텅텅 비어 있고 사람이라고는 없는 커다란 나무 한 그루가 보이자 그 나무 밑에 자리를 잡았다. 아주가 조롱박 한 통을 받아들고 나무 뚜껑을 뽑아 우선 소봉에게 건네줬다. 소봉은 고개를 뒤로 젖혀 크게 한 모금 마셨다.

"좋은 술이로군!"

요백당이 찬사를 보냈다.

"소 대협께서는 주량이 대단하시군요!"

포부동이 말했다.

"난 원래 공자 나리를 도우러 하남부河南府에 갈 생각이었는데 신양성에서 요 채주와 제 형제를 만났소. 여기 두 사람과는 싸우면서 친해져 좋은 친구가 됐으니 이보다 더 좋은 일이 어디 있겠소?"

그러고는 고개를 돌려 요백당과 제보곤 두 사람을 향해 말했다.

"요 채주, 제 형제. 두 사람은 저기 나무 밑에 가서 한잔하고 계시오. 난 소 대협과 긴한 일이 있어 상의를 좀 해야겠소."

요와 제 두 사람이 답했다.

"네!"

그러고는 몸을 일으켜 조롱박 한 통을 들고 멀리 걸어가다 더 이상 포부동의 말이 들리지 않는 곳에 이르자 그제야 앉았다.

포부동은 요와 제 두 사람이 멀리 걸어갈 때까지 기다리다 입을 열었다.

"소 대협, 아주 누이 말로는 평생을 당신만 따라다니기로 했다는데 내가 볼 땐 차이지는 않을 것 같구려. 이렇게 훌륭한 낭자한테 그런 말을 들었다니 정말 부럽기 짝이 없소. 보아하니 대협도 차버리고 싶은 마음은 없는 것 같소이다. 어찌 됐건 우리는 같은 편이니 뭐든 숨길 필요 없겠소. 소 형제, 성수노괴 정춘추라는 이름을 들어본 적이 있으시오?"

소봉이 고개를 끄덕였다.

포부동이 말을 이었다.

"정춘추는 바로 성수파의 창시자요. 그자는 독수에 능한 데다 상대의 내력을 제거해버리는 화공대법이란 무공을 지니고 있어 무림인들에게는 증오의 대상이자 간담을 서늘하게 만드는 자요. 그 노괴는 온갖 못된 짓은 다 저지르고 다니는데 하필 우리 고소모용가와도 연관이 되어 있소. 듣기로는 놈이 젊은 시절에 사문을 배반하고 사부의 정인과 함께 둘이 머나먼 소주로 도망쳐 은거하기 시작했는데, 그 후안무치한 두 남녀는 도망칠 때 딸을 데리고 갔을 뿐만 아니라 천하의 각 문파 무공이 모두 기재되어 있는 대량의 무공 비급까지 훔쳐 달아났다고 하오. 그걸 가져다 소주에 낭환옥동이라는 서고까지 만들어놓고 말이오. 후에 그 딸이 장성해 왕씨 성을 가진 소년에게 시집을 가서 다시 그 딸을 낳게 됐고…."

아주가 참다못해 끼어들었다.

"바로 왕어언 왕 낭자죠!"

포부동은 손뼉을 탁 치며 말했다.

"아주 누이. 정말 총명하기가 이를 데 없소. 우리 딸 포부정 그 계집은 낭자 머리의 3할도 채 안 될 것이오."

"부정 동생이 저보다 총명하죠. 나중에 다 크고 나면 아실 거예요."

"아니로소이다, 아니로소이다! 차라리 약간 멍청한 게 낫지, 그 아이가 총명해지면 내가 어찌 관리를 할 수 있겠소? 내가 밖에 나가 놀지 못하게 하면 그 아이는 갑자기 풍 넷째 아우로 변장을 하고 이런 말을 던지지요. '포 삼형, 난 싸우러 나갑니다. 그럼!' 그럼 난 이렇게 답할 수밖에 없소. '넷째 아우, 싸울 때는 조심해야 하네!' 그럼 그 애가 깔깔대고 웃으면서 말을 하오. '아버지. 염려 마세요. 저 부정이가 조심할 게요!' 이러니 난들 어쩌겠소?"

아주가 생글생글 웃으며 말했다.

"왕 낭자는 정춘추가 훔쳐간 무공 비급을 봐서 그런지 무슨 오호단 문도니 청자구타니 성자십팔파니 하는 무공들을 모두 알아요."

"그렇소. 바로 그거요. 그 왕씨 소년에게는 누나가 한 명 있었는데 우리 모용박 어르신에게 시집을 왔소. 이렇게 맺게 된 관계는 우리 고소모용가의 체면을 형편없이 떨어지게 만들었소. 허나 친척 관계는 그들 윗대에 이루어진 것이고 우리 같은 아랫사람들은 방법이 없었지. 모용 어르신께서는 무공 연마에 전념하기 위해 전에도 낭환옥동에 서책을 빌려보러 자주 갔었소. 후에 모용 어르신께서 별세하신 후, 왕가 부인과 우리 부인이 불화를 일으켜 양가는 왕래를 끊다시피 하게 됐지. 한데 이번에 아주 큰 난제를 만나게 됐소. 청성파 장문인 사마림이 누군가에게 잡혀가고 진가채에서는 은자 2만 냥을 강탈당한 것이오…."

"셋째 오라버니, 청성파와 진가채가 모두 우리 고소모용가에 귀순한 건가요?"

"우리한테 귀순을 안 했다면 제기랄, 내가 거들떠보지도 않았지!"

포부동은 골치 아픈 일로 인해 기분이 별로 좋지 않았던지 저속한 말을 내뱉으며 말을 이었다.

"내일 이른 아침에 정춘추 패거리들과 동백산桐柏山 밑에서 결판을 보기로 약속을 했소."

"정춘추 본인도 오나요?"

"정춘추 그자는 아마 안 올 거요. 놈들이 사마림을 잡아가서는 청성파에 은자 만 냥을 내고 데려가라 하고 진가채 쪽에는 성수파에 귀순을 하라 요구하고 있소."

"그렇게 대단한 자들인가 보죠?"

포부동이 고개를 가로저었다.

"아니로소이다, 아니로소이다! 그리 대단해 보이지는 않소. 허나 놈들은 독물 사용에 능해 싸우기가 껄끄럽긴 하오. 공자 나리께서는 어디 계신지 알 수가 없고 등 큰형님과 공야 둘째 형님, 풍 넷째 아우도 모두 연락이 되질 않으니… 에에! 포부동이 이런 외톨이가 돼버리다니 처량하기 그지없네그려!"

"아니로소이다. 아니로소이다! 위기의 순간에 이 아주가 옆에 있지 않소이까?"

"아주 누이, 고맙소! 이 셋째 오라비가 목숨 바쳐 공자 나리께 보답하면 그뿐이니 누이는 갈 것 없소."

"승패는 병가지상사라 했어요. 적의 기세가 대단하면 우린 한발 물러서면 되잖아요? 안 될 것 있나요?"

소봉이 참지 못하고 끼어들었다.

"우리가 내일 함께 가봅시다. 그렇게 함부로 사람들을 괴롭히면 안 되지!"

포부동이 다급하게 말했다.

"소 형제, 상대는 악독하기 짝이 없는 놈들이오. 독사나 전갈처럼 말이오. 우리가 물러서면 그뿐이오."

말을 마치자 포부동은 몸을 일으켜 작별을 고하며 요백당, 제보곤 두 사람과 함께 자리를 떠났다.

소봉과 아주는 객점으로 돌아와 짐을 꾸려 오후 내내 말을 타고 동백으로 달려갔다. 다음 날 새벽 동백 동북쪽 산 밑에 도착했지만 주변에 아무도 보이지 않자 커다란 소나무 밑에서 기다리기로 했다. 아주가 말했다.

"오라버니, 오라버니는 아직 원수도 갚지 못했는데 그런 독사 같은 요물을 만나봐야 의미 없어요. 부디 몸조심하셔야 해요."

"당신을 데리고 새외로 가야 하는데 벌써 중원으로 돌아가지 못한다면 모용 공자께 빚으로 남게 될 것이오. 오늘 이렇게라도 작은 보답을 할 수만 있다면 우리 두 사람이 앞으로 초원에 나가 사냥을 하고 소와 양을 키운다 해도 빚이라고는 남지 않게 될 테니 마음이 편안해질 것이오. 에이. 취현장에서 내 목숨을 구해준 은공이 누구인지 모르는 게 한이오. 은혜를 베풀고도 보답을 바라지 않으니 평생 보답하지 못할 것 같소."

이 말을 하는 동안 포부동이 요백당과 제보곤 그리고 진가채와 청성파 사람들을 끌고 와서는 소봉, 아주와 합류를 했다. 그 후, 다시 반 시진 정도를 더 기다리자 별안간 날카로운 피리 소리가 들려오며 열 대가 넘는 마차가 저 멀리서부터 달려왔다. 마차가 근처에 와서 멈추자 마차 안에서 갈포葛布로 만든 단삼을 입은 크고 작은 십수 명의 무사들이 뛰어내렸다. 곧이어 마차 안에서 누군가가 끌려 내려왔다. 두 손을 뒤로 묶인 채 의기소침한 표정의 이 사람은 다름 아닌 청성파 장문인 사마림이었다.

청성파 사람들이 큰 소리로 외쳤다.

"사마 장문, 저희들이 구해드리겠습니다."

제보곤이 앞으로 달려나오자 그 뒤로 동문 한 명이 따라나왔다. 상대 쪽에서는 건장한 몸에 누런색 머리를 한 성수파 사람 하나가 걸어나왔다. 그는 앞으로 성큼성큼 걸어나와 왼손을 가볍게 휘둘러 제보곤의 오른쪽 뺨을 냅다 후려쳤다. 제보곤이 큰 소리로 호통을 치며 옷소매 안에서 강추와 소추를 꺼내 들었다.

강추가 소추 끝에서 격발되자 예리한 파공성이 들리며 누런 머리 사내를 향해 쏜살같이 날아갔다. 누런 머리 사내가 재빨리 몸을 피했지만 강추는 보통 빠른 속도가 아니었던 터라 픽 하고 그의 왼쪽 어깨를 파고들었다. 누런 머리 사내가 이에 아랑곳하지 않고 다리를 들어 힘껏 걷어차자 제보곤은 공중제비를 몇 번 돌며 본진으로 내동댕이쳐졌다. 소봉이 제보곤의 뺨을 보니 그의 한쪽 뺨은 이미 시커멓게 변해 퉁퉁 부어올라 있었다. 제보곤은 끊임없이 고통을 호소하며 소리를 질러댔다. 또 다른 청성파 제자 하나가 누런 머리 사내를 향해 거침없이 달려들었다. 누런 머리 사내가 일권을 날려 그의 정수리를 가격하자 그 제자는 그대로 땅바닥에 엎어져 데굴데굴 구르며 처절한 비명 소리를 몇 번 지르다가는 이내 꼼짝도 하지 않았다. 이미 죽은 것으로 보였다.

성수파 제자들이 큰 소리로 손뼉을 치며 소리쳤다.

"다섯째 사형의 위세가 중원에 진동하는군요. 고소모용이 와도 고개를 못 들 정도입니다!"

"다섯째 사형의 위력은 정말 대단합니다. 그야말로 살기등등하네요!"

성수파에서 또 한 명이 걸어나오는 게 보였다. 깡마른 몸에 사자코와 커다란 입을 가진 그가 말했다.

"놈을 태울 불을 붙여라! 청성파에서 몸값으로 은자를 가져오지 않았으니 놈들 장문인을 태워버려야겠다!"

성수파 제자들 몇 명이 일제히 대답했다.

"네! 둘째 사형!"

마차 안에서 앞다투어 장작을 꺼내 바닥에 쌓아놓고 불을 붙이자 순식간에 불이 타오르기 시작했다. 제자 두 명이 사마림을 일으켜 세워 불더미 속으로 집어넣자 포부동이 강도를 휘두르며 그를 구하기 위해 달려들었다. 그 사자코 사내가 왼손을 뻗어내자 한 줄기 강풍이 불길을 밀어붙여 포부동을 향해 날아갔다.

포부동이 옆으로 몸을 슬쩍 피했다. 사자코 사내가 오른손을 흔들자 불더미에서 화염이 솟구쳐오르며 포부동을 향해 태워갔다. 포부동의 옷에 불이 붙고 이어서 머리털까지 타기 시작했다. 아주가 황급히 달려가 그의 몸에 붙은 불꽃을 털어주었다. 그 사자코 사내가 왼손을 휘둘러 불길을 밀어내 아주의 머리카락마저 태우자 아주가 깜짝 놀라며 소리쳤다.

"아야!"

순간, 소봉이 오른손을 휘두르자 도처에 경력이 펼쳐나가며 불길은 그 사자코 사내 쪽을 향해 휘몰아쳐갔다. 사자코 사내가 쌍장을 동시

22. 별처럼 빛나는 눈동자

에 펼쳐 밀어내자 불길은 순간 허공에 멈추어 꼼짝도 하지 않았다.

성수파 제자들이 소리치기 시작했다.

"둘째 사형, 대단한 공력입니다!"

"둘째 사형 마운자摩雲子의 위력이 천하에 떨치는구나!"

위력이 천하에 떨친다고 하는 소리가 나오는 도중 불길은 허공에서 돌연 꺼져버렸다. 소봉이 다시 일장을 내뻗자 불더미 속의 불꽃 하나가 사자코 사내의 등을 향해 태워갔다. 그가 재빠른 걸음으로 피했지만 소봉의 이어진 일장인 벽공장이 그의 가슴에 명중됐다. 사자코 사내는 곧바로 몸을 비틀거리다 입안 가득 선혈을 토해내며 힘없이 바닥에 쓰러졌다.

그 다섯째 사형이라는 자가 재빨리 그의 앞으로 다가가 비호를 하며 쌍장을 들자 소봉은 그가 채 장력을 뻗어내기도 전에 펑 소리와 함께 강력한 일장을 뻗어냈다.

"우두둑!"

누런 머리 사내의 양팔 뼈가 그대로 부러져버리더니 뒤로 벌러덩 나자빠졌다. 그는 입에서 피를 뿜어내며 바닥에 주저앉아 다시는 일어나지 못했다. 성수파의 나머지 제자들 중 어떤 자들은 마차에 올라 도망을 가고, 또 어떤 자들은 용기 있게 나서서 상대를 맞아 싸웠다.

"펑! 펑! 펑!"

소봉이 벽공장을 펼쳐내자 상대의 몸이나 옷에 손이 닿지 않았음에도 엄청난 소리를 만들어냈다.

"아이고! 어머니!"

"성수노선께서 잠시 안 계시는 동안 저 녀석이 위세를 떨치는구나!"

"바람이 세다! 아주 세! 제기랄! 빨리 도망가자!"

여기저기서 당황해하는 소리가 들리며 순식간에 성수파 제자들이 모조리 도망가버렸다. 사자코 사내와 누런 머리 사내는 중상을 입고 바닥에 주저앉아 있어 도망칠 방법이 없었다.

땅딸막한 체격의 제자 하나가 갑자기 앞으로 나와 물었다.

"둘째 사형. 오늘 싸움은 아무래도 불리합니다! 형세를 정확하게 판단하는 자가 준걸 아니겠소?"

사자코 사내가 말했다.

"좋아! 오늘은 운이 없는 듯하니 물러서야겠다. 사마림을 풀어줘라!"

그 땅딸보 사내가 강도를 집어들고 사마림한테 다가가 포박을 해놓은 밧줄을 잘라버렸다. 사마림이 화를 참지 못하고 대뜸 손을 휘둘러 그자를 향해 공격하자 땅딸보 사내는 손을 뻗어 가로막았다. 순간 퍽하며 두 손이 교차했다.

사마림은 재빨리 본진으로 되돌아왔지만 손바닥에 극심한 통증이 느껴져 손바닥을 펴보았다. 한쪽이 시커멓게 변해 있는 것으로 보아 그 땅딸보 사내의 장독에 중독된 것 같았다.

소봉이 호통을 쳤다.

"네놈이 그래도 사람을 해쳐?"

이 말이 채 끝나기도 전에 손을 휘두르며 불더미 속에서 불꽃을 일으켜 그 땅딸보 사내를 향해 날려보냈다. 땅딸보 사내가 이를 피하려 몸을 굽혔다.

"대협의 존성대명이 어찌 되시오? 오늘 우리 성수파가 잠시 패배를 인정하지만 훗날 우리 사부이신 성수노선께서 오시면 귀하게 가르침을 내려드릴 것이오!"

소봉이 냉혹한 어투로 말했다.

"그런 건 필요 없다. 오늘 처리할 일이 남아 있지 않더냐?"

땅딸보 사내가 말했다.

"네! 네!"

그러고는 손짓을 하자 성수 제자 몇 명이 마차에서 은량 꾸러미를 꺼내 소봉 앞에 공손하게 내려놓았다.

땅딸보 사내가 말했다.

"나리, 은자 2만 냥입니다. 저희들이 진가채에서 가져온 것인데 가져온 그대로 돌려드리겠습니다. 청산은 유구하고 녹수는 영원히 흐르는 법! 나리께선 무공 실력이 대단하십니다. 존경스럽습니다! 존경스러워요! 허나 우리 사부님께는 미치지 못할 것입니다. 그럼 가보겠습니다!"

이 말을 하고 공수를 하며 사자코 사내를 부축하자 다른 성수파 제자 하나가 누런 머리 사내를 부축해 질질 끌면서 마차에 올라타 천천히 자리를 떠났다.

진가채와 청성파 제자들이 환호성을 지르며 앞다투어 소봉을 향해 감사 인사를 전했다. 소봉은 자신의 이름은 밝히지 않고 형식적으로만 대했다. 어쨌든 모용 공자를 도운 셈이니 앞으로 아주와 함께 북쪽으로 올라가 다시 돌아오지 않는다 해도 마음이 편할 것이란 생각이 들었다.

아주가 포부동을 잡아끌며 나지막이 물었다.

"왕 낭자하고 아벽 누이는 어디 있어요?"

포부동이 말했다.

"벌써 소주로 돌아갔소. 한데 저기 저 매제는 개방의 교봉이오?"

아주가 고개를 끄덕였다.

"셋째 오라버니, 모용가에서는 저와 아벽한테 아주 잘 대해주셨어요. 어릴 때부터 저희들을 친딸처럼 키워주셨으니까요. 더구나 오라버니들도 친남매처럼 대해주셨어요. 따라서 제가 마땅히 보답을 해야 하는 게 도리지만 전 이제 평생 소봉 오라버니만 따르기로 했어요. 저분이 죽어도 좋고 살아도 좋아요. 제 마음속에 또 다른 남자는 없어요."

포부동이 빙긋 웃었다.

"교 방주는 무공이 고강하니 쫓아갈 만하지! 그럼 앞으로 공자 나리 생각은 물론 내 생각도 하지 않을 게요?"

아주는 손을 뻗어 자신의 목을 베는 시늉을 하며 아주 단호하게 말했다.

"안 해요!"

포부동은 오른손 무지를 그녀의 코끝 앞에 세우고 훌륭하다는 표시를 했다.

"셋째 오라버니. 돌아가서 아벽한테 제 말 좀 전해주세요. 부디 몸조심하고 진심으로 아벽한테 잘해주는 남자를 찾으라고 말이에요."

포부동이 하하 웃으며 손을 휘젓고는 몸을 돌려 거드름을 피우며 떠나갔다. 요백당과 제보곤 역시 수하들을 데리고 자리를 떴다.

소봉과 아주는 다시 동백성으로 돌아왔다. 점심나절이 되어 두 사람이 한 주루에서 술과 함께 요기를 하던 중 별안간 문밖에서 발소리가 들리더니 누군가 큰 소리로 비명을 질렀다. 소봉은 뭔가 이상한 생각이 들어 문밖으로 달려나갔다. 거리에는 온몸에 피범벅이 된 한 대한이 양손에 판부板斧를 쥐고 위아래로 미친 듯이 휘둘러대고 있는 모습이 보였다. 그 대한은 얼굴에 구레나룻을 무성하게 기르고 사나운 표정을 짓고 있었는데 눈빛이 산란하고 행동에 광기가 있어 보였다. 소봉은 그가 양손에 강철로 만든 커다란 도끼를 쥐고 휘두르는데 도끼가 매우 무거운데도 불구하고 공수 전환을 하며 다루는 솜씨에 법도가 있는 데다 문호를 완벽하게 지키는 모습을 보고 명가의 풍모를 느꼈다. 소봉은 중원 무림 인물들에 대해선 대부분 알고 있었지만 그 대한에 대해서는 아는 바가 없자 곰곰이 생각했다.

'저 대한의 부법斧法이 보통이 아니다. 한데 내가 어찌 저런 비범한 인물을 처음 보는 거지?'

그 대한은 판부를 갈수록 빨리 펼쳐내며 끊임없이 소리쳤다.

"빨리! 빨리 주공께 고하게. 상대가 제 발로 찾아왔다고 말이야!"

그가 사방으로 통하는 큰길 위에 서서 번뜩이는 판부 두 자루를 종횡으로 마구 휘두르자 행인들은 멀찌감치 피해다닐 수밖에 없었다. 이런 상황에서 그 누가 가까이 갈 수 있겠는가? 그는 매우 황급한 표정을 짓고 있었고 판부를 갖은 방법으로 펼쳐내는 바람에 기력은 점점 쇠해가고 있었다. 하지만 필사적으로 버텨가며 계속해서 외쳤다.

"부 형제. 빨리 물러가게. 난 상관하지 말고 어서 가서 주공께 고하도록 해!"

소봉은 생각했다.

'저자가 충심으로 주공을 보호하려 하는 걸 보니 호한이 틀림없다. 저렇게 정력을 소모한다면 필시 극히 중한 내상을 입게 될 것이다.'

이런 생각을 하다 그 대한 앞으로 걸어갔다.

"노형, 내가 술 한잔 사고 싶은데 어떻소?"

그 대한은 노기 어린 눈빛으로 소봉을 노려보다가 돌연 큰 소리로 외쳤다.

"대악인! 우리 주공을 해칠 생각 마라!"

이 말을 하며 판부를 들어 그의 머리를 향해 베어갔다. 옆에서 지켜보던 사람들은 급박하게 돌아가는 상황에 모두들 '아이고!' 하는 외마디 경악성을 뱉어냈다.

소봉은 대악인이란 말을 듣고 깜짝 놀라 주위를 두리번거렸다.

'아주와 내가 마침 대악인을 찾아 복수하려 하는 마당인데 이 사내의 적수도 대악인이었구나. 이 사내 입에서 나온 대악인이 아주와 내가 얘기한 그 대악인이라 할 순 없지만 우선은 구해놓고 봐야겠다.'

그는 그가 내리친 판부를 피해 재빨리 앞으로 나아갔다. 그러고는 손을 뻗어 그의 옆구리에 있는 혈도를 찍으려 했다.

하지만 뜻밖에도 그 대한은 정신이 혼미한 상태에서도 무공 실력만큼은 모자람이 없었다. 그는 오른손으로 도끼 자루를 뒤로 빼더니 소봉의 아랫배를 노리고 내리찍었다. 그 일초는 무척이나 정교하고 민첩해서 소봉의 무공이 조금이라도 그에 미치지 못했다면 그대로 가격당할 상황이었다. 그는 왼손을 질풍같이 내뻗어 도끼 자루를 잡아 뺏었다. 이미 기진맥진한 상태였던 그가 어찌 당해낼 수 있겠는가? 그는 전신을 부르르 한번 떨더니 신속무비하게 소봉을 향해 몸을 날려 덮쳐갔다. 목숨 따위 돌보지 않고 상대와 함께 죽겠다는 각오로 덤벼든 것이다. 소봉은 오른팔을 둥글게 돌려 그 사내를 감싸안고 팔에 힘을 꽉 주어 꼼짝도 하지 못하게 만들었다. 거리에서 구경을 하는 수많은 한량이 그 미치광이를 제압하는 소봉의 솜씨를 보고 하나같이 갈채를 보냈다.

소봉은 그 대한을 반은 안고 반은 끌다시피 하면서 객점 안으로 들어가 자리에 앉혔다.

"노형, 일단 술 한 사발 마시고 얘기합시다!"

이 말을 하고는 주보에게 술 사발을 내오라 시켰다. 그 대한은 눈 한 번 깜빡거리지 않고 그를 응시했다. 그렇게 한참을 쳐다보다 그제야 물었다.

"다… 당신은 좋은 사람이오? 나쁜 사람이오?"

소봉은 어리둥절해하며 어찌 대답해야 할지를 몰랐다.

아주가 생긋 웃으며 말했다.

"당연히 좋은 사람이지요. 저도 좋은 사람이고 당신도 좋은 사람이에요. 우리는 친구니까 함께 대악인을 물리치도록 해요."

그 대한은 그녀를 뚫어지게 바라보다가 다시 소봉을 노려보고는 믿는 듯 안 믿는 듯 주저하다 말했다.

"그… 그럼 대악인은?"

아주가 다시 말했다.

"우리는 친구니까 함께 가서 대악인을 물리쳐요!"

그 대한은 벌떡 몸을 일으키더니 큰 소리로 외쳤다.

"아니! 아니야! 대악인은 무섭기 짝이 없어! 어서! 어서 주공께 고해야 돼! 어서 피하시라고! 내가 대악인을 막을 테니 당신이 가서 전갈을 전하시오!"

이 말을 하면서 몸을 일으켜 판부를 뺏으려 했다.

소봉은 손을 뻗어 그의 어깨를 지그시 눌렀다.

"노형, 대악인은 아직 안 왔소. 한데 당신 주공은 누구요? 어디 계시오?"

그 대한이 소리쳤다.

"대악인! 덤벼라! 이 몸이 너랑 300초라도 겨뤄주겠다. 우리 주공만은 건드릴 생각 마라!"

소봉이 아주를 바라보며 어찌할 바를 모르고 있자 아주가 갑자기 큰 소리로 외쳤다.

"아이고, 야단났네! 어서 가서 주공께 전갈을 전해야 하는데. 주공께서는 어디 계세요? 어디로 가셨나요? 대악인이 못 찾게 해야지요."

그 대한이 말했다.

"맞다! 맞아! 어서 전갈을 전해! 주공께선 소경호小鏡湖 방죽림方竹林으로 가셨어. 어… 어서 소경호 방죽림으로 가서 주공께 전해! 어서! 어서!"

이 말을 하면서 매우 초조한 듯 연거푸 재촉을 했다.

소봉과 아주가 결정을 내리지 못하고 있자 갑자기 옆에 있던 주보가 말했다.

"소경호에 가시게요? 그리 가깝지는 않아요."

소봉은 소경호란 지명이 정말 있다는 말을 듣고 재빨리 물었다.

"그곳이 어디요? 여기서 얼마나 멀리 있소?"

그 주보가 말했다.

"다른 사람한테 물어보셨다면 잘 몰랐을 겁니다. 마침 저한테 물으

131

셨으니 제대로 물어보신 겁니다요. 제가 소경호 근방에 살거든요. 세상만사가 운대가 맞으려면 아주 딱 맞아떨어지는 법이지요. 운대가 맞지 않으면 절대 그런 일이 없거든요."

소봉은 주보가 쓸데없는 소리를 늘어놓으며 정작 할 말을 하지 않자 손을 뻗어 탁자를 탁 내리치며 큰 소리로 호통을 쳤다.

"어서 말해라! 어서!"

주보는 본래 술값이라도 몇 푼 얻고 나서 말을 해줄 생각이었지만 소봉이 무시무시하게 나오자 감히 더 이상 뜸을 들일 수 없었다.

"나리께서는 성격이 아주 급하시군요. 헤헤… 우연치 않게 절 만나지 않았다면 아무리 성격이 급해도 소용없었을 것 아니겠습니까? 안 그런가요?"

그는 쓸데없는 소리를 몇 마디 더 늘어놓으려 했지만 소봉의 안색이 무섭게 변하는 걸 보고 재빨리 말했다.

"소경호는 여기서 서북쪽에 있습니다요. 우선 서쪽으로 7리쯤 가다 보면 커다란 버드나무 10여 그루가 나올 겁니다. 한 줄에 네 그루씩 모두 네 줄이니까 사일은 사, 사이 팔, 사삼 십이, 사사 십육, 합이 열여섯 그루죠. 그럼 재빨리 북쪽을 향해 9리 반쯤 더 가세요. 그럼 청석판이 놓인 큰 다리가 보일 거예요. 하지만 절대 다리를 건너면 안 됩니다. 그 다리를 건너면 길을 잘못 들게 되니까 말입니다. 다리를 건너지 말라고 말씀드렸지만 실은 건너긴 건너야 합니다. 왼쪽에 있는 그 청석판 다리를 건너는 것이 아니라 반드시 오른쪽의 목판으로 된 작은 다리를 건너야 하는 거죠. 작은 다리를 건넌 다음 서쪽을 향해 조금 가다가 다시 북쪽을 향해 가고, 다시 또 서쪽을 향해 조금 가야 하는

데 작은 오솔길을 따라 걷다 보면 길을 잘못 들 일이 없습니다. 그렇게 21리쯤 걸어가면 마치 거울처럼 빛나는 커다란 호수가 하나 나오는데 그게 바로 소경호지요. 여기서부터 가려면 대략 40리 정도 됩니다. 실제로는 40리까지는 안 되고 38리 반 정도 됩니다요."

소봉은 성질을 참아가며 그의 말을 끝까지 들었다. 아주가 말했다.

"정말 정확하고 알아듣기 쉽게 말씀해주시네요. 1리당 수고비로 1문文을 쳐서 원래 40문을 드릴 생각이었는데 그대로 드리면 숫자가 맞지 않아요. 안 드리기는 그렇고 드리긴 드려야 하니까 일팔은 팔, 이팔 십육, 삼팔 이십사, 사팔 삼십이, 오팔 사십. 40리에서 1리 반을 제하면 38문 반을 드려야겠네요."

그녀는 동전 39개를 꺼내 마지막 동전 한 개를 예리한 도끼날에 자국이 남도록 갈더니 두 손가락으로 집어 뚝 소리를 내며 반으로 쪼갰다. 그러고는 그 주보에게 동전 38개와 반 조각을 내주었다.

소봉은 웃음을 참지 못하고 생각했다.

'요 아가씨가 기회만 있으면 장난질을 하는군.'

그 대한은 앞을 똑바로 보고 여전히 재촉을 해대고 있었다.

"어서 전갈을 전해! 더 지체하면 늦어! 대악인이 얼마나 무서운데!"

소봉이 물었다.

"당신 주공이 누구요?"

그 대한은 중얼거리며 말했다.

"우리 주공… 우리 주공… 주공이… 가신 곳은 남들이 알면 안 돼. 당신은 가지 마."

소봉이 큰 소리로 말했다.

"당신은 성이 어찌 되시오?"

그 대한이 건성으로 답했다.

"난 고古씨요. 아이고! 아니, 고씨 아니오!"

소봉은 의구심이 들기 시작했다.

'설마 이자가 날 속여서 일부러 소경호에 가게 만드는 건 아니겠지? 어찌 고씨라 그랬다 아니라 그랬다 하는 거지?'

그러다 다시 생각을 바꿨다.

'만일 상대가 이자를 보내 날 그곳으로 가도록 속이는 거라면 내가 바라던 바가 아닌가? 그렇지 않아도 찾고 있었으니 말이다. 소경호가 호랑이 굴이라 한들 이 소봉이 어찌 두려워하랴?'

그는 아주를 향해 말했다.

"일단 소경호에 가봅시다. 상황이 어떤지 봐야겠소. 이 형씨의 주공이 그곳에 있다면 찾아낼 수는 있을 것이오."

주보는 수고비로 받은 동전을 호주머니에 넣고 끼어들며 말했다.

"소경호 주변은 황무지라 볼 만한 것이 없습니다. 두 분께서 풍광을 유람하면서 견식을 넓히실 생각이시라면 이 근방에 대갓집 화원 안의 정자와 누각들을 보시면 눈이 확 뜨이실 겁니…."

소봉은 손을 내저으며 더 이상 허튼소리를 못하게 한 뒤 그 대한을 향해 말했다.

"노형께선 피곤하신 것 같으니 여기서 잠시 쉬고 계시오. 내가 대신 당신 주공께 대악인이 곧 있으면 도착한다는 전갈을 전하겠소."

"고맙소! 고맙소! 이 고 모가 감사할 따름이오. 난 가서 대악인이 오지 못하도록 막겠소."

이 말을 하고 벌떡 일어나 판부를 집어들려 했다. 그러나 기력이 모두 소진됐는지 두 팔이 마비된 듯 도끼 자루를 꼭 쥐었음에도 제대로 들지 못했다.

소봉이 말했다.

"노형께서는 쉬시는 게 좋겠소."

그는 주대를 계산하고 아주와 함께 빠른 걸음으로 문을 나섰다. 두 사람은 주보가 말한 대로 큰길을 따라 서쪽으로 7~8리를 걸어갔다. 과연 큰길 옆에 한 줄에 네 그루씩 모두 열여섯 그루의 버드나무가 서 있었다. 아주가 방긋 웃었다.

"그 주보가 수다가 심하긴 해도 쓸 만한 구석은 있네요. 길은 제대로 찾겠어요. 안 그래요? 어? 저건 뭐죠?"

그녀는 손가락으로 버드나무 한 그루를 가리켰다. 나무 밑에 한 농부가 기대어 앉아 있는데 두 다리를 나무 옆에 있는 도랑의 흙탕물 속에 집어넣고 있었다. 본래 시골에서 흔히 볼 수 있는 광경이었지만 그 농부의 얼굴 반이 피범벅이었고 어깨에 메고 있는 번뜩이는 숙동곤은 보기만 해도 무거워 보였다.

소봉은 그 농부 앞으로 걸어갔다. 숨을 헐떡대는 투박한 소리로 봐서는 심각한 내상을 입은 것 같았다. 소봉은 단도직입적으로 말했다.

"이보시오, 형씨. 우리가 판부를 쓰는 친구의 부탁을 받고 소경호에 전갈을 전하러 왔는데 소경호를 이쪽으로 가는 게 맞소?"

그 농부가 고개를 들며 물었다.

"판부를 쓰는 친구는 죽었소? 살았소?"

"기력이 모두 소진됐을 뿐 큰 문제는 없소."

그 농부는 한숨을 푹 내쉬었다.

"천지신명께 감사드립니다. 두 분께서는 북쪽을 향해 가시오. 전갈을 전해주신 은덕은 절대 잊지 않을 것이오."

소봉은 그의 말투를 듣고 절대 평범한 시골 농부가 아닌 듯하여 물었다.

"노형께선 존성이 어찌 되시오? 판부를 쓰는 형씨와는 친구 되시오?"

"소인의 성은 부傅요. 귀하께서는 속히 소경호로 가주시오. 그 대악인이 이미 그쪽으로 향했소. 말씀드리기 부끄럽지만 재하는 막을 방법이 없소."

이 말을 하면서 기력이 부족한 듯 연신 숨을 헐떡거렸다.

소봉이 생각했다.

'몸에 중상을 입은 건 결코 거짓이 아니다. 이게 정말 상대가 날 속이기 위해 파놓은 함정이라면 공을 굉장히 많이 들였을 것이다.'

성실하고 소박해 보이는 그의 모습을 보자 애처로운 마음이 들었다.

"부 대형, 부상이 꽤 심해 보이는데 대악인이 어떤 무기를 사용했기에 이리된 것이오?"

"철봉鐵棒이었소."

소봉은 그의 가슴팍 쪽에서 선혈이 끊임없이 배어나오는 것을 보고 앞가슴을 풀어헤쳐 살폈다. 가슴에는 구멍이 하나 뚫려 있었는데 크기가 손가락 끝 정도밖에 되지 않았지만 상처는 매우 깊었다. 소봉은 손가락을 연이어 뻗어내 상처 주변에 있는 대혈大穴 몇 곳을 찍어 지혈을 시키고 통증을 줄여주었다. 아주가 그의 옷을 찢어 상처 부위를 잘 싸매주었다.

부씨 사내가 말했다.

"두 분 은인께 이 부傅 모某가 감히 감사하다는 말씀조차 드리지 못하겠소. 속히 소경호에 가서 전갈을 전해주시기만 바랄 뿐이오."

"주공의 존성대명이 어찌 되시오? 생김새는 어떠하오?"

"귀하가 소경호 기슭에 도착하면 호수 서쪽에 각진 대나무들이 모여 있는 대나무 숲이 보일 것이오. 그 숲 안에 대나무 가옥이 몇 채 있는데 집 밖에 도착하면 큰 소리로 외치시오. '천하제일 대악인이 왔습니다! 어서 피하십시오!' 그렇게만 하면 되고 굳이 집 안으로 들어가실 필요는 없소. 우리 주공의 이름은 훗날 부 모가 알려드릴 것이오."

소봉이 생각했다.

'천하제일 대악인이 누구일까? 혹시 사대악인 중 단연경을 칭하는 것일까? 이 사내가 하는 말을 들으니 자세한 말을 하길 원치 않는 것 같은데 더 물어보지 말자.'

이런 생각을 하자 순간 경계심이 풀려 다른 생각을 하게 됐다.

'만일 상대가 날 유인하려는 의도가 있었다면 당연히 하는 말마다 이치에 맞도록 속여 내가 의심하지 않게 만들었을 것이다. 이자는 말을 얼버무리며 사실을 말하려 하지 않는 걸 보면 절대 악의를 가지고 있는 것이 아니다.'

그러고는 말했다.

"좋소. 귀하의 분부에 따르겠소."

그 대한은 일어나려고 발버둥치다 엎드려 감사의 마음을 표했다.

소봉이 말했다.

"우린 초면에 친구가 됐으니 예는 거두시오."

그는 오른손으로 그 대한을 부축하고 왼손으로는 자신의 얼굴을 닦아 변장을 지워버렸다. 그러고는 자신의 본래 얼굴을 그에게 보여주었다.

"재하는 거란인 소봉이오. 훗날 다시 만납시다."

이 말을 하고는 그 대한이 입을 열기도 전에 아주의 손을 잡고 빠른 걸음으로 걸어갔다.

아주가 말했다.

"변장할 필요 없을까요?"

"그 호탕한 대한이 마음에 들었소. 이미 교분을 맺었으니 가짜 얼굴로 상대할 필요는 없지 않겠소?"

"좋아요. 나도 여자로 돌아가야겠어요."

이 말을 하고는 곧 작은 개울가로 걸어가 재빨리 얼굴에 한 변장을 씻어내고 모자를 벗어 검은 머리를 드러냈다. 여기에 소매가 넓은 장포를 벗자 안에 입고 있던 본래의 여자 옷이 나왔다.

두 사람이 단숨에 9리 반 길을 걸어가자 저 멀리 우뚝 솟아 있는 청석교가 보였다. 다리 근처로 접근하니 다리 위에 서생 한 명이 엎드려 있었다. 그 사람은 다리 위에 커다란 백지를 펼쳐놓고 다리 위의 청석을 벼루 삼아 먹물을 갈고 있었다. 잠시 후 그 서생은 손에 붓을 들어 백지에 글을 쓰는데 소봉과 아주는 괴이한 생각이 들었다. 지필묵을 가져와 황야의 다리 위에서 글을 쓰는 사람이 어디 있단 말인가?

두 사람이 가까이 다가가보니 그는 글을 쓰는 게 아니라 그림을 그리고 있었다. 그가 그린 그림은 사주의 풍물들이었는데 작은 다리 밑에 물이 흐르는 모습과 먼 산의 고목까지 모두 그림 안에 들어 있었다. 그가 다리 위에 엎드려 있던 방향은 소봉과 아주 쪽이 아니었지만 기이하게도 그림 속 풍물들은 틀림없이 두 사람을 향하고 있었다. 그가 한 획 한 획 그리는 그림은 모두 거꾸로 된 그림으로 반대 방향으로부터 그려나가는 것이었다.

소봉이 서화 방면에 문외한이었던 반면 아주는 고소모용 공자 집에 오래 머물면서 훌륭한 서화 작품들을 많이 봐왔던 터였다. 그 서생이 그린 '거꾸로 그림'은 아주 훌륭한 작품이라고 할 수는 없었지만 그렇게 그림을 거꾸로 그리는 건 쉽지 않은 일이었기에 아주는 몇 마디 물어보기 위해 그에게 다가갔다. 순간 소봉이 천천히 그녀의 옷자락을 잡아끌고는 고개를 가로저으며 오른쪽 나무다리를 향해 걸어갔다.

그때 그 서생이 대뜸 말을 붙였다.

"두 분께서는 내 거꾸로 그림을 보고 어찌 그리 모른 체하실 수가 있소? 재하의 미미한 재간이 두 분의 예리한 눈을 혼탁하게 만들기라도 한 것이오?"

아주가 말했다.

"과거에 공자께서는 반듯하지 않은 자리에는 앉지도 않으셨고 제대로 잘리지 않은 고기도 드시지 않으셨어요. 제대로 된 군자라면 그림을 거꾸로 보지 않아요."

그 서생이 껄껄대고 큰 소리로 웃고는 백지를 거두었다.

"일리 있는 말이군. 제대로 된 군자 두 분께서는 다리를 건너시오!"

소봉은 그의 의도를 이미 짐작하고 있었다. 그가 다리에 백지를 펼쳐놓고 사람들의 이목을 집중시키는 것은 첫째, 시간을 지연하려는 것이며 둘째, 허실을 교란시켜 고의로 청석판 다리를 건너게 하려는 것이었다. 소봉은 서생을 향해 말했다.

"우린 소경호로 가야 하오. 청석교를 건너면 길을 잘못 들게 될 것이오."

그 서생이 말했다.

"청석교를 건너가면 약간 돌아가기 때문에 50~60리 정도 더 걸어야 하지만 가는 데는 지장이 없소. 허니 두 분께서는 청석교로 가시는 게 좋을 것이오."

소봉이 말했다.

"멀쩡한 길을 놔두고 대체 뭐 하러 50~60리 길을 돌아가야 한단 말이오?"

그 서생이 껄껄 웃었다.

"옛말에도 '서둘러 하고자 하면 오히려 이루지 못한다'는 말이 있소. 설마 이 말의 이치를 모른단 말이오?"

아주 역시 이 서생이 시간을 지연하려는 의도가 있음을 알아채고는 더 이상 그와 실랑이를 벌일 필요가 없다는 생각이 들었다. 그녀가 나무다리 위로 올라서자 곧바로 소봉이 그 뒤를 따랐다. 두 사람이 나무다리 한복판에 이르자 돌연 발밑이 허전해지더니 우지직 소리와 함께 나무판자가 부러져 두 사람이 강물 속으로 빠질 위기에 처했다. 소봉은 왼손을 뻗어 아주의 허리를 감싸안고 오른발로는 다리 판자를 짚어 그 짚는 힘으로 앞으로 튕겨 훌쩍 뛰쳐나가 건너편에 안착했다. 이어서 손을 뻗어 일장을 날리며 적의 후방 기습에 대비했다.

그 서생은 깔깔거리며 웃었다.

"대단한 공력이오! 대단해! 두 분께서 그리 급히 소경호에 가시는 건 무슨 일 때문이오?"

소봉은 당황해하는 듯한 그의 웃음소리를 듣고 생각했다.

'겉보기에는 고상한데 대악인과 한패거리인 모양이다.'

이런 생각이 들자 더 이상 상대하고 싶지 않아 아주와 함께 갈 길을 떠났다.

수 장도 채 못 갔을 때 등 뒤에서 발소리가 들려 뒤를 돌아보니 그 서생이 뒤에서 맹렬하게 쫓아오고 있었다. 소봉은 몸을 돌려 노기에 찬 모습으로 물었다.

"귀하는 무슨 가르침이 있으신 게요?"

"재하도 소경호로 가는 중인데 공교롭게도 동행을 하게 됐소."

"그거 아주 잘됐소."

그는 왼손을 아주의 허리춤에 걸치고 진기를 돋우어 그녀와 함께 표연히 날아올랐다. 그러자 아무 소리도 없이 미끄러지듯 나아가는데 먼지조차 일지 않았다. 그 서생이 속도를 내서 내달려봤지만 소봉과 아주 두 사람과의 거리는 갈수록 멀어져만 갔다. 소봉은 그의 무공이 평범한 것으로 보여 더 이상 개의치 않고 여전히 진기를 돋우며 바람 속을 날아가듯 내달렸다. 그는 아주를 안고 있었음에도 그 서생보다 훨씬 더 민첩한 속도로 움직여 한 식경도 채 되기 전에 그림자조차 보이지 않을 정도로 따돌려버렸다.

작은 나무다리를 건넌 후로 길은 점점 좁아져만 갔고 때로는 긴 풀이 허리까지 이르러 분간조차 하기 힘들었다. 객점의 주보가 정확히 말해주지 않았다면 길을 제대로 찾기 힘들었을 정도였다. 다시 반 시진을 걸어가자 저 멀리에 밝게 빛나는 호수가 하나 보였다. 소봉은 걸음을 늦춰 호수 앞으로 걸어갔다. 마치 옥빛 같은 파란 물과 유리처럼 평평한 물결이 '소경호'라는 이름을 붙이기에 손색이 없었다.

그가 방죽림을 찾으려 하는 순간 돌연 호수 왼쪽 꽃밭 안에서 누군가 깔깔대는 여자 웃음소리가 들리며 돌멩이 하나가 날아왔다. 소봉이 돌멩이가 날아가는 방향을 따라 지켜보자 호숫가에 한 어부가 머리에 삿갓을 쓰고 낚시질을 하고 있었다. 그의 낚싯대에는 갓 잡아올린 강청어江青魚 한 마리가 걸려 있었는데 꽃밭 안에서 날아온 돌멩이가 한 치의 오차도 없이 낚싯줄에 적중했다.

"팅!"

순간 낚싯줄이 끊어지면서 강청어는 다시 호수 안으로 빠져버렸다.

소봉은 속으로 깜짝 놀라지 않을 수 없었다.

'누군지 몰라도 저 여자의 손힘은 기괴하기 짝이 없구나. 원래 낚싯줄은 매우 부드러워 힘을 받을 수가 없지 않던가? 비도나 수전 같은 무기로 자른다면야 이상할 것이 없겠지만 아까 그건 동그란 돌멩이가 분명하거늘 그것으로 어찌 낚싯줄을 끊는단 말인가? 저 여자가 쓰는 암기 솜씨는 절대 중원에서 볼 수 없는 것이다.'

돌을 던진 사람은 그리 고강한 무공을 지닌 것으로 보이진 않았지만 사악한 기운으로 보아 사파邪派의 수법이 분명했다. 그는 생각했다.

'틀림없이 그 대악인의 제자나 수하쯤 될 것이다. 웃음소리만 보면 젊은 여자처럼 보이는데…'

어부 역시 낚싯줄이 누군가에 의해 끊어져버리자 깜짝 놀라 큰 소리로 외쳤다.

"누가 이 저姐 모를 희롱하는 것이냐? 모습을 드러내라."

"스스슥."

별안간 꽃나무가 열리며 한 소녀가 뛰쳐나왔다. 온몸에 자줏빛 옷을 입은 아주보다 두 살 정도 어린 열대여섯 살 나이의 그녀는 새까맣고 또렷한 눈동자를 지닌 장난기로 가득한 얼굴의 소유자였다. 그녀는 아주를 힐끗 쳐다보더니 어부는 아랑곳하지 않고 아주 앞으로 훌쩍 뛰어와서 그녀의 손을 잡아끌며 웃었다.

"정말 예쁘게 생긴 언니네요. 언니가 마음에 들어요."

이 말을 하는 그녀의 발음은 혀가 말린 듯 정확하지 않아서 마치 다른 나라 사람이 처음 중원 말을 배운 것처럼 보였다.

아주는 그 소녀의 활발하고 천진난만한 모습에 빙그레 웃었다.

"너야말로 예쁘게 생겼는데? 나도 네가 마음에 들어!"

아주는 고소에 오랜 기간 살았던 터라 중주관화中州官話를 쓰긴 했지만 발음이 부드럽긴 해도 정확하다고 할 수는 없었다.

그 어부는 벌컥 화를 내려다 활발하고 귀여운 소녀인 것을 보자 치밀어오르던 노기가 씻은 듯이 사라져버린 것 같았다.

"장난기가 많은 낭자로군. 그래도 내 낚싯줄을 끊는 무공은 아주 대단해!"

그 소녀가 말했다.

"낚시질이 무슨 재미가 있지? 답답해죽을 것 같은데. 생선을 먹고 싶으면 이 낚싯대로 물고기를 찌르면 더 쉽지 않나?"

이 말을 하면서 어부의 손에 있던 낚싯대를 뺏어 손이 가는 대로 물속을 찔러댔다. 소녀가 낚싯대 끝으로 물속에 있던 백어白魚 배를 찔러

들어올리자 그 물고기는 여전히 펄떡거리며 몸을 흔들어대고 있었다. 낚싯대에 찔린 상처에서 선혈이 흘러나와 파란 물 위에 뚝뚝 떨어지니 붉은빛과 푸른빛이 대비되면서 보기는 좋았지만 그 화려함 때문에 더욱 잔인하게 보였다.

소봉은 그녀가 손이 가는 대로 찔러대면서도 오른손을 약간 왼쪽으로 기울여 작은 부채꼴 모양을 그렸다가 다시 오른쪽에서 아래쪽으로 찔러나가는 수법이 무척이나 교묘하고 자세도 훌륭한 데다 낙하점 역시 매우 정확하다고 느꼈지만 적과 마주해 공방을 펼칠 때 사용하기에는 한발 늦을 것으로 생각됐다. 그는 그게 어느 가문 어느 문파 무공인지는 도저히 짐작할 수 없었다.

그 소녀는 손으로 낚싯대를 들어올리더니 연이어 강청어와 백어 다섯 마리를 꽂아 마치 꼬치처럼 낚싯대에 꽂았다. 그러고는 다시 손을 마구 흔들어 그 물고기들을 모조리 호수 안으로 던져버렸다. 그 어부는 얼굴에 불쾌한 빛을 띠었다.

"나이도 어린 소낭자가 일을 행함이 어찌 이리도 악랄하단 말인가? 물고기를 잡는 건 그렇다 쳐도 찔러 죽인 물고기를 먹지도 않고 무고하게 살생하는 건 대체 무슨 도리더냐?"

그 소녀는 박장대소를 하며 웃었다.

"난 무고한 살생을 하는 게 좋아, 그래서 어쩔 건데?"

그녀는 두 손에 힘을 주어 그의 낚싯대를 부러뜨리려 했지만 그 낚싯대는 매우 견고하고 튼튼해 소녀의 힘으로는 부러뜨릴 수가 없었다. 그 어부는 냉랭한 웃음을 지었다.

"내 낚싯대를 부러뜨릴 생각이라면 그리 쉽지는 않을 것이다."

그 소녀는 어부의 등 뒤쪽을 향해 손가락질을 하며 말했다.

"저기 누가 왔네?"

그 어부가 고개를 돌아봤으나 아무도 보이지 않자 순간 속았다는 걸 알고 재빨리 고개를 돌렸지만 이미 때는 늦었다. 그의 낚싯대가 이미 수 장 밖으로 날아가 텀벙 소리와 함께 호수 한가운데에 빠져 종적도 없이 사라져버린 것이다.

그 소녀는 웃으며 소리쳤다.

"사람 살려! 사람 살려!"

이 말을 하며 소봉의 등 뒤로 숨었다. 그 어부가 몸을 날려 잡으러 오는데 그 경신법이 민첩하기 그지없었다. 소봉이 힐끗 쳐다보자 그 소녀의 손에는 투명한 천처럼 보이는 물건이 한가득 들려 있었는데 있는 듯 없는 듯해서 도대체 무슨 물건인지 알 수가 없었다. 그 어부가 그녀를 향해 덮쳐오자 어찌 된 일인지 모르지만 갑자기 발이 미끄러지며 땅바닥에 엎어져 몸이 한 뭉텅이로 변해버렸다. 소봉은 그제야 그 소녀가 들고 있던 것이 가느다란 줄을 엮은 어망임을 알 수 있었다. 그 가느다란 줄은 마치 머리카락처럼 가늘어서 재질이 투명해 보였지만 질기기가 이를 데 없었다. 더구나 어떤 물체를 만나면 그대로 오그라드는 성질로 인해 그 어부가 어망 안에 들어가 힘을 쓰며 발버둥치자 어망은 점점 단단하게 옥죄어 순식간에 커다란 종자綜子처럼 꼼짝도 하지 못하고 갇혀버리고 말았다.

그 어부는 어망 속에서 화를 내며 큰 소리로 욕을 해댔다.

"이 못된 계집애야! 이게 대체 무슨 수작이냐? 이런 요사스러운 사술로 날 이 모양으로 만들다니!"

소봉은 속으로 깜짝 놀랐다. 그 소녀가 요사스러운 사술을 쓴 건 아니었지만 그 어망 자체는 요사스러운 기운이 있었기 때문이다.

그 어부가 쉬지 않고 욕을 해대자 그 소녀가 생글생글 웃었다.

"한 번만 더 욕하면 내가 볼기짝을 때려줄 거야."

그 어부는 순간 멍한 상태로 입을 다물더니 얼굴이 시뻘겋게 달아오르기 시작했다.

바로 그때 호수 서쪽 저 멀리에서 누군가가 말했다.

"저 형제, 무슨 일인가?"

호숫가 오솔길에서 누군가 빠른 걸음으로 걸어왔다. 소봉이 보니 그 사람은 마흔에서 쉰 사이로 보이는 나이에 각진 얼굴과 위풍당당한 용모를 지닌 남자였는데 간편한 도포에 느슨한 허리띠를 매고 있는 외관이 무척 소탈해 보였다.

그 사람은 가까이 다가와 그 어부가 묶여 있는 것을 보고 의아한 듯 물었다.

"어찌 된 건가?"

그 어부가 말했다.

"저 어린 낭자가 요사스러운 술법을 펼쳐서…."

그 중년인은 고개를 돌려 아주를 쳐다봤다. 그러자 그 소녀가 싱긋 웃으며 외쳤다.

"그쪽이 아니라 나예요!"

그 중년인은 '어!' 하고 답하며 허리를 굽혀 그 어부의 거대한 몸뚱이를 손으로 받쳐들고 어망을 잡아당겼다. 그런데 재질이 얼마나 괴이한지 힘을 써서 잡아당기면 당길수록 어망이 점점 더 꽉 죄어들어 도저히 풀 수가 없었다.

그 소녀가 웃으며 말했다.

"'낭자한테 항복하겠소!' 하고 세 번 말하면 풀어줄게요."

그 중년인이 말했다.

"우리 저 형제한테 죄를 지으면 결과가 좋지 않을 것이다."

그 소녀가 생글생글 웃으며 말했다.

"그래요? 난 좋은 결과 같은 건 원치 않는데? 결과가 나쁘면 나쁠수록 재미있거든!"

그 중년인이 왼손을 뻗어 그의 어깨에 올리려 하자 소녀는 재빨리 물러서며 피하려 했다. 그러나 그녀가 아무리 행동이 빠르다 해도 그 중년인에는 미치지 못했다. 그의 손이 밑으로 떨어지나 싶더니 곧바로 소녀의 어깨 위로 올라갔다.

그 소녀가 어깨를 기울여 손을 떼어내려 했지만 그 중년인의 왼손은 마치 그녀의 어깨에 단단히 붙어버린 듯 떨어지지 않았다. 그 소녀가 연약한 목소리로 소리쳤다.

"이 손 놔!"

그녀가 왼손 주먹을 휘두르며 상대를 때리려 했지만 그녀의 주먹은 1척 앞을 후려치다 팔에 힘이 빠지며 순간 힘없이 밑으로 늘어져버렸다. 그녀는 깜짝 놀라 부르짖었다.

"지금 무슨 요사스러운 술법을 펼친 거야? 어서 이거 놔!"

중년인이 빙긋 웃었다.

"'선생께 항복합니다!' 하고 세 번 말하고 우리 형제를 묶은 어망을 풀어주면 너도 풀어주겠다."

그 소녀가 버럭 화를 냈다.

"이 낭자한테 죄를 지으면 결과가 좋지 않을 거야."

"결과가 나쁘면 나쁠수록 재미있지."

그 소녀는 다시 온 힘을 다해 발버둥쳐봤지만 도저히 빠져나갈 수가 없었다. 오히려 온몸이 시큰거리고 힘이 빠지면서 다리에 맥이 풀려버렸다.

"뻔뻔스럽다! 남의 말을 따라 하다니! 좋아! 말할게! 선생께 항복합니다! 선생께 항복합니다! 선생께 항복합니다!"

그녀는 선생先生의 선先 자를 말할 때 발음을 제대로 하지 않고 '차생此生'이라고 말했지만 이 말은 마치 '축생畜生[9]께 항복합니다!'라는 말로 들렸다. 그 중년인은 이를 눈치채지 못한 듯 손을 들어올려 그녀의 어깨에서 뗐다.

"어서 어망을 풀어줘라."

그 소녀가 웃으며 말했다.

"그야 간단하죠."

소녀가 당장 어부 옆으로 다가가 몸을 굽혀 그의 몸을 감싸고 있던 어망을 풀어헤치다 왼손으로 오른손 옷소매 밑을 가볍게 치자 한 무더기의 푸른색 섬광이 그 중년인을 향해 어지럽게 쏟아져 날아갔다.

아주는 깜짝 놀라 '어엇!' 하고 비명을 질렀다. 그녀가 발사한 암기의 수법은 지극히 악랄해서 가까운 거리에 있던 중년인이 적중되지 않을 수 없겠다 생각한 것이다. 그러나 소봉은 빙긋 웃기만 했다. 그는 중년인이 손을 뻗어 소녀를 꼼짝 못하게 제압할 때 이미 그의 심후한 내력과 고강한 무공 실력을 간파했던 터라 그런 소소한 암기 따위로는 그를 해치지 못할 것이라 본 것이다. 과연 그 중년인이 도포 자락을 가볍게 흔들어 한 가닥 내경을 쏟아내자 푸른색의 가느다란 침들이 모두 한쪽으로 비스듬히 튕겨나가 호숫가 진흙 속에 박혀버렸다.

그 중년인은 세침細針에 나타난 색을 보고 그 침 위에 바른 독약이 사람의 목숨을 해치는 무서운 독성을 지닌 견혈봉후라는 사실을 알았다. 그 소녀와는 일면식도 없고 그 어떤 원한도 없건만 어찌 이런 독수를 펼칠 수 있단 말인가? 그는 화가 치밀어올라 이 꼬마 아가씨를 훈계할 생각에 오른손 옷소매를 연이어 휘둘렀다. 그러자 옷소매에 실린 장력이 획! 하고 소녀의 몸을 들어올리면서 호수 안으로 빠뜨려버렸다. 그는 곧이어 발끝을 바닥에 찍어 버드나무 밑에 있던 한 작은 배로 훌쩍 뛰어들어가 노를 몇 번 젓다 그 소녀가 빠진 곳에 이르렀다. 그녀가 위로 올라오려고 할 때 그녀의 머리카락을 움켜쥐고 들어올릴 생각이었다.

그러나 그 소녀가 으악 하는 비명 소리와 함께 호수 안에 빠진 뒤로는 종적을 찾을 수가 없었다. 본래 사람이 물에 빠지면 반드시 물위로 솟아올라왔다 다시 빠지기를 몇 번 하다 마지막에 깊이 빠지기 마련이었다. 그러나 그 소녀는 마치 바위를 던져놓은 듯 물에 빠져 떠오르지를 않았다. 그렇게 한참 동안 소녀가 수면으로 떠오르는 모습은 볼 수가 없었다.

그 중년인은 기다리면 기다릴수록 초조해지기 시작했다. 그는 소녀를 해칠 의도가 전혀 없었다. 어린 나이인 그녀의 행동이 악독한 것 같아 한번 혼을 내줘야겠다고 생각했을 뿐 물에 빠뜨려 죽이겠다는 생각은 하지 않았던 것이다. 헤엄을 잘 치는 어부가 호수에 뛰어들어 구하고 싶었지만 어망에 묶여 있어 꼼짝도 할 수 없었고 소봉과 아주는 헤엄을 칠 줄 몰라 물에 들어갈 수가 없었다. 그 중년인이 큰 소리로 외쳤다.

"아성阿星, 아성! 어서 나와보시오!"

저 멀리 대나무 숲에서 한 여자의 목소리가 들려왔다.

"무슨 일이에요? 전 안 나갈래요."

소봉이 속으로 생각했다.

'저 여자는 교태 어린 목소리긴 하지만 강하고 고집이 센 것 같구나. 거기에 장난기도 많아 보인다. 아주와 저 호수 안에 빠진 소녀까지 세 명이 거의 비슷한 수준이야.'

그 중년인이 소리쳤다.

"사람이 빠져 죽게 생겼소. 어서 와서 구해주시오."

그 여자가 소리쳤다.

"당신이 빠져 죽는 거예요?"

중년인이 소리쳤다.

"빠져 죽는데 어찌 말을 할 수 있겠소? 어서 나와 좀 구해보시오!"

그 여자가 소리쳤다.

"당신이 빠져 죽는다면 구하러 가겠지만 다른 사람이 빠져 죽으면 구경이나 할래요."

그 중년인이 말했다.

"온다는 거요, 만다는 거요?"

그는 뱃머리에서 발을 동동 구르며 매우 초조해했다. 그 여자 목소리가 들렸다.

"남자면 구하고 여자면 백 명이 빠져 죽는다 해도 박수갈채만 보내고 구하지 않을 거예요."

그 목소리는 점점 가까워지면서 순식간에 호숫가에 이르렀다.

소봉과 아주가 바라보니 그 여인은 허리를 잘록해 보이게 만드는 담녹색의 몸에 딱 붙은 수고水靠[10]를 입고 있었다. 그녀의 새까맣고 커다란 눈동자는 마치 별빛처럼 반짝거려 얼마나 영리하고 기민하게 보이는지 가볍게 힐끗거리는 눈짓으로도 말을 할 수 있을 것 같다는 느낌이 들 정도였다. 나이가 서른대여섯 정도 들어 보이는 그 여인은 용모 또한 수려하기 그지없어 입가에 웃는 듯 아닌 듯한 옅은 미소를 띠고 있었다. 소봉은 처음 그녀의 목소리와 말투를 듣고 많아야 스물한두 살 정도 된 낭자쯤으로 알았으나 나이가 그리 어리지 않은 젊은 부인이 나타날 줄은 생각지 못했다. 그녀가 몸에 수고를 완벽하게 차려입고 나온 것은 사람을 구해달라는 중년인의 말을 듣고 이미 옷을 갈아입은 것으로 보였다. 말로는 중년인을 조급하게 만들면서 혼자 재빨리 옷을 갈아입고 물에 빠진 사람을 구할 준비를 했던 것이다.

중년인은 그녀가 오는 걸 보고 매우 기뻐하며 소리쳤다.

"아성, 어서! 내가 실수로 사람을 호수에 빠뜨렸는데 떠오르지를 않고 있소."

미부인이 말했다.

"우선 확실히 대답해보세요. 남자면 구하고 여자라면 말도 하지 마세요!"

소봉과 아주는 속으로 희한하게 생각했다.

'부도를 지키는 사람이라면 남자일 때 물에 들어가려 하지 않을 것이다. 물속에 들어가서 서로 뒤엉키고 끌어안는 상황을 피하기 위해서이며 그게 일반적인 생각이다. 한데 저 부인은 어찌 그와 정반대로 남자는 구하고 여자는 구하지 않는다고 하는 것일까?'

중년인이 발을 구르며 말했다.

"에이! 열네다섯 살 된 소낭자일 뿐이니 공연한 걱정 마시오!"

미부인이 말했다.

"흥! 소낭자면 뭐요? 당신이란 사람은 열네다섯 살 된 소낭자가 아니라 70~80세 된 노부인조차도 오는 사람 마….'"

원래 '오는 사람 마다하지 않잖아요'라고 말하고 싶었지만 옆을 힐끗 보니 소봉과 아주가 있는 것이 아닌가? 그녀는 얼굴을 살짝 붉힌 채 황급히 손을 뻗어 자기 입을 얼른 막아 그 '마'란 글자 뒷말은 하지 않았다. 그러나 그녀의 눈빛 속에는 웃음기가 가득했다.

중년인은 뱃머리에서 깊이 읍을 했다.

"아성, 어서 저 낭자를 구해주시오. 그럼 무슨 일이든 당신 말대로 하겠소."

미부인이 말했다.

"정말 무슨 일이든 제 말대로 할 거예요?"

중년인이 급히 말했다.

"그렇소. 에이. 저 낭자가 아직까지 떠오르지를 않고 있지 않소? 목숨 잃게 만들지 말고….'"

"당신더러 영원히 여기 살라고 해도 제 말대로 할 거예요?"

중년인은 당혹스러운 기색을 하며 말했다.

"그… 그건….'"

"자기 말에 책임을 지지 않겠다는 거군요. 입에 발린 말로 날 속여서 제 기분을 잠깐이라도 좋게 만드는 것도 괜찮지 않나요? 그런데 그마저도 거부하는군요."

여기까지 말하고는 곧 눈시울이 붉어지고 목이 메는 듯했다.

소봉과 아주는 서로를 바라보며 의아해했다. 이 남녀 두 사람은 나이도 적지 않았지만 말투나 행동이 마치 한창 열애 중인 젊은 연인처럼 보일 뿐 부부는 아닌 것 같았다. 더욱이 그 여자는 외부인 앞에서도 말을 함에 있어 주저함이 없었고 바로 옆에 사람의 목숨이 경각에 달려 있는 순간에도 굳이 급하지도 않은 얘기를 하고 있었다.

그 중년인은 한숨을 푹 내쉬고 작은 배를 저어 돌아오며 말했다.

"됐소. 관두시오! 구할 필요 없소. 저 소낭자가 악독한 암기로 날 해치려 했으니 죽어 마땅하지. 그냥 돌아갑시다!"

그 미부인이 고개를 비스듬히 돌리며 말했다.

"왜 구할 필요가 없어요? 난 구해야겠어요. 저 계집이 암기로 당신을 쐈다고요? 그거 잘했군요. 근데 왜 죽지 않은 거죠? 애석하구나, 애석해!"

그녀는 킬킬 웃더니 돌연 훌쩍 몸을 날려 호수 안으로 뛰어들었다. 헤엄치는 솜씨가 얼마나 뛰어난지 물속에 들어가면서도 쉬익 하고 가벼운 소리만 들릴 뿐 물방울 하나 튀지 않고 어느새 물밑으로 들어가 있었다. 곧이어 푸 소리와 함께 호수 면이 갈라지면서 그 미부인이 두 손으로 그 자줏빛 옷을 입은 소녀를 받쳐들고 물 밖에 머리를 내밀었다. 그 중년인은 크게 기뻐하며 재빨리 작은 배를 저어 그들을 맞으러 갔다.

미부인 근처로 배를 저어간 중년인은 손을 뻗어 그 자줏빛 옷을 입은 소녀를 받아들려다 두 눈이 감겨 있자 이미 숨을 거둔 것으로 생각해 당혹스러운 표정을 지었다. 그 미부인이 호통을 쳤다.

"몸에 손대지 말아요! 당신은 여색을 너무 밝혀서 믿을 수가 없어요."

그 중년인이 화를 내는 척하며 말했다.

"허튼소리 마시오! 난 평생 여색이라고는 밝힌 적이 없소."

그 미부인은 칫 하고 비웃으며 그 소녀를 받쳐든 채 배 안으로 훌쩍 뛰어들어갔다. 그러고는 중년인에게 웃으며 말했다.

"맞아요, 맞아! 당신은 여색을 좋아한 적이 없죠. 무염無鹽[11]이나 모모嫫母[12] 같은 추팔괴만 좋아하시니까. 어머…."

그녀가 소녀의 명치 부분을 짚어봤지만 뜻밖에도 심장박동이 이미 멎어 있었다. 호흡 역시 말할 것도 없이 이미 멈춰 있었지만 복부가 불룩하게 솟아 있지 않은 것으로 봐서는 물을 많이 먹은 것 같지는 않았다.

그 미부인은 헤엄을 치는 데 익숙한 사람이라 이 정도 시간에 익사하리라고는 생각지 못했다. 그런데 소녀가 연약해 그런지는 몰라도 이미 죽어버렸을 줄 어찌 알았겠는가? 그녀는 겸연쩍은 표정을 감추지 못하고 그녀를 안고 훌쩍 뭍으로 뛰어나갔다.

"어서! 어서! 어떻게든 사람을 살려야 해요!"

그녀는 소녀를 안고 대나무 숲을 향해 나는 듯이 내달렸다.

중년인은 몸을 숙여 어부를 들어올리며 소봉을 향해 말했다.

"형씨께서는 존성대명이 어찌 되시오? 예까지 왕림하신 건 어인 일인지 모르겠소?"

소봉은 그가 점잖고도 온화한 기품을 지닌 데다 소녀의 죽음을 보고도 그렇게 침착한 태도를 보이자 속으로 감탄하지 않을 수 없었다. 그는 중년인을 향해 답했다.

"재하는 거란인 소봉이라 합니다. 두 친구의 부탁을 받아 전갈을 전하러 왔소."

교봉의 이름은 본래 강호에서 누구나 알고 있었지만 이미 자신의 본명을 알았기에 스스로 소봉이라 칭하고 거란인이라는 자신의 출신 내력까지 단도직입적으로 말한 것이다. 그 중년인은 소봉이란 이름이 당연히 낯설게 들렸고 스스로 거란인이라 칭하자 의아해하지 않을 수 없었다.

"소 형께 부탁을 한 두 친구가 누구요? 무슨 전갈인지 모르겠소?"

소봉이 말했다.

"하나는 한 쌍의 판부를 쓰는 사람이었고 또 하나는 숙동곤을 쓰는 사람인데 자신이 부씨라고 했소. 두 사람 모두 부상을 당해…."

중년인은 깜짝 놀라 물었다.

"두 사람 상세는 어떻소? 지금 어디에 있소? 소 형, 그 두 사람은 내 절친한 벗이오. 번거롭겠지만 좀 알려주시오. 내… 내가… 당장 구하러 가야겠소."

어부가 옆에서 거들었다.

"저도 데려가주십시오!"

소봉은 의리를 중시하는 두 사람에게 감탄하며 말했다.

"그 두 사람은 상세가 중하긴 하지만 생명에는 지장이 없소. 바로 저 마을에 있소…."

중년인은 깊이 읍을 했다.

"고맙소, 고맙소이다!"

그는 연신 고맙다는 말만 하고 어부를 들어올린 채 소봉이 온 길을 향해 내달렸다.

바로 그때 대나무 숲 안에서 그 미부인의 외침 소리가 들려왔다.

"빨리 와요! 빨리요! 이것 좀 봐요… 이게 뭐예요?"

그녀의 목소리는 무척이나 다급한 것 같았다.

그 중년인이 발걸음을 멈추고 머뭇거리는 사이 갑자기 소봉이 오던 길 쪽에서 누군가 나는 듯이 달려오며 소리쳤다.

"주공, 와서 말썽을 일으킨 놈 없었나요?"

그건 바로 청석교 위에서 거꾸로 그림을 그리던 서생이었다. 소봉은 속으로 생각했다.

'난 저자가 진갈을 전하러 오는 우리를 막으려 하는 줄 알았더니 판부를 쓰고 숙동곤을 쓰는 사람들과 한패였구나. 저들이 말하는 주공이란 사람이 바로 저 중년인이로군.'

이때 서생이 소봉과 아주를 발견했다. 그는 두 사람이 중년인 옆에 서 있는 것을 보고 놀라움을 감추지 못하며 재빨리 다가왔다. 곧이어 어부가 묶여 있는 모습을 보고 깜짝 놀라면서도 화난 얼굴로 물었다.

"어… 어찌 된 거죠?"

대나무 숲속의 미부인이 더욱 다급한 목소리로 외쳤다.

"어찌 아직 안 오는 거예요! 아이고! 저… 저…."

중년인이 말했다.

"내가 가봐야겠네."

그는 어부를 받쳐든 채 대나무 숲을 향해 빠른 걸음으로 달려갔다. 그가 몸을 움직이자 그의 비범한 공력이 드러났다. 발걸음은 무척이나 가볍고 신형은 신속하기 이를 데 없었다. 소봉은 한 손으로 아주의 허리를 붙잡고 어깨를 나란히 한 채 빠르지도 느리지도 않은 속도로 걸어갔다. 중년인이 소봉을 힐끗 한번 쳐다보더니 매우 탄복해하는 표정을 지었다.

그들은 눈 깜짝할 사이에 대나무 숲에 도착했다. 과연 숲 안에 있는 대나무들은 하나같이 각이 진 것들이었다. 대나무 숲 안으로 수 장을 걸어가자 대나무로 아주 정교하게 지은 작은 집 세 칸이 보였다.

대나무집 앞 평지에는 한 소녀가 눕혀져 있고 미부인은 허둥지둥하며 소녀를 살리려 애쓰고 있었다. 그녀는 발소리가 들리자 황급히 자리에서 일어나 가까이 달려와 소리쳤다.

"어… 어서 좀 보세요. 이게 뭐죠?"

그녀의 손에는 금쇄편이 하나 들려 있었다. 소봉은 그 금쇄편이 여자들이 쓰는 흔한 장식물일 뿐 특이한 점이 없다고 생각했다. 언젠가 아주가 상처를 입었을 때에도 소봉이 그녀의 품 안에서 금창약을 꺼내려다 그와 비슷한 모양의 금쇄편을 본 적이 있었다. 중년인은 그 금쇄편을 몇 번 보다 갑자기 안색이 변하며 떨리는 목소리로 말했다.

"어디서 난 것이오?"

미부인이 말했다.

"이 아가씨 목에서 벗긴 거예요. 제가 그 애들 왼쪽 어깨에 표시해둔 적이 있는데 다… 당신이… 직접 보세요…."

그녀는 이 말을 하며 흐느껴 울고 있었다.

중년인은 재빨리 소녀 쪽으로 다가갔다. 아주와 소봉 역시 가까이 다가가서 보니 그 자줏빛 옷을 입은 소녀는 바닥에 횡으로 누운 채 꼼짝도 하지 않았다. 이미 죽은 듯 보였다.

중년인은 소녀의 소맷자락을 잡아올려 그녀의 어깨를 살펴보고는 한번 보자마자 곧바로 내렸다. 소봉은 그의 등 뒤에 서 있어 그 소녀의 어깨에 어떤 표시가 있는지 보지 못했지만 그 중년인은 등을 부들부들 떨며 온몸을 꿈틀거렸다.

그 미부인은 중년인의 소맷자락을 움켜쥐고 울기 시작했다.

"당신 딸이에요. 당신 손으로 딸을 죽인 거예요. 딸을 키우지는 못할망정 죽여버리다니… 이… 이 악독한 아비 같으니…."

소봉은 너무도 의아했다.

'뭐? 저 소녀가 이들의 딸이었단 말인가? 아. 맞다! 필시 소녀를 낳은 지 얼마 되지 않아 다른 곳에 양육을 맡긴 모양이로구나. 저 금쇄편과 왼쪽 어깨 위의 어떤 표시는 모두 소녀의 부모가 남긴 것이다.'

돌연 아주의 얼굴이 눈물로 범벅이 된 채 몸을 흔들 하며 비스듬히 쓰러져버렸다.

소봉은 깜짝 놀라 황급히 손을 뻗어 부축했다. 그가 허리를 굽히는 순간 바닥에 누워 있던 소녀의 눈망울이 미세하게 움직이는 게 보였다. 눈을 감고 있었지만 안구가 움직이는 건 눈꺼풀에 가려 있어도 볼 수 있었다. 그러나 소봉은 아주에게만 관심이 있을 뿐이었다.

"어찌 그러시오?"

아주는 몸을 일으켜 눈물을 닦아내고 억지웃음을 지어 보였다.

"그게 저… 저 낭자가 불행하게 죽는 걸 보고 마음이 아파서요."

소봉은 손을 뻗어 그 소녀의 맥박을 짚어봤다. 그 미부인이 눈물을 흘리며 말했다.

"심장박동도 멈췄고 숨도 끊어져서 살리기 힘들어요."

소봉은 내력을 약간 돋우어 그 소녀의 완맥을 향해 집어넣고 이어서 맥을 풀자 소녀 체내의 한 가닥 내력이 반대로 격발되어 나오는 게 느껴졌다. 내력을 운용해 항거하는 것으로 보였다.

소봉은 껄껄대고 큰 소리로 웃었다.

"이렇게 짓궂은 아가씨는 천하에 다시 없을 것이오."

미부인이 화를 냈다.

"당신은 누구죠? 당장 비키지 못해요? 내 죽은 딸을 가지고 여기서 무슨 헛소리를 하는 거예요?"

"죽은 당신 딸을 내가 살려드리리까?"

그는 손을 뻗어 그 소녀의 허리에 있는 혈도를 찍어갔다.

그 일지는 소녀의 허리에 있는 경문혈京門穴을 찍는 것이었는데 이곳은 사람 몸의 늑골 맨 끝부분이었다. 소봉이 내력을 혈도로 집어넣자 그녀는 간지러워 견디지를 못했다. 그녀는 이를 도저히 참지 못하고 바닥에서 벌떡 일어나 깔깔대고 웃다가 왼손을 뻗어 소봉의 어깨에 기댔다.

소녀가 죽었다 살아나자 숲속에 있던 사람들은 놀라움과 기쁨이 교차됐다. 중년인이 웃으며 말했다.

"네가 날 놀린 것이로구나…."

미부인은 울음을 그치고 활짝 웃으며 소리쳤다.

"이런 지지리 운도 없는 녀석!"

그녀는 두 팔을 벌리고 소녀를 안으려 했다.

그러나 뜻밖에도 소봉이 일장을 휘둘러 후려치자 소녀는 그대로 쓰러져버렸다. 그는 손을 뻗어 그녀의 왼팔을 움켜쥐고 차갑게 웃었다.

"어린 나이에 어찌 이리도 악랄하더냐?"

미부인이 소리쳤다.

"우리 아이는 왜 때리는 거예요?"

그가 자기 딸을 살려냈다는 사실을 감안하지 않았다면 당장이라도 손을 쓸 기세였다.

소봉은 소녀의 손목을 잡아끌더니, 소녀의 손바닥을 뒤집으며 말했다.

"보시오!"

소녀의 손가락 틈새에는 푸른빛이 감도는 세침이 끼여 있었다. 한눈에 봐도 침에 극독이 묻어 있다는 걸 알 수 있었다. 그녀는 손을 뻗어 소봉의 어깨에 기대는 척하며 그 세침을 그의 몸에 꽂아넣으려 했던 것이다. 다행히 소봉은 눈치가 빠르고 동작 또한 민첩해 그 술수에 넘어가지 않았지만 실로 위험천만한 순간이 아닐 수 없었다.

소녀는 소봉의 일장에 맞아 한쪽 뺨이 크게 부어올랐다. 물론 소봉이 전력을 다해 후려치지 않았기에 망정이지 그렇지 않았다면 그녀의 머리통은 아주 손쉽게 박살이 났을 것이다. 그녀는 손목을 잡힌 상태라 독침을 숨기려 해도 달리 방법이 없었다. 더구나 왼쪽 반신이 마비된 것처럼 힘이 없자 그녀는 돌연 입을 삐쭉거리다 큰 소리로 울어젖히기 시작했다. 그녀는 울면서 큰 소리로 고함을 쳤다.

"감히 날 모욕하다니! 날 모욕했어!"

그 중년인이 말했다.

"그래, 그래! 울지 마라! 살짝 한 대 맞은 것 가지고 뭐 대단하다 그러느냐? 번번이 극독이 묻은 암기로 사람을 해치려 했으니 혼나는 것도 무리가 아니지."

소녀가 울면서 말했다.

"그 벽린침碧磷針은 무서운 것도 아니야. 아직 써보지도 않은 암기가 얼마나 많은데."

소봉이 차가운 목소리로 말했다.

"어찌 무형분無形粉, 소요산逍遙散, 극락자極樂刺, 천심정穿心釘은 사용하지 않았지?"

소녀는 돌연 울음을 멈추고 매우 의아한 표정을 한 채 떨리는 목소리로 물었다.

"그… 그걸 어찌 알지?"

소봉이 말했다.

"네 사부가 성수노괴라는 걸 알고 있다. 그 때문에 그 악독한 암기 역시 많다는 것도 잘 안다."

이 말이 떨어지자 모두들 깜짝 놀랐다. 성수노괴 정춘추는 무림인들이 들으면 눈살을 찌푸리는 사파의 고수였다. 그자는 못된 짓이란 못된 짓은 다 저지르고 다니며 살인을 밥 먹듯이 하는 자로 그자의 화공대법은 상대의 내력을 소멸시키는 무공이라 무예를 배우는 사람들이 무척이나 기피하고 있었다. 더구나 그의 무공은 고강하기 이를 데 없어 그 누구도 건드리지 못했지만 중원에 나타나는 경우가 드문 편이라 큰 화를 초래하지는 않았다.

중년인은 얼굴에 애처롭고 걱정스러운 표정을 짓다 온화한 목소리로 물었다.

"아자, 네가 어쩌다 성수노인을 사부로 모시게 된 것이냐?"

소녀는 큰 눈을 동그랗게 뜨고 눈동자를 돌리며 그 중년인을 훑어보다가 물었다.

"당신이 내 이름을 어찌 아는 거지?"

중년인이 한숨을 내쉬었다.

"조금 전에 우리가 한 말을 못 들었던 모양이로구나."

소녀는 고개를 가로젓다가 빙긋 웃었다.

"죽은 척할 때는 심장박동이 멈추고 숨도 끊어지면서 눈과 귀까지 다 막혀버려 아무것도 못 보고 들리지도 않아."

소봉은 그녀의 손목을 놓으며 말했다.

"흥! 그건 성수노괴의 귀식공龜息功¹³이지!"

아자는 눈을 부릅뜨고 노려보며 말했다.

"마치 모든 걸 다 아는 것 같잖아? 쳇!"

그러고는 그를 향해 혀를 날름 내밀며 약 올리는 표정을 지었다.

미부인은 아자를 잡아끌어 자세히 뜯어보며 기쁨을 주체하지 못했다. 중년인은 미소를 지으며 말했다.

"왜 죽은 척을 한 것이냐? 우리야말로 놀라서 죽을 뻔하지 않았더냐."

아자가 득의양양한 표정을 지었다.

"그러기에 누가 날 호수에 빠트리래? 당신은 좋은 사람이 아니야."

그 중년인이 소봉을 힐끗 한번 보고 난감한 표정을 짓더니 쓴웃음을 머금었다.

"장난이 심하구나! 심해!"

소봉은 그들 부녀가 처음 만났으니 필시 남에게 말하기 힘든 얘기가 많을 것이라 여기고 아주의 옷소매를 잡아끌어 대나무 숲 밖으로 걸어나왔다. 그는 아주가 눈시울을 붉히고 몸을 계속해서 떨고 있자 물었다.

"아주, 어디 불편한 데라도 있소?"

그는 손을 뻗어 그녀의 맥박을 짚어보았다. 매우 빠른 속도로 뛰는 것으로 보아 심신이 크게 요동치는 것 같았다. 아주가 고개를 가로저었다.

"아니에요."

곧이어 다시 말했다.

"오라버니, 먼저 나가 계세요. 전… 볼일 좀 봐야겠어요."

소봉이 고개를 끄덕이며 멀찌감치 사라졌다.

소봉이 호숫가로 걸어나와 한참을 기다렸지만 아주는 시종 대나무 숲에서 나올 생각을 하지 않았다. 갑자기 어디선가 발소리와 함께 세 명 정도 되는 사람들이 황급히 걸어오는 기척이 들렸다. 그는 속으로 문득 이런 생각이 들었다.

'혹시 대악인이 온 거 아닌가?'

저 멀리에서 세 사람이 호숫가 오솔길을 따라 달려오는 모습이 보였다. 그중 둘은 등에 누군가를 업고 몸이 왜소한 한 명은 마치 발이 땅에 닿지 않는 듯 나는 듯이 달려왔다. 그는 한동안 달리다가 발걸음을 멈추고 뒤에 오는 동료들을 기다렸다. 그 두 사람은 발걸음이 무거웠지만 무공은 매우 고강해 보였다. 세 사람이 근방에 이르자 소봉은 그 두 사람 등에 업힌 사람을 볼 수 있었다. 그들은 바로 길에서 만났던 판부를 쓰는 미치광이와 부씨 성의 대한이었다. 몸이 왜소한 사람이 외치는 소리가 들렸다.

"주공, 주공! 대악인이 왔습니다. 어서 피하십시오!"

중년인은 한 손으로 미부인을 잡고 한 손으로는 아자를 잡은 채 대나무 숲에서 나왔다. 중년인과 미부인의 얼굴에는 온통 눈물자국이 있었지만 아자는 오히려 히죽히죽 웃으면서 아무 일도 없었다는 듯 의기양양한 모습이었다. 이어서 아주도 대나무 숲에서 걸어나와 소봉 옆으로 갔다.

중년인은 두 여자의 손을 놓고 재빨리 부상을 입은 두 사람 곁으로 다가가 두 사람의 맥을 짚으며 목숨에 지장이 없는지 살펴봤다. 곧이어 그는 희색이 만면한 얼굴로 말했다.

"세 형제 모두 수고 많았네. 고와 부 두 형제가 무사하니 이제야 안심이 되는구면."

세 사람은 몸을 굽혀 예를 올리는데 그 태도가 매우 공손해 보였다. 소봉은 속으로 의아했다.

'저 세 사람의 무공과 기개는 비범하기 이를 데 없는데 저 중년 사내에게 저토록 공손하다니 저 사람은 어떤 내력이 있는 것일까?'

왜소한 사내가 말했다.

"주공께 아룁니다. 소신이 청석교 주변에서 일부러 거짓 진지를 펴서 그 대악인을 저지하려 했습니다. 한데 놈이 제 계책을 이미 간파한 것 같으니 주공께서는 속히 행차하시는 게 좋을 듯합니다."

중년인이 말했다.

"우리 가문이 불행하기에 그런 악한 역도가 나온 것이네. 이제 여기서 해후를 하게 된 이상 피할 수는 없을 것 같군. 부득이 상대해줄 수밖에."

짙은 눈썹의 큰 눈을 가진 사내가 말했다.

"적을 막고 악을 제거하는 일은 소신들이 마땅히 해야 할 직무입니다. 주공께서는 사직을 돌보셔야 하니 속히 대리로 돌아가 황상의 심려를 덜어드리도록 하십시오."

또 다른 보통 체격의 사내가 말했다.

"주공, 오늘 일은 일시적인 호기만으로 되지 않습니다. 주공께 뜻밖의 사고라도 생긴다면 저희가 무슨 면목으로 대리로 돌아가 황상을 뵙겠습니까? 모두 자결할 수밖에 없을 것입니다."

소봉은 여기까지 듣고 속으로 깜짝 놀랐다.

'소신은 뭐고 황상은 또 뭐지? 속히 대리로 돌아가야 한다고? 그럼 저자들이 대리 단가 사람들이란 말인가?'

그는 심장박동이 빨라지는 느낌이 들었다.

'하늘의 그물은 매우 크고 넓다더니 단정순 그 악인을 오늘 공교롭게 마주치게 된 것인가?'

그가 이런 의구심을 가지기 시작한 순간 갑자기 저 멀리서 긴 호통소리가 들려왔다. 곧이어 금속이 긁히는 듯한 목소리가 들렸다.

"단가 이 후레자식아. 넌 도망가지 못한다. 순순히 포박을 받도록 해라. 노부가 네 아들 면상을 봐서 목숨만은 살려줄지도 모른다!"

그때 한 여자 목소리가 들렸다.

"목숨을 살려주고 안 살려주고는 악노삼 네가 결정할 수 있는 문제가 아니야. 큰 오라버니께서 처리를 못할까 봐서 그래?"

이때 음침한 기운의 목소리가 한마디 던졌다.

"단가 녀석이 옳고 그름을 안다면 옳고 그름을 모르는 놈보다는 편하지."

그자는 애써 목소리를 멀리 전하려 했지만 왠지 기운이 없어 보였다. 마치 부상을 당한 몸이 아직 완쾌되지 않은 듯했다.

소봉은 그 사람들이 말끝마다 '단가'라는 표현을 사용하자 의구심이 더욱 증폭됐다. 갑자기 작은 손 하나가 뻗어나오며 그의 손을 잡았다. 소봉이 옆에 있는 아주를 힐끗 쳐다보자 안색이 매우 창백해 보였다. 더구나 그녀의 손바닥이 얼음처럼 차갑고 식은땀으로 흥건해 있는 게 보여 나지막이 물었다.

"몸이 어찌 이러시오?"

아주가 떨리는 목소리로 말했다.

"너무 무서워요."

소봉이 빙긋 웃었다.

"이 오라비가 곁에 있는데도 무섭소?"

그는 입술을 내밀어 그 중년인을 가리키며 그녀의 귓가에 대고 조용히 속삭였다.

"저자가 대리단가 사람인 것 같소."

아주는 가타부타 아무 말도 하지 않고 입술을 살짝 떨 따름이었다.

중년인은 대리국 황태제 단정순이었다. 그는 젊은 시절 중원을 떠

돌며 풍류를 즐기다 보니 도처에 정을 남길 수밖에 없었다. 사실 부귀한 집안에서는 삼처사첩三妻四妾을 거느리는 경우가 일반적이었던 터라 황자라는 존귀한 위치에 있던 단정순이 다처다첩을 거느린다 해도 안 될 것이 없었다. 다만 단가는 중원 무림세가 출신이라 대리에서 황위에 있긴 했지만 일체의 일상생활은 시종 선조들의 가르침을 따랐기에 감히 본분을 망각하고 과분한 호사를 누리지는 않았다. 단정순의 본처인 도백봉은 운남 파이족 대추장의 딸이었다. 단가에서 그녀와 혼인을 한 것은 파이족 사람들을 회유해 황위를 공고히 하겠다는 의도였다. 그 당시 운남에는 한인들의 수가 많지 않아 만일 파이족 사람들의 추대를 받지 못했다면 단씨가 차지하고 있는 황위는 온전하지 못했을 것이다. 파이족은 예로부터 일부일처를 고수해왔기 때문에 어릴 때부터 존귀하게 자란 도백봉 역시 단정순이 처첩을 두지 못하게 강제했다. 그러나 그가 끊임없이 여색을 찾아 돌아다니자 분노에 찬 그녀는 출가를 하고 여도사가 되어버렸다. 단정순과 목완청의 모친인 진홍면, 종만구의 처 감보보, 아자의 모친 완성죽阮星竹 같은 여인들은 과거 각자의 애정사가 있었다.

단정순은 원래 황형의 명을 받들어 육량주 신계사로 건너가 소림사 현비대사가 살해당한 정황을 조사하던 중, 얼마 지나지 않아 사랑하는 아들이 토번국 승려인 구마지에게 잡혀가 행방을 알 수 없다는 소식을 듣게 됐다. 심히 초조한 나머지 사람을 보내 황형에게 상황을 고하고 삼공인 화혁간, 범화, 파천석과 사대호위를 대동해 중원으로 나와 단예를 구해내고 다시 현비대사 피살 사건의 진상을 조사할 생각이었다. 소주에 당도해 한참을 머물던 그는 후에 단예가 대리로 돌아왔다는 전갈을 전해 받자 그제야 안심을 하고 중주 일대로 건너갔다. 그는 현비대사 사건을 계속 조사하다 그 참에 소경호 근처에 은거하고 있던 옛 정인인 완성죽을 보러 가게 됐고 그 며칠 동안 두 사람은 그림자처럼 붙어 다니며 신선같이 즐거운 나날들을 보내고 있었던 것이다.

단정순이 소경호 기슭에서 옛 정인과 꿈같은 시간을 보내는 동안 호위를 위해 함께 온 삼공과 사대호위는 사방으로 흩어져 주변을 보호하던 중이었는데 뜻밖에도 적들이 찾아왔다.

단연경의 무공 실력이 워낙 뛰어나다 보니 사대호위 중 고독성과 부사귀가 연이어 그에게 부상을 입게 됐고 주단신은 소봉을 적으로 오인해 청석교에서 그를 저지하려다 실패했으며 저만리는 아자의 어망에 갇혀버리고 말았다. 그사이 삼공인 사도 화혁간과 사마 범화, 사공 파천석 세 사람은 고독성과 부사귀 두 사람을 구한 뒤 단정순을 호위하고 강적에 공동으로 대처하기 위해 부랴부랴 달려왔다.

주단신은 줄곧 저만리의 몸을 옭아매고 있던 어망을 제거하려 애썼지만 어찌 된 일인지 이 어망 줄은 칼로도 끊어지지 않고 손으로도 열리지 않아 정신없이 비지땀만 흘릴 뿐 처리할 방법이 없었다. 단정순은 아자를 향해 말했다.

"저 숙부를 어서 풀어줘라. 대적을 앞에 두고 장난을 하면 못 쓴다."

아자가 싱글싱글 웃었다.

"아버지, 상으로 뭘 주실 거예요?"

단정순은 이맛살을 찌푸리며 말했다.

"말을 듣지 않으면 네 어머니한테 손바닥을 때리라고 할 테다. 저 숙부한테 무례를 범한 데 대해 어서 사죄를 드리거라!"

"절 호수 안에 던져버리고 반나절이나 죽은 척하게 만들어서 제가 얼마나 답답했는지 알아요? 그 점에 대해선 왜 저한테 사죄하지 않죠? 저도 어머니한테 손바닥을 때려주라고 할 거예요."

범화와 파천석 등은 진남왕한테 딸이 하나 더 늘어난 데다 그 딸이 제멋대로에 말까지 듣지 않고 부친을 대하는 태도 역시 예의라고는 없는 모습을 보자 하나같이 두려움에 경계를 했다.

'저 낭자가 본처 소생은 아니지만 어쨌든 진남왕 전하의 따님이 아닌가? 만일 우리를 건드리기라도 하면 대항할 방법이 없으니 재수 없다고 여기는 수밖에 없다. 저 형제가 저렇게 묶어버렸으니 정말 난감하기 이를 데 없구나.'

단정순이 화를 내며 말했다.

"네가 아비 말을 듣지 않는다면 앞으로 아비가 어찌 널 아낄 수 있겠느냐?"

아자는 작은 입을 삐쭉 내밀었다.

"원래 아끼지 않았잖아요? 그게 아니라면 어찌 십수 년 동안 절 버려두고 신경도 안 쓸 수가 있어요?"

단정순은 순간 아무 말도 하지 못하고 침울한 표정으로 한숨만 내쉴 뿐이었다.

완성죽이 말했다.

"아자야, 착하지? 어미가 좋은 선물을 줄 테니까 어서 저 숙부를 풀어드려라."

아자가 손을 내밀며 말했다.

"그럼 먼저 주세요. 좋은 건지 안 좋은 건지 보게요."

소봉은 옆에 서 있다가 어린 소녀의 못되고 무례한 모습을 보자 화가 머리끝까지 치밀어올랐다. 그는 저만리를 호한으로서 존중하는 마음에 그의 몸을 일으키며 말했다.

"저 형, 내가 보기엔 이 유연한 실은 물에 닿으면 풀어질 것 같으니 내가 물에 넣어드리겠소."

아자가 대로하며 소리쳤다.

"이 못된 놈아! 왜 또 간섭이야?"

그녀는 소봉에게 뺨을 한 대 맞았을 뿐이지만 그를 대할 때 무척이나 두려웠던지 감히 손을 뻗어 막지는 못했다.

소봉은 저만리를 들어올려 호숫가로 몇 걸음 달려가 그를 물속에 집어넣었다. 과연 그 유연한 실로 만든 어망은 물을 만나자 곧 힘없이 풀렸다. 소봉은 손을 뻗어 어망을 풀어헤쳤다. 저만리가 나직이 말했다.

"소 형, 구해주셔서 정말 고맙소."

"저 짓궂은 꼬마 아가씨는 다루기가 매우 어려운 것 같소. 내가 따귀를 한 대 때려 저 형 대신 화풀이를 해줬소. 한쪽 뺨이 아직 부어 있는 걸 보시오."

저만리는 고개를 가로저으며 낙담한 표정을 지었다.

소봉이 어망을 거두어 손으로 뭉치자 주먹 하나 크기밖에 되지 않았다. 그야말로 기이한 물건이었다. 아자가 가까이 다가와 손을 내밀었다.

"돌려줘!"

소봉이 손을 휘둘러 때리는 시늉을 하자 아자는 깜짝 놀라 뒤로 몇 걸음 물러섰다. 소봉은 그녀를 깜짝 놀라게 한 다음 그 틈에 어망을 자기 품 안에 집어넣었다. 그는 눈앞에 있는 중년인이 자신의 대원수임이 틀림없다고 짐작하고 아자가 그의 딸이니 그 어망이 유리한 무기가 될 수 있다 여겨 순순히 돌려줄 수가 없었다.

아자는 단정순 곁으로 다가가 그의 옷자락을 잡아당기며 소리쳤다.

"아버지, 저 사람이 내 어망을 뺏어갔어요! 저 사람이 내 어망을 뺏어갔다고요!"

단정순은 소봉의 행동을 특이하게 여겼지만 그가 아자에 대해 소소한 벌을 내리는 것일 뿐 그토록 뛰어난 무공을 지닌 사람이 이런 꼬마의 물건을 탐하는 것은 아닐 것이라고만 여겼다. 해서 그저 웃기만 하고 신경도 쓰지 않았다.

별안간 파천석이 큰 소리로 외치는 소리가 들렸다.

"운 형, 별고 없으셨소? 남들은 무공을 연마하면 할수록 고강해지는데 운 형은 어찌 연마를 하면 할수록 뒤떨어지는 것이오? 내려와라!"

이 말을 하고 손을 휘둘러 나무 위를 후려쳤다.

"우직!"

나뭇가지 하나가 그의 일장과 함께 떨어지더니 동시에 사람 한 명이 내려왔다. 그자는 다름 아닌 깡마른 몸에 큰 키를 지닌 궁흉극악 운중학이었다. 그는 취현장에서 소봉에게 일장을 맞고 중상을 입은 뒤 목숨을 잃을 뻔했지만 가까스로 치료를 해서 공력이 예전만 같지 못했다. 과거 대리에서 파천석과 경공 대결을 펼칠 때는 차이가 별로 없었지만 오늘은 파천석이 그의 보법 소리를 듣자마자 그의 경공이 예전만 못하다는 걸 알아차린 것이다.

운중학은 소봉을 힐끗 쳐다보고 깜짝 놀라 몸을 돌려 걸어가 호숫가 오솔길에서 오는 세 사람을 맞이했다. 하나는 흐트러진 머리에 짧은 옷을 입고 있는 흉신악살 남해악신이었고 또 한 여자는 어린아이를 품고 있는 무악부작 섭이랑이었다. 그리고 가운데에는 청포를 걸치고 세철장을 짚은 강시 같은 얼굴을 한 사대악인의 우두머리, 바로 악관만영 단연경이었다.

그는 중원에 얼굴을 드러내는 일이 드물어 소봉과 이 천하제일 대악인은 서로 알아보지를 못했다. 그러나 단정순 등은 대리에서 그의 솜씨에 당한 적이 있어 섭이랑과 악노삼 등과 달리 단연경만은 상대하기 어렵다는 사실을 잘 알고 있었다. 그는 이미 단가의 일양지 같은 무공에도 정통했을 뿐만 아니라 사파邪派의 무공까지 연마해 정사正邪의 조화가 잘 이루어진 상태였기에 황미승 같은 고수조차도 그를 당해내지 못했고, 단정순 역시 그의 적수가 되지 못한다는 걸 이미 알고 있었다.

범화가 큰 소리로 외쳤다.

"주공, 단연경 저자는 좋은 의도로 온 것이 아닙니다. 주공께서는 사직을 중시하시어 속히 천룡사 고승들을 청해오도록 하십시오."

천룡사는 저 멀리 대리에 있는데 어찌 그들을 청해오란 말인가? 범화는 당장 대리의 군신들이 생사의 위기에 직면해 있는 상황이다 보니, 이렇게 말해 단정순을 대리로 도주시키고 동시에 허장성세로 단연경에게 천룡사 고승들이 부근에 있다는 것처럼 느끼게 만들어 엄포를 가하려 한 것이었다. 단연경은 대리단씨의 적손이기 때문에 그 역시 천룡사 승려들이 무섭다는 사실을 잘 알고 있었다.

단정순은 극히 위험한 상황임을 인지했다. 그러나 대리 사람들 중 무공이 가장 고강한 자신이 수하들을 놔두고 물러선다면 벗에 대한 도의에 어긋나는 일이 될 터인데 훗날 천하 영웅들 앞에 어찌 면목이 서겠는가? 더구나 자신의 정인과 딸까지 옆에 있어 더욱 체면을 구길 수 없었다. 그는 빙긋 웃었다.

"우리 대리단씨 내부의 문제를 송나라 경내까지 와서 끝장을 봐야 하다니… 하하… 우습구나! 우스워!"

섭이랑이 낄낄대고 웃었다.

"단정순! 당신은 만날 때마다 늘 수려한 용모의 여인들과 함께 있군요. 염복艶福도 참 많네요!"

단정순 역시 껄껄대고 웃었다.

"섭이랑, 그대 역시 수려한 용모를 지니고 있소."

남해악신이 화를 벌컥 내며 말했다.

"저 후레자식은 복을 누릴 만큼 누렸어. 저놈이 낳은 아들이 날 사부로 모시려 하지를 않는데 그게 다 아비 노릇을 제대로 못해서 그래. 가위로 그걸 잘라버리든지 해야지!"

이 말을 하며 몸 옆에서 악취전을 뽑아 들고 곧바로 단정순을 향해 돌진해 들어갔다.

소봉은 섭이랑이 그 중년인을 단정순이라고 칭하는 데다 그가 이를 부인하지 않는 것을 보자 과연 자신의 짐작이 틀림없다고 여기고 고개를 돌려 아주를 향해 나직이 말했다.

"바로 저자요!"

아주가 떨리는 목소리로 말했다.

"그럼… 위기를 틈타 협공을 하실 건가요?"

소봉은 한편으로는 격분했지만 한편으로는 너무나 기뻤다. 그는 침착하게 말했다.

"부모의 원수이자 은사의 원수, 의부와 의모의 원수, 억울하게 누명을 쓴 나의 원수! 흥! 이런 철천지원수에게 인의와 도덕, 강호의 규율을 고려해야 한다는 것이오?"

그는 이 말을 속삭이듯 했지만 가슴속에 가득한 원한 때문인지 매우 단호하고 추호의 주저함도 없었다.

범화는 남해악신이 달려드는 것을 보고 조용히 말했다.

"화 대형, 주 현제! 저 경망스러운 놈을 협공하시오! 속전속결로 빨리 끝낼수록 좋소. 우선 주변에 있는 놈들부터 정리하고 모두 힘을 합쳐 우두머리를 상대해야만 하오!"

화혁간과 주단신이 이에 응하며 앞으로 나섰다. 두 사람은 2대 1로 싸우는 것이 품위에 걸맞지 않는다는 사실을 알고 있었다. 더구나 화혁간의 무공 실력은 남해악신에 못지않기에 남의 도움이 필요 없었지만 범화의 말에 일리가 있다고 여겼다. 단연경은 실로 너무도 버거운 상대였기에 단타독투로 싸운다면 누구도 적수가 되지 못했다. 따라서 모두 힘을 합쳐 한꺼번에 공격해야만 그나마 상대할 수 있으리라 생각한 것이다. 이에 화혁간은 손에 강산鋼鏟을 쥐고, 주단신은 판관필을 휘두르며 좌우로부터 남해악신을 공격해 들어갔다.

범화가 다시 말했다.

"파 형제는 형제 친구를 쫓아버리시오. 나와 저 형제는 저 여자를 상대하겠소."

파천석이 이에 답을 하고 앞으로 나가 운중학을 향해 덮쳐갔다. 범화와 저만리 역시 동시에 앞으로 뛰쳐나갔다. 저만리의 주 무기는 원래 강철 낚싯대였지만 이미 아자에 의해 호수 속에 빠져버린지라 부사귀의 숙동곤을 들고 고함을 치며 달려나갔다.

범화는 섭이랑을 맡았다. 섭이랑은 우아하게 한번 웃다가 범화의 신법을 보고 강적인 것 같자 감히 소홀히 할 수 없었는지 품에 안은 아이를 바닥에 내던져버렸다. 그리고 팔을 다시 앞으로 뻗어낼 때는 손에 이미 넓고 얇은 판도를 쥐고 있었는데 어디에 숨겨뒀다 꺼낸 것인지 알 수가 없었다.

저만리가 미친 듯이 고함을 지르며 단연경을 향해 덮쳐갔다. 범화는 깜짝 놀라 외쳤다.

"저 형제, 저 형제! 이쪽으로 오시오!"

저만리는 이를 못 들었는지 숙동곤을 들어 단연경을 향해 맹렬하게 횡으로 쓸어버렸다.

단연경은 살짝 냉소를 머금더니 이를 피하지 않고 왼손 세철장으로 그의 얼굴을 향해 찍어갔다. 그의 이 일장一杖은 대충 펼치는 듯 보였지만 그 속도나 가격 부위에 있어 한 치의 오차도 없어 저만리의 숙동곤이 도달하는 시간보다 빠른 후발선지를 구사했고 그 기세도 무시무시했다. 그 일장은 상대의 공격을 무력화하는 동시에 공격을 가하는 것으로 저만리는 이를 피하지 않을 수 없었다. 단연경이 단 일초 만에 주객을 전도시킨 셈이었다. 그러나 뜻밖에도 저만리는 그의 세철장이 찍어오는 걸 못 본 듯이 손에 힘을 가해 숙동곤으로 그의 허리를 향해 후려쳤다. 단연경이 깜짝 놀라 생각했다.

'미친 거 아니야?'

그는 저만리와 겨루면서 쌍방이 함께 손상을 입는 결과를 원치 않았다. 설사 그의 일장으로 상대를 당장 죽일 수 있을지는 몰라도 자신의 허리가 숙동곤에 가격당한다면 필시 부상을 입게 될 것이 틀림없는지라 다급히 오른쪽 철장을 땅바닥에 찍어 몸을 날리며 피했다.

저만리는 숙동곤을 질풍같이 뻗어내 그의 아랫배를 찔러갔다. 부사귀의 이 숙동곤은 크기가 크고 무거워서 이 무기를 쓰려면 차분하면서 힘은 물론 공력도 있어야만 했다. 저만리의 무공은 뛰어난 민첩성이 주특기였지만 숙동곤을 쓰는 데 익숙하지 않았음에도 평소 자신이 하던 대로 민첩성을 바탕으로 마구 휘두르다 보니 매 일초가 자신의 생사는 전혀 돌보지 않은 채 단연경의 요해만을 노리게 됐다. 옛말에도 '필사적인 한 명이 있다면 만 명도 당해내지 못한다'란 말이 있지 않은가? 단연경의 무공이 강하긴 했지만 미치광이가 필사적으로 덤비자 뒤로 물러서지 않을 수 없었던 것이다.

소경호 기슭의 푸른 초지 위에는 순식간에 여기저기서 튄 선혈들로 가득했다. 단연경은 뒤로 물러서면서도 연이은 초식을 펼쳐내며 매 일장 모두 저만리의 몸을 찌르고 있었기에 그의 일장이 닿는 곳마다 구멍이 하나씩 생긴 것이다. 그러나 저만리는 통증을 모르는 듯 숙동곤을 더욱 가열하게 펼쳐냈다.

단정순이 소리쳤다.

"저 형제, 물러서게! 그 악도는 내가 상대하겠네!"

그는 손을 펼쳐 완성죽 손에 있던 장검을 받아들어 앞으로 달려갔다. 단연경을 상대로 협공을 펼치려 한 것이다. 저만리가 소리쳤다.

"주공, 물러서십시오!"

단정순이 그 말을 들을 리 있겠는가? 그는 검을 곧추세워 단연경을 향해 찔러갔다. 단연경이 오른쪽 세철장을 땅에 짚고 왼쪽 세철장으로 저만리의 숙동곤부터 막은 다음 이어서 기회를 틈타 단정순의 양미간을 찍어가자 단정순은 비스듬히 한 발짝 물러나 피했다.

저만리는 부상당한 맹수처럼 포효를 하며 거침없이 상대를 덮쳐갔다. 그가 두 손으로 숙동곤의 한쪽 끝을 부여잡고 매우 빠른 속도로 휘두르자 마치 거대한 구리 쟁반을 연상케 하는 누런빛의 환영幻影이 형성됐다. 그는 이렇게 누런빛의 환영을 번뜩이며 단연경이 땅에 짚고 있던 세철장을 향해 덮쳐가는데 이런 타법은 실로 무술 초식이라고는 할 수 없었다.

범화와 화혁간, 주단신 등이 큰 소리로 부르짖었다.

"저 형제, 어서 물러서시오!"

"저 대형, 어서 물러서요!"

저만리는 큰 소리로 호통을 치며 맹렬하게 솟구쳐올라 숙동곤을 세운 채 단연경을 마구 찔러댔다. 이때 범화를 비롯한 형제들과 섭이랑, 남해악신 등이 그의 기괴한 행동을 보고는 모두 싸움을 멈춘 채 그의 행동에 집중했다.

"저 대형, 물러나시오!"

주단신이 이 말을 하며 앞으로 달려가 그를 잡아끌려 했지만 오히려 그의 팔꿈치에 얼굴을 가격당해 코가 시퍼렇게 멍이 들고 입이 부어오르고 말았다.

이런 상대를 만나는 건 단연경이 바라던 바가 아니었다. 이 순간 그는 저만리와 이미 30여 초를 주고받으면서 저만리의 몸에 10여 개의 깊은 구멍을 냈지만 저만리는 여전히 큰 소리로 고함을 치며 격렬하게 덤벼들고 있었다. 단연경과 옆에서 지켜보는 사람들 모두 이 심상치 않은 상황에 경악을 하지 않을 수가 없었다. 주단신은 이대로 더 싸우다간 저만리가 죽음을 면치 못할 것임을 알고 눈물을 흘리며 달려나가 도우려 했다. 그가 앞으로 한 걸음 내딛는 순간 갑자기 휘릭 하는 소리가 들려왔다. 저만리가 전력을 다해 단연경에게 숙동곤을 내던진 것이다. 숙동곤이 날아가는 기세는 강력하기 이를 데 없었다. 단연경이 세철장을 앞으로 내밀어 정확히 숙동곤의 옆면을 찍어 이를 가볍게 들어올리자 숙동곤은 등 뒤쪽으로 날아가버렸다. 숙동곤이 땅에 떨어지기도 전에 저만리는 열 손가락을 호랑이 발톱처럼 세워 단연경을 향해 덮쳐갔다.

단연경이 냉소를 머금으며 그의 가슴을 향해 일장을 찔러냈다. 단정순과 범화, 화혁간, 주단신 네 사람이 일제히 비명을 지르며 앞으로 달려가 구하려 했다. 그러나 단연경의 이 일장은 쾌속하기 이를 데 없었다. 푹 소리와 함께 그의 세철장이 저만리의 가슴팍에 박히며 앞가슴에서 등짝까지 관통해버렸다. 그는 오른쪽 세철장으로 그의 가슴을 찌르고 난 뒤 왼쪽 세철장을 바닥에 짚으며 훌쩍 몸을 날려 수 장 밖으로 표연히 날아가버렸다.

저만리는 앞가슴과 등의 상처에서 선혈이 콸콸 뿜어져 나오는 상황에서도 여전히 단연경 뒤를 쫓아갔다. 그러나 앞으로 한 걸음을 내딛고 더 이상 걸음을 옮길 힘이 없자 몸을 돌려 단정순을 향해 말했다.

"주공, 이 저만리는 차라리 죽음에 이를지언정 치욕을 당할 순 없습니다. 전 평생 대리단가에 최선을 다했습니다."

단정순은 두 무릎을 꿇고 눈물을 흘렸다.

"저 형제, 내가 딸을 제대로 가르치지 못해 형제한테 죄를 지었으니 이 정순이 부끄러울 따름이네."

저만리가 주단신을 향해 미소를 지었다.

"좋은 형제여, 이 형은 먼저 가야겠네. 자네… 자넨…."

'자네'란 말을 두 번 하다가 별안간 말이 멈추더니 그대로 숨을 거두었다. 그러나 그의 몸은 여전히 직립을 한 채 그대로 쓰러지지 않았다.

사람들은 그가 죽음을 앞두고 '차라리 죽음에 이를지언정 치욕을 당할 순 없습니다'라고 하는 말을 듣자 그가 이렇게 목숨을 돌보지 않고 단연경과 미친 듯이 싸운 것은 아자의 어망에 묶여버린 치욕 때문에 이미 죽을 결심을 한 것임을 알 수 있었다. 무림인들은 '뛰는 놈 위에 나는 놈 있다'는 도리를 누구나 알고 있었다. 무공 대결에서 상대에게 진다는 것이 결코 치욕이 될 수는 없었다. 10년을 열심히 연마한다면 장차 복수의 날이 오지 말라는 법은 없는 것이다. 그러나 저만리는 단씨의 가신이었고 아자는 단정순의 딸이었기 때문에 그 치욕을 평생 설욕할 방법이 없다 느꼈고, 끝내는 싸움에 나서 기꺼이 목숨을 내던졌던 것이다. 주단신이 대성통곡을 하자 중상을 입고 아직 완쾌되지 않은 부사귀와 고독성 역시 하나같이 몸을 일으켜 단연경과 사투를 벌이겠다는 각오를 다졌다.

갑자기 낭랑한 여자 목소리가 들렸다.

"저자는 무공 실력도 별로인데 저렇게 헛되이 목숨까지 버리다니 바보 아니야?"

이 말을 한 사람은 바로 아자였다.

단정순은 비통에 잠겨 있는 와중에 갑자기 그런 경박하고도 조롱 섞인 딸의 말을 듣자 대로하지 않을 수 없었다. 범화 등은 그녀를 노기 어린 시선으로 바라봤지만 그녀는 주공의 딸이었기에 함부로 화를 낼 수 없었다. 단정순은 치밀어오르는 화를 참지 못하고 손을 들어 그녀의 뺨을 세차게 후려치려 했다.

순간 완성죽이 손으로 막으며 버럭 화를 냈다.

"10여 년 동안 남한테 버려두고 생사조차 모르던 친딸을 오늘에야 다시 만났는데 어찌 그리 모질게 때리려 할 수가 있죠?"

단정순은 완성죽에 대한 미안한 감정으로 늘 양심의 가책을 느끼고 있었다. 이로 인해 여태껏 그녀 말이라면 고분고분해왔고 또한 수하들 앞에서 다투는 모습을 보여주고 싶지 않았다. 그는 손바닥을 내뻗다 완성죽의 손목에 닿으려 하자 재빨리 손을 거두고 아자를 향해 화를 내며 말했다.

"저 숙부는 너 때문에 죽은 게다. 알기나 하느냐?"

아자가 작은 입을 삐죽거렸다.

"사람들이 다 아버지께 주공이라고 부르니까 난 그들한테 작은 주인이잖아요. 노복 한두 명쯤 죽인 게 뭐 대단하다 그래요?"

그 표정 속에는 경멸의 빛이 가득 차 있었다.

군신 간의 구분이 매우 엄격했던 당시에 대리국 조정의 신하였던 저만리 등은 단씨 일가에 대해 지극히 공경해왔다. 그러나 단가는 원래 중원 무림 출신으로 늘 강호의 규율을 준수해왔기에 화혁간이나 저만리 등이 신하이긴 해도 단정명과 단정순 형제는 그들을 대할 때

늘 형제처럼 대해왔다. 단정순은 소년 시절부터 중원의 강호를 떠돌아다닌 적이 많았다. 저만리는 그를 따라 생사를 함께하며 적지 않은 풍파를 겪어왔는데 어찌 평범한 노복과 비교할 수 있겠는가? 아자의 그 말을 들은 범화 등은 더욱 불쾌해했다.

단정순은 이미 저만리의 죽음 때문에 상처를 입은 데다 그런 딸이 있다는 사실에 수하들을 볼 낯이 없었다. 그는 곧 장검을 치켜들고 표연히 몸을 날려나가 단연경을 가리키며 말했다.

"날 죽이겠다면 주저 말고 취해가시오. 우리 단씨는 여태껏 인의로써 나라를 다스려왔소. 당신처럼 그리 무고한 살인을 자행한다면 설사 나라를 얻는다 해도 그리 오래가지는 못할 것이오."

소봉은 마음속으로 냉소를 머금었다.

'말은 아주 잘하는구나. 지금 이런 상황에서도 군자인 척을 하다니.'

단연경이 세철장을 한 번 찍자 이미 단정순 앞에 와 있었다. 그는 단정순을 향해 말했다.

"주변 사람들은 끌어들이지 말고 나와 단타독투를 벌이자는 게로구나. 그 말이더냐?"

"그렇소! 당신은 날 죽이고 다시 대리로 가서 우리 황형을 시해하려는 것이니 당신 뜻대로 되는지 어디 한번 봐야겠소. 내 가속들은 우리 두 사람 문제와는 무관하오."

그는 단연경의 무공이 고강해 자신이 목숨을 잃게 되리란 것을 미리 알고 그에게 완성죽과 아자 그리고 범화 등 자신의 수하들을 건드리지 말라는 의미로 한 말이었다. 단연경이 말했다.

"네 가족은 죽이되 수하들은 살려주겠다. 과거 부황께서 인의를 지키겠다는 일념으로 너희 형제 두 사람을 죽이지 않은 탓에 오늘과 같이 역도들에게 황위를 찬탈당하는 화를 입게 된 것이 아니더냐?"

단정순이 생각했다.

'나 단정순은 당당하게 죽을지언정 남들의 비웃음거리가 되지는 않을 것이다.'

그러고는 저만리의 시신을 향해 공수를 했다.

"저 형제, 나 단정순이 오늘 자네와 똑같이 적을 상대하도록 하겠네."

그는 고개를 돌려 범화를 향해 말했다.

"범 사마, 내가 죽고 나면 저 형제 무덤 옆에 나란히 묻어주되 절대 군신의 구분은 두지 말게."

단연경이 비아냥거리며 말했다.

"흐흐… 인의를 가장해 끝까지 민심을 사려 하다니… 저들이 널 위해 목숨을 바치게 만들 생각이더냐?"

단정순은 두말하지 않고 왼손으로 검결을 짚으며 오른손으로 장검을 내뻗었다. 이 일초는 기리단금其利斷金으로 단가검段家劍을 시작할 때 펼치는 초식이었다. 단연경은 그 초식 안의 변화에 대해 잘 알고 있었기에 곧바로 이에 상응하는 일장을 펼쳤다. 두 사람이 착수를 하며 펼친 자세는 모두 단가에서 전해내려오는 무공이었다. 단연경은 세철장을 검 삼아 단가검 검법으로 상대를 없애야겠다고 마음을 먹었다. 그와 단정순이 적이 된 것은 결코 사적인 원한이 있어서가 아니라 대리국의 황위를 놓고 벌이는 쟁투였다. 눈앞에는 대리의 삼공이 모두 모여 있었기에 만일 그가 사파의 무공으로 단정순을 죽인다면 대리의 모든 신하가 불복할 것이 틀림없지만 단씨 문파의 전통인 단가검을 사용해 적을 제압한다면 정당한 명분이 있기에 그 누구도 이의를 제기할 수가 없게 되는 것이다. 더구나 단씨 형제들의 황위 다툼은 신하들과 무관한 것이라 훗날 제위에 오를 때도 훨씬 더 수월해질 수 있었다.

단정순은 그가 세철장으로 펼친 초식이 단가의 무공인 것을 보고 심리적인 안정을 찾을 수 있었다. 그는 숨을 죽인 채 정신을 가다듬어 제대로 된 검초를 펼치려고 노력했다. 발걸음은 침착하게, 검은 날렵하게 움직여 매 일초 공격과 수비에 있어 법도를 잃지 않으려 한 것이다. 단연경은 세철장으로 단가검을 펼쳤는데 그 검법에는 유연한 가운데 위엄이 서려 있었으며 극히 날렵하고 품위 있는 검초로 일인자의 기상을 잃지 않았다.

소봉이 생각했다.

'이렇게 좋은 기회도 다시 없다. 단씨의 가공할 위력을 지닌 일양지와 육맥신검만 걱정했는데 마침 단정순 저 원수에게 강적이 찾아왔지 않은가? 더구나 그 상대는 한 집안사람이니 단가의 이 두 가지 절기가 어느 정도 위력을 지니고 있는지 단번에 알 수 있게 됐다.'

20여 초를 지켜보니 단연경 수중에 있는 세철장이 점점 무거워져 휘두르는 동작이 전보다 매끄럽지 못한 듯했고 단정순의 장검 역시 세철장과 서로 부딪칠 때마다 튕겨져 나오는 폭이 점점 커져만 갔다. 이에 소봉은 생각했다.

'진정한 실력을 펼쳐내는구나. 저 하늘하늘한 세철장을 마치 60~70근 정도 되는 빈철선장鑌鐵禪杖[14]처럼 쓰는 걸 보니 조예가 범상치 않아.'

무공이 고강한 사람은 왕왕 무거운 것을 가볍게 들 수 있어 무거운 무기도 아무것도 아닌 듯 쓰지만 가벼운 것을 무겁게 들 수 있는 능력은 그보다 진일보한 공력이었다. '무겁게 든다'라는 말은 진짜 무겁다는 말이 아니지만 무거운 무기가 지닌 가공할 위력을 지니고 있으면서도 가벼운 무기의 날렵한 모습을 갖춰야만 하는 것이다. 세철장을 마치 강철장을 사용하듯 하면서 갈수록 무게감이 더해지는 끝이 없는 단연경의 경지를 보자 소봉도 그의 내력에 찬사를 보내지 않을 수 없었다.

단정순은 최선을 다해 상대의 초식을 받아내고 있었지만 점점 적의 세철장이 육중해지자 이에 압박을 받아 내식의 운행이 순조롭지 않았다. 단가의 무공은 내경을 중시했기 때문에 내식이 원활하지 않는다는 것은 대결에서 패배한다는 징조나 마찬가지였다. 그러나 단정순은 결코 놀라거나 당황하지 않았다. 원래 이 대결에서 자신이 승리할 것이라는 요행을 바라지도 않았기 때문이다. 그는 평생 충분히 행복했기에 오늘 이렇게 소경호에서 목숨을 잃는다 해도 전혀 억울할 것이 없다고 생각했다. 더구나 완성죽이 애정 어린 눈길로 자신을 바라보고 있어 죽어도 천하의 풍류객답게 죽어야 했다.

그는 평생 도처에 정을 남기고 다녔기 때문에 완성죽에 대한 미련은 사실 본처인 도백봉과 나머지 여인들을 능가할 정도는 아니었다. 다만 그는 그 어떤 정인과 함께 있더라도 언제나 몸과 마음을 다 바쳐 정을 주고 상대를 위해 목숨을 바치는 것조차 애석하게 생각하지 않았다. 설령 헤어지고 새로운 여인이 생겼다 해도 여전히 별도로 대우를 해주고는 했다.

단연경은 세철장에 끊임없이 내력을 가해 60여 초를 주고받으며 단가검법 일로—路를 남김없이 펼쳐냈다. 그러나 단정순이 코끝 위에 땀방울이 송송이 맺혔음에도 숨소리는 오히려 길고도 고른 것을 보고 생각했다.

'저놈은 호색한에다 거느리고 있는 처도 많다고 하던데 내력이 저토록 유장悠長하다니 절대 얕봐서는 안 되겠다.'

그때 세철장 안의 내력은 이미 극치에 이르러 있어 세철장을 내뻗는 기세가 그리 빠르지 않음에도 쉭 하는 쾌속무비한 소리를 동반했다. 단정순은 이를 일검으로 막아내면서 몸이 흔들거렸고 두 번째 검으로 막을 때 역시 몸이 흔들거렸다.

두 사람이 펼쳐내는 초식은 모두 이들이 열서너 살 때부터 배워 능숙하게 다루던 것들이었다. 범화나 파천석 같은 수하들은 이를 수십 년 동안 익히 봐왔기에 이들의 대결이 초식 대결이 아니라 내력의 대결이란 것을 잘 알고 있었다. 범화 등이 옆에서 지켜보니 단정순이 더 이상 버티지 못할 것 같아 보이자 서로 눈짓을 교환해 각자 무기를 잡고 일제히 달려들어 도우려 했다.

갑자기 낄낄대는 한 소녀의 웃음소리가 들렸다.

"우습구나, 우스워! 영웅호걸을 자칭하는 단가에서 다 같이 달려들어 머릿수로 이길 생각을 하다니 이게 파렴치한 소인배의 행동이 아니고 뭐람?"

사람들 모두 아연실색했다. 그 말이 아자의 입에서 나온 것을 보고 모두들 이해가 되지 않았던 것이다. 지금 곤궁에 빠져 있는 사람은 다름 아닌 그녀의 부친이 아니던가? 그녀가 그걸 모르지 않을 텐데 어찌 그런 비아냥대는 말을 한다는 말인가?

완성죽이 버럭 화를 내며 말했다.

"아자야, 네가 뭘 안다고 그러느냐? 네 아버지는 대리국 진남왕이시고 그분과 겨루고 있는 상대는 단가의 반역자야. 여기 계신 분들은 모두 대리국 신하이니 폭력을 사용하는 역도를 제거하는 건 바로 저분들의 책무란 말이다."

그녀는 헤엄치는 능력은 탁월했지만 무공 실력은 평범했던 편이라 눈앞에서 자신의 정랑情郎이 점점 깊은 위기에 빠지는 것을 보자 초조해하기 시작했다. 그는 이어서 소리쳤다.

"다들 한꺼번에 공격해요! 저런 반역자를 상대하면서 무슨 강호의 규율을 논한단 말이에요?"

아자가 깔깔대고 웃었다.

"어머니, 정말 우습기 짝이 없는 말을 하시네요. 그건 말도 안 되는 억지예요. 우리 아버지가 영웅호한이라면 저도 아버지로 인정해요. 하지만 저분이 남의 도움이나 받아가며 싸우는 후안무치한 사람이라면 제가 어찌 아버지로 인정할 수 있겠어요?"

까랑까랑한 목소리로 말하는 그녀의 이 한마디는 모든 사람 귀에 아주 또렷이 박혔다. 범화와 파천석, 화혁간 등은 서로의 얼굴만 쳐다보며 당장 출수를 해서 도와야겠다고 느끼면서도 앞으로 나아가 돕는 것도 애매하다고 생각했다.

단정순은 풍류를 아는 사람이었던 터라 '영웅호한'이라는 말에 깊은 애착이 있었다. 그는 늘 남들이 비웃으면 이렇게 말하며 해명을 해왔다.

"영웅은 미인이란 관문을 지나기 어려운 법. 설사 미인관을 지나지 못한다 해도 여전히 영웅이라 할 수 있다. 초패왕楚霸王 항우項羽에게는 우희虞姬가 있었고, 한漢 고조高祖 유방에게는 척戚 부인이 있었으며,

당_唐 태종_{太宗} 이세민_{李世民}에게는 무측천_{武側天}이 있지 않았던가?"

그는 비열하고 비겁한 짓은 절대 할 짓이 못 되는 것이라고 생각해 왔기에 격투를 벌이는 와중에도 아자의 말을 듣고 당장 큰 소리로 외쳤다.

"생사와 승패가 뭐 그리 대단하다 그러느냐? 누구든 와서 날 돕는다면 나 단정순을 난처하게 만드는 일일 뿐이다."

그가 이렇게 말을 하느라 입을 열자 내력의 순조로운 운행에 지장을 주었다. 그러나 단연경은 이 기회를 틈타 압박을 가하기보다 오히려 한발 물러서 세철장 한 쌍을 땅에 짚고 그의 말이 끝날 때까지 기다렸다. 범화 등은 속으로 깜짝 놀랐다. 단연경의 고상한 풍모를 본 것이다. 그는 절대 부당하게 우위를 점하려 하지 않았다. 뭔가 믿는 구석이 있어 두려워할 것이 없기에 굳이 부당한 우위를 점하려 하지 않는 것으로 보였다.

단정순이 빙긋 웃었다.

"덤비시오!"

이 말을 하면서 왼손 소맷자락을 펄럭이며 장검을 그 소매 바람의 힘을 빌려 내뻗었다.

완성죽이 말했다.

"아자, 아버지의 검법이 얼마나 매서운지 보거라. 저 강시 같은 자 정도는 아주 간단하게 처리하실 수가 있다. 다만 아버지께서는 왕야 신분이기 때문에 수하들에게 맡기고 친히 나설 필요가 없어서 한 얘기였어."

아자가 말했다.

"아버지가 처리하실 수 있다면 그보다 더 좋을 수는 없지요. 전 어머니가 말만 그렇지 속으로는 겁을 먹었을까 봐 걱정돼요. 입으로는 큰소리치면서 속으로는 죽을까 봐 두려워하고 있잖아요!"

그녀의 이 말은 자기 모친의 정곡을 찌르는 말이었다. 완성죽은 노기 어린 눈으로 그녀를 쳐다보며 속으로 생각했다.

'이 계집애가 정말 옳고 그름을 모르는구나. 경중을 모르고 함부로 말을 내뱉다니!'

단정순이 연이어 세 번의 쾌속한 초식으로 장검을 날리자, 단연경은 세철장의 내력을 그에 상응하게 강화시켜 일일이 상대의 검을 받아냈다. 단정순은 네 번째 검인 천마등공天馬騰空 초식을 횡으로 날려버렸다. 그러자 단연경은 왼손 세철장으로 신계보효晨鷄報曉 일초를 펼쳐찍어갔다. 세철장과 검이 서로 부딪치자 순간 두 무기는 철썩 달라붙어버리고 말았다. 단연경의 복부에서 이상한 소리가 들리는가 싶더니 별안간 오른손 세철장을 바닥에 찍으며 몸을 하늘로 띄우는데 왼손 쇠철장 끝은 여전히 단정순의 검끝에 붙어 있었다.

순식간에 한 사람은 두 발로 땅바닥에 서서 산이 우뚝 솟은 듯 꼼짝도 하지 않고 멈춰 있고, 또 한 사람은 전신이 공중에 뜬 채 버드나무 가지처럼 바람에 따라 이리저리 흔들렸다.

구경하던 사람들 모두 '아!' 하고 탄성을 내뱉었다. 두 사람이 이미 내력 대결을 끝내는 중요한 시점인 것을 알고 있었기 때문이다. 단정순은 땅바닥에 서서 두 발로 지탱할 수 있는 힘이 있어 유리한 위치를 점하고 있다고 할 수 있었다. 그러나 단연경은 높은 곳에 위치하고 있어 온몸의 무게로 상대의 장검을 압박했기에 내력을 강화할 수도 있는 상황이었다.

잠시 후 단정순의 장검이 점점 구부러지면서 천천히 활처럼 휘어졌지만 그 가느다란 단연경의 철장은 마치 화살처럼 꼿꼿했다.

소봉은 단정순이 손에 들고 있는 장검이 갈수록 휘어지는 것을 보고 여기서 조금만 더 휘어지면 두 동강이 날지도 모른다는 생각이 들었다.

'단씨의 내공은 과연 대단하구나. 한데 저 두 사람은 시종 단가에서 가장 심후한 무공인 육맥신검을 사용하지 않았다. 단정순이 그 무공으로는 상대에 미치지 못한다는 것을 알고 자신의 부족함을 드러내지 않으려 한 것일까? 한데 그가 내력을 운용하는 표정으로 보아 잠재된 힘을 모두 쏟아부은 것으로 보인다. 결코 별도의 비장의 무기가 있는 건 아니야.'

단정순은 손에 든 장검이 곧 부러질 것처럼 느껴지자 깊은 심호흡을 하고 왼손 손가락을 찍어갔다. 그건 바로 일양지였다. 그의 지력은 그의 형인 단정명에 크게 못 미쳐서 고작해야 3척 거리 안쪽밖에 이르지 못했다. 철장과 장검이 교차하고 있어 두 무기의 길이를 합치면 8척에 이르기 때문에 그의 일지는 당연히 상대를 해칠 수 없었다. 그 때문에 그의 지력은 단연경을 향하고 있는 것이 아니라 그의 세철장을 향해 찍어가고 있었다.

소봉은 눈살을 찌푸리며 생각했다.

'저자는 육맥신검을 쓰지 못하는 것 같다. 내 의제義弟보다 못한 것 같아. 저 정도 일지는 극히 고명한 점혈 무공에 불과할 뿐 그리 진기하지는 않은 것 아닌가?'

그때 그의 지력이 이르자 단연경의 세철장이 흔들거리며 단정순의 장검이 약간 펴졌다. 그가 연이어 세 번의 일지를 펼치자 손에 든 장검도 세 번 펴지며 점차 원형을 회복해갔다.

아자가 또다시 입을 열었다.

"어머니, 아버지가 손가락과 검을 사용하는데도 상대방 세철장과 비슷한 수준일 뿐이에요. 상대가 다른 세철장으로 공격해 들어온다면 아버지 손이 둘이 아니라 세 개인들 막아낼 수 있겠어요? 저럴 바에야 땅바닥에 누워서 다리를 날리는 게 낫겠어요. 비록 보기는 안 좋아도 상대의 철장에 찔려 죽는 것보다는 나을 테니까요. 혹시 아버지를 가련하게 본 상대가 마음이 약해져 목숨은 살려줄지도 모르잖아요."

완성죽은 안 그래도 노심초사하며 지켜보고 있던 차에 딸이라는 아이가 옆에서 듣기 싫은 말만 하고 있자 아무 대답도 하지 않았다. 과연 단연경이 오른손 세철장을 들어 휙 하는 소리를 내며 단정순의 왼쪽 식지를 향해 찍어갔다.

단연경의 이 일장은 내경을 사용해 펼치는 것으로 일양지와 다를 바가 없었다. 다만 세철장이 손가락을 대신하고 철장의 길이 때문에 좀 더 먼 곳까지 이를 뿐이었다. 단정순은 이를 피하려 하지 않았다. 그의 지력과 단연경의 장력杖力이 맞부딪치는 순간 단정순은 팔에 시큰거리는 충격을 느꼈다. 그는 재빨리 손가락을 뒤로 빼서 다시 내경을 돋우고는 두 번째 일지를 이어서 찍어갔다. 그런데 눈앞에 검은 철장이 번뜩이며 단연경의 두 번째 일장이 날아들 줄 누가 알았겠는가? 단정순은 깜짝 놀랐다.

'내식의 이동을 저토록 빨리한다는 건 의지만으로 가능하다는 뜻이

아닌가? 저자의 일양지는 나보다 훨씬 심후한 것 같다.'

이런 생각을 하다가 일지를 다시 내뻗었지만 속도가 늦어 몸이 잠시 흔들렸다.

단연경은 대결이 장기전으로 흐르자 밤이 길면 꿈이 많다는 말처럼 괜한 문제가 생길까 두려웠다. 그의 수하들이 한꺼번에 달려든다면 피곤해질 것이 뻔한 일이었기 때문이다. 그는 당장 철장을 바람처럼 휘두르며 순식간에 아홉 번의 초식을 연이어 펼쳤다. 단정순은 최선을 다해 막았지만 아홉 번째 철장이 날아들 때는 진기를 잇지 못하고 그의 왼쪽 어깨를 철장 끝에 찔리고 말았다.

"땡강!"

그의 몸이 흔들리더니 오른손에 들고 있던 장검이 두 동강 나버렸다.

단연경은 목구멍으로 괴성을 지르며 오른손 철장을 상대의 가슴을 향해 찍어갔다. 그 일장으로 단정순의 목숨을 취하겠다고 결심이라도 한 듯했다. 그는 손에 전력을 쏟아부었는지 세철장이 뻗어나가면서 어마어마한 굉음을 냈다.

범화와 화혁간, 파천석 세 사람이 동시에 뛰어나가 각각 단연경의 양쪽을 공격했다. 대리 삼공은 상황이 매우 급박하자 단정순을 구하기에는 이미 늦었다고 판단하고 단연경의 요해를 공격해 그가 철장을 거두어 방어를 하게 만들려 한 것이었다. 단연경은 이를 예상이라도 한 듯이 왼손 철장을 내려 바닥을 짚어 몸을 지탱하고 오른손 철장에는 내경을 관통시켜 횡으로 휘둘렀다. 그는 단 한 번의 진동으로 세 명이 내뻗은 무기를 모조리 쓸어버리고 기세를 몰아 다시 단정순의 이마를 노리고 들어갔다.

"이얏!"

이때, 완성죽이 날카로운 고함을 지르며 질풍처럼 달려들었다. 자신의 정랑이 비명에 죽을 것처럼 보이자 그녀 역시 살고 싶은 마음이 사라졌던 것이다.

단연경의 철장이 단정순의 이마 위쪽에 있는 백회혈에서 3촌도 채 되지 않는 곳에 이르렀을 때 별안간 단정순의 몸이 옆으로 휙 날아가면서 그의 일장은 허공을 찍고 말았다. 그때 범화와 화혁간, 파천석 세 사람은 단연경의 철장에 당해 한발 물러서 있었는데 그중 파천석이 재빨리 손을 뻗어 완성죽의 손목을 움켜쥐고는 단연경의 손에 억울하게 목숨을 잃는 상황을 피하도록 했다. 모두의 눈은 일제히 단정순을 향했다.

단연경은 자신의 공력을 모두 응축시켜 내뻗은 일장이 뜻밖에도 상대를 적중시키지 못하자 순간 당황해하면서도 한 대한이 단정순의 뒷덜미를 부여잡고 위기의 순간에 그를 잡아채가는 모습을 목격했다. 그 신공은 가히 상상을 초월할 정도여서 무공이 아무리 고강한 단연경조차도 도저히 펼쳐낼 수 없는 기술이었다. 빳빳하게 굳은 그의 얼굴은 약간 놀라긴 했지만 여전히 표정의 변화 없이 그저 비웃는 소리만 낼 뿐이었다.

출수를 해서 단정순을 구해낸 사람은 다름 아닌 소봉이었다. 그는 두 단씨가 격투를 벌이는 도중 옆에 서서 눈 한번 깜빡이지 않고 싸움을 주시하고 있다가 단정순이 상대에게 목숨을 잃을 것으로 보이자 문득 단연경의 저 일장이 그대로 찔러나가면 자신의 피맺힌 원한은 더 이상 갚을 방법이 없어질 것이란 생각이 들었다. 지난 며칠 동안 그는 얼마나 많은 소원을 빌고 맹세를 했는지 모른다. 무슨 수를 써서라도 그 원한을 갚지 않으면 안 된다고 생각했다. 그런데 지금 그 원수가 바로 눈앞에 있는데 어찌 남의 손에 죽게 내버려둘 수가 있겠는가? 해서 당장 몸을 앞으로 날려 단정순을 끌고 나왔던 것이다.

단연경은 심사가 매우 기민한 사람이었다. 그는 소봉이 단정순을 바닥에 내려놓기도 전에 오른손 세철장으로 마치 광풍이 불고 폭우가 내리치듯 세차게 찔러갔다. 일장 또 일장을 단정순의 요해를 향해서만 찔러간 것이다. 그는 자신이 황위에 오르는 데 장애물인 그를 제거해야 한다는 일념뿐이었고 소봉을 어찌 대처할 것인지는 그다음 문제였다.

소봉은 단정순을 든 채로 왼쪽으로 한번 피하고 오른쪽으로 한번 비키면서 세철장의 그림자 틈새를 이리저리 피해다녔다. 단연경이 연이어 27초를 내뻗었지만 시종 단정순의 옷자락 하나 건드릴 수 없었다. 그는 속으로 깜짝 놀랐다. 자신은 소봉의 적수가 되지 못한다고 느낀 것이다. 그는 괴성을 지르며 갑자기 수 장을 날아 움직이더니 물었다.

"귀하는 누구시오? 어찌 남의 일에 훼방을 놓는 거요?"

소봉이 미처 대답도 하기 전에 운중학이 나서서 외쳤다.

"큰형님, 저놈은 개방의 전임 방주 교봉이오. 형님 제자인 추혼장 담청이 저 악도 손에 죽었소."

이 말이 떨어지자 단연경은 가슴이 뜨끔했을 뿐만 아니라 대리의 군호 역시 깜짝 놀라지 않을 수 없었다. 교봉의 명성은 천하에 널리 퍼져 있어 '북교봉, 남모용'이라는 말을 무림에서는 모르는 이가 없었다. 다만 그는 부사귀, 단정순과 통성명을 할 때 자신을 '거란인 소봉'이라고 칭했기에 사람들은 그가 그 이름도 유명한 교봉인 줄은 몰랐던 것이다. 이제 운중학의 그 말을 듣자 사람들 모두 이런 생각을 했다.

'이제 보니 교봉이었군. 의협심이 뛰어나고 무예가 뛰어나다더니 과연 명불허전이야.'

단연경은 운중학으로부터 자신의 수제자인 담청이 취현장에서 누군가를 어찌 해치려다 어찌 교봉에게 죽게 됐는지 이미 자세한 얘기를 들은 바 있었다. 이제 또다시 눈앞에 있는 저 사내가 바로 자신의 수제자를 죽인 자라는 말을 듣자 화가 치밀어오르는 한편 의구심이 들었다. 그는 세철장을 뻗어 바닥에 매끈하게 깎아놓은 청석판에 글자를 써내려갔다.

"귀하는 나와 어떤 원한이 있소?"

피육 피육 피육 소리가 끊임없이 들리며 마치 모래 위에 글자를 쓰는 듯 그가 쓰는 매 글자가 모두 돌 안에 깊이 새겨졌다. 그의 복화술은 상승내공과 결합이 되어 사람의 혼백을 미혹시키고 심신을 어지럽게 만드는 극히 무서운 사술이었다. 이 무공은 순전히 심력만 가지고 상대방을 제압해야만 가능했기에 적의 내력이 자신을 능가할 경우에는 오히려 자신이 해를 입게 된다. 그는 담청의 사인을 알고 있고 또 소봉이 단정순을 구하는 솜씨를 봤기에 감히 복화술로 그에게 말하지 않았던 것이다.

소봉은 그가 글을 다 쓰자 아무 말도 없이 앞으로 나아가 발을 내뻗었다. 그러고는 가죽 신발 바닥으로 땅바닥을 몇 번 문지르자 곧 청석판 위의 글자들이 깨끗이 지워져버렸다. 철장으로 청석판에 글을 쓰는 것 자체도 극히 어려운 일이었지만 발을 뻗어 그 글자의 흔적마저 지워버리는 족저足底 무공은 세철장 끝의 내력을 모아 찍는 것보다 더욱 어려운 수법이었다. 한 명은 쇠철장으로 글을 쓰고 또 한 명은 그 글을 지우자 청석판으로 덮여 있던 호숫가 오솔길은 뜻밖에도 모래사장처럼 변하고 말았다.

단연경은 그가 자신이 쓴 글자들을 지우는 것을 보고 교봉이 본인의 솜씨를 보여 자신과는 아무 원한도 없으며 과거 무의식중에 빚어진 악감정을 추궁하지 않겠다면 손을 떼겠다는 의미임을 알았다. 단연경은 그의 적수가 되지 않는다는 것을 알고 일찌감치 손을 떼 뻔한 손해를 입지 않는 것이 좋을 것 같다고 생각했다. 그는 당장 오른손 철장을 아래위로 휘두르고 이어서 위쪽으로 한번 들어올리며 '모두 없던 일로 합시다'란 뜻을 표했다. 그러고는 곧 철장을 바닥에 찍어 그 반동으로 훌쩍 뛰어올라 몸을 돌려 표연히 사라졌다.

남해악신은 동그란 눈을 부릅뜨고 소봉을 아래위로 훑어보다 도저히 승복할 수 없다는 듯이 욕을 해댔다.

"제기랄! 저 개 잡종이 뭐가 그리 대단하다고…."

말이 채 끝나기도 전에 돌연 그의 몸이 하늘 높이 떠오르더니 호수 한가운데를 향해 날아가 풍덩 소리와 함께 물보라가 사방으로 튀면서 소경호 안으로 빠져버렸다.

소봉이 가장 싫어하는 말이 남들이 자신을 잡종이라고 욕하는 것이었다. 그는 왼손으로 여전히 단정순을 들어올린 채 앞으로 달려가 오른손으로 남해악신을 호수 안으로 빠뜨려버렸던 것이다. 이 출수는 신속하기 그지없어서 남해악신이 추호의 저항도 할 수 없도록 만들었다.

남해악신은 남해에 오랫동안 거주해 스스로를 악신鰐神이라 칭할 정도로 헤엄을 치는 데 극히 정통했다. 그는 두 발로 호수 밑바닥을 밀쳐내 호수 위로 튀어올라오며 소리쳤다.

"이게 무슨 짓이냐?"

이 말을 내뱉는 동시에 그는 다시 호수 밑바닥으로 빠져버렸다. 그는 다시 한번 호수 밑바닥을 짚고 수면 위로 날아올라와 소리쳤다.

"네가 노부한테 기습 공격을 해?"

이 말이 채 끝나기도 전에 다시 호수 속으로 빠졌다. 세 번째 튀어올라서는 이렇게 외쳤다.

"노부가 가만두지 않을 것이다."

그는 성질이 매우 급해서 물 위로 올라오기도 전에 다시 소봉을 향해 욕을 하는 바람에 또다시 호수 속으로 빠져버렸다.

아자가 깔깔대고 웃었다.

"저거 봐요. 물속에서 솟아올랐다 들어갔다 하는 모습이 무슨 커다란 거북이 같지 않아요?"

때마침 남해악신이 수면에서 튀어올라오다 그녀의 말을 듣고는 욕을 해댔다.

"너야말로 조그만 거…."

아자가 손을 흔들어 쉭 소리와 함께 비추 하나를 날렸다. 비추가 이르렀을 때 남해악신은 다시 호수 밑으로 빠져버린 뒤였다.

남해악신은 호숫가로 헤엄쳐나와 온몸이 흠뻑 젖은 채 뭍으로 기어 올라왔다. 그는 한 치의 두려움도 없이 아무 일도 없었다는 듯 소봉 앞으로 걸어와 고개를 갸우뚱거리며 쳐다봤다.

"날 호수에 빠뜨려버린 건 무슨 수법을 사용한 거지? 노부가 그런 재주는 없어서 그런다."

섭이랑이 저 멀리 7~8장 밖에 서서 소리쳤다.

"셋째! 어서 가! 거기서 망신당하지 말고!"

남해악신이 화를 내며 말했다.

"내가 누구한테 호수로 던져지면서 무슨 수법에 당한지도 모르면 그거야말로 치욕이잖아? 그러니 물어보는 게 당연하지."

아자가 진지한 태도로 말했다.

"좋아요, 내가 말해줄게요. 저 무공은 척귀공擲龜功이라고 해요."

남해악신이 말했다.

"음. 척귀공이라는 거였군. 그 무공 이름을 알았으니 어디 가서 배워 열심히 연마해야겠어. 그래야 나중에 또 이런 수모를 안 당하지."

이 말을 하고는 빠른 걸음으로 걸어갔다. 섭이랑과 운중학은 이미 멀찌감치 앞서가 있었다.

23

수포로 돌아간 아주와의 언약

소봉은 그녀를 따라 앞으로 두 걸음 걸어가 손을 가슴까지 뻗었다.
찌익 하는 소리와 함께 가슴팍의 옷이 찢어지며 살갗이 드러났다.
아자는 번갯불이 번쩍거릴 때 나타난 그의 가슴에 새겨진 긴 이빨을
드러낸 질푸른 이리 머리의 흉악한 모습을 보자 더욱 큰 두려움이 몰
려왔다.

소봉은 천천히 단정순을 바닥에 내려놓고 뒤로 몇 걸음 물러섰다.

완성죽은 만복萬福[15]으로 심심한 감사의 뜻을 표하며 말했다.

"교 방주, 앞서는 제 딸을 구해주시고 이번엔 또 저 양반을 구해주셨으니… 어찌 사례를 드려야 할지 정말 모르겠습니다."

범화, 주단신 등도 다가서서 감사의 뜻을 표했다.

소봉이 냉혹한 표정을 지으며 말했다.

"저 소봉이 그를 구한 것은 순전히 사사로운 욕심 때문이니 고마워할 필요 없소. 단왕야, 한마디만 물어보겠소. 사실대로 말씀해주시오. 과거에 양심에 거리낄 만한 큰 과오를 저지른 적이 있소? 없소? 물론 본심에서 자행한 일은 아닐지라도 한 어린아이의 일생을 외롭고 쓸쓸하게 만들고 자신의 부모가 누군지조차 모르게 한 과오 말이오. 그런 적이 있소? 없소?"

그는 안문관 밖에서 부모를 모두 잃은 그 일이 너무도 가슴 아파서 일이라 여러 사람 앞에서 그대로 말하고 싶지 않았다.

단정순은 얼굴이 빨개졌다가 곧 다시 창백해지며 고개를 숙였다.

"그렇소. 이 단 모는 평생 그 일을 가슴속에 담아두고 있었소. 그 생각이 들 때마다 늘 불안했었소. 다만 그 과오는 이미 엎질러진 물이기에 돌이킬 수 없는 일이오. 하늘이 불쌍히 여기셨는지 오늘 나에게 그 당시 부모를 잃은 아이를 다시 보게 만들어주셨나 보오. 다만… 다만… 에이. 어쨌든 큰 죄를 지었소."

소봉이 매서운 목소리로 말했다.

"이미 과오를 저지르고 남을 해친 줄 알았다면 어찌 지금 이 순간까지도 끊임없이 악행을 거듭할 수 있단 말이오."

단정순은 고개를 가로저으며 나지막이 말했다.

"나 단 모는 행동거지가 단정치 못하고 덕행이 부족하여 평생 황당무계한 일을 너무도 많이 저질렀소. 그 점에 대해서는 부끄럽게 생각하고 있소."

소봉은 신양에서 단정순 이름을 지목한 마 부인의 얘기를 들은 후, 밤낮을 가리지 않고 그를 찾아 부모님의 원수를 갚겠다고 생각하면서 그에게 온갖 잡다한 고통을 안겨주고 난 뒤 죽여버리겠다는 결심을 했었다. 그러나 조금 전 그가 벗들을 인의로써 대하고 적에게는 호탕하게 맞서는 모습이 나쁜 짓을 일삼는 비열한 무리는 아닌 것 같아 속으로 의구심이 들지 않을 수 없었다.

'그가 안문관 밖에서 내 부모를 죽인 것은 오해에서 비롯됐거나 혹은 어쩔 수 없었을 것이다. 그러나 그가 내 의부와 의모 그리고 은사를 살해한 건 절대 용서할 수 없는 악행이야. 혹시 그 안에 뭔가 다른 사연이 있는 것일까?'

그는 단정순을 줄곧 노려봤지만 대답을 하는 그의 모습에는 간악하고 교활한 태도라고는 전혀 보이질 않았다. 또한 얼굴이 매끈하고 귀밑머리 주변에 백발이라고는 보이지 않는 40~50세 정도 되는 나이에 불과했던 터라 30년 전 중원의 군호를 이끌고 안문관 밖에 가서 자기 부모를 살해했다고 하기에는 나이가 들어맞지 않았다. 눈을 돌려보니 완성죽이 단정순을 응시하는 눈빛 속에는 깊은 정이 가득해 마치 조전손이 담파를 바라보는 눈빛과도 같았다. 그는 속으로 동요했다.

'그 조전손은 분명 일흔이 넘은 나이였지만 내공이 심후해 마흔가량 정도로밖에 보이지 않았으니 단정순이 쉰이 넘는 나이임에도 얼굴이 전혀 늙지 않고 청춘을 유지하는 건 이상할 것도 없다.'

단정순은 이미 부끄러운 기색을 보이며 과오를 저질러 평생 불안속에 살아왔다고 말했다. 또한 오늘 그 당시 부모를 잃은 아이를 다시만나게 되고 교삼괴 부부와 현고대사를 죽인 일 등에 대해서는 스스로 행동거지가 단정치 못하고 덕행이 부족하다고 인정했으니 소봉은 그제야 틀림없다고 생각했다. 그는 얼굴에 서릿발같이 차가운 표정을 짓고 코웃음을 치며 독하게 말했다.

"안문관 밖에서 30년 전에….."

아주가 갑자기 끼어들며 말했다.

"오라버니, 그 일은 천천히 물어봐도 늦지 않아요."

소봉은 고개를 끄덕였다. 자신이 단정순에게 당시 상황을 꼬치꼬치 따져묻는 말을 남들이 듣기 원치 않는다는 사실을 아주도 알고 있다고 생각한 것이다. 그는 단정순을 향해 말했다.

"귀하와 할 말이 있으니 오늘 밤 삼경에 청석교 위에서 기다리겠소."

단정순이 말했다.

"시간 맞춰 가도록 하겠소. 크나큰 은혜에 감히 고맙다는 인사도 못하겠소. 교 형께서 먼 길을 오느라 고생이 많았을 텐데 누추하지만 제집에 가서 몇 잔 나누지 않으시겠소?"

소봉이 말했다.

"귀하의 부상 상태는 어떻소? 며칠 요양을 해야 할 것 아니오?"

그는 술을 한잔 나누자는 요청에 대해서는 들은 척도 하지 않았다.
단정순은 약간 이상한 느낌이 들어 말했다.

"교 형의 관심에 감사드리오. 이런 가벼운 부상은 아무 문제 없소."

소봉이 고개를 끄덕이며 말했다.

"그럼 됐소."

그는 고개를 돌려 아주를 향해 말했다.

"우린 갑시다."

두 걸음 앞으로 나아가다 고개를 돌려 다시 단정순을 향해 말했다.

"당신 수하들은 함께 올 필요 없소."

그는 범화와 화혁간 등이 모두 충심으로 가득한 호한들이라 청석교
에 단정순과 함께 온다면 일일이 자기 손으로 죽여야 하기에 그런 애
석한 일을 사전에 방지하겠다는 의도였다.

단정순은 그의 말과 행동이 이상하게 느껴졌다. 자신의 각종 풍류
에 대한 죄과는 황형조차도 한번 웃고 넘어갈 뿐이었다. 그런데 그는
사람들 앞에서 그에 대해 엄하게 질책을 하니 과분한 면이 없지 않았
지만 자신의 목숨을 구한 은덕이 있으니 그의 말에 따를 수밖에 없
었다.

"교 형 분부대로 하겠소."

소봉은 아주의 손을 잡은 채 뒤도 안 돌아보고 자리를 떠났다.

소봉과 아주는 한 농가를 찾아 국수와 닭 두 마리를 곤 탕을 사서

거나하게 배를 채웠다. 다만 술이 없어 아쉬움을 감추지 못했다. 그는 아주가 뭔가 걱정이 가득한 표정으로 줄곧 아무 말도 하지 않는 것을 보고 물었다.

"대악인을 찾았으니 마땅히 날 위해 기뻐해야 하는 것 아니오?"

아주가 빙긋 웃었다.

"맞아요. 기뻐해야 마땅하죠."

소봉은 그녀가 억지웃음을 짓고 있는 것을 보고 말했다.

"오늘 밤 그자를 죽이고 난 후 곧바로 북쪽으로 갑시다. 안문관 관외로 나가 말에 올라 사냥이나 하고 소와 양을 키우며 다시는 관문 안으로 한 발짝도 들여놓지 맙시다. 에이. 단정순을 보기 전까지는 그의 가족은 물론 개와 닭까지 남김없이 죽여버리겠다고 맹세했지만 그자의 의리 있는 태도를 보니 책임은 당사자 본인이 지면 충분하다는 생각이 들어 가족까지는 건드리지 않기로 했소."

아주가 말했다.

"오라버니의 그런 어진 일념은 많은 음덕陰德을 쌓아 훗날 큰 복을 누리게 될 거예요."

소봉은 소리 높여 한참을 웃었다.

"내 이 두 손으로 이미 얼마나 많은 사람을 죽였는지 모르오. 한데 무슨 음덕이 있어 복을 받는단 말이오? 당신을 만나 평생 함께하는 것이야말로 내 최대의 복이오!"

아주가 살며시 웃음만 보일 뿐 평소처럼 기쁨에 넘치는 표정이 아닌 듯하자 소봉이 다시 물었다.

"아주, 어찌 그리 기분이 좋지 않소? 내가 또 사람을 죽이는 게 못마땅한 것이오?"

"못마땅한 게 아니라 왠지 몰라도 배가 많이 아파요."

소봉은 손을 뻗어 그녀의 맥박을 짚었다. 과연 맥박이 불규칙하게 요동을 치며 상태가 좋지 않자 부드러운 목소리로 말했다.

"먼 길을 오느라 고생해 풍한에 든 모양이오. 노마마한테 생강탕 한 그릇만 달여오라 하겠소."

생강탕이 오기도 전에 아주는 온몸을 벌벌 떨었다.

"추워요. 너무 추워요."

소봉은 심히 애처로워 보인 나머지 입고 있던 겉옷을 벗어 그녀에게 덮어주었다. 아주가 말했다.

"오라버니, 오늘 밤 오라버니께서 대악인에게 복수를 하는 숙원을 이루게 됐으니 저도 마땅히 함께 가야 하잖아요. 어서 몸이 나았으면 좋겠어요."

"아니오! 아니오! 당신은 여기서 쉬시오. 한숨 푹 자고 일어나면 내가 이미 단정순의 수급을 가지고 와 있을 것이오."

아주는 한숨을 내쉬었다.

"정말 난처하네요. 오라버니, 어쩔 수가 없네요. 오라버니와 함께 가지 못하겠어요. 전 오라버니 곁에 함께 있고 싶어요. 정말 떨어지기 싫어요…. 오라버니… 오라버니를 혼자 그렇게 적막하고 외롭게 만들다니 정말 죄송해요."

소봉은 그녀의 깊고 따뜻한 말에 깊은 감동을 받아 그녀의 손을 덥석 잡았다.

"잠깐 헤어지는 것인데 어찌 그리 심각한 것이오? 아주, 나한테 잘

해줘서 고맙소. 당신의 그 깊은 정을 어찌 보답해야 할지 모르겠소."

"잠깐 헤어지는 게 아니에요. 아주 오랫동안 헤어질 것처럼 느껴져요. 오라버니, 제가 오라버니를 떠나면 오라버니도 외롭겠지만 저 역시 외로울 거예요. 그러니 지금 당장 절 안문관 관외로 데려가 소와 양을 키우면서 살아요. 단정순에 대한 복수는 1년 더 있다 하고 말이에요. 제가 먼저 1년 동안 모시게 해주세요."

소봉은 그녀의 부드러운 머리카락을 쓰다듬었다.

"아주 어렵게 그를 만났소. 오늘 밤 그 원수를 다 갚고 다시는 중원으로 돌아오지 맙시다. 단정순의 무공은 나한테 미치지 못하오. 육맥신검조차 펼치지 못하니 말이오. 하지만 1년 후에 다시 온다면 대리까지 가야 할 텐데 대리단가에는 고수가 많아 정통 육맥신검을 구사하는 고수를 만난다면 이 오라비는 틀림없이 패배할 것이오. 당신 말을 듣지 않겠다는 것이 아니라 그러기에는 곤란한 점이 아주 많소."

아주가 고개를 끄덕이며 나지막이 말했다.

"맞아요, 1년 후에 대리까지 찾아가 복수를 할 수는 없죠. 당신 혼자 호랑이 굴에 들어간다는 건 절대 있어선 안 되는 일이에요."

소봉은 껄껄 웃으며 밥그릇을 들어 마치 술을 마시듯 한입에 마셔버렸다. 그는 큰 사발에 술을 먹어 버릇한 나머지 밥그릇에 아무것도 없자 술을 들이켜는 시늉을 하는 것만으로도 즐거워했다.

"만일 이 소봉 혼자라면 대리단가라는 호랑이 굴로 뛰어들어 생사의 위기를 맞는다 해도 아무 상관 없소. 지금은 우리 아주가 있어 내가 평생을 돌봐야만 하니 이 소봉의 목숨은 그 어느 때보다 귀중한 것이오. 아주, 대리단씨 중에 오늘 그 단연경 같은 고수 대여섯 명이 동시에 달려든다면 당신 오라비는 살아남지 못할 것이오."

아주는 그의 품 안에 얼굴을 묻고 등을 살짝 구부렸다. 소봉은 그녀의 머리카락을 가볍게 쓰다듬으며 마음이 차분해지고 따뜻한 느낌이 들자 속으로 이런 생각을 했다.

'이런 처를 얻는다면 죽어도 여한이 없을 것 같구나.'

순간 자기도 모르게 그의 마음은 안문관 관외로 날아간 한 달 후를 떠올렸다. 아주와 함께 대초원에서 어깨를 나란히 한 채 말을 달려 사냥을 하고 양을 키우며 살아갈 것이다. 다시는 적이 침범해올까 대비하지 않아도 된다. 이렇게 아무 근심도 없고 구속도 받지 않고 살아간다면 얼마나 자유로울 것인가? 그날 취현장에서 그의 목숨을 구한 흑의인의 은혜를 보답하지 못한 것이 염려될 뿐이지만 그런 대영웅은 은혜를 베풀고자 해도 보답을 바라지 않을 것이다. 평생 그 은정에 대한 빚이 있다고 생각할 수밖에 없는 노릇이다.

날은 점점 어두워져만 갔다. 아주는 그의 품에 얼굴을 묻은 채 이미 깊은 잠에 빠져 있었다. 소봉은 은자 석 냥을 꺼내 농부에게 주고 빈방 하나를 내달라고 청했다. 그러고는 아주를 안아 침상에 내려놓은 뒤 이불을 덮고 휘장을 내려주었다. 그는 농가의 대당에 앉아 눈을 감고 정신을 가다듬다가 잠시 후 깊은 잠에 빠져들었다.

두 시진쯤 잤을까? 문을 열고 밖으로 나오자 초승달이 휘영청 나무 위에 걸려 있고 서북쪽에는 검은 구름이 점차 모여들기 시작했다. 저 멀리 어디에선가 큰 소리를 머금고 있는 듯한 천둥소리가 희미하게 들려오는 것으로 보아 밤새 벼락을 동반한 큰비가 올 것 같았다.

소봉은 장포를 걸치고 청석교를 향해 걸어갔다. 5리쯤 걸어나가 냇가에 이르자 달빛 그림자가 냇물 위에 거꾸로 비쳐 있었다. 서쪽 하늘의 반은 이미 검은 구름으로 가득했고 이따금씩 검은 구름 사이로 번개가 한두 번씩 내리치며 사방의 들판을 밝게 비추었다. 번개가 치고 지나간 뒤에는 오히려 어둠이 더욱 깊어만 갔다. 저 멀리 있는 묘지에서는 도깨비불이 흔들리며 풀밭 사이를 이리저리 오가고 있었다.

소봉이 발걸음에 속도를 내자 얼마 지나지 않아 청석교 입구에 이르렀다. 고개를 들어 성근 별을 바라보니 시간이 아직 일러 이경이 채 지나지 않은 것으로 보였다. 그는 속으로 생각했다.

'원수를 갚겠다는 감정을 억누르지 못하고 한 시진이나 일찍 와버렸구나.'

그는 평생 누군가와 목숨 걸고 싸우기로 한 약속을 얼마나 많이 했는지 모른다. 상대의 무공과 명성이 단정순에 비해 훨씬 강한 사람들도 적지 않았다. 오늘밤은 평소와 달리 왠지 마음이 불안하고 과거처럼 거리낌 없이 필사의 일전을 벌이겠다는 호기가 줄어든 듯했다.

다리 옆에 서서 다리 밑으로 유유히 흘러가는 냇물을 바라보며 생각했다.

'맞아. 과거의 난 자유로운 영혼이라 근심이라고는 전혀 없었다. 오늘 밤 내 마음속에는 아주라는 여인이 자리 잡고 있다. 허… 남녀 간의 정에 연연해 대장부의 의기를 잃는다는 말이 지금 이 순간에 해당되는 것이로군.'

여기까지 생각하자 자기도 모르게 가슴 깊은 곳에서 부드러운 정이 솟아나 입가에 미소가 지어졌다. 그는 다시 생각했다.

'만일 아주가 나와 함께 여기 서 있었다면 얼마나 좋았을까?'

그는 단정순의 무공이 자신과 차이가 크다는 걸 알았기에 오늘 밤 결투의 승부에 대해서는 걱정할 필요가 없었다. 약속한 시간이 아직 멀었다고 생각하자 다리 옆 나무 밑에 앉아 정신을 집중해 토납을 하기 시작했다. 점점 마음속이 비워지고 맑아지면서 잡념이 사라졌다.

별안간 번갯불이 번쩍하면서 우르릉하는 큰 소리가 들리며 구름 더미를 뚫고 벼락이 쳐내렸다. 소봉은 눈을 뜨고 생각했다.

'저렇게 큰 벼락이 치고 순식간에 큰비가 내리면 곧 삼경이 아닌가?'

바로 그때 소경호로 통하는 길 위에 누군가 천천히 걸어오고 있었다. 널따란 장포에 느슨한 허리띠를 맨 단정순이었다.

그는 소봉 앞으로 걸어와 깊이 읍을 하며 말했다.

"교 방주께서 무슨 가르침이 있어 보자고 한지 모르겠소."

소봉은 고개를 살짝 기울여 곁눈질로 그를 쳐다봤다. 순간 가슴속에서 분노가 치밀어올라 말했다.

"단왕야, 내가 당신을 오라고 한 의미를 정말 모르고 있다는 말이오?"

단정순은 한숨을 깊게 내쉬었다.

"과거 안문관 관외에서 일어난 일 때문에 그러는 것 아니오? 내가 첩자의 말을 잘못 들어 남의 부추김에 당해 영당의 목숨을 해쳤고 영존이 자결을 하도록 만들었으니 실로 큰 잘못이라 할 수 있소!"

소봉이 무시무시한 표정으로 말했다.

"남에게 우롱을 당한 일이라 스스로 가슴 깊이 후회하고 있다고 하니 그것으로 됐소. 허나 어찌 내 의부인 교삼괴 부부를 해치고 내 은사인 현고대사마저 죽여버린 것이오?"

단정순은 천천히 고개를 가로저으며 처연하게 말했다.

"그 일을 숨길 수 있기를 바랐던 것이오. 허나 갈수록 깊이 빠져들면서 끝내는 빠져나오기가 힘들었소."

"흠. 그래도 솔직한 사내로군. 당신 스스로 자결을 하겠소? 아니면 내가 직접 손을 써야겠소?"

"교 방주가 출수로 구해주지 않았다면 이 단 모는 오늘 낮에 소경호에서 이미 목숨을 잃었을 것이오. 반나절이나 더 살 수 있었던 건 모두 귀하가 내린 은혜요. 교 방주가 재하의 목숨을 취하려거든 얼마든지 손을 써도 좋소."

"우르릉 쿵쾅!"

그때 천지가 개벽하는 듯한 천둥소리가 들리며 장대 같은 비가 후두두둑 쏟아붓기 시작했다.

소봉은 호탕하게 내뱉는 그의 말을 듣고 마음이 동요하지 않을 수 없었다. 그는 평소 영웅호한과 교분을 맺는 것을 좋아해 단정순을 처음 봤을 때부터 그의 늠름하고 호쾌한 모습에 왠지 호감을 가지고 있던 터였다. 만일 보통 상황이었다면 자기 자신에 대한 중대한 모욕이었더라도 벌써 한번 웃고 함께 수십 잔의 독주를 마시러 갔을 것이다. 그러나 부모의 원수이자 양부모의 원수, 은사의 원수와는 같은 하늘 아래 살 수 없는 법인데 어찌 그냥 살려둘 수가 있겠는가? 그는 일장을 들며 말했다.

"당신은 내 부친과 모친 그리고 내 의부와 의모, 은사까지 모두 다섯을 죽였으니 나도 당신한테 5장을 펼치겠소. 당신이 내 5장을 받아낸 후 죽든 살든 이전까지의 원한은 모두 소멸되는 것이오."

단정순이 쓸쓸한 웃음을 지으며 말했다.

"목숨 하나를 단 일장과 바꾸다니. 이 단 모가 받는 벌이 너무 가벼운 것 같구려. 후의에 감사드리겠소."

소봉이 생각했다.

'대리단씨의 무공이 아무리 탁월하다 해도 이 소봉의 장력으로 일장을 펼친다면 견뎌내기 힘들 것이다.'

이런 생각을 마치고 외쳤다.

"일장을 받아라!"

그는 곧 왼손으로 둥글게 원을 그리고 오른손으로는 휙 소리를 내며 후려쳤다. 그는 천태산 정자 안에서 지씨 노인과 장력 대결을 펼치면서 상대를 존중하는 마음으로 위기의 순간에 장력을 재빨리 거둔 점을 감안했다. 만일 상대가 장력을 모두 비우지 않았다면 자신은 이미 온몸의 근골이 부러져 아주와 그대로 사별을 하고 말았을 것이다. 그 후 아주에게 누군가와 장력 대결을 펼칠 때 절대 사정을 봐주지 않겠다고 약속을 했었다. 그의 이번 일장은 비록 전력을 쏟아붓지는 않았지만 정신력과 기력이 충만해 있어 맹렬하기 짝이 없었다.

번갯불이 번쩍하더니 공중에서 다시 우르릉 쿵쾅하며 벼락이 내려치기 시작해 그 번개가 장력의 기세를 도왔다. 소봉의 이 일장에 천지의 거대한 위력이 더해져 격출되자 펑 하는 굉음과 함께 단정순의 가슴을 강타했다. 순간 그는 가만히 서 있지 못하고 곧바로 뒤로 나자빠지면서 푹 하는 소리와 함께 청석교 난간 위로 부딪히며 맥없이 늘어져 꼼짝도 하지 못했다.

소봉은 순간 깜짝 놀랐다.

'어찌 손을 들어 맞받아치지 않은 거지? 이토록 형편없단 말인가? 설마 또 '일공도저'를 펼친 것인가?'

그는 몸을 날려 앞으로 나아가 그의 뒷목을 잡고 들어올렸다. 순간 깜짝 놀라지 않을 수 없었다. 귓가에서는 우르릉 쿵쾅하는 벼락 소리가 끊이지 않고 소나기가 그의 얼굴과 몸에 쏟아져 내리는데도 불구하고 전혀 의식이 없었다. 그는 이런 생각을 할 뿐이었다.

'어찌 이렇게 가벼워진 거지?'

그날 낮에 그가 출수를 해서 단정순을 구해냈을 때 그의 몸을 들고 있던 시간이 꽤 길었다. 무공이 고강한 사람은 한 근 정도의 차이도 금방 알아차릴 수가 있다. 이때 소봉은 단정순의 몸이 갑자기 수십 근이나 가볍게 느껴지자 불현듯 말로 표현할 수 없는 두려움이 몰려와 온몸에 식은땀이 흘러내리기 시작했다.

바로 그때 번갯불이 다시 한번 번쩍거렸다. 소봉이 손을 뻗어 단정순의 얼굴을 움켜쥐자 손에 잡히는 것은 부드러운 한 줌의 진흙이었다. 한번 비비자 간단히 떨어지면서 번쩍이는 번갯불 불빛 아래 그의 얼굴이 아주 똑똑히 보였다. 그는 자기도 모르게 부르짖었다.

"아주, 아주! 이게 어찌 된 일이오?"

온몸에 기운이 모조리 빠져버리는 느낌이 들며 자기도 모르게 무릎을 꿇고 주저앉아 아주의 두 다리를 안았다. 그는 조금 전 자신이 펼친 일장의 경력이 어느 정도였는지 잘 알고 있었다. 무림에서 가장 뛰어난 영웅호한조차도 그가 일장을 펼칠 때 맞받아치지 않는다면 도저히 견딜 수가 없을진대 하물며 이토록 연약한 소녀인 아주는 어떠하겠는가? 그의 일장은 당연히 그녀의 늑골을 모조리 부러뜨리고 오장육부를 박살내버렸으니 설사 설신의가 옆에서 당장 손을 쓴다고 해도 연명을 시키기는 힘들 것이었다.

아주는 청석교 난간 위에 비스듬히 기대어 있다 몸이 천천히 미끄러지면서 소봉의 몸 위로 쓰러졌다. 그녀는 나지막이 입을 열었다.

"오라버니, 오… 오라버니께… 저… 정말 죄송해요. 저한테 화나셨어요?"

소봉이 큰 소리로 말했다.

"당신한테 화나지 않았소. 나한테 화가 나오. 나한테."

이 말을 하면서 손을 들어 자신의 머리를 사정없이 후려쳤다.

아주의 왼손이 움찔했다. 스스로 때리지 못하게 막을 생각이었다. 그러나 팔을 들 수가 없었다.

"오라버니, 대답해주세요. 영원히… 영원히 자신을 해치지 않겠다고요."

소봉이 절규하며 말했다.

"당신이 왜? 왜? 왜?"

아주가 나직이 속삭이며 말했다.

"오라버니, 제 옷을 벗겨 왼쪽 어깨를 좀 보세요."

소봉과 그녀는 먼 길을 동행하며 함께 숙식을 해왔지만 시종 예로 대하며 스스로를 억제해왔다. 그 때문에 그녀가 자신의 옷을 벗겨달라는 말을 듣자 어리둥절해했다. 아주가 말했다.

"전 이미 당신 사람이었어요. 저… 저의… 온몸 모두 당신 거예요. 보세요… 제 왼쪽 어깨를 보면 아실 거예요."

소봉의 두 눈에는 눈물이 가득 고였다. 그는 그녀가 온전한 정신으로 말을 하자 속으로 한 가닥 희망을 잃지 않고 있었다. 그는 왼손으로 그녀의 등을 받치고 재빨리 진기를 운용해 그녀의 체내로 주입시켰다. 자신이 저지른 과오를 되돌릴 수 있기만 바랄 뿐이었다. 오른손으로 천천히 그녀의 옷을 풀어헤치자 그녀의 왼쪽 어깨가 드러났다.

하늘에서 길고 긴 한 가닥 번갯불이 번쩍 내리치고 지나가며 소봉의 눈앞을 비추었다. 그녀의 백옥같이 보드랍고 흰 어깨 살갗 위에는 핏빛 같은 검붉은 색 글자가 하나 새겨져 있었다.

'단段.'

소봉은 놀랍고도 의아해하면서 한편으로는 상처받은 마음에 더 이상 볼 수 없어 재빨리 그녀의 옷을 끌어올려 어깨를 덮은 후 그녀를 가볍게 품에 안았다.

"당신 어깨 위의 '단' 자는 어떤 의미요?"

아주가 말했다.

"우리 아버지, 어머니가 절 다른 사람에게 보낼 때 제 어깨 위에 새겨놓은 거예요. 훗날… 훗날 알아보기 위해서요."

소봉이 떨리는 목소리로 말했다.

"이 단 자는… 이 단 자는…."

아주가 말했다.

"오늘 낮에 그분들이 아자 낭자의 어깨에서 이 표시를 발견하고 그들의 딸이란 걸 알았잖아요. 오… 오라버니도… 그 표시를 보셨죠?"

소봉이 말했다.

"아니. 제대로 볼 수 없었소."

아주가 말했다.

"그… 아자 낭자 어깨 위에 새겨진 것도 붉은색 단 자였어요. 제…
제 것과 똑같았어요."

소봉이 이내 깨닫고는 떨리는 목소리로 말했다.

"당… 당신도 그들의 딸이란 말이오?"

아주가 말했다.

"저도 몰랐어요. 아자 어깨에 새겨진 글자를 보고 나서 알게 됐어
요. 아자한테 황금 쇄편이 있었는데 제 쇄편과 똑같은 거였어요. 그 위
에 열두 글자가 새겨져 있었죠. 아자 쇄편에 있는 글자는 이거였어요.
'호변죽湖邊竹, 영영록盈盈綠, 보평안報平安, 다희락多喜樂.'¹⁶ 그리고 제 쇄
편 위에 있는 글자는 이거였어요. '천상성天上星, 양정정亮晶晶, 영찬란永
燦爛, 장안녕長安寧.'¹⁷ 저… 저도 예전에는 그게 무슨 뜻인지 모르고 그
저 덕담 같은 건가 보다 했는데 알고 보니 우리 어머니 이름인 성星
과 죽竹 자를 넣어서 만든 글이었어요. 우리 어머니는 바로 그 여자…
완… 완성죽이었어요. 그 쇄편 한 쌍은 아버지께서 어머니께 보내신
것을 우리 자매 둘이 태어나자 하나씩 목에 걸어준 거였고요."

소봉이 말했다.

"알았소. 내가 당장 치료할 방법을 강구하겠소. 그 문제는 천천히 얘
기합시다."

아주가 말했다.

"아뇨! 아니에요! 오라버니한테 확실히 말해둬야겠어요. 더 지체하
다가는 늦을 거예요. 오라버니, 제 말 끝까지 들으세요."

소봉은 그녀의 뜻을 거스를 수가 없어 하는 수 없이 이 말만 내뱉을
따름이었다.

"좋소, 끝까지 듣겠소. 하지만 너무 애써 말하진 마시오."

아주는 빙긋 웃었다.

"오라버니, 오라버니는 좋은 분이에요. 무슨 일이든 저를 위해 생각하고 그토록 아껴주시니 어쩌면 좋아요?"

"앞으로 백배, 천배 더 아낄 것이오."

"됐어요. 됐어요. 저한테 너무 잘해주시는 거 싫어요. 제가 제멋대로 날뛰기 시작하면 절 자제시켜줄 사람이 없잖아요? 오라버니, 제… 제가 대나무 숲속 집 뒤편에 숨어 아버지, 어머니와 아자가 말하는 소리를 몰래 들었어요. 원래 제 아버지에게는 또 다른 처가 있어요. 아버지와 어머니는 정식 부부가 아닌 상황에서 절 낳고 난 뒤 그다음 해에 아자를 낳은 거예요. 후에 아버지께서 대리에 돌아가야 했지만 어머니가 놓아주질 않았어요. 두 사람은 한바탕 크게 싸워 우리 자매를 집으로 데려갈 수가 없었죠. 하는 수 없이 다른 사람들한테 나누어 보냈지만 훗날 알아보기 위해 우리 자매의 어깨에 단 자를 새겨넣어둔 거예요. 절 키워준 분께서는 저희 어머니 성이 '완'이라는 것만 알고 계셨어요. 사실… 사실 제 성은 단이었어요…."

소봉은 그녀를 품에 안고 속으로 더욱 가련한 마음이 들어 나지막이 속삭였다.

"가엾은 아이…."

"어머니께서 절 다른 사람한테 보낼 때 전 한 살이 좀 넘었을 뿐이니 당연히 아버지도 알아보지 못하고 어머니 얼굴도 알아볼 수가 없었어요. 오라버니, 오라버니도 마찬가지잖아요. 그날 밤 행자림 속에서 사람들이 오라버니 출신 내력을 얘기할 때 저도 속으로 많이 힘들었어요. 우리 두 사람 모두 불운한 사람들이니까요."

번갯불이 끊임없이 번쩍거리고 천둥소리가 연이어 들리다 벼락이 갑자기 냇가의 한 커다란 나무를 때려 순간 우지끈하며 쓰러져버렸다. 그러나 두 사람은 다른 그 어떤 것에도 관심이 없었다. 천지가 개벽을 해도 알아채지 못할 것처럼….

아주가 다시 말했다.

"오라버니 부모를 죽인 사람은 뜻밖에도 우리 아버지였어요. 에이. 하늘도 정말 우리에게 너무나 큰 고통을 안겨줬어요. 더구나… 더구나 마 부인 입에서 우리 아버지 이름을 실토하게 만든 사람이 바로 저였어요. 제가 만일 백세경으로 변장해서 마 부인을 속이지 않았다면 마 부인도 결코 우리 아버지 이름을 얘기하지 않았을 거예요. 옛말에도 운명은 정해져 있는 것이라 했지만 전 여태껏 믿지 않았어요. 하지만… 하지만… 말해보세요. 믿을 수 있겠는지?"

소봉은 고개를 들어 하늘을 바라봤다. 검은 구름으로 가득 찬 하늘이 달빛을 가려 한 줄기 빛조차 보이지 않았다. 그때 마치 하늘이 눈을 뜨는 듯 번갯불이 번쩍이며 사방을 환하게 비추고 지나갔다.

그는 맥없이 고개를 숙인 채 망연자실한 마음에 물었다.

"단정순이 당신 아버지라는 게 틀림없는 사실이오?"

아주가 말했다.

"틀림없어요. 우리 아버지, 어머니가 동생을 안고 슬프게 울면서 우리 자매 두 사람을 남에게 맡기게 된 상황을 설명했어요. 아버지 어머니 말씀으로는 생전에 무슨 수를 써서라도 찾아오려 했대요. 한데 당신들의 친딸이 창밖에서 숨어 듣고 있으리라고 어찌 생각했겠어요?

오라버니. 조금 전 제가 아프다는 핑계로 오라버니 모습으로 변장해 우리 아버지에게 가서 말했어요. 오늘 밤 청석교에서 한 약속은 그만 두고 과거에 무슨 사연이 있었건 모두 없던 일로 하자고 말이에요. 그리고 다시 우리 아버지 모습으로 변장해 오라버니를 만난 거예요… 오라버니한테… 오라버니… 한테….”

여기까지 말하고는 숨이 얼마 남지 않아 가늘어졌다.

소봉은 손바닥에 내경을 돋우어 아주가 탈진 상태에 이르지 않게 만들고 눈물을 흘리며 말했다.

“왜 나한테 말하지 않은 거요? 당신 아버지란 사실을 알았다면….”

하지만 그다음 말은 더 이상 잇지를 못했다. 자신도 단정순이 자신이 연모하는 사람의 부친이라는 사실을 미리 알았다면 어찌해야 할지 몰랐다. 그는 그제야 깨달았다. 원한이 아무리 깊고 크다 해도 이는 지워버려야만 하는 것이며 세상의 그 어떤 요긴한 일도 사랑하는 사람의 목숨보다 더한 것은 없고 자신의 목숨조차도 그에 이르지 못한다는 걸 말이다.

아주가 말했다.

“이리저리 뒤척이며 아주 곰곰이 생각해봤어요. 오라버니, 제가 오라버니를 모시고 평생 살고 싶다는 생각을 얼마나 했는지 아세요? 하지만 그게 가능한 일일까요? 제가 오라버니에게 가장 소중한 다섯 분의 원수를 갚지 말아달라고 청할 수 있겠어요? 설사 제가 얼렁뚱땅 부탁을 하고 오라버니가 그러겠다고 약속한다고 해도 그… 그건 끝내는 이루어질 수 없는 일이에요.”

그녀의 목소리는 갈수록 줄어들었다. 천둥소리는 여전히 끊임없이 우르릉거렸지만 소봉이 듣기에는 아주의 한 마디 한 마디 말이 천지를 진동하는 천둥소리보다 더욱 놀랍고도 넋을 흔들리게 만들었다. 그는 머리를 쥐어뜯으며 말했다.

"당신 아버지한테 약속 장소에 나오지 말고 어서 도망가라 전할 수도 있지 않았소? 혹시 당신 아버지가 영웅호한이라 약속을 어기지 않으려 한다면 내 모습으로 변장해서 당신 아버지와 또 다른 약속을 해서 아주 먼 곳에서 먼 훗날 다시 만나자고 할 수도 있지 않았소? 왜 굳이… 굳이 이런 고통을 자초한 것이오?"

아주가 말했다.

"오라버니한테 이 사실을 알려드리고 싶었어요. 누군가 실수로 남을 죽였을 때는 꼭 본심인 것만은 아니라는 사실 말이에요. 물론 저를 해치고 싶진 않으셨겠지만 저한테 일장을 날리셨어요! 우리 아버지가 오라버니 부모를 죽였다 해도 무심결에 저지른 잘못이에요."

소봉은 줄곧 고개를 숙이고 그녀를 응시하고 있었다. 번갯불이 몇 번 번쩍이면서 그녀의 표정에 무한한 정이 넘치는 걸 볼 수 있었다. 소봉은 순간 동요했다. 별안간 자신에 대한 아주의 정이 자신이 생각한 것보다 훨씬 더 깊다는 것을 느낄 수 있었기 때문이다. 그는 불현듯 깨달았다.

'단정순이 비록 그녀의 생부지만 아주에게 있어 기른 정이란 없었다. 무심결에 한 과오를 용서할 수도 있어야 한다는 사실을 깨닫게 만들고 그로 인한 억울한 희생이 있어서는 안 된다는 의지를 표명한 것이다.'

그는 떨리는 목소리로 말했다.

"아주, 아주. 또 다른 이유가 있을 것이오. 당신 아버지를 구하기 위한 것도, 나한테 그게 무심코 저지른 잘못이라는 걸 알게 만들려 한 것도 아니오. 날 위해서였소! 날 위해서였어!"

그러고는 그녀의 몸을 안고 벌떡 일어섰다.

아주는 얼굴에 미소를 띠었다. 소봉이 결국 자신의 깊은 뜻을 알아차리자 기쁨을 감출 수 없었던 것이다. 그녀는 숨이 이미 막바지에 다다른 사실을 알고 있었다. 정랑이 자신의 가슴 깊은 곳에 묻어두었던 진정한 의미를 알 수 있기를 바라고 그런 건 아니었지만 결국에는 알아차린 것이다….

소봉이 말했다.

"당신은 날 위해 그런 것이오. 아주. 그렇지 않소?"

아주가 나지막이 말했다.

"그래요."

소봉이 큰 소리로 말했다.

"왜? 왜?"

아주가 말했다.

"대리단가에는 육맥신검이 있어 우리가 당해낼 수 없어요. 오라버니가 진남왕을 죽여버린다면 그들이 어찌 가만있겠어요? 오라버니. 《역근경》에 적힌 글자는 우리도 알아볼 수가 없…."

소봉은 문득 모든 것을 깨우쳤다.

"당신 목숨으로 이 원한 관계를 풀려고 한 것이오. 내 목숨을 구하기 위해! 아주, 당신이 죽으면 나 혼자 살아 무엇 하겠소…."

그는 목이 메어 제대로 말을 못하고 눈물만 흘릴 뿐이었다. 그는 고개를 숙여 아주의 입술에 입을 맞추었다. 뭔가 찝찔한 맛이 느껴졌다. 두 사람의 눈물이 한데 섞여 입술 주위로 흘러내렸던 것이다.

아주가 말했다.

"한 가지 부탁이 있어요, 오라버니. 들어주실 건가요?"

소봉이 말했다.

"한 가지가 아니라 백 가지라 해도 들어주겠소."

아주가 말했다.

"저에게 친동생이 하나 있는데 어려서부터 함께 있지 못했으니 부디 그 아이를 잘 돌봐주세요. 그 애가 나쁜 길로 들어설까 걱정돼요."

소봉이 억지웃음을 지었다.

"당신 몸이 다 나은 다음에 동생을 찾아 당신과 함께 살면 되지 않겠소?"

아주는 나직이 말했다.

"제가 다 나은 다음에요?… 오라버니. 그럼 전 오라버니와 안문관 관외로 나가 말을 타고 사냥을 하며 소와 양을 기르며 살 텐데 동생이… 같이 가려 할까요?"

"당연히 같이 갈 것이오. 친언니와 형부가 초대하는데 어찌 오지 않겠소?"

별안간 물소리가 들리며 청석교 밑의 물속에서 누군가 머리를 빠끔히 내밀면서 소리쳤다.

"부끄럽지도 않아요? 무슨 친언니, 형부예요? 난 안 가요."

그 사람은 작은 체구에 수고를 입고 있는 다름 아닌 아자였다.

소봉은 실수로 아주에게 일장을 날린 후 모든 정신을 그녀에게 쏟고 있었다. 그의 공력으로는 원래 다리 밑 물속에 누군가 숨어 있다는 걸 알아차리려야 했지만 천둥소리가 우르릉거리며 폭우가 쏟아지고 있었고 심신이 혼란스러웠던 상황이었던 터라 아자가 스스로 몸을 드러내고 나서야 알아챈 것이다. 그는 깜짝 놀라지 않을 수 없어 아자를 향해 소리쳤다.

"아자, 아자! 어서 나와 네 언니를 좀 봐라."

아자가 작은 입술을 삐죽거리며 말했다.

"원래 난 다리 밑에 숨어서 당신하고 우리 아버지가 어떻게 싸우나 구경할 생각이었는데 당신이 우리 언니를 때려눕힐 줄 누가 알았겠어요? 두 사람이 끊임없이 두런두런 정담을 나누는 게 너무 듣기 싫었어요. 두 사람이 정담을 나누는 건 그렇다 쳐도 어찌 나까지 끌어들이는 거죠?"

이 말을 하면서 가까이 다가왔다.

아주가 말했다.

"착한 동생. 앞으로 소 대협이 널 잘 돌봐줄 거야. 그러니 너도… 너도 오라버니를 잘 돌…."

아자가 깔깔대며 웃었다.

"난 이렇게 거칠고 못생긴 사내한테 관심 없어."

소봉은 돌연 품 안에 있던 아주의 몸이 움찔하면서 머리가 축 늘어지는 게 느껴졌다. 순간 그녀의 아름다운 머리카락이 그의 어깨 위에 걸쳐지면서 꼼짝도 하지 않았다. 소봉은 깜짝 놀라 부르짖었다.

"아주, 아주!"

그러고는 그녀의 맥박을 짚어보자 이미 심장박동이 멎어 있었다.

소봉은 자신의 심장도 멈춰버린 듯 숨을 쉴 수가 없었다. 곧 손을 뻗어 그녀의 코 밑에 가져다 대봤지만 역시 숨이 끊어진 상태였다. 그는 목이 터져라 부르짖었다.

"아주, 아주!"

하지만 그가 천 번 만 번 애타게 부르짖어도 아주는 더 이상 아무 대답이 없었다. 그는 다급하게 진기를 끌어올려 그녀의 체내에 주입시켰지만 아주는 여전히 꼼짝도 하지 않았다.

아자는 아주의 숨이 끊어진 것을 보고 깜짝 놀라 웃음기가 사라진 얼굴로 화를 냈다.

"당신이 우리 언니를 죽였어. 당… 당신이 우리 언니를 죽였어!"

소봉이 말했다.

"그래. 내가 네 언니를 죽였다. 어서 네가 언니의 원수를 갚거라! 어서! 어서 날 죽여!"

그는 두 손을 내려 아주의 몸을 밑으로 든 채 가슴을 내밀며 소리쳤다.

"어서 날 죽여라!"

그는 정말 아자가 칼을 뽑아 자기 가슴을 찔러주길 바랐다. 그렇게 자신이 죽으면 모든 것이 해결되고 끝도 없는 고통 속에서 해탈할 수 있으리라 여긴 것이다.

아자는 고통으로 일그러진 소봉의 무시무시한 얼굴을 보자 자기도 모르게 두려움이 느껴져 뒤로 두 발짝 물러서며 소리쳤다.

"나… 난 죽이지 마!"

소봉은 그녀를 따라 앞으로 두 걸음 걸어가 손을 가슴까지 뻗었다. 찌익 하는 소리와 함께 가슴팍의 옷이 찢어지며 살갗이 드러났다.

"독침이나 독자毒刺, 독추毒錐가 있다면… 어서 날 찔러 죽여라."

아자는 번갯불이 번쩍거릴 때 나타난 그의 가슴에 새겨진 긴 이빨을 드러낸 짙푸른 이리 머리의 흉악한 모습을 보자 더욱 큰 두려움이 몰려왔다. 그녀는 순간 큰 소리로 비명을 지르고 몸을 돌려 쏜살같이 도망쳤다.

소봉은 다리 위에 멍하니 서 있다가 너무도 상심이 큰 나머지 끝없는 회한에 몸부림쳤다. 손을 들어 퍽 하는 소리를 내며 돌난간 위를 후려치자 돌가루가 휘날렸다. 다시 일장을 후려치고 또 후려치자 와르르 소리를 내며 돌난간 일부가 물속으로 빠져버렸다. 그는 엉엉 소리 내어 울고 싶었지만 어찌해도 소리를 낼 수가 없었다. 번갯불이 번쩍하고 지나가면서 아주의 얼굴을 똑똑히 비추었다. 그녀의 넘치는 정이 여전히 그녀의 눈가에 묻어나오는 듯했다.

소봉은 큰 소리로 부르짖었다.

"아주!"

그는 그녀를 안은 채 황야를 향해 내달렸다.

우르릉거리는 천둥소리와 함께 억수 같은 비가 퍼부어내렸다. 그는 한동안 산봉우리를 향해 내달리다 다시 산골짜기 쪽으로 내달려 들어갔다. 자신이 어디에 있는지 모르는 채 머릿속은 혼돈 그 자체였지만 뜻밖에도 텅 비어 있는 듯했다.

천둥소리가 점차 잦아들었지만 소나기는 그칠 줄을 몰랐다. 동쪽에서 여명이 비치는가 싶더니 날이 점점 밝아왔다. 소봉은 두 시진 동안 미친 듯이 내달렸지만 조금도 피로를 느끼지 못했다. 오직 스스로를 학대하며 당장이라도 죽어버려 아주 곁에 가고 싶다는 마음뿐이었다.

그는 목메어 울부짖으며 미친 듯이 내달리다 부지불식간에 다시 홀연히 그 청석교 위로 되돌아왔다.

그는 혼자 중얼거렸다.

"단정순을 찾아가야겠다. 단정순을 찾아가 날 죽여 그녀의 복수를 해달라고 해야겠어."

그는 큰 걸음으로 성큼성큼 내딛으며 소경호를 향해 달려갔다. 얼마 지나지 않아 호숫가에 이른 소봉이 부르짖었다.

"단정순, 내가 당신 딸을 죽였소. 날 죽여주시오. 반격은 안 할 것이니 어서 나와 날 죽여주시오!"

그는 아주를 세로로 걸쳐 안은 채 방죽림 앞에 서서 잠깐 기다렸지만 숲속은 쥐 죽은 듯 조용하고 아무도 나오지 않았다.

그는 숲속의 대나무집 앞까지 성큼성큼 걸어들어가 판자문을 발로 차서 열고 집 안으로 들어갔다.

"단정순, 어서 날 죽여주시오!"

집 안은 텅 비어 있고 사람이라곤 없었다. 그는 사랑채와 후원의 곳곳을 모조리 뒤졌지만 단정순과 그의 수하들은 물론이고 대나무 집 주인인 완성죽과 아자 역시 보이지를 않았다. 집 안의 각종 가구들이 예전 그대로인 걸로 보아 총총히 집을 떠나면서 아무것도 가져가지 못한 것 같았다.

'그래. 아자가 전갈을 전했구나. 내가 또 자기 부친에게 복수를 할 것 같아서 말이야. 단정순은 도망가려 하지 않았겠지만 그 완씨 여인과 나머지 수하들이 멀리 피해 있어야 한다고 종용했을 것이다. 하하… 난 당신을 죽이러 온 것이 아니오. 죽여달라고 온 것이지. 날 죽

여달라고….'

그러고는 다시 몇 번 소리쳤다.

"단정순, 단정순!"

그 목소리는 아주 멀리까지 퍼져 나갔지만 세찬 바람에 흔들려 후드득 소리를 내는 대나무 소리만 들릴 뿐 인기척이라고는 전혀 없었다.

소경호 기슭의 이 방죽림 속에서 사람 하나 없이 정적이 흐르자 소봉은 세상 천지에 자기 혼자 남은 것처럼 느껴졌다. 아주의 숨이 끊어진 이후부터 그는 잠시도 그녀를 내려놓지 않았다. 그동안 몇 번이나 자신의 진기 내력을 그녀 몸에 주입시켰는지 모른다. 하늘이 가엾게 여기거나, 아니면 지난번 그녀가 현자 방장의 일장에 맞았을 때 중상을 입어도 죽지 않았던 상황이 재현되기만 바랄 따름이었다. 그러나 지난번 현자 방장이 후려친 대금강 장력은 소봉의 손에 있던 구리거울에 맞아 아주에게까지 그 힘이 미치지 못했지만 이번에 펼친 소봉의 일장은 그녀의 가슴에 고스란히 맞았으니 어찌 살아남을 수 있겠는가? 그가 아무리 많은 내력을 주입해도 아주는 끝끝내 꼼짝하지 않았다.

그는 아주를 안은 채 새벽부터 대낮까지, 그리고 대낮부터 다시 저녁까지 대당 앞에 멍하니 앉아 있었다. 이때는 이미 비가 그치고 하늘이 맑게 개어 희미하게 내리쬐는 햇빛이 그와 아주를 비추고 있었다.

취현장에서 군웅에게 포위되어 있을 때는 주변의 모든 이가 자신을 적대해 정세가 험악하기 이를 데 없었지만 조금도 기가 꺾이지 않았다. 하지만 지금은 자기 손으로 돌이킬 수 없는 과오를 저질렀기에 갈수록 적막하고 외롭게 느껴져 이 세상에 살아남고 싶은 생각이 없었다.

'아주가 아버지를 대신해 죽었으니 내가 단정순을 찾아가 복수할 수는 없는 일이다. 내가 또 무슨 일을 할 수 있겠는가? 개방의 대업과 과거의 원대한 포부는 이미 내가 고려할 대상이 아니다. 난 거란인인데 무슨 대업과 포부를 가질 수 있겠는가?'

후원으로 걸어가자 담장 모서리에 꽃삽 한 자루가 놓여 있어 속으로 생각했다.

'여기서 영원토록 아주와 함께 살까?'

그는 잠시라도 그녀를 내려놓기 아쉬워 왼손으로는 여전히 아주를 안고 오른손으로는 꽃삽을 집어든 채 방죽림 안으로 걸어들어갔다. 그러고는 구덩이를 하나 판 다음 그 옆에 흙구덩이 두 개가 나란히 놓이도록 또 하나를 팠다.

'아주 부모님이 돌아오면 어찌 된 일인지 몰라 무덤을 파내려 할 테니 무덤 앞에 묘비를 세워놔야겠다.'

그는 각진 대나무를 꺾어 두 개로 가른 다음 주방에 가서 식도를 가져와 평평하게 깎은 다음 서쪽 사랑방으로 걸어갔다. 탁자 위에는 지필묵연이 놓여 있었다. 그는 아주를 무릎 위에 옆으로 올려놓은 채 먹을 갈고 붓을 집어들어 대나무 조각 위에 글을 적었다.

'거란망부소봉지묘契丹莽夫蕭峯之墓'

그러고는 다른 대나무 조각을 들고 잠시 머뭇거렸다.

'뭐라고 적지? 소문단부인지묘蕭門段婦人之墓? 아주는 나와 부부가 되겠다는 약조는 했어도 혼례를 올린 건 아니고 죽을 때까지도 여전히 순결한 낭자였는데 '부인'이라 칭한다면 그녀를 모독하는 것이 아닌가?'

그는 순간 결정을 내리기 힘들어 고개를 들고 곰곰이 생각했다. 그의 눈길이 닿는 곳에 세로로 된 족자가 벽에 걸려 있자 그는 그 안에 적힌 글자 몇 줄을 차례대로 읽어 내려갔다.

부끄러운 마음에 취하려 하지만 노래마저 되지 않고	含羞倚醉不成歌
섬섬옥수로 나파羅帕**18**를 쥐고만 있어라	纖手掩香羅
화촉花燭 옆에 기대어 추파를 보내니	偎花映燭 偸傳深意
그녀의 눈에는 술기운이 어려 있구나	酒思入橫波
붉은색이 푸르게 보이며 혼란스러운 이 마음	看朱成碧心迷亂
은근한 눈길로 미간을 씰룩이누나	翻脈脈 斂雙蛾
함께하는 시간은 적고 떨어져 있는 시간이 많은데	相見時稀隔別多
봄은 또 다 가버리니 그 시름을 어이하리	又春盡 奈愁何

그는 글공부를 많이 하지 못해 아는 글자가 정해져 있었지만 이 사詞 한 곡 안에는 어려운 글자라고는 없어 풍류를 논하는 사라는 걸 단번에 알아차릴 수 있었다. 마치 술에 취해 부끄러운 듯 노래를 하며 어찌어찌하다 다시, 서로 함께하는 시간이 적고 헤어짐의 시간은 많다는 근심스러운 마음을 말하고자 하는 것 같았다. 대충 훑어만 봐서는 사 안에서 무얼 말하려 하는지 제대로 느낄 수가 없었기에 다시 그 밑에 적힌 두 줄을 읽어 내려갔다.

〈소년유少年遊〉 글을 벽에다 채워 죽 누이에게 바침
별 같은 눈동자에 대나무 허리를 지닌 그대와 함께하니

세월이 어찌 가는지 모르겠구나.

대리 단이段二가 술에 취해 대충 몇 자 적노라.

소봉은 혼자 중얼거리며 말했다.

"호쾌한 구석이 있구나. '별 같은 눈동자와 대나무 허리 같은 그대와 함께하니 세월 가는 줄 모르겠다'고? 대리 단이라면 단씨 둘째인데… 음. 이건 단정순이 그의 정인인 완성죽에게 써준 글이니 아주 부모님의 풍류에 관한 얘기야. 한데 이런 글을 어찌 당당하게 이런 곳에 걸어 놓을 수 있지? 부끄럽지도 않은가? 아. 맞다. 이 집은 단정순의 수하들도 오지 못하는 곳이로구나."

그는 더 이상 그 족자를 거들떠보지도 않고 생각했다.

'아주의 묘비에는 뭐라고 적지?'

그는 스스로 글 쓰는 재간이 얄팍하다는 걸 알고 있었기에 아무리 생각해도 묘안이 떠오르질 않아 이내 '아주지묘阿朱之墓'라는 네 글자만 쓰고 말았다. 그는 붓을 내려놓고 몸을 일으켰다. 죽패를 구덩이 앞에 꽂아 아주를 잘 묻어주고 자결을 할 생각이었다.

그는 몸을 돌려 아주를 안고 다시 벽 위에 걸린 족자를 힐끗 바라봤다. 순간 펄쩍 뛰며 '아이고!' 하고 탄식을 내뱉었다.

"아냐, 아냐! 뭔가 잘못됐어!"

그는 한 걸음 가까이 걸어가 족자 안의 글씨들을 다시 살펴봤다. 필적이 아주 매끄럽고 시원시원해서 품위가 있었다. 그는 마음속으로 크게 소리를 내듯 고함을 쳤다.

'그 서찰! 선봉장 대형이 왕 방주에게 쓴 서찰… 그 서찰 안의 글자

는 이렇지 않았다. 완전히 달라.'

그는 글을 대충 알아보기는 해도 필적까지 구분할 정도는 아니었다. 그러나 이 족자 위의 글자는 매우 수려하고 매끄러우며 간격 또한 일정했지만 그 서찰상의 글자는 힘이 넘치는 듯하고 획이 무척이나 날렵해서 한눈에 봐도 강호 무인의 솜씨인 것을 알 수 있었다. 누구나 알아볼 수 있을 만큼 두 필적의 차이가 매우 컸기 때문이다. 그는 두 눈을 크게 뜨고 그 족자 속의 글자를 주시했다. 마치 그 글자 몇 줄 속에서 숨겨진 비밀과 음모를 찾아내려는 듯했다.

그의 뇌리 속을 맴도는 것은 온통 그날 밤 무석성 밖의 행자림에서 본 그 서찰 한 통, 바로 그 선봉장 대형이 왕 방주에게 썼다는 그 서찰이었다. 지광대사는 그 서찰 말미의 서명 부분을 찢고 배 속에 삼켜버려 남들에게 그 서찰을 쓴 사람이 누군지 모르도록 만들었지만 서찰 안의 필적은 뇌리 속에 아주 또렷하게 각인되어 있었다. 서찰을 쓴 사람과 이 족자를 쓴 '대리 단이'는 절대 같은 인물이 아니라는 건 의심할 바가 없었다.

그렇다면 그 서찰은 선봉장 대형이 남에게 대신 적도록 했던 것인가? 그는 곰곰이 생각해보고 그게 절대 불가능하다는 걸 알았다. 단정순이 이토록 글을 잘 쓸 수 있다면 당연히 붓을 잡는 데 익숙한 사람일 테니 왕 방주에게 서찰을 보내 그런 대사를 논하려 했다면 어찌 남에게 대필을 시킬 수 있단 말인가? 더구나 이렇듯 풍류가 넘치는 사를 자기 정인에게 써주는 사람이라면 남에게 대필을 명할 이유는 더더욱 없는 법이다.

그는 생각할수록 의구심이 커져만 갔다.

'설마 그 선봉장 대형이 단정순이 아니라는 말인가? 혹시 저 족자를 단정순이 쓴 게 아닌 건 아닐까? 아니야! 아니야! 단정순 외에 '대리단이'라 칭할 사람이 누가 또 있으며 이런 풍류가 넘치는 시사를 써서 이곳에 걸어놓을 사람이 또 누가 있겠는가? 그렇다면 마 부인의 말이 거짓말이란 말인가? 그럴 리가 없어. 마 부인과 단정순은 서로 알지도 못하는 데다 한 명은 북쪽, 한 명은 남쪽에 있어 무척이나 먼 거리에 있지 않은가? 더구나 한 명은 초개 같은 미망인이고 한 명은 왕공 귀족인데 무슨 원한이 있어 그런 거짓말을 날조해낸다는 말인가?'

그는 선봉장 대형이 단정순이라는 걸 알고 난 후 마음속에 있던 각종 의문점이 깡그리 사라져버리고 오로지 어떻게 복수를 할 것인가만 생각해왔을 뿐이었지만, 지금 갑자기 이 족자를 보고 나니 갖가지 의문점이 다시 용솟음치기 시작했다.

'그 서찰을 단정순이 쓴 게 아니라면 그 선봉장 대형은 그가 아니다. 그가 아니라면 그럼 누구란 말인가? 마 부인은 왜 거짓말을 해야만 했을까? 그 안에 무슨 음모와 간계가 있는 걸까? 내가 아주를 죽인 건 오인 때문이었고 아주는 날 위해 기꺼이 죽은 것이다. 그렇다면 그녀의 헛된 원한 위에 다시 헛된 원한이 추가되는 상황이 된다. 내가 왜 이 족자를 진작 보지 못했을까? 그러나 사랑채에 걸려 있는 이 족자를 내가 어찌 볼 수 있었겠는가? 끝까지 보지 못하고 아주와 함께 죽어버렸으면 모든 것이 끝나버렸을 것이 아닌가? 왜 진작 보이지 않고 이제야 보인 것인가? 왜 하필 죽음을 앞둔 시점에 보였느냐는 말이다.'

석양이 서산에 지기 시작하면서 마지막 햇빛이 점점 그의 발등에서 사라지는 순간 돌연 소경호 기슭에서 사람 두 명이 대나무 숲 안으로

23. 수포로 돌아간 아주와의 언약

걸어들어오는 소리가 들렸다. 그 두 사람은 꽤 먼 거리에 있었던 터라 정신을 집중해 귀를 기울여보니 둘 다 여자임을 알 수 있었다. 그는 생각했다.

'아자와 그의 어머니가 틀림없다. 음. 이 족자를 단정순이 쓴 게 맞는지 단 부인한테 확실히 물어봐야겠다. 물론 내가 아주를 죽였으니 증오심에 불타 날 죽이려 할 것이다. 그럼 난… 난….'

그는 '절대 반격하지 않겠다'라고 결심하려 했지만 곧 생각을 바꾸었다.

'만일 아주가 억울하게 죽은 게 확실하고 내 아버지와 어머니를 죽인 사람이 따로 있다면 그 대악인에게는 또 하나의 인명을 죽인 죄과가 하나 더 늘어나게 된 셈이 된다. 아주는 그자가 죽인 거나 마찬가지 아니던가? 이 원한을 갚지 않고 내가 어찌 쉽사리 죽을 수 있단 말인가?'

그 두 여인이 점점 가까워지면서 대나무 숲 안으로 들어오는 소리가 들렸다. 그리고 잠시 후 두 사람이 말하는 소리가 들려왔다. 그중 하나가 말했다.

"조심해라. 그 천한 년은 무공 실력이 고강하진 않아도 아주 교활하고 간계가 많아."

다른 젊은 목소리의 소녀가 말했다.

"그 여자는 혼자라 우리 모녀 둘이면 충분히 없앨 수 있어요."

나이가 많아 보이는 여자가 말했다.

"말이 필요 없어. 들어가자마자 살수를 써라. 망설이지 말고!"

그 소녀가 말했다.

"아버지께서 아시면…."

나이 든 여자가 말을 끊었다.

"흥, 아직까지 네 아버지를 안중에 둔단 말이냐?"

그녀는 매우 못마땅하다는 듯 말했다. 두 사람이 살금살금 걷는 소리가 들렸다. 그중 하나가 대문 쪽으로 걸어왔고 다른 한 명은 후원 쪽으로 걸어가는데 앞뒤에서 협공을 하려는 것으로 보였다.

소봉은 뭔가 이상한 느낌이 들었다.

'두 사람 말투로 봐서는 완성죽과 아자가 아니다. 한데 모녀인 두 사람이 혼자인 여자 하나를 죽이려는 것인데… 음, 완성죽을 죽이려는 게 틀림없어. 한데 그 소녀의 아버지는 이런 행동을 원치 않는다…?'

이런 상황이 그의 뇌리를 스치고 지나갔지만 그는 더 이상 신경 쓰지 않고 여전히 멍하니 넋을 잃은 채 앉아 있었다.

잠시 후 쿵 소리와 함께 누군가 판자문을 밀어젖히면서 안으로 들어왔다. 소봉은 고개조차 들지 않았다. 검은색 신을 신은 조그만 발 한 쌍이 그를 향해 걸어오는 것이 보였다. 그러고는 그의 몸 앞에서 4척 정도 되는 거리에서 발걸음을 멈추었다. 이어서 옆에 있는 창문을 밀고 한 사람이 뛰어들어 그의 옆에 섰다. 그는 뛰어들어오는 소리만 듣고도 그 사람의 무공이 그리 고강하지 않다는 걸 알 수 있었다.

그는 여전히 고개를 들지 않고 아주를 안은 채 혼자 대책을 고심하고 있었다.

'도대체 선봉장 대형은 단정순인가? 아닌가? 천태산 길에서 만난 그 노인은 나한테 정말 악의가 없었던 것인가? 지광대사의 말속에 뭔가 특이한 점은 없었나? 서 장로한테 무슨 꿍꿍이가 있는 것인가? 마 부인의 말에 뭔가 이상한 점은 없었나?'

23. 수포로 돌아간 아주와의 언약

이런 갖가지 생각이 물밀듯이 밀려와 심란하기 그지없었다.

그 젊은 여자가 입을 열었다.

"이봐, 당신 누구야? 완가 그 천한 년은 어디 있어?"

쌀쌀맞게 말하는 그녀의 말투는 무례하기 짝이 없었다. 소봉은 그 말에 아랑곳하지 않고 갖가지 의문점만 떠올릴 따름이었다. 나이 든 여자가 말했다.

"귀하는 완성죽 그 천한 년하고 무슨 관계죠? 안고 있는 그 여자는 누구예요? 어서 말해봐요."

소봉은 여전히 이를 무시했다. 그 젊은 여자가 큰 소리로 말했다.

"당신 귀머거리야? 아니면 벙어리야? 왜 아무 말도 없어?"

그 말투 속에는 노기로 가득 차 있었다. 소봉은 여전히 아랑곳하지 않은 채 석상처럼 꼼짝도 하지 않고 앉아 있었다.

그 젊은 여자가 발을 동동 구르다 손에 든 장검을 휘둘러 윙윙 소리를 내며 검끝을 소봉의 태양혈에서 불과 수 촌 거리에 비스듬히 가져다 댔다. 그리고 대뜸 호통을 쳤다.

"계속 그렇게 바보인 척하면 뜨거운 맛을 보여줄 것이다."

소봉은 주변의 위험에 대해서는 전혀 개의치 않고 갖가지 풀리지 않는 의혹들만 깊이 헤아릴 뿐이었다. 그 소녀는 손목을 앞으로 질풍같이 내지르며 장검을 찔러내 그의 목덜미에서 1촌이 채 안 되는 곳을 스치고 지나가도록 만들었다.

소봉은 검세가 오는 길을 알고 피할 생각도 하지 않은 채 모르는 척했다. 두 여자는 서로를 바라보며 놀라면서도 의아한 표정을 지었다. 그 젊은 여자가 말했다.

"어머니, 저 사람 혹시 백치 아니에요? 안고 있는 저 낭자도 죽은 것 같아요."

그 부인이 말했다.

"바보인 척하는 것 같다. 그 천한 년 집에 괜찮은 사람이 있기나 하겠느냐? 우선 일도로 베어버리고 고문을 해서 물어보자."

이 말이 떨어지기 무섭게 왼손에 든 칼을 소봉의 어깻죽지를 향해 내리찍었다.

소봉은 칼날이 그의 어깨에서 반 척 정도 되는 곳에 이르자 오른손을 엎어 앞으로 질풍같이 뻗어내며 두 손가락으로 칼등을 쥐었다. 그 칼은 마치 공중에서 얼어붙은 듯 꼼짝도 하지 않았다. 그는 손가락을 앞으로 밀었다. 그러자 칼자루가 부인의 어깨 밑에 있는 요혈을 찍어 그녀를 꼼짝도 하지 못하게 만들었다. 그러고는 손이 가는 대로 슬쩍 힘을 주어 내력의 힘으로 땡강 소리를 내며 강철 칼을 두 동강 내버리고 그대로 바다에 던져버렸다. 그는 시종 고개를 내리깔고 부인을 쳐다보지도 않았다.

그 소녀는 모친이 그에게 제압당하자 깜짝 놀라면서 뒤로 훌쩍 몸을 날리더니 연이어 쉭 소리를 내며 그를 향해 일곱 발의 단전을 쏘았다. 소봉이 토막 난 칼을 집어들어 연속해서 일곱 번을 후려치자 한 번에 단전 한 발이 맞으면서 후드득 바다에 떨어졌다. 이어서 손을 한번 흔들자 토막 난 칼이 날아가며 퍽 소리와 함께 그녀의 허리춤에 칼자루가 부딪쳤다. 그 소녀는 악 하는 비명 소리와 함께 혈도를 찍혀 순간 꼼짝도 하지 못했다.

그 부인이 깜짝 놀라 말했다.

"어디를 다친 게냐?"

"허리에 맞아서 아프긴 한데 다치진 않았어요, 어머니. 경문혈을 찍었어요."

"난 중부혈中府穴을 찍혔다. 저… 저 사람 무공이 보통 무서운 게 아니구나."

"어머니, 저 사람 도대체 누구죠? 어째서 몸을 일으키지도 않고 우리 모녀 둘을 제압할 수가 있는 거죠? 보세요. 사술을 부리는 게 틀림없어요."

그 부인은 감히 거칠게 나올 수가 없자 말투를 부드럽게 바꿔 소봉을 향해 말했다.

"우리 모녀는 귀하와 아무 원한도 없어요. 조금 전 함부로 출수를 한 건 정말 잘못했어요. 우리 두 사람이 나빴어요. 부디 넓은 아량으로 용서해주십시오."

그 소녀가 다급하게 말했다.

"아니에요. 우리가 지면 진 거지 무슨 사정을 해요? 자신 있으면 날 당장 일도로 죽여라! 난 상관없다!"

소봉은 그 모녀가 하는 말이 어렴풋이 들릴 뿐이었다. 어머니란 여자는 용서를 빌고 있고 그 딸은 성질이 있다는 것 외에 무슨 말을 하는지 한 마디도 머릿속에 들어오지 않았다.

그때 집 안은 어둑어둑해지다가 잠시 후 깜깜한 어둠 속에 묻혀버렸다. 소봉은 아주를 안은 채 원래 있던 그 자리에 앉아 꼼짝도 하지 않았다. 그는 머리가 좋아 어려운 일이 닥치면 늘 과감한 결단을 내리고는 했다. 당장 이유가 명확하지 않으면 한쪽에 방치해놓고 한동안 신경도 쓰지 않았으며 절대 머뭇거리거나 망설이지는 않았다. 그러나 오늘은 아주를 실수로 죽이고 난 후 비통함이 극에 달한 나머지 흐리 멍덩하고 무지몽매한 모습으로 일관하며 실성한 사람처럼 보일 뿐이 었다.

그 부인이 나지막이 말했다.

"운기를 해서 환도혈環跳穴에 충격을 줘봐라. 그럼 경맥을 건드려 막 힌 혈도가 풀릴지도 몰라."

"벌써 해봤지만 소용없어요…."

"쉿! 누가 온다!"

바스락거리는 발소리가 들리며 누군가 문을 열고 들어왔다. 역시 여자였다. 그 여자는 딱딱 몇 번 소리를 내며 부시와 부싯돌로 불티를 만들어 인화지에 불을 붙이고 등잔불을 켰다. 그러고는 몸을 돌려 소 봉과 아주 그리고 두 여자를 발견하자 까악 하고 비명을 질렀다. 그녀 는 집 안에 사람이 있으리라고 생각지도 못했던지 순간 네 사람이 앉 거나 일어서 있고 또, 누운 상태로 꼼짝도 하지 않는 모습을 보자 깜짝 놀라 손에 들고 있던 부시와 부싯돌을 딸그락 소리를 내며 바닥에 떨 어뜨리고 말았다.

앞서 온 부인이 매서운 목소리로 말했다.

"완성죽! 네년이로구나!"

방금 집에 들어온 그 여자는 바로 완성죽이었다. 그녀는 고개를 돌 려 그 말을 한 중년 여자를 바라봤다. 그녀 옆에는 전신에 흑의를 입 은 또 다른 소녀가 있었는데 두 사람 모두 아름다운 미모를 지니고 있었다. 특히나 그 소녀는 더욱 수려한 외모를 지녔지만 한 번도 본 적이 없었다. 완성죽이 말했다.

"그래요. 제 성은 완이에요. 두 분은 누구시죠?"

그 중년 여자는 대답도 하지 않고 노기 띤 얼굴로 끊임없이 그녀를 훑어봤다.

완성죽은 고개를 돌려 소봉을 향해 말했다.

"교 방주, 내 딸을 죽여놓고 여기서 뭐 하는 거죠? 내… 내… 가엾은 아가!"

그녀는 이 말과 함께 대성통곡을 하면서 아주의 시신 위를 덮쳤다.

소봉은 여전히 멍하니 앉아 있다 한참 후에야 입을 열었다.

"단 부인, 내 죄과가 매우 중하니 칼을 뽑아 날 죽여주시오."

완성죽은 눈물을 흘리며 말했다.

"내 칼로 당신을 죽인다 한들 이 불쌍한 아이는 살려낼 수 없어요. 교 방주, 나와 아주 아버지는 하늘을 우러러 부끄러운 과오를 저질렀어요. 아이가 평생 외로움에 지치고 자기 부모가 누군지도 모르게 만들었다는 거예요. 그 말은 맞아요. 하지만… 불의에 분개해 나서고자 했다면 단왕야나 날 죽여야지 왜 우리 아주를 죽인 거죠?"

이때 소봉의 머리는 매우 무디어져 있었다. 잠시 후에야 속으로 주저하다 물었다.

"하늘을 우러러 부끄러운 과오라니 무슨 말이오?"

완성죽이 눈물을 쏟아내며 말했다.

"뻔히 알면서 어찌 묻는 거예요? 아주… 아주와 아자는 모두 단왕야와 제가 낳은 아이들이에요. 감히 집으로 데려올 수가 없어 남에게 맡긴 거예요.”

소봉이 떨리는 목소리로 말했다.

“어제 내가 단정순에게 하늘을 우러러 부끄러운 과오가 있느냐고 물었을 때 아무 거리낌 없이 인정을 했소. 그럼 그 과오라는 것이 바로 아주… 와 아자 두 사람을 남에게 맡긴 사안에 대해 말했다는 것이오?”

완성죽이 화를 내며 말했다.

“내가 그런 양심에 거리끼는 과오를 저질렀다는데 그걸로 부족하단 말인가요? 날 얼마나 나쁜 여자로 아는 거죠? 내가 못된 짓만 저지르는 사람으로 보이나요?”

소봉이 말했다.

“단정순이 어제 이런 말도 했소. ‘하늘이 불쌍히 여기셨는지 오늘 나에게 그 당시 부모를 잃은 아이를 다시 보게 만들어주셨나 보오.’ 그가 부모 없는 아이를 오늘 다시 만나게 됐다고 한 말은 그럼 날 지칭한 것이 아니라 아… 아자였단 말이오?”

완성죽이 화를 내며 말했다.

“그 사람이 당신 얘기를 왜 하겠어요? 당신이 그럼 그 사람이 버린 아이란 말이에요? 지… 지금 무슨 헛소리를 하는 거예요? 내… 내가 어찌 당신 같은 짐승을 낳았단 말인가요?”

그녀는 소봉이 너무도 미웠지만 그의 뛰어난 무공 실력이 두려워 감히 손을 쓰지는 못하고 욕만 해댈 뿐이었다.

“내가 단정순에게 어찌 지금 이 순간까지도 끊임없이 악행을 거듭하느냐고 물었을 때 그가 자신의 행동거지가 단정치 못하고 덕행이

23. 수포로 돌아간 아주와의 언약

부족해서 그렇다고 했지 않소?"

완성죽은 눈물로 가득한 얼굴에 살짝 홍조를 띠며 말했다.

"그 사람은 풍류를 즐기는 사람이라 늘 그랬어요. 그 사람은 한 여자를 가지면 다시 두 번째, 세 번째, 네 번째 연이어 방탕한 짓을 했어요. 또… 근데 당신이 왜 그런 일에 간섭을 하는 거죠?"

소봉이 중얼거리며 말했다.

"실수였구나! 실수! 완벽한 실수였어!"

그는 한참 동안 넋을 잃고 있다가 갑자기 손을 내뻗더니 철썩 철썩 철썩 철썩 소리를 내며 자신의 좌우 뺨을 사정없이 후려갈겼다. 완성죽은 깜짝 놀라 몸을 훌쩍 날려 뒤로 두 걸음 물러섰다. 소봉이 계속해서 온 힘을 다해 자신의 뺨을 후려갈겼다. 후려치는 매 일장은 지극히 강력해서 순식간에 두 뺨이 시뻘겋게 부어오르기 시작했다.

삐거덕하는 가벼운 소리와 함께 또 한 사람이 들어왔다.

"어머니, 그 족자는 떼…."

바로 아자였다. 그녀는 말이 채 끝나기도 전에 집 안에 있는 사람들과 소봉이 왼손에 아주를 안은 채 오른손으로 끊임없이 자신의 뺨을 후려갈기는 모습을 보자 경악을 금치 못해 순간 넋을 잃고 말았다.

소봉의 뺨은 부어오르다못해 터져버려 얼굴이 온통 선혈로 범벅이 됐고 이어서 그 선혈들이 끊임없이 사방으로 튀면서 벽과, 탁자, 의자 할 것 없이 곳곳을 물들여버렸다. 심지어 아주의 몸과 벽에 걸려 있던 그 족자조차도 검붉은 색으로 모두 물들여버리고 말았다.

완성죽이 이 잔혹한 광경을 보고 참다못해 두 손으로 눈을 가렸지만 귀에서는 여전히 철썩 하며 뺨 때리는 소리가 들려왔다. 그녀는 큰 소리로 부르짖었다.

"그만 때려요! 그만!"

그때 아자가 날카로운 목소리로 말했다.

"이봐요, 우리 아버지가 쓴 글을 망쳐놨잖아요? 어서 물어내요."

그러고는 탁자 위로 훌쩍 뛰어오르더니 손을 뻗어 벽에 걸린 그 족자를 떼어냈다. 알고 보니 이 모녀 둘은 그 족자를 떼어가기 위해 되돌아왔던 것이다.

소봉이 멍하니 있다가 뺨을 때리던 손을 멈추고 물었다.

"거기 적힌 '대리 단이'가 단정순이 확실하오?"

완성죽이 말했다.

"그 사람이 아니면 누구겠어요?"

단정순이 거론되자 완성죽의 얼굴에는 매우 자랑스러운 기색이 드러났다.

그 한마디 말은 소봉이 품고 있던 의혹을 깨끗이 풀어주었다. 그 족자를 단정순이 쓴 게 맞는다면 왕 방주에게 보낸 서찰은 그가 쓴 것이 아니고 선봉장 대형도 단정순이 아닌 것이 확실했다.

그는 속으로 이런 생각이 떠올랐다.

'마 부인이 단정순에게 억울한 누명을 씌운 데는 필시 남모를 속사정이 있을 것이다. 우선 그 매듭부터 풀어야만 한다. 언젠가는 모든 진상이 백일하에 드러나게 될 것이야.'

이런 생각이 들자 자결을 해야겠다는 결심은 깨끗이 사라져버렸다. 조금 전 스스로를 구타해 얼굴이 온통 선혈로 만신창이가 됐지만 가슴속에 품었던 회한과 상심은 어느 정도 해소됐다. 그는 아주의 시신을 안고 몸을 일으켰다.

아자는 탁자 위에 그가 써놓은 죽편 두 개를 보고 웃었다.

"하하. 어쩐지 밖에 구덩이 두 개를 파놓았기에 이상하다 했는데 이제 보니 당신이 언니와 함께 죽어 스스로 합장을 할 생각이었군요? 쯧쯧쯧… 정도 참 많으시네요!"

소봉이 말했다.

"간인의 독수에 걸려 아주를 해쳤으니 이제 그 간인을 찾아 아주의 원수를 갚고 그녀를 따라 땅에 묻힐 것이다."

"간인이 누구죠?"

"지금까지는 단서가 없다. 가서 조사해봐야 한다."

이 말을 마치자 아주를 들고 성큼성큼 밖으로 걸어나갔다. 아자가 실실 웃으며 말했다.

"그렇게 우리 언니를 안고 간인을 찾으러 간다고요?"

소봉은 멍해지면서 순간 아무 생각도 나지 않았다. 마음 같아서는 아주의 시신을 들고 천 리 먼 길을 가고 싶었지만 적절치 못한 행동이었다. 또 그녀를 놓아주자니 실로 아쉽기 짝이 없었다. 아주의 얼굴을 뚫어지게 쳐다보고 있자니 피범벅이 된 그의 얼굴을 타고 굴러떨어져 선혈과 합쳐진 담홍색 눈물방울이 아주의 창백한 얼굴 위로 떨어졌다. 그야말로 피눈물로 얼룩져버린 것이다.

완성죽은 그가 상심 끝에 절망한 모습을 보고 그를 증오하던 마음이 삽시간에 사라져버렸다.

"교 방주, 당신이 범한 과오는 이미 엎질러진 물이에요. 이젠 돌이킬 수 없어요. 그러니… 그렇게…."

그녀는 이제 슬픔을 거두라고 권할 생각이었지만 오히려 자신이 참지 못하고 큰 소리로 울부짖었다.

"다 내 탓이야. 내 탓… 멀쩡한 딸을 왜 남에게 줘버렸단 말이야?"

소봉에게 혈도를 찍힌 그 소녀가 불쑥 끼어들었다.

"당연히 당신 탓이지! 남의 멀쩡한 부부를 어찌 떼어놓으려 했단 말이냐?"

완성죽이 고개를 들어 그 소녀에게 물었다.

"낭자가 어찌 그런 말을 하는 거지? 넌 누구냐?"

그 소녀가 말했다.

"여우 같은 년! 우리 어머니를 힘들게 만들고 나까지 해쳤어… 나까지…."

아자가 손을 뻗어 그녀의 얼굴을 후려치려 했다. 그 소녀는 꼼짝도 할 수가 없어 눈앞에 날아오는 그 일장을 피할 수 없었다.

완성죽이 황급히 손을 뻗어 아자의 팔을 부여잡았다.

"아자, 함부로 나서지 마라."

그녀는 그 중년 미부인을 몇 번 쳐다보고 다시 그녀의 오른손에 쥔 강철 칼과 바닥에 떨어진 토막 난 칼을 보고는 문득 뭔가를 깨달은 듯 말했다.

"그래. 쌍도를 쓴다면… 다… 당신은 수라도 진… 진홍면… 진 언니?"

그 중년 미부인은 바로 단정순의 또 다른 정인인 수라도 진홍면이었고 흑의의 소녀는 바로 그의 딸인 목완청이었다. 진홍면은 여색을 밝혀 도처에 정을 주고 다니는 단정순을 탓하지 않고 오히려 주변에서 음탕하게 사람을 유혹해 자신의 정랑을 가로채간 모든 여자를 증오했다. 해서 사매인 감보보에게 전해들은 정보를 가지고 딸인 목완청과 함께 단정순의 처인 도백봉과 그의 또 다른 정인을 암살하려 했지만 결국은 성공하지 못했다. 후에 단정순의 또 다른 정인인 완성죽이란 여자가 하남의 소경호 기슭의 방죽림 안에 은거하고 있다는 얘기를 듣고 딸과 함께 그녀를 없애러 달려온 것이었다.

진홍면은 완성죽이 자신을 알고 있는 것을 보고 호통을 쳤다.

"그래! 내가 진홍면이다. 누가 너 같은 천한 년더러 날 언니라고 부르라 했더냐?"

완성죽은 진홍면이 이곳에 나타난 이유를 알 리 없었다. 하지만 자신의 정적이 단정순과 다시 맞닥뜨리기라도 한다면 옛정이 불타오를까 두려운 나머지 빙긋 웃으며 말을 건넸다.

"그래요. 말을 잘못했네요. 나이도 나보다 어리고 외모도 이렇게 아름다우니 단랑이 당신한테 그렇게 정신이 팔렸지. 언니가 아니라 동생이네. 진씨 동생! 단랑이 매일 동생을 그리워하면서 걱정을 이만저만 하는 게 아니야. 무슨 복이 그리 많은지 부러워죽겠다니까?"

완성죽이 자신을 젊고 아름답다고 칭찬하자 진홍면의 노기는 어느 정도 사라져버렸다. 더구나 단정순이 매일 자기를 그리워한다는 말에 또 어느 정도 사라져버렸다.

"그렇게 입에 발린 말로 남의 기분 맞춰주는 사람하고 비교가 되겠어?"

완성죽이 말했다.

"이 낭자는 당신 따님인가? 쯧쯧쯧… 이리도 예쁘다니… 역시 진씨 동생이 낳은 아이랍네."

소봉은 그 두 여인이 나누는 시시콜콜한 남녀 얘기를 더 이상 들을 수가 없었다. 그는 한다면 하는 사내대장부였다. 한동안 창자가 끊어지고 가슴이 찢어지는 비탄에 빠지고 난 이후라 앞으로 큰일을 어찌 처리할지 깊이 생각해야만 했다.

그는 아주의 시신을 안고 흙구덩이 옆으로 걸어가 그녀를 그 안에 내려놓았다. 그러고는 커다란 두 손으로 흙을 퍼서 천천히 그녀 몸 위에 뿌렸다. 그러나 그녀의 얼굴 위에는 시종 흙을 뿌리지 못했다. 그의 두 눈은 순간 눈을 깜빡거리지 못하고 아주만 바라봤다. 아름답기 그지없던 그녀는 이제 아무 말도 없이 굳은 표정을 하고 있었다. 흙을 몇 번만 더 뿌리면 이제 더 이상 그녀를 볼 수 없게 될 것이다. 귓전에서 어렴풋이 그녀의 목소리가 들려오는 듯했다. 안문관 밖에 나가 말을 타고 사냥을 하며, 소와 양을 키우면서 평생을 함께하자고 약속하지 않았던가? 하루 전만 해도 때로는 애틋하고, 때로는 익살스럽게, 때로는 진지하게, 때로는 억지 쓰는 말들을 했던 그녀였지만 이젠 더 이상 들을 수가 없다. 새외에서 소와 양을 키우자던 언약도 모두 물거품이 되어버렸다.

소봉은 구덩이 옆에서 한참 동안이나 무릎을 꿇고 여전히 아주의 얼굴에 흙을 뿌리지 못하고 있었다.

그는 별안간 자리에서 벌떡 일어나 큰 소리로 울부짖더니 더 이상 아주를 바라보지 않고 두 손을 동시에 밀어 구덩이 옆의 흙을 그녀의 얼굴 위로 덮었다. 그러고는 몸을 돌려 사랑채로 걸어들어갔다.

완성죽과 진홍면은 그때까지 여전히 떠들어대고 있었다. 완성죽은 크게 상심한 상태였긴 했지만 뛰어난 말재주로 진홍면을 기분 좋게 달랜 덕에 더 이상 진홍면의 적의도 사라져버린 듯 보였다. 완성죽이 말했다.

"교 방주, 우리 동생이 잘못한 건 무심결에 그랬던 것이니 이 두 사람 혈도를 풀어주세요."

완성죽은 아주의 어머니이니 그녀의 말은 소봉도 어느 정도 따라야만 했고 그렇지 않아도 두 사람을 풀어주려던 참이었다. 그는 곧바로 두 사람 옆으로 걸어가 손을 뻗어 진홍면과 목완청의 어깨를 한 대씩 후려쳤다. 뜨거운 기운이 막혀버린 혈도를 향해 뻗어나가자 두 사람은 사지가 자유롭게 회복되는 느낌이 들었다. 두 모녀는 서로를 쳐다보면서 소봉의 깊은 공력에 탄복할 따름이었다.

소봉이 아자를 향해 말했다.

"아자 누이, 네 아버지가 쓴 족자를 좀 보여다오."

아자가 말했다.

"나한테 누이니 뭐니 하지 말아요."

말은 이렇게 하면서도 그의 말을 거스를 수가 없어 둘둘 말린 족자를 그에게 건넸다.

소봉은 족자를 펼쳐 단정순이 쓴 글을 몇 번이나 자세히 살펴봤다. 완성죽은 만면에 홍조를 띠고 부끄러운 듯 말했다.

"그까짓 게 뭐 보기 좋다 그래요?"

소봉이 말했다.

"단왕야는 지금 어디 있소?"

완성죽은 안색이 확 바뀌면서 뒤로 두 걸음 물러섰다. 그리고 떨리는 목소리로 말했다.

"아… 안 돼요…. 이제 찾아가지 말아요."

"피곤하게 하려는 게 아니오. 그저 몇 가지 물어볼 게 있소."

하지만 완성죽이 그 말을 어찌 믿을 수 있겠는가!

"이미 실수로 아주를 죽인 마당에 어찌 그 사람을 또 찾아갈 수가 있죠?"

소봉은 그가 절대 말하지 않을 것 같자 더 이상 묻지 않고 족자를 둘둘 말아 아자에게 돌려주었다.

"아주가 유언을 남겨 나더러 동생을 잘 보살피라 했소. 단 부인, 앞으로 아자가 힘든 일을 당해 소봉이 필요하다 여겨지면 얼마든지 분부하시오. 절대 거절하지 않겠소."

완성죽은 크게 기뻐하며 생각했다.

'아자한테 저렇게 능력 있는 후원자가 생긴다면 평생 어려운 일을 만나도 헤쳐나갈 수 있을 거야.'

그러고는 소봉을 향해 말했다.

"그렇다면 감사합니다. 아자, 어서 교 오라버니께 감사하다는 인사를 올려라."

그녀는 '교 방주'라는 칭호를 곧바로 '교 오라버니'로 바꾸었다. 아자와 그의 관계를 좀 더 친밀하게 만들어주고 싶은 마음에서였다.

아자는 입을 삐죽거리며 하찮다는 표정을 지었다.

"내가 무슨 힘든 일을 만나 저 사람 도움을 받아야 해요? 나한테는 천하무적 사부님이 계시고 수많은 사형이 있는데 누가 감히 괴롭힐 수 있다고요? 자기 몸도 보전하기 어려운 처지 아니던가요? 자기 문제도 처리하지 못해 엉망인 상황에 날 돕겠다고? 흥! 도울수록 바빠지겠는데?"

깔깔대고 웃으며 말하는 그녀의 목소리는 아주 낭랑하고 시원시원했다. 완성죽이 몇 번이나 눈짓을 주며 제지했지만 아자는 못 본 척할 뿐이었다.

완성죽이 발을 동동 구르며 말했다.

"에이. 요것이! 왜 그리 버르장머리가 없어? 교 방주, 아주 얼굴을 봐서라도 절대 개의치 마세요."

소봉이 말했다.

"재하의 성은 '교'가 아니라 '소'요."

아자가 말했다.

"어머니. 저 사람은 자기 성이 뭔지도 정확하게 몰라요. 정말 보통 멍청이가 아…."

완성죽이 말을 끊으며 소리쳤다.

"아자!"

소봉은 공수를 하고 읍을 하며 말했다.

"그럼 가보겠소."

그는 고개를 돌려 목완청을 향해 말했다.

"단 낭자. 그런 악랄한 암기를 많이 써서 좋을 게 없소. 낭자보다 무공 실력이 고강한 상대를 만나면 반대로 그 수법에 당하고 말 것이오."

목완청이 채 대답도 하기 전에 아자가 끼어들었다.

"언니. 허튼소리니까 들을 것 없어. 그래봐야 상대를 정확히 맞히지 못할 뿐이지 나쁠 게 뭐 있다 그래?"

소봉은 더 이상 상대하지 않고 몸을 돌려 문을 나섰다. 그가 왼발을 문밖으로 내딛으려는 순간 그의 오른손 소맷자락이 펄럭거렸다. 휙 하고 강풍이 몰아치며 아까 목완청이 그를 향해 발사했다 바닥에 떨어져버렸던 일곱 발의 단전이 일제히 날아올라 아자를 향해 맹렬하게 나아가는데 그 기세가 번개와도 같았다. 아자는 비명 소리만 내지를 뿐 도저히 피할 틈이 없었다. 일곱 발의 단전은 그녀의 정수리와 목덜미, 몸 옆을 스쳐 지나가며 퍽 소리와 함께 그녀 뒤에 있던 벽에 화살 깃이 거의 닿을 정도로 깊이 박혀버렸다.

완성죽은 다급하게 달려가 아자를 끌어안으며 놀라 소리쳤다.

"진씨 동생, 어서 해약을 꺼내주게!"

진홍면이 말했다.

"어딜 다쳤는데요? 어디예요?"

목완청은 다급하게 품 안에서 해약을 꺼내 아자의 상처 부위를 살폈다.

잠시 후 아자는 놀란 가슴을 진정시키고 말했다.

"아… 안 맞았어요."

세 여자는 일제히 벽에 박힌 일곱 발의 단전을 쳐다봤다. 이 단전들은 아자의 목과 뺨, 어깨, 허리를 에워싸고 벽에 박혀 있었는데 그의 몸에서 불과 1촌가량밖에 떨어지지 않은 것을 보고 모두 아연실색한 모습으로 서로를 바라볼 뿐이었다.

소봉은 아자를 잘 돌봐주라는 아주의 유언을 주지하고 있었지만 자신에게는 천하무적 사부님이 계시고 수많은 사형이 있는데 누가 감히 괴롭힐 수 있겠느냐고 하는 아자의 말을 듣고 옷소매로 단전을 날려 그녀를 놀래주려 한 것이었다. 어린 나이에 하늘 높은 줄 모르고 두려움 없이 천하 영웅호한들을 경시하다가 장차 큰 고초를 겪게 될 것이라는 경고의 암시였다.

그는 대나무 숲을 빠져나와 소경호 기슭에 이르렀다. 길옆에서 나뭇가지들이 빽빽이 들어찬 커다란 나무 한 그루를 찾아 그 위로 훌쩍 올라갔다. 그는 단정순을 찾아가 마 부인이 어찌 그를 모해한 것인지 확실히 물어보려 했지만 완성죽이 그의 소재지를 밝히려 하지 않자 하는 수 없이 암암리에 미행을 할 생각이었다.

얼마 지나지 않아 네 사람이 걸어나오는 모습이 보였다. 진홍면 모녀가 앞에, 완성죽 모녀가 뒤에 걸어오는 것으로 보아 완성죽이 객을 배웅하는 것으로 보였다.

네 사람이 호숫가에 이르자 진홍면이 입을 열었다.

"완 언니, 초면에 이렇게 친분을 쌓게 되고 또 과거의 오해도 풀어버리니 가슴에 품어둔 한이 풀리는 것 같아요. 이제 전 강康씨 그 천한 계집을 찾아갈 거예요. 혹시 그년의 거처가 어딘지 아세요?"

완성죽이 어리둥절해하며 물었다.

"동생, 강씨를 찾아가서 뭐 하려고?"

진홍면은 이를 바득바득 갈며 말했다.

"제가 단랑과 행복한 나날을 보내고 있었는데 그 천한 년이 꼬리를 흔들어대는 바람에…."

완성죽이 머뭇거리며 말했다.

"그 강… 강민 그 천한 년은… 음. 어디 사는지는 몰라. 동생이 찾으면 내 몫까지 칼로 몇 번 더 찔러주게."

진홍면이 말했다.

"말해 뭐 하겠어요? 찾는 게 문제죠. 알았어요. 그럼 갈게요. 음. 혹시 단랑을 만나면…."

완성죽이 깜짝 놀라 물었다.

"뭐?"

진홍면이 말했다.

"저 대신 따귀를 두 대만 호되게 후려쳐주세요. 한 대는 내 몫이고 또 한 대는 우리 딸 몫으로요."

완성죽이 빙긋 웃었다.

"그 양심도 없는 사람을 내가 어찌 다시 볼 수 있겠나? 동생도 언제고 그 사람을 만나면 따귀 두 대만 때려주게. 한 대는 내 몫으로, 또 한 대는 우리 아자 몫으로 말이야. 아니다. 모자라군. 발길질 두 번만 더 해주게. 딸을 낳고도 돌볼 생각을 안 하는 데다 우리 모녀 두 사람이 외롭고 쓸쓸하게 살아가게 놔뒀으니…."

이 말을 하면서 눈물을 왈칵 쏟아내자 진홍면이 위안을 했다.

"언니, 상심하지 마세요. 우리가 그 강씨 천한 년을 죽여버리고 나서 다시 돌아올게요. 그땐 언니의 벗이 돼드리겠어요."

소봉은 나무 위에 숨어서 두 여인이 하는 말을 똑똑히 들었다. 그는 속으로 단정순이 뛰어난 무공을 지니고 친구들에게도 인의로써 대하긴 하지만 여자들 입장에서는 행동거지가 바르지 못해 영웅이라 할 수 없을 것 같다는 생각이 들었다. 진홍면이 목완청을 이끌고 완성죽 모녀를 향해 예를 올린 뒤 길을 나서자 완성죽은 아자의 손을 잡고 다시 대나무 숲속으로 돌아갔다.

소봉이 곰곰이 생각했다.

'완성죽은 필시 단정순을 찾아갈 것이다. 진홍면과 함께 가려 하지 않을 뿐이지 앞서 그녀가 족자를 가져가려 했다는 말로 봐서는 단정순은 여기서 멀지 않은 곳에서 기다리고 있을 것이다. 일단은 여기서 지키고 있어야겠다.'

숲속에서 바스락거리는 소리와 함께 검은 그림자 두 개가 살며시 걸어나왔다. 바로 진홍면 모녀가 다시 돌아온 것이다. 진홍면이 나지막이 말했다.

"완아, 넌 어찌 그렇게 세심하지 못한 게냐? 그리 간단히 속아넘어가서야 되겠느냐? 완가 언니 침실 침상 밑에 남자 신발 한 켤레가 있지 않았더냐? 그 신발 위에 노란실로 두 글자가 수놓아져 있었는데 왼쪽에는 '산山', 오른쪽에는 '하河' 자였어. 그러니 당연히 네 아버지 신발 아니겠느냐? 신발이 새것이고 바닥에 묻은 진흙이 아직 마르지 않은 것으로 봐선 네 아버지가 이 근방에 있다는 증거야."

목완청이 말했다.

"아! 그럼 저 완씨 여자가 우릴 속인 거군요."

"그래. 그 여자가 어찌 그 인정머리 없는 양반을 우리와 만나게 하겠느냐?"

"아버지는 참 양심도 없으시네요. 어머니, 어머니도 이제 보지 말아요."

진홍면은 한참 동안 아무 말도 하지 않다가 잠시 후에야 입을 열었다.

"그냥 보고 싶어. 그 사람이 날 못 보게 하면 돼. 헤어져 있는 동안 네 아버지도 늙고 이 어미도 늙어버렸구나."

이 몇 마디 말은 아주 평범했지만 깊은 정을 품고 있었다.

"알았어요!"

그 목소리는 처량하기 이를 데 없었다. 그녀는 단예와 헤어진 이후 그리움이 날로 더해갔지만 부질없는 짓이라는 걸 잘 알았기에 어머니 앞에서 감히 그런 심사를 내비칠 순 없었다.

진홍면이 말했다.

"여기서 지키면서 아버지를 기다리자."

이 말을 마친 뒤 길게 자란 풀을 헤치고 그 안에 몸을 숨겼다. 목완청 역시 그 뒤를 따라 나무 뒤에 숨었다.

희미하게 비치는 별빛 아래 소봉은 진홍면이 왼손 소매를 들어올려 눈물을 닦는 모습을 보고 생각했다.

'정이란 것이 끝까지 사람을 힘들게 만드는구나.'

이런 생각을 하다 아주를 떠올리자 가슴이 한없이 쓰리고 아파왔다. 얼마 지나지 않아 반대편 길에서 민첩하게 내달리는 발소리가 들려왔다.

'저건 단정순이 아니다. 그의 수하일 거야.'

과연 근처로 내달려온 그 사람은 청석교 위에서 거꾸로 그림을 그리던 주단신임을 알 수 있었다.

완성죽은 발소리만으로는 누군지 분간을 못하고 단정순일 거라 생각해 부르짖었다.

"단랑, 단랑!"

그녀는 빠른 걸음으로 마중을 나갔다. 아자도 그 뒤를 따라나왔다.

주단신이 허리를 굽히며 고했다.

"주공께서 긴한 일이 생겨 오늘은 올 수 없다 전하라 하셨습니다."

완성죽이 어리둥절해서는 물었다.

"긴한 일이라니요? 그럼 언제 오시나요?"

주단신이 말했다.

"고소모용가와 관계된 일인데 아마 모용 공자의 행적을 발견하신 것 같습니다. 주공께서 이런 말씀도 하셨습니다. '대사를 해결하고 나면 소경호로 다시 올 것이니 부인께서는 염려 마시오.'"

완성죽이 눈물을 글썽이며 흐느꼈다.

"언제나 곧 돌아온다면서 매번 3년, 5년 동안 나타나지 않았어요. 가까스로 얼굴을 보게 됐는데 또 이렇게….'"

주단신은 아자가 저만리의 화를 돋우어 죽게 만든 이후 비분강개하고 있었던 터라 단정순의 말을 모두 전한 이상 더 머물고 싶지 않았다. 그는 허리를 숙여 인사한 후 그대로 고개를 돌려 걸어가며 처음부터 끝까지 아자와는 눈도 마주치지 않았다.

완성죽은 그가 멀리 사라지자 아자를 향해 나지막이 말했다.

"네 경공신법이 나보다 훌륭하니 어서 저자를 쫓아가봐라. 그리고 가는 길마다 표시를 해두면 내가 곧 뒤쫓아가마."

아자가 작은 입을 오므리며 웃었다.

"저더러 아버지를 추적하라고요? 상으로 뭘 줄 건데요?"

"이 어미 물건이 다 네 것인데 무슨 상이 더 필요하더냐?"

"좋아요. 제가 담장 구석마다 단 자를 써놓고 화살표를 그려놓을게요. 그럼 아실 거예요."

완성죽은 그녀의 어깨를 끌어안고 웃었다.

"귀여운 녀석!"

아자가 생글생글 웃었다.

"어머니는 사랑 바보예요!"

그녀는 당장 몸을 일으켜 주단신의 뒤를 쫓아갔다.

완성죽이 소경호 기슭에서 한참을 서 있다가 오솔길을 따라 걸어가며 멀리 사라지자 진홍면 모녀가 모습을 드러냈다. 두 사람은 손짓을 주고받더니 살금살금 그 뒤를 쫓아갔다.

소봉은 생각했다.

'아자가 가는 길에 표시를 한다고 했으니 단정순을 찾는 건 시간문제다.'

그는 몇 발짝 걸어가다 갑자기 달빛 아래 호수에 거꾸로 비친 처량하고 외로운 자신의 모습을 보자 가슴이 미어졌다. 당장이라도 대나무 숲으로 돌아가 아주의 무덤 앞에 더 앉아 있고 싶어졌다. 잠시 주저하는 사이 돌연 호기가 생겨 일장을 내뻗자 도처에 강풍이 휘몰아쳤다. 일장을 호수 물에 내리치자 물이 사방으로 튀면서 호수 위에 비친 그림자도 산산조각 나버렸다. 그는 크게 포효를 하고 성큼성큼 앞으로 걸어갔다.

그 후 며칠 동안 그는 새벽에 길을 떠나 밤에 자는 고된 여정을 지속하며 밥보다 술로 배를 채웠다. 매번 한 마을에 이를 때마다 담장 구석에는 아자가 남긴 단 자 표시와 화살표 방향이 있었다. 때로는 완성죽이 표시를 보고 지워버리기도 했지만 흔적만으로도 판단할 수가 있었다.

비통한 가슴으로 홀로 길을 가다 보니 발걸음은 늦어졌고 날씨마저 점점 추워지기 시작했다. 그러나 단정순과 아자 역시 멀리 가지 못하고 부근에 있는 마을에서 이리저리 맴돌고 있을 뿐이었다. 하루는 점심때가 되자 한 작은 주점에서 독주 열두세 사발을 마셨지만 술기운이 채 오르기도 전에 주점에 술이 떨어져버렸다. 그는 기분을 망친 채 큰 걸음으로 성큼성큼 한참을 걸어가 규모가 큰 한 성에 도착하게 됐다. 근방에 이르자 속으로 살짝 뜨끔했다. 알고 보니 신양에 다시 돌아온 것이었다.

그는 아자가 남긴 표시만 쫓아가면서 자기 고민거리에 몰두하느라 주변 인물이나 풍광은 신경조차 쓰지 않는데 뜻밖에도 신양으로 되돌아왔던 것이다. 그저 단정순을 쫓아갈 생각이었다면 발걸음에 속도를 붙여 하루 반나절만 내달리면 충분히 따라잡을 수 있었을 테니 손쉬운 일이라 할 수 있었다. 하지만 아주가 죽고 난 후 가슴 한 자리가 공허해 머릿속에는 어찌 살아가야 좋을지에 대한 생각뿐이었다.

'단정순을 쫓아가면 또 뭐 하겠나? 진범을 잡아 복수를 한들 또 무엇 하겠나? 나 혼자 안문관 밖에 돌아가 모래바람이 흩날리는 사막에서 사냥을 하고 소와 양을 키운들 또 무엇 하겠는가?'

이런 번뇌가 밀려와 속도를 내서 쫓아갈 수가 없었다.

신양성에 들어서니 성 담장 구석 밑에 숯으로 쓴 단 자 글씨가 보였고 글 옆의 화살표는 서쪽을 가리키고 있었다. 그는 속으로 또 가슴이 쓰라리고 아팠다. 그날 아주와 어깨를 나란히 하고 걸으며 신양성 서쪽의 마 부인 집에 가서 소식을 탐문했던 일이 생각난 것이다. 지금 생각해보면 그때의 매 한 걸음 한 걸음이 아주를 저승으로 떠밀어내고 있었던 것이다.

그는 아자가 남긴 표시를 따라 서쪽으로 걸어갔다. 그 표시들은 모두 얼마 되지 않은 것들이어서 어떤 것들은 나무껍질을 벗겨낸 자리의 나무 위에 그려놓았는데 나무껍질을 벗겨낸 곳의 수지樹脂가 채 응고되지도 않았다. 그런데 그 표시가 가리킨 곳은 바로 마대원의 집이었다. 소봉은 속으로 이상한 생각이 들었다.

'혹시 단정순은 마 부인이 자신을 해치려 한다는 걸 알고 담판을 지으려고 간 것인가? 그래. 아주가 죽기 전에 청석교 위에서 나한테 마 부인을 거론한 적이 있었다. 그걸 아자가 듣고 갔으니 필시 자기 아버지에게 전했을 것이다. 하지만 우린 마 부인이라고만 했는데 그게 저 마 부인인지 어찌 알았을까?'

그는 오는 길에 줄곧 마음이 울적해서 제정신이 아닌 상황이었다. 그러나 이렇게 특이한 일을 맞닥뜨리자 순간 정신이 번쩍 들면서 과거의 노련했던 총기가 되살아나 사방을 유심히 관찰하기 시작했다.

골목 어귀에 작은 객잔이 하나 보이자 그 안으로 들어가 방을 한 칸 얻었다. 신양에는 개방 사람들이 많은 데다 이곳에 오면서 줄곧 몸을 숨기지 못했던 터라 누군가에게 자신의 행적이 밝혀졌을 것이란 생각이 들었다. 곧 주보에게 국수를 주문한 뒤 풀을 사다 달라고 분부해 방 안에서 변장을 하기 시작했다. 거울 속에 비친 자신의 얼굴을 보자 눈물을 참지 못하고 왈칵 쏟아냈다. 과거 역용을 할 때는 언제나 아주의 부드러운 손가락이 자신의 얼굴을 이리저리 만지곤 했지만 지금은 외롭기 짝이 없게 자기 손으로 하고 있으니 아주의 부드럽고 달콤한 정이 생각난 것이다. 자기 손으로 직접 저지른 어이없는 상황이 비통하고 분한 나머지 자신의 얼굴을 손바닥으로 사정없이 후려치기 시작했다. 곧 그의 얼굴은 퉁퉁 부어올랐고 입가에서는 선혈이 줄줄 흘러내렸다.

'에이! 맞아도 싸다! 어? 그 바람에 얼굴이 많이 바뀌었네.'

그는 아주의 역용 기술과 차이가 너무 커서 아무리 심혈을 기울여도 다른 사람으로 변할 수 없다는 걸 잘 알고 있었지만 순간 마음이 바뀌었다. 그는 당장 좌우 양쪽 귀밑머리를 가위로 잘라 풀로 한 가닥 한 가닥 얼굴에 붙였다. 반 정도 붙이자 온통 수염으로 가득한 대한으로 변했다. 그는 최대한 머리를 풀어헤쳐 얼굴을 가렸다. 역용술로 변장하는 건 매우 어렵지만 본래의 얼굴을 가리는 건 그나마 쉽게 할 수 있었다. 얼마 지나지 않아 거울 속의 모습은 그 전과 완전히 달랐다.

'아주가 이 모습을 보면 내가 소봉 오라버니란 걸 알아볼 수 있을까?'

그는 순간 감정을 이기지 못하고 가위 끝을 거꾸로 들어 자신의 심장을 쑤시고 싶었다. 당장이라도 저승에 가서 아주에게 자신이 변장한 모습을 보여주고 싶었던 것이다.

그는 눈물을 닦아내고 객잔의 대당으로 요기를 하러 나갔다. 양고기탕 한 대접과 넓적한 빵 두 장, 백주 두 근을 시켜 무료하기 그지없게 자작을 하며 마셔댔다.

빵을 찢어 양고기탕에 찍어 입에 넣으려는 순간, 대청 구석 쪽에서 누군가 개방 은어로 나지막이 말하는 소리가 들렸다.

"여 장로가 우리한테 한가韓家 사당에 가보라는데 무슨 일인지 알아?"

개방 은어는 무척이나 복잡해서 직분이 아주 높거나 방내에 다년간 몸담은 제자들이 아니면 완벽하게 구사하기가 힘들었다. 소봉은 개방에 매우 오래 몸담고 있어 당연히 듣자마자 알아들을 수 있었다. 더구나 그는 내공이 심후해 멀리서도 들을 수 있었다. 그자의 말소리는 아주 작았지만 한 마디 한 마디를 모두 듣고 나자 그자의 직분이 낮지 않다는 걸 짐작할 수 있었다. 또 다른 한 명이 말했다.

"모르겠어. 하지만 여 장로가 아주 급히 서두르는 걸 봐서는 아주 긴한 일인 것 같아."

소봉이 힐끗 쳐다보자 개방의 칠대 제자 두 명이 담장 구석 쪽에 자리를 잡고 국수를 먹고 있었다. 두 사람은 국수를 다 먹고 난 후 황급히 몸을 일으켜 문밖으로 나갔다.

개방의 이 일대 분타는 수주隨州에 있어 신양에서 그리 멀지 않았다. 소봉은 한가 사당이 성 북쪽에 있다는 걸 알고 있었기에 두 개방 제자가 멀리 걸어가는 것을 보고 나서야 주대 계산을 하고 천천히 성 북쪽으로 걸어갔다. 한가 사당 부근은 고요하기 짝이 없고 보초를 서는 개방 사람들도 하나 없자 속으로 화가 났다.

'방내에 대사가 있어 집회를 하는데 집회 장소 밖에 지키는 사람이 하나도 없다니 기강이 매우 문란해졌구나!'

그는 사당 뒤편으로 돌아 재빨리 후문을 통해 접근했다. 이때는 이미 날이 저물어 어두워지고 있었고 사당 안에는 등잔불도 켜놓지 않아 매우 어두컴컴했다. 그는 담벼락에 바싹 붙어 가벼운 걸음으로 천천히 나아갔지만 뜻밖에도 이를 알아차리는 사람은 없었다. 그때 인기척이 들리자 그는 재빨리 대청 안으로 들어간 후 사당 안의 위패를 모신 판자벽 뒤쪽으로 숨었다. 개방의 수뇌들이 자신을 개방에서 축출한 뒤에 방내의 대사를 어찌 처리하는지 듣고 싶었다. 개방에 워낙 정이 깊어 과거에 골육처럼 지내온 형제들이 철저하게 괴멸당하는 모습을 참을 수가 없었던 것이다. 더구나 이미 대사를 앞에 두고 있다는 걸 안 이상 관심을 기울이지 않을 수 없었다.

한참이나 지났건만 대청 안은 쥐 죽은 듯이 조용했다. 숨 쉬는 소리를 자세히 들어보니 열두세 명 정도가 모여 있다는 걸 알 수 있었다. 한참이 지난 후에 한 사람이 입을 열어 나지막이 말했다.

"모두들 모였는데 백 장로 한 사람만 없군."

또 다른 사람이 말했다.

"백 장로는 남양南陽으로 놀러갔다고 하니 기다릴 필요 없소."

소봉은 그게 성격이 급하기로 소문난 오장풍이란 걸 알 수 있었다. 또 다른 사람이 말했다.

"이번에 우리가 상대할 사람은 교봉이오. 솜씨가 뛰어난 백 장로가 없어서는 아니 되오."

소봉이 이 말을 듣고 깨달았다.

'내가 신양까지 오는 동안 비통에 젖어 변장을 하지 않았더니 개방 사람 누군가에게 발견됐구나. 서 장로와 조전손 등이 위휘에서 죽어 모두들 내 소행으로 여길 텐데 지금 또 내가 나타났으니 개방에서는 당연히 이에 대처할 방법을 세워야겠지.'

나이 든 목소리의 누군가가 말했다.

"반 시진만 더 기다려봅시다. 교봉이 신양에 왔으니 십중팔구 마 부인을 찾아가 해코지를 할 것이오."

소봉은 그 말을 한 사람이 전공 장로 여장이라는 걸 알 수 있었다.

모두들 그 말에 수긍했다. 그중 한 사람이 말했다.

"빨리 가서 마 부인을 보호해야만 하오. 교봉이 먼저 가서 부인의 목숨을 해치게 만들어서는 안 될 것이오."

오장풍이 말했다.

"우리가 목숨을 바친다고 부인을 보호할 수 있는 것은 아니오."

여장이 말했다.

"오 형제, 말을 그렇게 하면 안 되지 않소? 교봉의 무공 실력은 취현장에서 그 많은 영웅호한도 어쩌지 못할 정도의 수준임을 잘 알고 있는데 우리처럼 고작 열 명 정도로 뭘 어쩌겠소? 다만 마 부인은 마 부방주의 미망인으로 자신의 생명조차 돌보지 않고 본방에 이런 큰 공을 세웠으니 우리 역시 목숨이 없어지는 한이 있어도 의리를 지켜 최대한 부인을 보호해야만 하는 것이오. 아니면 부인을 다른 곳으로 이주시켜 교봉이 찾지 못하도록 만드는 것도 방법이오. 그럼 교봉이 손을 쓰지 못할 수도 있소."

모두들 그 말에 환호하며 수긍을 했다. 그 환호성 속에는 교봉에 맞서 싸우지 않을 수 있다면 홀가분할 것이라는 의미가 포함되어 있는 듯했다. 누군가 말했다.

"그럼 백 장로는 기다리지 말고 어서 갑시다."

사람들은 너도나도 몸을 일으켜 사당을 빠져나갔다. 소봉은 사람들 뒤를 따라가다가 여장이 내뱉는 호령 소리를 어렴풋이 들었다.

"도착한 즉시 집 밖에 매복해 있어야 한다. 어떤 변고가 일어난다 해도 절대 움직이거나 소리를 내서는 아니 된다. 내가 쳐라 하고 명을 내리면 그때 필사적으로 출수를 해라!"

모두들 숙연하게 그 명을 받아들였다.

소봉은 생각했다.

'이제 선봉장 대형의 이름을 아는 사람은 마 부인 하나밖에 남지 않았다. 개방에서 마 부인을 숨겨놓는다면 내가 찾지 못할 수도 있다. 만일 그 대악인이 또 날 가장해 마 부인을 죽여버린다면 내 원수는 물론 아주의 억울한 죽음은 영원히 갚지 못할 것이다. 저들보다 늦게 도착해서는 안 된다.'

다행히 그는 마대원의 집으로 가는 길을 알고 있어 즉시 경공신법을 펼쳐 어둠 속에서 개방 사람들 옆을 재빨리 스쳐 지나가 그 누구도 눈치채지 못하도록 만들었다. 그는 발걸음에 속도를 붙여 개방 사람들을 멀찌감치 따돌렸다.

소봉은 마대원 집 근방에 도착해 나무 뒤에 몸을 숨기고 주변 정황을 살펴봤다. 언뜻 살피다 무척이나 놀랍고도 의아한 점을 발견할 수 있었다. 마가馬家 동북쪽에 두 사람이 매복해 있는데 다름 아닌 완성죽과 아자였다. 더구나 진홍면 모녀가 마가 동남쪽에 매복해 있는데 이들 네 사람이 찾아온 곳이 이곳이었다니 소봉은 깜짝 놀라지 않을 수 없었다.

동쪽 사랑채 창문 안에서 희미하게 누런 불빛이 흘러나왔지만 안에서는 아무 기척도 없었다. 소봉은 나뭇가지 하나를 부러뜨려 동쪽으로 던졌다. 툭 하는 소리와 함께 나뭇가지가 땅에 떨어지자 완성죽을 비롯한 네 사람 모두 소리가 나는 방향으로 눈길을 돌렸다. 그 틈에 소봉은 가볍게 훌쩍 뛰어 동쪽 사랑채 창문 밑으로 다가갔다.

이때는 이미 겨울로 접어든 상태였고 다른 해보다 일찍 추웠다. 신양 일대가 워낙 기온이 낮은 지역이라 마가의 창문 밖에는 나무판자들로 덮여 있는 상태였다. 소봉은 잠시 기다렸다. 그때 북쪽으로부터 삭풍이 휘익 불어 창문 위를 덮치려 하자 그는 가볍게 일장을 내뻗었다. 불어오는 바람에 자신의 장력을 실어 창문 밖의 나무판자를 후려친 것이다. 우직하는 소리와 함께 나무판자가 갈라지면서 그 안에 있던 창호지까지 살짝 찢어졌다. 진흥면과 완성죽 등은 가까이에 있었지만 장풍과 북풍이 절묘하게 어우러지다 보니 전혀 눈치챌 수 없었다. 방 안에 누군가 있다 해도 전혀 알아차릴 수 없을 정도였다.

소봉은 구멍 난 창문 틈으로 안쪽을 들여다봤다. 그 안의 풍경을 보는 순간 너무 의아한 나머지 자신의 눈을 의심할 정도였다.

단정순이 바지와 윗옷만 입은 간편한 차림으로 작은 모자를 쓰고 구들장 옆에 가부좌를 틀고 앉아 있는 모습이 보였다. 그는 손에 술잔을 들고 히죽히죽 웃으며 구들장 탁자 옆에 비스듬히 앉아 있는 한 여인을 바라보고 있었다.

그 여인은 몸에 소복을 입고 얼굴에 지분을 살짝 바른 채 춘정으로 가득한 눈빛을 발산하고 있었다. 금방이라도 물을 쏟아낼 것처럼 촉촉한 두 눈은 웃는 듯 마는 듯, 화가 난 듯 아닌 듯 단정순을 흘겨보고 있는데 그 여인은 다름 아닌 마대원의 미망인 마 부인이었다.

마 부인의 저주

마 부인은 목에 있는 단추를 풀어 설백의 목덜미를 드러내놓은 채 붉은색 비단으로 된 젖가슴 가리개 끝자락을 살짝 내비치고 있었다.

마 부인은 빙긋 웃으며 몸을 일으키더니 머리카락에 묶여 있던 흰색 머리띠를 천천히 풀며 부드럽기 그지없는 긴 머리를 허리까지 늘어뜨렸다.

그러다 요염하기 이를 데 없는 표정을 지으며 말했다.

"단랑, 어서 안아주세요!"

이 순간 방 안의 정경을 소봉이 직접 보지 않았다면 그가 아는 누구를 막론하고 터무니없는 소리라고 질책을 했을 것이다. 그는 무석성 밖의 행자림에서 마 부인을 처음 본 이후 얼굴을 두 번 마주했다. 언제나 그녀의 얼굴은 얼음처럼 차가웠고 그 누구도 침범할 수 없는 위엄 어린 기색을 하고 있어 웃는 얼굴 한번 본 적이 없는데 그런 그녀가 저런 모습으로 변할지 어찌 짐작할 수 있었겠는가? 더욱 이상한 점은 그녀가 단정순을 모해하는 말을 내뱉었으니 자연히 그와 깊은 원한이 있을 거라 여겼지만 방 안의 풍경은 거나하게 취한 상태로 흥취가 넘치고 서로의 눈빛에 불꽃이 터지며 밀애를 즐기는 것으로 보일 뿐 원한과 증오의 느낌이라고는 전혀 없다는 것이다.

탁자 위의 커다란 화병 안에는 붉은 매화가 가득 꽂혀 있었다. 구들장 속에 숯불이 활활 타오르기라도 하는지 마 부인은 목에 있는 단추를 풀어 설백의 목덜미를 드러내놓은 채 붉은색 비단으로 된 젖가슴 가리개 끝자락을 살짝 내비치고 있었다. 구들장 옆에는 흰색 촛대 두 개에 불이 붙어 있었는데 빨갛게 타오르는 촛불이 그녀의 발그레하게 달아오른 뺨을 훤히 비추고 있었다. 집 밖은 삭풍이 부는 혹한이었지만 실내는 오히려 따뜻한 봄기운이 넘쳐흐르고 있었다.

단정순 목소리가 들렸다.

"자자, 같이 한잔합시다. 어서 마시고 한 몸이 돼야 하지 않겠소?"

마 부인이 코웃음을 치더니 교태 어린 목소리로 말했다.

"한 몸은 무슨 한 몸? 전 이 썰렁한 곳에서 독수공방으로 밤낮을 안 가리고 애물단지 당신 하나만 그리며 살아왔는데 당… 당신은… 나란 사람은 안중에도 없고 둘러볼 생각 한번 하지 않았잖아요?"

여기까지 말하고는 곧 눈시울이 붉어졌다.

소봉이 생각했다.

'말을 들어보니 진홍면이나 완성죽과 비슷한 처지로군. 그럼… 설마… 마 부인 역시 단정순의 옛 정인이란 말인가?'

단정순은 나긋나긋한 목소리로 속삭였다.

"대리에 있으면서 우리 소강小康 생각을 단 하루라도 하지 않은 날이 있는 줄 아시오? 나한테 날개가 없는 게 한이었소. 그렇지 않았다면 당장이라도 날아와 꼭 안아줬을 것이오. 과거 그대가 마 부방주와 혼인한다는 말을 듣고 난 사흘 밤낮 동안 물 한 방울 마실 수 없었소. 그후로는 의지할 곳이 생긴 그대를 찾아가 힘들게 만들 수는 없었던 것이오. 마 부방주는 개방에서 지위가 높은 영웅호한인데 내가 다시 그대를 찾아가 정을 통한다면 그에게 너무도 미안한 노릇이 아니겠소? 그… 그럼 난 비열한 소인배나 다를 바 없을 테니 말이오."

마 부인이 말했다.

"누가 당신더러 내 비위를 맞춰달라고 했나요? 전 당신이 염려됐을 뿐이에요. 몸은 편안한지? 기분은 괜찮은지? 만사가 순탄한지? 당신만 좋다면 전 기쁘고 살맛이 나니까요. 당신이 저 멀리 대리에 있으니까 전 당신 소식을 듣는 게 너무 힘들었어요. 제 몸은 신양에 있었지만

267

저의 이 마음은 어느 한 순간도 당신 곁을 떠난 적이 없단 말이에요."

그녀의 목소리는 갈수록 작아졌다. 소봉은 느끼하면서도 떨떠름했지만 부드럽기만 한 그녀의 말투가 감미롭기 그지없다는 생각이 들었다. 그녀의 목소리는 듣는 이의 심금을 울려 정신을 빼앗고 혼백을 날아가게 만들었다. 더구나 그 말투는 전적으로 자연스럽게 나오는 것일 뿐 의도적으로 남을 홀리려 하는 것 같지 않았다. 그는 평생 적지 않은 사람을 봐오면서 여자와의 왕래가 많지는 않았지만 세상에 이 정도로 뼛속까지 요염한 여인이 있으리라고는 생각지 못했다. 소봉은 의아한 생각이 들면서도 자기도 모르게 얼굴이 벌겋게 달아올랐다. 그는 이미 단정순의 또 다른 정부 두 사람을 봐왔던 터였다. 진홍면은 시원시원하고 쾌활했고 완성죽은 곱고 애교가 많았지만 이 마 부인은 무척이나 부드러우면서도 요염하기 이를 데 없는 모습이 또 다른 풍류가 있어 보였다.

단정순이 좋아서 어쩔 줄 몰라 손을 뻗어 그녀를 끌어당겨 품에 안자 마 부인은 아잉 하고 손으로 살짝 밀쳐내며 버티는 척했다.

소봉은 눈살을 찌푸렸다. 두 사람이 벌이는 추태를 보고 싶지 않았던 것이다. 그때 갑자기 옆에서 누군가 낙엽을 밟아 사각 하는 소리가 들려왔다. 그는 속으로 외쳤다.

'이런! 저 두 여자들 질투심 때문에 대사를 그르치고 말겠구나.'

순간 그는 신형을 바람같이 움직이며 진홍면을 비롯한 네 사람 뒤로 날아가 네 사람의 등 뒤에 있는 혈도를 가볍게 찍었다.

네 사람은 자신들이 누구에게 기습을 당한지도 모른 채 꼼짝도 하지 못했다. 소봉은 이들의 아혈啞穴까지 찍어 말도 하지 못하게 만들었다. 진홍면과 완성죽은 정랑과 그 옆에 있는 여인의 계속된 정담을 듣다 분노가 치밀어오르고 질투심이 활활 타오르던 참인데 느닷없이 전신이 굳어버리고 벙어리까지 되어버리자 이중고를 겪게 됐다.

소봉은 다시 창문 틈으로 방 안을 들여다봤다. 마 부인은 이미 단정순 옆에 앉아 그의 어깨에 머리를 기대고 있었는데 온몸에 뼈라고는 없는 사람처럼 자신의 몸을 단정순에게 내맡긴 채 새까만 머리카락을 늘어뜨려 단정순의 얼굴을 반쯤 덮고 있었다. 그녀는 두 눈을 감은 듯 감지 않은 듯 실눈을 뜨고 단정순을 향해 말했다.

"우리 주인 양반이 누군가에게 당했다는 소식을 전해들었을 텐데 왜 와서 살펴보지 않았어요? 우리 주인 양반이 세상을 떠났으니 더 이상 거리낄 것도 없잖아요?"

그녀의 말투 속에는 원망과 애교가 섞여 있었다.

단정순이 싱긋 웃었다.

"그래서 이렇게 오지 않았소? 난 그 소식을 전해듣자마자 그날 밤 당장 길을 나섰소. 밤낮으로 길을 재촉하며 잠시도 쉬지 않고 달려왔단 말이오. 한발 늦을까 두려워서."

"한발 늦을까 두렵다니요?"

"그대가 외로움을 참지 못하고 그새 또 출가를 할까 두려웠소. 나 '대리 단이'가 어찌 헛된 발걸음을 할 수 있겠소? 10년 동안의 그리움을 허사로 만들 순 없지 않겠소?"

마 부인이 비아냥거리며 말했다.

"쳇! 좋은 말은 못해줄망정 제가 외로움을 참지 못해 출가할지 모른다고 놀린단 말이에요? 그런 생각을 언제 했다 그래요? 10년은 무슨… 거짓말 좀 작작 하세요.”

단정순은 양팔에 힘을 주어 그녀를 꽉 껴안으며 웃었다.

“그대 생각을 하지 않았다면 내 어찌 이리 서둘러 대리에서 달려왔
겠소?”

마 부인이 빙그레 웃었다.

“좋아요, 제 생각을 했다고 칠게요. 단랑, 앞으로 절 어떻게 하실 작
정이세요?”

여기까지 말하고는 양팔을 뻗어내 단정순의 목을 끌어안아 그의 얼
굴에 뺨을 대고 끊임없이 비벼댔다. 그녀의 아름다운 머리카락은 마치
파도처럼 흔들렸다.

“오늘 술이 있으면 오늘 취해야 하는 것 아니오? 나중 문제는 나중
에 천천히 생각합시다. 자. 어디 좀 안아봅시다. 헤어진 10년 동안 가
벼워졌는지 무거워졌는지 말이오.”

이 말을 하면서 마 부인을 안고 번쩍 들었다.

마 부인이 말했다.

“어쨌든 절 대리로 데려가지 않겠다는 거죠?”

단정순이 눈살을 찌푸렸다.

“대리에 재미있는 게 뭐 있다 그러시오? 덥고 습한 데다 장기瘴氣까
지 만연해 있는데 말이오. 그대가 가면 물이 맞지 않아 병이 나고 말
것이오.”

마 부인은 가볍게 한숨을 내쉬고 나지막이 말했다.

“음. 당신이 또 절 헛물만 켜게 만드는군요.”

단정순이 웃으며 말했다.

"어찌 헛물만 켠다는 것이오? 내가 진정한 기쁨을 맛보게 해주겠소."

이때 밖에서 또 가벼운 발소리가 들려오자 소봉은 개방 사람들이 당도했다는 것을 알았다. 그들 자체적으로 소리를 내거나 손을 쓰지 말라는 명을 받은 상태이긴 했지만 지금은 뭔가 심상치 않은 변화가 일어났고 갈수록 이상한 상황에 이르다 보니 소봉은 지엽적인 문제가 생기는 걸 원치 않았다. 그는 개방의 10여 명이 모두 집 앞의 땅 밑에 매복해 있는 걸 보고 아무 기척도 없이 몰래 달려갔다. 그러고는 각자의 몸 뒤로 돌아가 바람처럼 손가락을 내뻗었다. 등 뒤 허리 부분에 있는 현추혈을 찍어 개방의 10여 명을 꼼짝도 하지 못하고 말도 할 수 없게 만든 것이다.

소봉은 있던 자리로 돌아와 다시 방 안을 들여다봤다. 마 부인이 슬쩍 발버둥을 치며 바닥에 내려와 술을 한 잔 따랐다.

"단랑, 한 잔 더 하세요."

단정순이 말했다.

"안 마시겠소. 술은 충분하오!"

마 부인은 왼손을 뻗어 그의 얼굴을 어루만지며 말했다.

"아니요, 싫어요! 당신이 정신없이 취할 때까지 마시게 해야겠어요."

단정순이 빙긋 웃었다.

"정신없이 취하면 또 뭐가 좋다 그러시오?"

이 말을 하면서 술잔을 받아들어 단숨에 들이켰다.

소봉은 정담만 주고받는 두 사람의 대화를 듣고 있자니 점점 참기 힘들어졌다. 더구나 단정순이 술 마시는 걸 보자 술 생각이 간절해져 그저 침만 꿀꺽 삼킬 따름이었다.

단정순이 하품을 하며 피곤한 표정을 짓는 모습이 보였다. 마 부인이 눈웃음을 치며 말했다.

"단랑, 제가 옛날 얘기 해드릴게요. 어때요?"

소봉은 정신이 번쩍 들어 생각했다.

'그 옛날 얘기 안에 무슨 단서가 있을지도 모른다.'

단정순이 말했다.

"바쁠 것 없소. 자, 내가 옷을 벗겨줄 테니 베갯머리에서 내 귀에 대고 속삭여주시오."

마 부인이 눈을 흘겼다.

"들어봐요. 단랑, 어릴 때 우리 집은 무척 가난해서 제가 새 옷을 입고 싶어도 아버지한테 그런 능력이 없다 보니 전 온종일 그런 생각만 했어요. 옆집 강江가네 언니처럼 춘절春節에 때때옷을 입고 꽃신을 신을 수 있었으면 좋겠다고 말이에요."

"그대는 어렸을 때도 무척 수려했을 것이오. 그런 귀여운 소녀가 온몸에 해진 옷을 입고 있다 한들 어찌 예쁘지 않을 수 있겠소?"

"아니요. 전 때때옷을 입고 싶었어요."

"그대가 이렇게 소복을 입고 있으니 더욱 희고 부드럽게 느껴져음… 훨씬 더 아름다워 보이는 것 같소. 한데 때때옷이 뭐 예쁘다 그랬던 거요?"

마 부인이 입을 오므리며 웃다가 부드러운 목소리로 속삭였다.

"어렸을 때는요. 밤낮으로 그 생각뿐이었어요. 때때옷에 대한 일종의 상사병이었지요."

"열일곱 살이 돼서도?"

마 부인은 눈을 반짝거리며 말을 이었다.

"단랑, 전 당신 때문에 상사병에 걸렸어요. 그 병은 뿌리가 깊어서 오늘날까지도 절 괴롭혀오다 아직까지 끝나지 않았어요. 살아생전에 단랑에 대한 제 상사병이 치료될 수 있을지 모르겠어요."

단정순은 그 말에 마음이 들떠 그녀를 안으려고 손을 뻗었지만 술을 너무 많이 마신 탓인지 손발에 맥이 풀려 팔을 들 수가 없자 손을 다시 내려놓았다.

"나한테 이렇게 술을 많이 먹이면 좀 있다 우리가… 만약… 하하. 소강, 훗날 몇 살이 돼서야 때때옷을 입게 됐소?"

"당신은 어릴 때부터 부귀하게 자랐으니 가난한 아이의 고통을 모르실 거예요. 그때는요, 새 신발만 생겨도 얼마나 기뻤는지 몰라요. 제가 일곱 살 되던 해 섣달이 되자 우리 아버지는 집에서 키우던 양 세 마리와 닭 열네 마리를 시장에 가져다 팔아 춘절을 보내야겠다고 하셨어요. 그것으로 꽃무늬 천을 떼어와 새 옷을 지어주시겠다고 말이에요. 아버지로부터 그 말을 들은 8월부터 전 기대에 부풀어 닭에게 모이를 주고 양을 방목하면서 열심히 키웠죠…."

소봉은 '양을 방목'했다는 그녀의 말을 듣고 눈시울이 뜨거워지지 않을 수 없었다.

마 부인이 말을 이었다.

"기다리던 섣달이 돌아오자 전 매일같이 아버지한테 양과 닭을 내다 팔아오라고 졸랐어요. 아버지는 늘 이렇게 대답하셨죠. '그리 서둘 것 없다. 그믐날 밤이 다가와야 닭과 양 값이 오를 게야.' 며칠 후에 큰 눈이 내리기 시작했는데 그 후로도 몇 날 며칠 동안 계속 내렸어요. 그러던 어느 날 밤 갑작스레 우지끈하는 소리가 몇 번 들리고 양 우리가 폭설에 주저앉고 말았는데 다행히 양들이 압사하지는 않았어요. 아버지께서 양들을 한쪽에 끌고 가서는 좀 일찍 내다 팔아야겠다고 말씀하셨어요. 하지만 뜻밖에도 바로 그날 밤, 양들의 울음소리와 이리들의 울부짖음 소리가 소란스럽게 들려왔어요. 아버지께서 그러셨죠. '큰일 났다. 이리야!' 아버지는 당장 투창을 들고 이리를 잡으러 달려나가셨어요. 하지만 양 세 마리가 굶주린 이리한테 물려가고 닭 열몇 마리도 대부분 이리한테 잡아먹히고 말았어요. 아버지는 큰 소리로 외치며 이리를 쫓아버리고 양들을 되찾으러 가셨어요. 아버지가 산속으로 들어가시자 전 너무나 초조했어요. 아버지가 양들을 찾아오실 수 있을까 걱정됐던 거예요. 한참 후에 아버지가 다리를 절뚝거리며 돌아오는 모습이 보였어요. 절벽 위에서 눈길에 미끄러져 다리를 다치고 투창마저 절벽 아래로 떨어뜨리셔서 양들을 찾아오지 못했다는 거였어요. 난 눈밭에 주저앉아 대성통곡을 했어요. 매일같이 닭에게 모이를 주고 양을 방목하며 때때옷 입을 생각만 하고 있었는데 모든 게 허사가 돼버린 거예요. 전 울면서 큰 소리로 외쳤어요. '아버지, 어서 양들을 찾아와요! 전 새 옷을 입어야 해요. 새 옷을 입어야 한다고요!'"

소봉은 여기까지 듣고 마음 한편이 무거워졌다.

'저 여인은 천성이 차갑고 야박하구나! 자기 아버지가 넘어져 다쳤다는데 아버지의 상세에는 관심 없고 자기 때때옷만 생각하고 있었다니. 더구나 그 눈 내리는 밤에 굶주린 이리를 쫓아간다는 게 얼마나 위험한 일이던가? 나이가 어려 철이 없을 때라고는 하지만 자기 부친을 돌보지 않는 행동을 해서는 안 되지.'

마 부인이 다시 말을 이었다.

"아버지가 그러셨어요. '애야, 내일부터라도 당장 양을 몇 마리 더 사서 키워 내년에 팔면 네 때때옷을 사줄 수 있을 게다.' 전 싫다고 큰 소리로 울기만 했죠. 하지만 제가 싫다고 한들 달리 방법이 있나요? 보름도 안 돼 춘절이 왔는데 옆집 강가네 언니는 노란색 바탕에 빨간 꽃이 그려진 새 솜저고리에 연두색 국화가 그려진 바지를 입었더군요. 전 그걸 보고 미칠 듯이 화가 치밀어올라 밥도 먹기 싫었어요. 아버지는 계속해서 절 달랬지만 전 상대도 하지 않았죠."

단정순이 웃으며 말했다.

"그때 내가 알았더라면 새 옷을 열 벌 아니라 스무 벌이라도 보냈을 것이오."

그는 이 말을 하면서 기지개를 쭉 켰다. 흔들리는 촛불 아래 비친 그의 얼굴은 술기운이 올라 짙은 정욕으로 가득해 보였다.

마 부인이 말했다.

"열 벌, 스무 벌이면 소중한 걸 모르죠. 그날은 섣달 그믐날이었는데 밤이 되자 전 침상 위에서 이리 뒤척 저리 뒤척 하며 잠을 이루지 못하다가 살그머니 일어나 옆집 강 백부 집을 찾아갔어요. 어른들은 밤을 새우느라 아직 잠을 자지 않고 있어 촛불이 환하게 켜 있었죠. 그때 구들장 위에서 잠을 자고 있던 강가네 언니가 보였는데 몸을 덮고 있던 새 옷이 새빨간 촛불에 비쳐 더욱 예쁘게 보이지 뭐예요. 전 한참 동안을 멍하니 바라보기만 했어요. 그러다 몰래 방 안으로 들어가 그 새 저고리와 새 바지를 들고 나왔어요."

단정순이 껄껄 웃었다.

"새 옷을 훔친 게요? 아이고. 난 우리 소강이 사내만 훔치는 줄 알았더니만 옷을 훔칠 줄도 알았군."

마 부인은 별처럼 아름다운 눈동자를 떼굴떼굴 굴리며 빙그레 웃었다.

"훔친 게 아니에요. 전 탁자 위에 놓인 반짇고리 안에 있던 가위를 들어 새 저고리와 새 바지를 조각조각 모조리 잘라버렸어요. 영원히 기울 수 없게 말이에요. 그 새 옷과 새 바지를 난도질하고 나니 속으로 말할 수 없는 기쁨을 느꼈어요. 제가 새 옷을 입은 것보다 훨씬 더 통쾌해서 내일 어른들이 알면 어찌 될까 하는 걱정 같은 건 할 생각도 안 했어요."

단정순은 줄곧 얼굴에 웃음기를 띠고 있다가 이 말을 듣자 얼굴색이 점점 변하더니 불쾌한 기색으로 말했다.

"소강, 그런 옛날 얘기는 그만두고 어서 잡시다!"

"아니요. 당신과 함께 있는 시간도 며칠뿐이잖아요? 오늘 이후로 우리 두 사람은 다시 보지 못할 테니 당신한테 하고 싶은 말 다 할래요. 단랑, 제가 왜 당신한테 이런 옛날 얘기를 하는지 아세요? 어릴 때부터 제 성격이 그랬다는 걸 당신께 알려드리고 싶어서예요. 만일 제가 밤낮으로 그리워하는 걸 손에 넣지 못했는데 운 좋은 누군가가 그걸 얻었다면 전 그걸 무슨 일이 있어도 망가뜨려야만 해요. 어릴 때는 바보 같은 방법을 썼지만 나이가 점점 들고 머리도 점점 좋아지면서 교묘한 방법을 쓰게 됐어요."

단정순이 고개를 가로저었다.

"그만하시오. 그런 살풍경한 말을 나한테 들려줘봐야 흥취만 떨어질 뿐이니 나중에 내 탓은 마시오."

마 부인이 빙긋 웃으며 몸을 일으켰다. 그리고 천천히 머리카락에 묶여 있던 흰색 머리띠를 풀어헤쳐 부드럽기 그지없는 긴 머리를 허리까지 늘어뜨렸다. 그녀는 회양목으로 만든 빗을 들어 천천히 긴 머리를 빗다가 갑자기 고개를 돌리고 웃었다. 그러다 요염하기 이를 데 없는 표정을 지으며 말했다.

"단랑, 어서 안아주세요!"

그녀의 목소리는 무척이나 부드러웠다.

소봉은 마 부인에게 혐오감을 느꼈지만 촛불 아래 비친 그녀의 애교 섞인 눈짓을 보고, 또 '안아주세요!' 하는 간드러진 목소리를 듣고 자기도 모르게 심장이 쿵쾅거렸다.

단정순이 껄껄 웃더니 구들장 옆에 기대 그녀를 안기 위해 일어나려 했다. 그러나 술을 너무 많이 마신 탓인지 몸을 일으킬 수가 없자 껄껄 웃었다.

"술을 예닐곱 잔밖에 마시지 않았는데 많이 취했나 보군. 소강, 그대의 아름다운 모습에 취해버린 것 같소. 독주 세 근은 마신 것 같으니 말이오. 허허…."

소봉이 듣고 깜짝 놀랐다.

'예닐곱 잔밖에 마시지 않았는데 어찌 취할 수가 있지? 단정순의 내력은 평범한 수준이 절대 아닌데 아무리 술이 약하다 해도 그 정도는 아니다. 뭔가 수상쩍은 구석이 있어.'

마 부인이 깔깔대는 간드러진 웃음소리와 함께 끼를 부렸다.

"단랑, 이리 와요. 전 힘이 하나도 없어요. 어… 어서… 어서 안아주세요."

진홍면과 완성죽은 창밖에 서서 마 부인이 그렇게 애교를 부리며 유혹하는 소리를 구구절절 듣고 있다가 질투심이 불타올라 가슴이 터져버릴 지경이었지만 손을 들어 귀를 막을 수도 없는 처지였다. 개방 사람들 역시 줄곧 마 부인이 정절을 지키는 미망인으로 정숙하고 단정하며 함부로 웃지도 않는 사람으로만 알았다가 그녀의 음탕한 웃음과 말소리를 듣고 의아함을 감출 수 없었다. 그중에는 음란한 욕지거리를 해주려 한 사람도 있었지만 입을 열어 소리를 낼 수가 없었다.

단정순은 왼손을 구들장에 지탱해 힘껏 몸을 일으키려 했지만 몸이 꼿꼿해지고 두 무릎에 맥이 풀리면서 다시 주저앉고 말았다. 그는 웃으며 말했다.

"나도 기운이 하나도 없소. 정말 이상하구려. 당신을 만나니 고양이 앞의 쥐처럼 온몸에 맥이 빠져버리니 말이오."

마 부인이 빙긋 웃었다.

"가만 안 둘 거예요. 겨우 그거 마시고 취한 척하다니요. 운기를 해서 내력을 돋우면 되지 않을까요?"

단정순은 운기조식을 하며 진기를 끌어올리려 했지만 어찌 된 일인지 단전 안이 텅텅 비어 있는 듯 아무 움직임도 없었다. 그는 연이어 세 번이나 진기를 돋워봤지만 소용이 없었다. 수십 년 동안 연마한 심후한 내력이 이렇게 별안간 종적도 없이 사라져버릴 줄 누가 알았겠는가? 이쯤 되면 일이 잘못됐다는 걸 알고 당황할 만도 했지만 그는 강호에서 수많은 풍파를 겪어온 사람이었다. 그는 조금도 동요하지 않고 웃으며 말했다.

"이제 일양지와 육맥신검 내경만 남았구려. 이젠 사람을 죽일 수 있을 뿐 안을 수는 없을 정도로 취했소."

소봉은 생각했다.

'저자가 여색을 좋아하긴 해도 그리 멍청한 건 아니구나. 이미 위험한 지경에 이른 것을 알고 "사람을 죽일 수 있을 뿐 안을 수는 없다"는 말을 하지 않는가? 사실 그는 일양지는 구사할 줄 알아도 육맥신검은 모르는데 허세를 부려 위협하려는 것이다. 내력이 없다면 일양지 역시 펼칠 수가 없을 텐데….'

마 부인이 부드러운 목소리로 말했다.

"아유, 어지러워죽겠어요. 단랑, 혹시… 혹시 술 안에다 무슨 수작을 부린 거 아니에요?"

단정순은 본래 그녀가 술에 약을 탔을 거라 의심하고 있었지만 이 말을 듣자 그녀에 대한 의심이 눈 녹듯이 사라져버렸다. 그는 손을 휘저었다.

"소강, 이리 오시오. 그대에게 할 말이 있소."

마 부인은 걸음을 옮겨 그의 곁으로 가려 했지만 몸을 일으키지 못하고 탁자 위에 엎어졌다. 그녀는 얼굴에 홍조를 띠고 응응 대는 신음소리를 연발하다 요염한 목소리로 말했다.

"단랑, 한 발짝도 움직이지 못하겠어요. 저한테 잠자리에 들자고 하면 거절할까 봐 술 안에다 춘약을 탔군요. 아니에요? 정말 불경스럽기 짝이 없네요."

단정순이 고개를 가로저으며 손짓을 하다가 손가락을 술에 찍어 탁자에 글을 쓰기 시작했다.

'적의 간계에 빠진 듯하니 침착하시오.'

그러고는 말했다.

"이제 내력이 올라오고 있소. 이따위 독주 몇 잔으로는 날 혼미하게 만들 수 없지."

마 부인 역시 탁자에 글을 써서 말했다.

'정말이에요?'

단정순이 글로 답했다.

'약하게 보여선 아니 되오.'

그러고는 큰 소리로 말했다.

"소강, 그대에게 어떤 원수가 있기에 이런 독계를 펼쳐 날 해치는 것이오?"

소봉은 창문 밖에서 그가 '약하게 보여선 아니 되오'라고 쓴 글을 보고 뭔가 잘못됐다고 느꼈다.

'단정순, 당신이 그토록 현명하고 대단한 사람이라 해도 결국에는 여인의 손에 끝장이 나는구려. 그 독약은 마 부인이 타넣은 게 분명하오. 당신이 '사람을 죽일 수 있을 뿐 안을 수는 없다'고 한 말을 저 여자가 듣고 당신의 뛰어난 무공이 두려워 자기도 중독된 것처럼 가장해 당신의 허실을 탐문하려는 것인데 어찌 그리 쉽게 속아넘어갈 수 있단 말이오?'

마 부인은 근심 어린 얼굴로 다시 탁자 위에 글을 써내려갔다.

'내력이 모두 사라졌다는 게 정말이에요?'

그러고는 겉으로 말했다.

"단랑, 도적이 우릴 해치려는 거라면 그보다 더 좋을 순 없어요. 안 그래도 무료한데 놈을 가지고 놀면 되죠. 당신은 그냥 앉아서 모르는 척하세요. 감히 손을 쓸 용기가 있는지 보자고요."

단정순이 글로 써서 말했다.

'약효가 사라지고 나서 적이 오기만 바랄 뿐이오.'

그러고는 말했다.

"그렇소. 누구든 우리를 농락하려 한다면 나도 바라던 바요. 소강, 내 능공점혈凌空点穴 수법을 한번 보지 않겠소?"

마 부인이 웃으며 말했다.

"한 번도 본 적이 없어요. 내력을 잃지 않았다니까 일양지를 펼쳐 창호지 위에 구멍을 뚫어보세요. 어때요?"

단정순이 미간을 찡그리며 연신 눈짓을 보냈다. 그 뜻은 이러했다.

'내력이 전무한데 어찌 능공점혈을 펼칠 수 있겠소? 난 적을 겁주려고 그런 것인데 어찌 그걸 알아차리지 못하시오?'

그러나 마 부인이 계속 재촉하며 말했다.

"어서 해보세요. 창호지 위에 작은 구멍 하나만 뚫으면 적이 놀라서 물러갈 거예요. 그러지 않으면 큰일 나요. 적에게 우리 허점을 보이면 안 돼요."

단정순은 다시 깜짝 놀랐다.

'여태껏 총명하고 기민한 사람이었는데 지금은 왜 이리 바보 같은 척을 하지?'

이렇게 머뭇거리는 사이 마 부인의 부드러운 목소리가 들렸다.

"단랑, 당신은 칠향미혼산七香迷魂散이라는 독성의 미약을 먹었어요. 당신 무공이 아무리 뛰어나다 해도 내력을 모두 잃고 말죠. 당신이 능공점혈을 펼쳐 창호지에 내력의 진기만으로 구멍을 낼 수 있다면 그건 정말 기묘하기 이를 데 없는 거예요."

단정순은 깜짝 놀라지 않을 수 없었다.

"내… 내가 칠향미혼산 그 극독의 미약에 중독됐다는 말이오? 그… 그대가 그걸 어찌 아시오?"

마 부인이 간드러진 소리를 내며 웃었다.

"당신한테 술을 따를 때, 호호… 잘못해서 미약 한 봉을 술 주전자 속에 빠뜨렸나 봐요. 에이. 당신만 보면 혼백이 날아가서 어쩔 줄을 모르겠다니까요? 단랑, 제 탓은 하지 마세요."

단정순이 억지웃음을 지으며 말했다.

"음. 그랬었군. 그럴 수도 있지."

그때 그는 마 부인에게 당했다는 사실을 똑똑히 알고 있었다. 하지만 그가 광분해서 욕을 한다 한들 전혀 도움이 될 수 있는 상황이 아니었다. 그는 하는 수 없이 아무 일 없다는 표정을 지으며 최대한 침착하게 대처해 위기에서 빠져나갈 방법을 생각했다.

'이 사람은 나한테 깊은 정이 있었으니 절대 내 목숨을 해치려는 게 아닐 것이다. 내가 영원히 집에 돌아가지 않고 평생 자기와 함께 살겠다고 하거나 혹은 자기를 데리고 대리로 함께 가서 제대로 된 명분을 가지고 오랜 부부가 되겠다는 다짐을 받아내려는 것이야. 날 깊이 사랑하는 마음에서 비롯된 것이니 방법이 좀 과하긴 해도 악의가 있는 것은 아니지.'

생각이 여기까지 미치자 곧 마음이 놓였다.

과연 마 부인이 물었다.

"단랑, 저랑 오랜 부부가 되고 싶지 않나요?"

"정말 무서운 사람이군. 좋소. 내가 항복하겠소. 내일 나와 함께 대리로 갑시다. 당신을 진남왕의 측비로 맞아들이겠소."

진홍면과 완성죽은 그의 이 말을 듣고 질투심이 활활 타올라 순간 얼굴색이 변하고 분노가 폭발한 나머지 이런 생각을 했다.

'지 천한 년이 어디가 좋아서? 나한테는 그런 대답도 안 하더니 저 년한테 해?'

마 부인이 한숨을 내쉬며 느끼한 목소리로 말했다.

"단랑, 조금 전에 절 어찌할 거냐고 물었을 때는 대리가 습하고 더운 데다 장기가 만연해서 제가 가면 병이 날 거라고 했잖아요? 지금 그 말은 진심에서 우러나온 말이라 할 수 없어요."

단정순이 탄식을 하며 말했다.

"소강, 들어보시오. 난 대리국의 황태제인 몸이오. 우리 형님한테 아들이 없기 때문에 세월이 흐른 뒤에는 나에게 황위를 물려줄 것이오. 지금 중원에서는 일개 무부武夫에 불과할 뿐이지만 대리로 돌아가면 도리에 어긋나는 행동을 할 수가 없소. 안 그렇소?"

"그래요. 그래서 뭐요?"

"곤란한 점이 한둘이 아니긴 하지만 그대가 이토록 간절한 정 때문에 술에 약을 타넣는 수단까지 쓰는 것을 보고 마음을 돌리게 됐소. 매일 당신같이 좋은 사람을 옆에 두고 사는 생각을 안 해본 건 아니오. 이미 당신과 함께 대리로 간다고 대답한 이상 절대 번복은 하지 않을 것이오."

"아, 그 말도 일리가 있네요. 그럼 나중에 당신이 황상이 되면 절 황후낭랑으로 봉해주실 수 있나요?"

단정순이 머뭇거리며 말했다.

"나에겐 이미 본처가 있어 황후는 될 수 없….'

"그래요. 난 상서롭지 못한 과부일 뿐인데 어찌 황후낭랑이 될 수 있 겠어요? 대리국의 수많은 사람이 입이 삐뚤어지도록 웃을 일이죠."

그녀는 다시 나무빗을 들어 천천히 머리를 빗다가 빙긋 웃었다.

"단랑, 조금 전에 제가 들려준 얘기가 무슨 의미인지 아시겠죠?"

단정순은 이마에 식은땀을 흘리면서도 애써 정신을 가다듬으려 했 다. 하지만 수십 년 동안 힘들게 연마해 이룬 내공이 모두 어디로 사라 졌는지 알 수가 없었다. 물에 빠진 사람이 두 손으로 아무거나 잡겠다 고 발악을 하다가 풀 한 포기 잡지 못하는 형국일 뿐이었다.

마 부인이 물었다.

"단랑, 많이 더운가 봐요. 그렇죠? 제가 땀 닦아드릴게요."

그녀는 품에서 흰색 나파 하나를 꺼내 그의 곁으로 다가가 이마에 흐르는 식은땀을 천천히 닦아주었다. 그리고 부드러운 목소리로 말 했다.

"단랑, 몸조심하셔야 돼요. 술을 마시면 몸이 금방 차가워져요. 당신 몸이 편치 않으면 제가 얼마나 걱정되는지 알아요?"

창문 안의 단정순과 창문 밖에 있던 소봉은 그 말을 듣고 말로 형용 할 수 없는 공포감을 느꼈다.

단정순이 억지웃음을 지었다.

"그날 밤 그대가 땀에 흠뻑 젖었을 때 내가 그대 땀을 닦아준 적이 있었소. 그때 그 손수건을 난 십수 년 동안 간직하고 다녔지."

마 부인은 수줍은 기색을 하고 나지막이 속삭였다.

"부끄럽지도 않으세요? 10여 년 전 일을 그렇게 뻔뻔스럽게 말할 수 있나요? 어디 한번 꺼내보세요."

단정순은 십수 년 전에 줄곧 몸에 지니고 다녔다던 그 옛날 손수건이라고 할 순 없지만 품 안에 손수건이 있는 건 사실이었다. 그는 여자의 환심을 사는 데 능했다. 그런 그의 능력은 그와 풍류를 즐기며 악연을 맺은 모든 여자가 그가 자신을 진정 사랑한다고 믿게 만드는 중요한 이유 중 하나였다. 다만 감히 저항할 수 없는 갖가지 운명과 변고로 인해 사랑으로 가득한 인연이 결실을 보지 못할 뿐이라고 생각하게 만들었다. 그는 품에 있는 그 손수건을 꺼내 그녀에게 옛정을 상기시키려 했지만 손가락을 살짝 움직였음에도 손 위로는 이미 모두 마비가 된 상태였다. 무섭기 그지없는 칠향미혼산의 독성이 손수건조차 꺼낼 힘도 없게 만든 것이다.

마 부인이 말했다.

"어서 꺼내봐요! 흥, 또 거짓말!"

단정순이 쓴웃음을 지으며 말했다.

"하하… 취해서 손을 꼼짝도 할 수가 없으니 그대가 대신 꺼내주시오."

마 부인이 말했다.

"내가 속아넘어갈 줄 알아요? 날 속여 가까이 오게 만들어 일양지로 절 죽이려는 거잖아요?"

단정순이 빙긋 웃었다.

"그대처럼 미려하기 그지없는 절세미인들에게는 용서받지 못할 흉악범조차 얼굴에 티끌만 한 손톱자국 하나도 긋기 어려울 것이오."

마 부인이 웃으며 말했다.

"정말요? 단랑, 아무래도 마음이 놓이질 않아요. 밧줄로 당신 두 손을 묶어야겠어요. 그다음… 그다음 다시 부드러운 실로 당신 마음을 꽁꽁 묶어야겠어요."

"내 마음은 진작 그대에게 묶여 있었소. 그렇지 않았다면 내가 어찌 순순히 당신 집까지 왔겠소?"

마 부인이 풋 하고 웃었다.

"당신은 좋은 사람이었어요. 제가 이렇게 영원히 치료할 수 없는 상사병에 걸린 것도 당연한 거예요."

이 말을 하고는 구들장 옆에 있는 서랍을 열어 쇠심을 엮어 만든 밧줄을 꺼냈다.

단정순은 속으로 더욱 깜짝 놀랐다.

'이제 보니 이 모든 걸 준비해놓고 있었구나. 한데 난 이를 전혀 모르고 있었다니. 단정순아, 단정순아! 오늘 이곳에서 명을 다한들 누굴 원망하겠느냐?'

마 부인이 말했다.

"우선 당신 손부터 묶을게요. 단랑, 전 정말 당신을 말할 수 없을 정도로 좋아해요. 저한테 화나셨어요?"

단정순은 마 부인의 성격을 잘 알고 있었다. 그녀는 여자지만 그 어떤 남자보다 의지가 강했다. 악독하게 욕을 퍼부어 그녀를 화나게 해서도 안 되고 간절하게 애원해 마음을 돌릴 수도 없었다. 그저 시간을 지연하다 기회가 왔을 때 곤경에서 벗어날 수밖에 달리 방법이 없었다.

"난 그대의 촉촉한 눈을 보기만 하면 그 어떤 노기도 모두 사라져버리고 말지. 소강, 이리 오시오. 그대 머리카락에서 말리꽃 향이 얼마나 나는지 좀 맡아봅시다."

10여 년 전 단정순은 바로 이 한마디 말로 마 부인과 인연을 맺었다. 이제 다시 옛일을 들춰내자 마 부인은 몸이 비스듬히 기울어지며 맥없이 그의 품에 안겼다. 과거의 깊은 정이 샘솟는 듯 무척이나 부끄러워했다. 그녀는 왼손으로 단정순의 목을 끌어안고 오른손으로는 그의 뺨을 가볍게 어루만지다 교태 어린 목소리로 말했다.

"단랑, 단랑! 그날 밤 제 몸을 당신한테 바치고 나서 제가 그런 말을 했었죠? 훗날 당신이 다른 마음을 품으면 어떻게 하겠노라고."

단정순은 눈앞에서 불똥이 마구 튀는 듯 느껴지며 이마에 구슬 같은 땀이 방울방울 맺히기 시작했다. 마 부인이 말했다.

"이 양심도 없는 낭군. 다정한 낭군. 당신이 한 그 맹세를 벌써 잊으신 건가요?"

단정순은 쓴웃음을 지으며 말했다.

"내 몸에 있는 살을 한입 물어뜯으라 말했소."

이 맹세는 사실 농으로 한 말이었다. 남녀가 서로 환락을 즐길 때 시시덕거리며 주고받는 의례적인 말이었지만 단정순은 이 말을 하면서 자기도 모르게 온몸의 살이 떨렸다.

마 부인이 교태 어린 웃음을 지으며 말했다.

"저한테 그렇게 말한 지 벌써 수년이 지났는데도 아직 기억하고 있군요. 우리 단랑은 정말 양심적이에요. 단랑, 당신 손을 묶고 당신과 새로운 놀이를 하고 싶어요. 당신은 어때요? 당신이 원하면 손을 묶고 원치 않으면 묶지 않겠어요. 전 늘 당신한테 순종적이었고 환심을 사려고 애썼잖아요?"

단정순은 자신이 묶지 말라고 해도 다른 기괴한 방법을 생각해내서 그러리란 걸 알기에 쓴웃음을 지었다.

"묶고 싶다면 묶도록 하시오. '모란꽃 밑에서 죽으면 귀신이 되어도 풍류를 즐긴다'는 말도 있지 않소? 그대 손에 죽는다면 더 이상 즐거울 수 없을 것이오."

소봉은 창밖에서 이들이 하는 말을 듣고 있다가 그의 놀라운 신념에 탄복해 마지않았다. 이렇게 위급한 순간에도 저런 조소가 섞인 말을 한다는 건 매우 뜻밖이었기 때문이다. 마 부인은 그의 두 손을 뒤로 잡아당겨 쇠심 밧줄로 꽁꽁 묶고 연이어 일고여덟 번 매듭을 지었다. 지금처럼 단정순의 무공이 모두 소실된 상태에서는 물론이고 내력에 손실을 입지 않았다 하더라도 짧은 시간 안에 풀기는 쉽지 않아 보였다.

마 부인이 상냥하게 웃으며 말했다.

"전 당신의 두 다리가 가장 미워요. 한번 갔다 하면 종적을 찾을 수 없으니 말이에요."

이 말을 하고는 그의 허벅지를 가볍게 한번 꼬집었다. 단정순이 씩 웃었다.

"그해 내가 그대를 만나게 된 것도 이 두 다리가 날 데려왔기 때문이오. 이 두 다리는 죄과가 많긴 하지만 공로 역시 적지 않소."

"좋아요! 그럼 다리도 묶어야겠어요."

마 부인은 이 말을 하며 다른 쇠심 밧줄 하나를 들어 그의 두 다리마저 묶어버렸다.

곧이어 가위 하나를 들고 와 그의 오른쪽 어깨에 몇 겹으로 걸쳐진 옷을 잘라버리자 새하얀 살갗이 드러났다. 단정순은 적지 않은 나이였지만 존귀한 지위에서 평생을 부유하게 살아왔고 내공 또한 심후했던 터라 살갗이 여전히 매끄럽고 탄탄했다.

마 부인은 손을 뻗어 그의 어깨 위를 살며시 쓰다듬다가 앵두같이 작은 입을 모아 그의 뺨에 입을 맞추더니 목덜미를 시작으로 점점 어깨 쪽으로 더듬어 내려갔다. 입에서 음음음 하는 애교 섞인 콧소리를 내며 말할 수 없이 사랑스럽다는 표현을 하고 있었다.

단정순이 느닷없이 지른 비명은 어두컴컴한 밤의 정적을 깨버리는 소리였다. 고개를 든 마 부인은 입안 가득 선혈로 범벅이 되어 있었다. 놀랍게도 그녀는 그의 어깻죽지 살을 한입 물어뜯어낸 것이다.

마 부인은 물어뜯어낸 살 조각을 바닥에 뱉어버리더니 간드러진 목소리로 말했다.

"때리는 건 정, 욕하는 건 사랑이라고 했어요. 전 당신을 죽도록 사랑해서 깨문 거예요. 단랑, 당신 입으로 그랬잖아요? 변심을 하면 저더러 당신 살점을 한입씩 물어뜯어가라고 말이에요."

단정순이 껄껄대고 웃었다.

"맞는 말이오, 소강. 내가 했던 말을 어찌 나 몰라라 할 수 있겠소? 가끔 내가 어떻게 죽으면 좋을지 생각해본 적이 있소. 침상에서 병들어 죽는 건 너무 평범하고, 전장에서 나라를 위해 전사하는 것 역시 훌륭하고 용감한 일이긴 하지만 풍류가 없어 부족함이 있으니 나 단정순의 평소 성격에 맞지 않는다 할 수 있소. 소강, 오늘 그대가 생각해낸 방법은 정말 대단하기 이를 데 없소. 나 단정순이 당대 최고 미인의 앵두 같은 작은 입속 진주조개 이빨 아래 죽는다면 내 소원이 풀리는 셈이니 말이오. 생각해보시오. 나 단정순이 그대와 이토록 그리움으로 사무친 정이 없는 다른 남자였다면 그대에게 수많은 금은보화를 안겨준다 한들 몸을 이빨로 물어뜯진 않았을 것 아니겠소. 내 말이 맞지 않소?"

진홍면과 완성죽은 단정순의 목숨이 경각에 달렸다는 사실에 놀라서 어찌할 바를 몰랐다. 소봉이 창문 밑에 웅크리고 앉아 있는 모습을 발견한 이들은 내부 동정을 살피면서도 당장 출수를 해서 돕지 않는 소봉을 향해 속으로 끊임없이 욕만 해댈 뿐이었다.

소봉은 마 부인의 진의를 파악할 수가 없었다. 단정순을 정말 죽이려는 것인지 아니면 그냥 겁만 주어 그의 지나친 풍류에 대한 죗값을 치르게 한 뒤 용서해주고 다시는 다른 마음을 품지 못하게 만들려는 것인지 말이다. 그녀의 저런 행동은 정인 사이의 단순한 사랑싸움일 뿐인데 자신이 무모하게 사람을 구하러 난입한다면 진상을 밝혀낼 좋은 기회를 잃어버리는 결과를 낳을 뿐이었다. 따라서 그는 더욱 마음을 진정시키고 조용히 상황을 지켜보기로 했다.

마 부인이 생글생글 웃으며 말했다.

"그래요. 대송의 천자나 거란의 황제라 할지라도 날 죽이긴 쉽겠지만 나한테 한입 물어뜯기는 건 꿈도 꾸지 말아야죠. 단랑, 제가 원래는 당신을 천천히 천 입 만 입 물어뜯어 죽일 생각이었지만 당신 수하들이 도우러 올까 무서워요. 이렇게 해요. 이 작은 칼을 당신 가슴에 반촌 정도만 찔러두면 목숨에는 지장이 없을 거예요. 만일 누구든 당신을 구하러 오면 그때 제가 칼자루를 밀어버리겠어요. 그럼 당신이 풍류에 대한 죗값으로 받는 이런 구차한 체벌은 받을 필요가 없을 거예요."

이 말이 끝나기 무섭게 그녀는 서슬 퍼런 비수 한 자루를 꺼내 들어 단정순의 앞가슴을 풀어헤치고 그의 심장에 칼끝을 겨누었다. 가늘고 기다란 손을 천천히 밀어넣어 비수를 그의 가슴팍에 꽂는데 과연 아주 조금만 찔러넣었다.

이때 단정순은 신음 소리 한 마디 내지 못하다 가슴에서 선혈이 흐르는 것을 보고 말했다.

"소강, 그대의 손가락 열 개는 열일곱 살 때보다 더 희고 부드러워 보이는구려."

소봉은 마 부인이 비수를 단정순의 몸에 찔러넣을 때 눈도 깜빡거리지 않고 그녀의 손만 바라보았다. 그녀가 과다하게 힘을 주어 단정순의 목숨이 위급할 것 같다 여겨지면 즉각 일장을 날려 그녀를 떨쳐버리려 한 것이다. 하지만 그녀가 과연 가볍게 찔러넣는 것을 보고 전혀 개의치 않았다.

마 부인이 말했다.

"제가 열일곱 살 때는 빨래하고 밥하느라 손가락이 당연히 좀 거칠었죠. 몇 년 동안 힘든 일을 할 필요가 없다 보니 살결이 좀 좋아진 건 맞아요. 단랑, 이번에는 어디를 물어뜯어드릴까요? 당신이 물어뜯으라고 하는 곳을 물어뜯을게요. 전 늘 당신 말대로 했잖아요."

단정순이 빙긋 웃었다.

"소강, 당신이 날 물어뜯어 죽인 다음에도 난 그대 곁을 떠나지 않을 것이오."

"왜요?"

"무릇 아내가 남편을 모해하면 죽은 남편의 망령은 사라지지 않고 아내 곁에 달라붙어 다른 남자와 놀아나는 걸 막는다고 하오."

단정순의 이 말은 그저 겁을 주어 너무 악독하게 굴지 못하게 만들려는 것이었지만 뜻밖에도 마 부인은 이 말을 듣고 안색이 변하면서 등 뒤를 힐끗 한번 바라봤다. 단정순이 이 기회를 틈타 말했다.

"어? 그대 뒤에 저 사람은 누구요?"

마 부인이 깜짝 놀라 말했다.

"내 뒤에 누가 있다 그래요? 허튼소리!"

"음? 남자요. 입을 헤벌리고 그대를 향해 웃고 있지 않소? 자기 목덜미를 쓰다듬는 걸 보니 후두에 통증이 있는 것 같소. 저게 누구요? 옷은 다 해지고 눈물을 뚝뚝 흘리고 있는데…."

마 부인이 재빨리 몸을 돌렸지만 사람이 있을 리가 있겠는가? 그녀는 떨리는 목소리로 말했다.

"거짓말, 거… 거짓말!"

단정순은 사실 입에서 나오는 대로 한 말이었지만 그녀가 지나치게 놀라는 모습을 보고 속으로 의구심이 들기 시작했다. 어렴풋이 마대원의 죽음에 뭔가 수상쩍은 구석이 있는 것 같다는 생각이 스쳐 지나갔다. 그는 마대원이 쇄후금나수로 죽었다는 사실을 알고 있어 일부러 마 부인의 등 뒤에 있는 사람이 후두에 통증이 있고 눈물을 흘리며 해진 옷을 입었다고 말했던 것이다. 그런데 마 부인이 정말 깜짝 놀라지 않는가? 단정순은 어느 정도 짐작을 하고 말했다.

"어? 이상하네? 그 남자가 어찌 순식간에 사라져버렸지? 그 사람이 누구요?"

마 부인은 놀라서 어쩔 줄 몰라 하는 표정을 지었지만 곧 냉정을 되찾았다.

"단랑, 이 지경에 이르렀는데 저한테 겁을 줘야 무슨 소용이에요? 그렇게 저주를 퍼부어야 소용없다는 거 아시잖아요? 그래도 우린 한때 좋았던 사이이니 제가 시원스럽게 끝장내드릴게요."

이 말을 하면서 앞으로 한 걸음 다가가 손을 뻗어 비수 자루를 밀어버리려 했다.

단정순은 더 이상 지체할 수 없어 그녀의 등 뒤를 향해 두 눈을 부릅뜨고 소리쳤다.

"마대원, 마대원! 어서 자네 마누라를 죽여버리게!"

마 부인은 그가 갑작스레 무섭기 짝이 없는 표정으로 '마대원'이라는 이름을 부르짖자 온몸을 부들부들 떨면서 뒤를 바라볼 수밖에 없었다. 순간 단정순이 있는 힘껏 머리를 곧추세우고 그녀의 턱을 들이받자 마 부인은 순간 뒤로 자빠지며 혼절해버렸다.

그러나 단정순이 머리를 들이받으면서 내력을 쓴 것이 아니었던 터라 마 부인은 아주 잠깐 혼절했다가 곧바로 깨어나 여유 있게 몸을 일으키고 자기 턱을 어루만지며 웃었다.

"단랑, 애정 표현이 좀 거치시네요. 이렇게 아프게 받아버리다니 말이에요. 그런 거짓말로 겁을 줘봐야 전 속아넘어가지 않아요."

단정순은 머리로 받으면서 반나절 동안 모아둔 힘을 모조리 써버렸다. 그는 속으로 탄식하며 생각했다.

'내 명이 이렇다면 받아들여야지!'

순간 무슨 생각이 떠오른 듯 말했다.

"소강, 이대로 날 죽일 셈이오? 그럼 개방 사람들이 그대한테 지아비를 죽인 죄를 묻는다면 누가 당신을 돕겠소?"

마 부인이 킥킥대고 웃었다.

"제가 지아비를 죽였다고 누가 그러겠어요? 더구나 당신은 제 지아비가 아니에요. 당신이 정말 제 지아비라면 아끼고 사랑할 시간도 모자랄 텐데 어찌 당신을 죽이겠어요? 전 당신을 죽이고 나면 머나먼 곳으로 떠나 다시는 여기 남아 있지 않을 거예요. 당신네 대리국 신하들이 찾아오면 저더러 어찌 상대하라고요?"

그러다 조용히 한숨을 내쉬었다.

"단랑, 사실 전 당신을 아주 많이 아끼고 사랑해요. 시시때때로 당신을 품에 안은 채 입을 맞추며 예뻐해주고 싶었어요. 다만 당신을 가질 수 없으니 하는 수 없이 당신을 망가뜨리는 거예요. 그건 제 타고난 본성이라 방법이 없어요."

"음. 그렇군. 그날 당신이 일부러 그 소낭자를 속이고 교봉의 손을 빌려 날 죽이려 한 것도 그 때문이었군."

"그래요. 교봉 그놈도 참 쓸모가 없어요. 당신을 죽이지도 못하고 도망쳐나오게 만들다니 말이에요."

소봉은 끊임없이 생각에 잠겼다.

'아주가 백세경으로 변장했을 때 그 귀신같은 솜씨는 나마저 분간해내지 못할 정도였는데 마 부인은 백세경과 그리 잘 알지도 못하는 사이에 어찌 그걸 간파한 거지?'

마 부인의 목소리가 들려왔다.

"단랑, 한입만 더 물어뜯을게요."

단정순이 빙긋 웃었다.

"어서 물어뜯으시오. 그보다 더 기쁜 일이 어디 있겠소?"

소봉은 더 이상 지체할 수 없다 여겨 당장 주먹을 뻗어 단정순의 등 뒤에 있는 흙벽 위에 가져다 대고 경력을 돋우기 시작했다. 그다지 견고하지 못한 흙벽이다 보니 그의 주먹은 흙벽을 천천히 파고들어가 결국 아무 기척도 없이 구멍이 뚫렸다. 그는 곧 손바닥을 단정순의 등 뒤에 가져다 댔다.

바로 그때 마 부인이 다시 단정순의 어깻죽지를 한입 깨어물고 있었다. 단정순은 소리 높여 비명을 지르며 몸을 부르르 떨다가 돌연 손이 자유롭게 느껴졌다. 그의 손목을 묶고 있던 쇠심이 이미 소봉의 손가락에 의해 끊어진 것이다. 그와 동시에 웅후하기 이를 데 없는 한 줄기 내력이 그의 각 경맥으로 쏟아져 들어왔다.

단정순은 잠시 어리둥절해하다가 밖에 고강한 내력을 지닌 누군가가 자신을 구하러 왔음을 깨닫고 곧바로 경맥을 통해 들어온 기를 순환시켰다. 그 한 줄기 내력은 등에서 팔로 전해졌다가 다시 손가락으로 전해졌다. 그는 마 부인이 선혈로 가득한 작은 입을 벌린 채 또 물어뜯으려 하는 순간 일양지 신공을 펼쳐냈다.

"피육!"

그가 내뻗은 일지에 옆구리 밑이 가벼운 소리와 함께 적중되자 마 부인은 날카로운 비명 소리와 함께 구들장 위로 쓰러졌다.

소봉은 단정순이 마 부인을 제압하자 곧바로 손을 거두었다.

단정순이 고맙다는 감사의 인사를 하려는 순간 느닷없이 문발이 젖혀지면서 누군가가 안으로 들어왔다. 그는 왼손에 술병을 들고 술에 취한 목소리로 말했다.

"소강, 아직도 저 작자한테 미련을 버리지 못한 게요? 시간이 이리 오래됐는데 어찌 아직까지 깔끔하게 처리하지 못한 것이오?"

소봉은 창문을 사이에 두고 그 사람을 본 순간 어리둥절해하다가 깜짝 놀라면서도 화가 치밀어올랐다. 순간 뇌리 속에 간직하고 있던 수많은 의혹이 일제히 해소된 것이다.

'마 부인이 그날 무석의 행자림에서 내 접선을 꺼내 들고 내가 마가에 가서 서찰을 훔치려다 실수로 떨어뜨린 것이라고 뒤집어씌웠는데 그 접선이 어디서 났을까? 만일 누군가 훔쳐간 것이라면 필시 나와 매우 가까운 사람일 텐데 그렇다면 그게 누구일까? 내가 거란인이라는 크나큰 비밀을 수년 동안 숨기고 있다가 어째서 갑자기 들춰냈던 것일까? 아주가 했던 백세경 변장은 흠잡을 데가 없었건만 마 부인이 어찌 간파할 수 있었을까?'

방 안으로 들어온 사람은 개방의 집법 장로인 백세경이었다.

마 부인은 깜짝 놀라 말했다.

"이… 이 사람… 내력이 사라지지 않았어요. 내… 내 혈도를 찍었어요."

백세경은 술병을 집어던지고 재빨리 앞으로 달려와 단정순의 두 손을 움켜잡더니 우두둑우두둑 소리를 내며 그의 두 팔 관절을 비틀어 꺾어버렸다. 단정순은 저항할 힘이 전혀 없었다. 소봉이 그의 체내에 주입한 진기 내력은 아주 잠깐 동안만 지탱할 수 있게 만들었을 뿐이라 소봉이 손을 거두자 다시 폐인이 된 것이다.

소봉은 백세경을 보고 삽시간에 갖가지 생각이 물밀듯이 밀려와 다시 출수를 해서 단정순을 도와야겠다는 생각을 하지도 못했다. 더구나 백세경이 당장 달려와 독수를 쓰리라고는 전혀 생각지 못했다가 깜짝 놀라 깨달았을 때는 단정순의 두 팔이 이미 부러지고 난 후였다. 그는 생각했다.

'단정순이 풍류에 빠진 호색한이니 오늘은 애 좀 먹게 내버려두는 것도 괜찮지. 아주 얼굴을 봐서 마지막에 목숨만 구해주면 그뿐이다.'

백세경이 호통을 쳤다.

"단가야! 그 정도로 실력이 대단할 줄은 몰랐다. 칠향미혼산을 먹고도 공력이 아직 남아 있다니 말이야."

단정순은 흙벽 밖에서 내력을 주입시켜 도와준 사람이 누구인지 몰랐지만 필시 뛰어난 능력을 가진 인물이라 여겨 눈앞에 강적이 하나 더 나타나긴 했지만 든든한 조력자가 뒤에 있다는 생각에 전혀 놀라거나 당황하지 않았다. 백세경의 말투를 들어보니 자신에게 조력자가 있다는 사실을 모르는 것으로 보여 물었다.

"귀하는 개방의 장로시오? 재하는 귀하와 일면식도 없거늘 어찌 이리 대뜸 독수를 쓰는 것이오?"

백세경은 마 부인 곁으로 걸어가 그녀의 허리를 몇 번 주물렀다. 단씨 일양지의 점혈 무공은 신묘하기 이를 데 없어 백세경의 무공이 약하지는 않았지만 그녀의 혈도를 풀 수가 없자 눈살을 찌푸리며 말했다.

"좀 어떻소?"

그 말투에는 두터운 정이 느껴졌다.

마 부인이 말했다.

"손발에 맥이 빠져서 꼼짝도 할 수 없어요. 세경, 당신이 손을 써서 저 인간을 끝장내버려요. 그리고 어서 가요. 이 집… 이 집에는 더 이상 머무르고 싶지 않아요."

단정순이 돌연 큰 소리로 웃었다.

"소강, 그대… 그대는… 어찌 그리 달라진 게 없소? 하하… 하하!"

"단랑, 성격도 좋네요. 죽음을 눈앞에 두고도 그렇게 유쾌하게 웃을 수 있다니 말이에요."

백세경이 화를 내며 소리쳤다.

"아직까지 단랑이라고 부른단 말이야? 이런 천한 년!"

그는 손을 들어 그녀의 뺨을 냅다 후려쳤다. 백설처럼 하얀 마 부인의 뺨은 곧바로 벌겋게 부어올랐다. 그녀는 고통스러운 나머지 눈물을 흘리기 시작했다.

단정순이 노해서 호통을 쳤다.

"멈춰라! 어디서 사람을 때리는 것이냐?"

백세경이 냉소를 머금고 말했다.

"네놈이 어디라고 간섭을 하는 것이냐? 이 여자는 내 거야. 내가 때리고 싶으면 때리고 욕하고 싶으면 욕하는 것이다."

단정순은 마 부인이 그를 '세경'이라고 부르는 소리를 듣고 그가 개방의 집법 장로인 백세경이라는 사실을 알고 있었다.

"백 장로, 저렇게 꽃처럼 아름다운 여인한테 어찌 손찌검을 할 수가 있소? 설사 당신 여자라 해도 고분고분하게 그녀의 환심을 사고 기분이 좋아질 때까지 달래야 하지 않겠소?"

마 부인은 백세경을 한번 흘겨봤다.

"저 사람이 나한테 어찌하는지 들어봐요. 당신은 나한테 어찌하죠? 부끄럽지도 않나요?"

그녀의 말투와 눈빛 속에는 여전히 교태가 가득했다.

백세경이 욕을 퍼부었다.

"이런 음탕한 년! 내 널 가만두나 보자. 단가야! 그런 수작은 통하지 않는다. 네가 그런 식으로 여인의 환심을 샀는데 어찌 이년이 널 없앨 수 있겠느냐? 받아라! 오늘이 네 제삿날이다."

백세경은 이 말을 하며 한 걸음 앞으로 다가가 단정순한테 출수를 하려 했다.

단정순은 상황이 매우 위급하다 느끼고 큰 소리로 외쳤다.

"백 장로, 백 장로! 마대원이 당신을 찾아왔소!"

백세경이 깜짝 놀라 몸을 뒤로 돌렸다.

바로 그때 별안간 문발이 강한 바람에 흔들리더니 휙 소리와 함께 도처에 강풍이 불면서 촛대 위의 촛불 두 개가 일제히 꺼져 방 안은 칠흑 같은 어둠 속에 휩싸여버렸다. 마 부인이 큰 소리로 비명을 질렀다.

백세경은 적이 온 것을 알고 단정순에게 달려가던 걸음을 멈춘 채 소리쳤다.

"웬놈이냐?"

그는 쌍장으로 가슴을 보호한 채 몸을 돌려 적을 맞았다.

촛불을 끈 세찬 강풍은 분명 고강한 무공을 지닌 자가 펼쳐낸 것이었지만 촛불이 꺼지고 난 뒤에는 아무 동정이 없었다. 백세경과 단정순, 마 부인 세 사람은 정신을 집중했다. 어렴풋이 방 안에 한 사람이 더 있는 것으로 보였다.

마 부인이 가장 먼저 감정을 억누르지 못하고 날카로운 목소리로 외쳤다.

"누가 있어요! 누가!"

그 사람은 문을 막고 서서 두 손을 늘어뜨리고 있었는데 얼굴은 자세히 보이지 않았지만 꼼짝도 하지 않는다는 건 알 수 있었다. 백세경이 호통을 쳤다.

"누구냐?"

그러고는 한 발짝 앞으로 내딛었다. 그 사람은 아무 말 없이 꼼짝도 하지 않았다. 백세경이 다시 호통을 쳤다.

"대답을 하지 않는다면 가만두지 않을 것이다."

백세경은 촛불을 끈 그 사람의 장력으로 보아 극강의 무공을 지녔다 여겨 함부로 손을 쓰지 못했다. 그 사람은 여전히 꼼짝도 하지 않았다. 그런 모습이 어둠 속에서 더욱 괴기스럽게 보였다.

단정순은 등 뒤에서 자신을 도운 사람이 왔다고 짐작하고 소리쳤다.

"마대원이오, 마대원! 백 장로, 당신이 그의 아내와 사통하고 지아비를 살해해서 마대원이 복수를 하러 온 거요!"

마 부인이 날카로운 목소리로 외쳤다.

"어서 촛불을 켜요! 무서워요! 무서워요!"

백세경이 호통을 쳤다.

"이 음탕한 년아, 입 닥치고 있어!"

그는 귀신이 있다고 믿지 않았기에 필시 적이 온 것이라 생각했다. 지금 그가 촛불을 켜기 위해 몸을 돌린다면 등 뒤의 요해가 상대에게 노출될 것이기에 당장 쌍장으로 가슴을 보호하며 상대의 선제공격에 대비했다. 그러나 그자는 시종 움직일 생각을 하지 않았다. 두 사람이 그렇게 대치한 상태로 거의 일다경의 시간이 흘렀다. 사방은 쥐 죽은 듯 고요했다.

백세경이 더 이상 참지 못하고 소리쳤다.

"귀하가 답을 하지 않으니 부득이 실례를 범해야겠소!"

그는 잠시 멈추었다 상대가 여전히 아무 동정이 없는 걸 보고 손을 뻗어 품 안에 있던 파갑강추破甲鋼錐를 꺼내 앞으로 몸을 날렸다. 어둠 속에서 시퍼런 빛이 번뜩이며 강추가 그자의 가슴을 향해 질풍같이 찔러갔다.

그자는 몸을 살짝 틀어 피했다. 백세경은 강한 바람이 밀려오면서 상대의 손가락이 자신의 목덜미를 움켜쥐는 느낌이 들었다. 그자의 이 일조는 쾌속하기 이를 데 없어 자신이 내뻗은 강추를 거두기도 전에 적의 손가락 끝이 이미 자신의 목에 닿은 것이다. 그러자 놀라서 혼이 빠진 백세경이 다급하게 뒤로 훌쩍 몸을 날려 피하고는 떨리는 목소리로 말했다.

"아니… 넌….."

그자를 눈여겨 바라봤지만 키가 매우 크다는 것 외에 어둠 속이라 모습이 제대로 보이질 않았다. 그자는 여전히 아무 말 없이 꼼짝도 하지 않고 있어 무척이나 음산하고 괴기스러웠다. 백세경은 목에 은근한 통증이 느껴졌다. 그자의 손톱에 구멍이 난 것 같았다. 그는 정신을 가다듬고 물었다.

"귀하는 누구시오?"

그자는 여전히 아무 반응이 없었다.

백세경이 말했다.

"음탕한 년아, 어서 촛불을 켜라."

"꼼짝도 못하겠어요. 당신이 와서 켜요!"

백세경이 어찌 감히 경솔하게 움직여 적에게 틈을 주겠는가? 그는 속으로 두려우면서도 노기가 복받쳐올라 별안간 파갑추 중 일초인 분뇌섬전奔雷閃電을 펼쳐내며 오른손 추로 상대의 왼쪽 어깨를 찔러가고 이와 동시에 왼손 추로 오른쪽 어깨를 찔러갔다. 그자가 왼손을 내뻗어 백세경의 오른쪽 팔을 슬쩍 밀자 쨍 소리와 함께 두 추가 서로 부딪쳤다. 백세경의 오른손 추가 자신의 왼손 추를 내려친 것이다. 이 두 추가 부딪치는 힘은 상상외로 컸지만 그가 죽을힘을 다해 두 손을 쥐고 있어 강추를 놓치지는 않았다.

이때, 단정순이 부르짖는 소리가 다시 들렸다.

"저자는 마대원이야. 마대원이 당신네 두 사람을 죽이려고 귀신으로 나타난 거야! 당신이 그의 처와 놀아나니까 간부奸夫와 음부淫婦 두 사람을 죽이러 온 거라고!"

백세경은 오히려 크게 호통을 치며 그자를 향해 덮쳐갔다. 파갑강추가 연이어 흔들리며 그자의 얼굴을 향해 찔러갔다.

그자는 왼손을 내뻗어 백세경의 오른 팔뚝에 있는 외문을 막고 오른손을 재빨리 내밀어 그의 목을 움켜쥐려 하였다. 백세경은 고개를 낮추고 그의 겨드랑이 밑으로 빠져나가려 했지만 돌연 뒷덜미가 차가워지며 커다란 손 하나가 눌러오는 게 느껴졌다. 백세경은 깜짝 놀라 다시 파갑강추를 휘둘러 맹렬하게 찔러갔다. 그러나 휙 하는 소리를 내며 허공만 가를 뿐 그자의 큰 손이 이미 그의 뒷덜미를 움켜쥔 상태였다. 백세경은 전신에 맥이 풀려 더 이상 꼼짝도 하지 못하고 그저 끊임없이 헐떡거리기만 했다. 마 부인이 부르짖었다.

"세경, 세경! 왜 그래요?"

백세경이 그 말에 대답할 여력이 어디 있겠는가? 그저 체내의 내력이 뒷덜미를 잡고 있는 커다란 손을 통해 한 가닥씩 빠져나가는 느낌이 들 따름이었다.

그자가 드디어 입을 열었다.

"마대원은 네가 죽인 것이냐? 당장 불지 않으면 목숨을 부지하지 못할 것이다."

백세경은 저항할 힘이 전혀 없어 고개를 끄덕이다 다시 또 가로저었다. 그자는 섬뜩한 목소리로 말했다.

"어서 말해!"

이 말을 하면서 그의 목덜미를 잡은 손가락을 약간 풀었다. 백세경은 속으로 너무도 두려운 나머지 숨을 헐떡거리며 말했다.

"그… 그게 저 천한 음부가 생각해낸 것이오. 저년의 강압에 못 이겨 그런 거요. 나… 난 아무 상관도 없소."

백세경의 대답은 집 밖에 있던 개방 사람들이 모두 똑똑히 듣고 있었다.

그자는 바로 소봉이었다. 그는 마대원의 망령으로 변장한 채 옆에서 말로 거드는 단정순의 도움 아래 백세경과 마 부인을 당황스럽게 만들었고 그렇게 백세경을 손쉽게 제압해 마대원의 죽음에 관한 진상을 밝혀낸 것이었다. 그는 이미 개방 사람이 아니었던 터라 속으로 백세경이 범한 악질 범죄를 개방의 장로들에게 직접 심리를 맡기고자 했다. 해서 그는 손을 뻗어 백세경의 혈도 몇 곳을 찍고는 몸을 돌려 문밖으로 나갔다. 그는 집 앞을 한 바퀴 돌면서 쾌속하기 이를 데 없는 수법으로 개방 사람들의 막힌 혈도를 풀어주고 다시 완성죽 등 여자 네 명의 혈도를 하나씩 풀어주었다. 그는 사람들에게 얼굴을 비치고 싶지 않아 바람처럼 처리하고 곧바로 어둠 속으로 사라져버렸다.

집 앞 지하에서 매복하고 있던 개방 군호는 혈도가 풀리자 하나둘씩 일어났다. 처음 혈도를 봉쇄당했을 때는 모두들 깜짝 놀라 적의 올가미에 걸려들었다고 생각했지만 혈도가 풀리고 나자 그제야 상대에게 악의가 없음을 알게 됐다. 하지만 도대체 누구 짓인지는 알 수가 없었다. 전공 장로 여장이 명을 내렸다.

"진 장로, 당신과 두 제자는 사방을 샅샅이 수색해 주변에 외부인이 또 있는지 살펴보시오. 풍馬 타주, 자넨 제자 한 명을 데리고 문밖을 지키게. 적의 종적을 발견하면 그 즉시 소리를 질러 알려야 하네. 나머지는 나를 따라 안으로 들어간다!"

개방 군호는 그를 따라 집 안으로 들어가 촛불을 점화시켰다.

얼마 지나지 않아 소봉이 다시 살며시 집 뒤쪽 창문 밑으로 돌아왔다. 동쪽 사랑채 안에는 사람들이 가득 차 있고 완성죽, 진홍면 등이 서둘러 단정순의 결박을 풀어 상처 부위를 싸매주고 해약을 꺼내 먹이며 부드러운 말로 위안을 하는 모습이 보였다. 백세경과 마 부인은 질겁한 표정을 지으며 꼼짝도 하지 못하고 있었다.

여장이 말했다.

"주周 형제, 왕王 형제! 자네들은 대리국 단왕야와 왕야의 네 여자 권

속들을 호송해 신양성 중주의 대객잔으로 모셔 쉬시도록 하고 좋은 술과 음식을 대접해드리도록 하게."

이 말이 끝나자 곧바로 출수를 해서 단정순의 두 팔을 잡아당겨 우두둑 소리와 함께 백세경이 해체시킨 관절을 원위치에 돌려놨다.

단정순은 비틀거리며 일어나 만면에 부끄러운 기색을 하고 말했다.

"재하 대리의 단정순이 개방의 여러 영웅께 죄를 지어 부끄럽기 짝이 없소. 여기서 일단 사죄를 드리고…."

이 말을 하면서 개방 군호를 향해 깊이 읍을 했다.

"훗날 정식으로 귀 방의 총타로 찾아가 용서를 구하겠소."

여장이 말했다.

"문제없소이다. 폐방이 대리단가와 교분을 맺을 수 있다면 실로 큰 영광이오."

단정순은 개방이 배신자들을 단호하게 처단한다는 걸 알고 있었다. 그들의 부방주인 마대원이 죽고 난 후 몰래 마 부인을 찾아와 시시덕거리는 자신의 행동이 비록 개방을 모욕한 건 아니지만 강호의 도의에 부합되는 일은 아니었다. 개방이 마 부인을 어찌 처리하는지는 자신도 상관할 수 없었다. 곧이어 주와 왕 두 제자를 따라 진홍면, 완성죽, 목완청 세 사람과 함께 어디서 가져왔는지는 모르지만 노새가 끄는 마차에 올라 동쪽인 신양으로 떠났다. 이들은 아자의 행방을 수소문했지만 이미 종적을 감추어 어디로 갔는지 알 수 없었다.

여장은 바닥에 누워 꼼짝도 하지 못하고 있는 백세경에게 말했다.

"백 형제, 우리는 다년간 좋은 형제로 지내온 사이요. 허니 일이 이 지경에 이르렀어도 우리가 형제에게 고문을 가할 수는 없는 노릇이오. 그래도 형제는 영웅호한이니 잘못을 저지른 이상 정정당당하게 진실을 밝히고 스스로 끝을 맺도록 하시오. 죽음을 택하면 모든 일이 해결될 것이며 사내대장부로서 기개를 잃지 않을 수 있으니 부디 우리 형제들이 당신을 경멸하게 만들지 마시오."

백세경은 고개를 숙인 채 아무 말도 하지 않았다. 여장이 다가가 봉쇄된 혈도를 풀어주려 했지만 소봉의 점혈 수법은 워낙 절묘하여 무공 수련을 적지 않게 한 여장조차도 반나절이나 힘을 썼지만 도저히 풀 수가 없었다.

그는 속으로 경악을 금치 못했다. 개방의 십수 명에 이르는 군호가 하나같이 오늘 밤 그 신비의 괴객에게 철저하게 농락당한 것은 물론 그자의 얼굴조차 보지 못했으니 이 얼마나 무능하다 하지 않을 수 있겠는가? 그 신비의 괴객이 그 정도로 무공이 고강하다면 혹시 교봉이 아닐까? 그렇다면 그는 왜 백세경을 제압한 후 슬그머니 가버렸단 말인가? 여장의 머릿속은 의구심으로 가득 찼다. 그자가 도대체 적인지 친구인지 순간 구분이 어려워 눈앞에 보이는 사안부터 처리할 수밖에 없었다.

"백 형제, 모두들 본방의 명성을 염려해 이 모든 일이 외부에 알려지길 원치 않고 있소. 당신은 평소 규칙을 어긴 방내의 형제들을 심리하면서 언제나 명확하게 처리를 해왔으니 오늘도 규칙에 따라 처리합시다. 당신이 시원스럽게 협조할수록 일도 빨리 끝나게 될 것이오. 이제 질문을 할 텐데 알아서 진술하시겠소? 아니면 고문을 가해야겠소?"

백세경은 참담한 표정으로 이를 꽉 깨물었다.

"좋소, 나 스스로 밝히겠소."

그는 조금 전 방에 들어가기 전에 적지 않은 술을 마셨지만 후에 그 신비의 괴객과 대결하면서 너무 놀란 나머지 술이 거의 다 깬 상태였다. 그는 마음을 다잡고 말했다.

"작년 9월 열나흘에 내가 마 형제 집에 객으로 온 적이 있었소. 그저 거나하게 한잔 마시면서 즐거운 중추절을 보내려 했지. 한데 저 못된 음부가 무슨 달맞이를 한다면서 상다리가 부러질 정도로 주연을 준비해 끊임없이 술을 권하는 것이었소. 주량이 얼마 되지 않는 마 형제가 섬서陝西 서봉주西鳳酒 열몇 잔을 마시고 취해버리자 저 음부는 마 형제를 부축해 안에 들어다 재워놓고 내 옆에서 술을 마시기 시작했소. 한데 저 여자 역시 세 잔을 더 마시고 술에 취해버리더니 진짜 취한 건지 취한 척한 건지는 모르겠지만 어렴풋이 마 형제를 흉보는 말을 내뱉는 것이었소. 온종일 권법을 펼쳐가며 무예 연마와 기력 단련에만 힘쓰고 조석으로 연공장練功場에만 있을 뿐 자신과는 잠시도 함께하려 하지 않는다고 말이오. 해서 내가 이렇게 말했소. '우리같이 무예를 배우는 사람들은 그 무엇보다 무공 연마가 우선이오. 마 형제의 쇄후금나수는 그 위세가 하삭河朔에 진동해 모두들 탄복하고 있으니 그건 모두 고된 훈련으로 인한 결과요.' 그러자 저 여자가 그러더군. '흥흥. 어느 날 마누라가 남한테 쇄요금나수鎖腰擒拿手에 당해 잡혀가고 나면 후회해도 소용없지요.'"

마 부인은 여기까지 듣다가 갑자기 웃음을 터뜨렸다.

백세경이 욕을 퍼부었다.

"이 못된 음부야! 그래도 웃음이 나오느냐? 그 말에 제가 이리 말했소. '허튼소리! 쇄요금나수라는 게 어디 있소?' 그러자 저 여자가 웃으며 그러더군. '왜 없어요? 배운 적 없으세요?' 저 여자는 이 말을 하면서 웃는 얼굴로 내 옆으로 다가오더니 내 왼쪽 팔을 잡아당겨 자기 허리에 감싸고는 말했소. '꼭 안아주세요. 제가 꼼짝 못하게 말이에요. 그게 바로 쇄요수예요.' 저 여자는 손을 뻗어 다시 내 오른손을 잡아끌어 자기 가슴에 올려놓고 그랬소. '금나수는 펼칠 줄 아세요? 너무 힘을 주면 아파요.'"

개방의 몇몇 젊은 제자가 이 말을 듣고는 마 부인의 가녀린 허리와 볼록 솟은 젖가슴을 바라보며 그날 밤 정경을 상상하다 얼굴이 벌겋게 달아올랐다.

백세경이 말을 이었다.

"그때 난 문득 깨달았소. '마 형제한테 미안한 짓을 할 순 없다!' 그러고는 황급히 오른손을 거두고 정색을 하며 말했소. '제수씨, 그럴 수 없소! 그런 짓은 할 수 없소.' 하지만 저 여자의 허리를 감싸고 있던 내 왼손을 떼기는 너무나 아쉬웠소. 형제 여러분, 내 아내는 세상을 떠난 지 20년이 넘었소. 20년 동안 난 여자라고는 만난 적이 없고 기루를 드나든 적도 없으며 아내를 제외한 그 어떤 외간 여자와 놀아난 적도 없었소. 역지사지라 했소. 내가 무슨 대성현도, 여래 부처님도 아니기에 억제할 수 없었던 상황을 알아주셔야 하오. 더구나 저 여자가 허리를 이리저리 비비 꼬며 끊임없이 흔들어대고 있었으니 말이오. 난 당장 이렇게 말했소. '그만두시오! 술이나 마십시다!' 한데 저 여자가 몸을 일으켜 내 무릎 위로 털썩 앉더니 술 한 잔을 따라 입에 마시고는 두 팔을 뻗어 내 목덜미를 감싸안는 것이었소. 그리고 입을 모아 내 입술 위를 누르더니 입안에 있던 술을 천천히 내 입안으로 집어넣고 느끼한 목소리로 말했소. '백 오라버니, 제가 한 잔 올렸으니 오라버니도 한 잔 주셔야죠.' 이런 식으로 저 여자가 한 잔, 내가 한 잔 주거니 받거니 마시다 보니 달빛이 중천에 뜨기도 전에 곤죽이 돼서 엉망진창이 되고 말았던 것이오. 에이. 난 죽어도 싸지! 마 형제한테 정말 미안하고 여러 형제들에게 미안할 뿐이오!"

마 부인이 돌연 끼어들며 말했다.

"그래요, 저 색귀는 내가 유혹했어요. 맞아요. 그날 밤 정경을 아주 제대로 기억하고 있군요. 내가 뭐 하러 저자를 유혹하겠어요? 저 수염이 준수해서 반했을까 봐요? 그건 아니죠. 의젓하고 당당한 모습은 우리 여 장로가 더 준수하지요."

이 말을 하면서 여장에게 추파를 던졌다. 여장이 호통을 쳤다.

"점잖지 못하게 무슨 짓이오? 어찌 나까지 끌어들이는 게요?"

마 부인이 배시시 웃으며 말을 이었다.

"작년 단오절에 벌레들을 없애려고 옷궤를 청소하다가 낡은 옷궤 안에서 서찰 한 통을 발견했어요. 전 겉봉투가 정중하게 적혀 있는 걸 보고 호기심이 발동해 남편이 집을 비운 틈을 타서 손가락에 물을 묻혀 겉봉투 뒷면의 틈에 적시고 조심스럽게 봉투를 열었어요. 봉랍은 조금도 훼손시키지 않고 말이에요. 그러고는 안에 있던 왕 방주의 유지를 꺼냈어요…."

개방 군호는 깜짝 놀랐다. 모두들 이제 가장 중요한 관건을 얘기한다는 걸 알고 주의를 집중해 경청했다.

마 부인이 말을 이었다.

"전 보자마자 깜짝 놀랐어요. 교봉 그놈이 놀랍게도 거란 오랑캐였으니 말이에요. 개방의 위아래 수만 형제가 생각지도 못한 일일 거예요. 그 거란 오랑캐의 개가 어느 날 갑자기 손을 쓴다면 얼마나 많은 개방의 형제가 그놈 손에 죽을지 모르는 일이잖아요? 그때 교봉은 개방에 전력으로 충성하면서 세운 공이 적지 않았기에 그의 탐욕스러운 야심은 누구도 알아볼 수 없었을 거예요. 하지만 거란이 군사를 일으켜 우리 대송을 침범하고 우리 대송 강산을 집어삼킨 다음, 남자들은 다 죽여버리고 여자들은 모조리 잡아가는 상황이 온다면 교봉은 자신의 진면목을 드러내 아마 우리 형제들을 호랑이 굴에 파견하고 자신은 거란군 주둔지로 투항할 거예요. 그럼 우리 개방 영웅들은 모두 전멸해 갑옷 하나 남지 않는 뜻밖의 상황이 오겠죠. 전 하찮은 여자의 몸이다 보니 견식이라고는 없어 하는 수 없이 왕 방주의 유지를 베껴 적고 서찰 원본은 봉투 안에 다시 집어넣어 잘 붙여놨어요. 아무런 흔적도 남기지 않고 말이에요. 그리고 이리저리 생각하다 방내에서 책임이 중하고 견식 있는 장로를 찾아가 방법을 찾고자 했어요. 물론 모두에게 득이 되는 결과를 가져올 수 있는 방법이어야 한다고 생각했어요. 우리 개방이 평안하면서도 거란 오랑캐들한테 해를 입지도 않아야 하며 또 방내 형제들의 의리가 상하지 않는 범위 내에서 그놈이 음모를 꾸미지 못하게 해야 하니까요. 가장 좋은 방법은 그놈이 형세가 불리하다는 것을 알고 스스로 거란으로 돌아가게 만드는 거였지요…."

소봉은 여기까지 듣다가 생각했다.

'그리했다면 나도 형세가 불리하다고 확신하고 거란으로 돌아갔을 것이다. 한데 내가 언제 그런 음모를 꾸미며 대송을 해치러 오겠는가?'

집 안의 개방 군호는 그 말을 듣고 연신 고개를 끄덕였다. 마치 그녀의 의견에 수긍을 하는 것으로 보였다.

마 부인이 말을 이었다.

"우리 바깥양반은 겁이 많아서 교봉을 거론할 때마다 늘 그를 천신 보살쯤으로 여기며 감히 대적할 생각을 안 했어요. 그래서 전 우선 슬 쩍 소문부터 흘리고 그에게 말했어요. 방내에 누군가 교봉을 거란 오 랑캐라고 말하고 다닌다니 아무래도 조심해야겠다고 말이에요. 그 사 람은 듣자마자 노발대발하면서 어떤 놈이 그런 유언비어를 퍼뜨리고 다니느냐며 따져묻는 거예요. 난 확실한 증거가 있으면 어찌할 거냐고 물었죠. 그 사람은 무슨 증거가 있느냐며 추궁을 하다가 진짜 증거가 있다면 개방의 수만 형제 그리고 교 방주의 명성과 의리를 위해 증거 를 없애버리겠다고 하는 거예요."

소봉은 여기까지 듣다가 속으로 마 부방주가 평소 자신과 왕래가 많지 않았음에도 자신에 대해 그토록 정과 의리가 깊었다는 사실에 깊은 감동을 받았다. 하지만 그런 좋은 형제가 이제는 이 세상에 없지 않은가?

마 부인이 말을 이었다.

"제가 다시 몇 마디를 더 했더니 그 사람은 한바탕 호되게 날 때리 더군요. 다시는 집 밖에 못 나가도록 눈에 시퍼렇게 멍이 들고 입이 퉁 퉁 붓도록 말이에요. 전 더 이상 말할 수가 없어 슬그머니 입소문만 냈 어요. 절 때려죽이고 왕 방주의 유서를 태워버릴지도 모른다는 생각에 말이에요. 마대원이 형제의 의리를 중시하는 게 잘못이라고 할 순 없 지만 대송의 천만 백성과 우리 개방의 수만 형제의 안위와 생명을 어 찌 그 사람의 사적인 의리 때문에 영원히 돌아올 수 없는 지경에 빠뜨려야만 한단 말입니까? 전 아녀자에 불과해 대사를 모르지만 여기서 여 장로와 여러 장로 형제들께 묻고 싶어요. 제가 어찌해야 마땅했던 건가요?"

여장이 헛기침을 하며 말했다.

"마땅히 서 장로를 찾아가 상황을 설명하고 처리를 맡겨야 옳았소. 아니면 백 장로나 날 찾아왔어야지."

마 부인이 길게 한숨을 내쉬며 눈물을 뚝뚝 흘렸다.

"제가 운이 없던 건지 당시 전 여 장로가 아닌 서 장로를 먼저 찾아갔어요. 에이. 그분은 덕망이 높아 방내 모든 이의 존경을 받는다고만 알았지 뜻밖에도 그럴 줄… 그럴 줄 알았나요…."

여장이 물었다.

"무슨 말이오? 서 장로가 교봉의 명성과 공로를 고려해 공도公道를 주재하려 하지 않았단 말이오?"

마 부인이 빙긋 웃었다.

"그게 아니에요. 소녀는 정말 상상도 하지 못했어요. 서 장로가 그런 늙은 색귀인지…."

그녀의 이 말이 떨어지자마자 사람들 모두 헉 하고 깜짝 놀랐다. 오 장로가 손바닥으로 탁자를 둔탁하게 내리치며 말했다.

"서 장로는 우리 방내 모든 이가 존경하는 노영웅이오. 이미 세상을 떠난 지금 어르신의 명성을 욕되게 하지 마시오!"

마 부인이 나지막이 말했다.

"오 장로 말씀이 맞아요. 서 장로는 이미 돌아가셨으니 그분 얘기는 하지 않겠어요. 오 장로! 사내대장부라면 그 사람이 얼마나 대단한 영웅이건 간에 주색재기酒色財氣[19]라는 관문을 넘기가 매우 힘든 법이에요. 옛말에도 '영웅은 미인이란 관문을 지나가기 어렵다'는 말이 있어요. 열네다섯 살 된 어린애든 80~90살 먹은 노인이든 날 보는 순간 누구나 뒷말을 해대면서 제 몸을 더듬으려고만 하지 뭐겠어요. 그게 다 우리 부모님께서 공덕을 쌓지 못하고 저 같은 사람을 낳아 평생 온갖 고통을 겪게 만든 탓으로 돌릴 수밖에는 없죠!"

이 말을 하면서 눈물을 뚝뚝 흘리자 사람들은 모두 그녀를 가엾다고 여기게 됐다.

'그때 행자림에서 서 장로가 교봉이 거란 호인이라고 강력하게 주장한 것은 마 부인을 먼저 차지하기 위해 그런 것이었구나. 에이! 저런 음부가 접근하면 흙으로 만든 보살이라고 해도 넘어가고 말 것이다. 하물며 서 장로는 오죽했겠는가?'

오 장로가 매서운 목소리로 말했다.

"서 장로는 우리 시대의 영웅호걸로 평생 어질고 의롭게 살아왔건만 당신 같은 음부 손에 빠져 타락의 길로 빠져버린 것이로군."

마 부인이 말했다.

"백세경은 제가 유혹한 거예요. 그건 틀림없어요. 서 장로는 제가 유혹한 게 아니에요. 그런 진지한 표정을 지닌 어르신한테 어찌 감히 그럴 수 있었겠어요? 하지만 그 어르신의 손길이 저한테까지 미쳐 저도 피할 수가 없었어요. 제가 거부하지 않으면 제가 교봉과 대치하는 데 돕겠다고 했으니까요. 후에 그 두 노색귀가 서로 마주치면서 치정에 얽힌 다툼이 벌어졌고 누가 누굴 어찌 죽였는지 아녀자인 전 감히 물어볼 수가 없었어요."

대로한 오 장로가 백세경을 발로 걸어 차며 호통을 쳤다.

"서 장로는 당신이 죽였군. 그렇지?"

백세경이 말했다.

"그놈이 칼을 들고 날… 날 죽이려 했소. 난… 목을 내밀어 내 머리를 베어가라고 가만 놔둘 수는 없었소!"

여장이 한숨을 푹 내쉬었다.

"모두들 서 장로를 교봉이 죽였다고 했는데 이 어찌 억울한 일이 아니겠는가?"

오 장로가 말했다.

"억울한 누명은 또 있소. 마 부방주도 당신이 죽였지?"

이 말을 하면서 발끝으로 백세경의 머리를 가볍게 걸어찼다.

백세경이 버럭 화를 냈다.

"오장풍, 죽이려면 어서 죽이시오! 노부가 저지른 일은 노부도 당연히 인정하오. 중추절 날, 저 음부 년이 나한테 은밀히 다가와 교봉이거란 오랑캐이며 그 증거가 마대원한테 있다고 말하더군. 그리고 그 증거를 어찌 서 장로한테 넘길지 상의를 하자고 했소. 한데 마대원이 어딘가에 숨어서 그 말을 모두 들었으리라고는 짐작도 하지 못했소. 우리 두 사람이 이런저런 뒷말을 하는 걸 마대원이 모두 들었던 거지. 그때 저 음부가 알아채고는 나한테 눈짓을 하며 무슨 말이든 잡담을 하면서 시간을 때우라고 했소. 그날 밤에도 늘 그랬듯 술자리가 열렸는데 마대원은 사실을 들춰내지 않고 심사가 복잡한 듯 말을 적게 할 뿐이었지. 그때 내가 말했소. '마 대형, 지난 이틀 동안 신세 많이 졌소. 정말 고맙소. 난 내일 아침 일찍 가봐야겠소.' 마대원이 이렇게 말했소.

'백 형제, 별다른 일이 없고 제 대접에 소홀함이 없다 여기시면 며칠 더 묵어가도록 하시오.' 난 그가 마음에 없는 소리를 하는 것 같아 그냥 내일 떠나겠다고 말했소. 그렇게 몇 잔을 더 마시다 마대원이 갑자기 탁자에 엎드려 정신없이 잠에 빠져들었지. 그러자 저 음부가 손뼉을 치고 깔깔대고 웃으며 말하는 것이었소. '그 칠향미혼산은 정말 약효가 굉장하네요!'"

그의 말이 끝나기 무섭게 오 장로가 말했다.

"칠향미혼산을 마 부인이 어디서 난 거요?"

백세경이 멋쩍은 표정으로 말했다.

"내가 준 것이오. 그래서 내가 그랬지. '부인, 우리 사이를 대원이 모두 알았는데 어찌할 거요?' 그러자 저 음부가 그랬소. '사내대장부가 시작을 했으면 끝장을 봐야지요. 겁이 나면 지금이라도 그만둬요. 앞으로 다시는 날 찾아오지 말고.' '그럴 수야 없지. 난 당신과 오랫동안 부부로 지내고 싶소.' '좋아요! 선수를 치면 주도권을 잡는 것이고 뒷북을 치면 재앙을 입는 법이에요!' 그래서 난 마대원의 후두에 상해를 입혀 죽여버린 것이오. 에이. 대원은 좋은 형제라 손을 쓰기 정말 싫었지만 내가 죽이지 않으면 곧바로 날 죽여버릴 테고, 사람들한테 진상을 밝히면 나 백세경은 무슨 꼴이 되겠소? 저 요망한 음부가 그러더군. '이 빚은 교봉 그놈한테 돌려줘야 해요! 교봉을 내쫓아버리면 우리 대송과 개방의 크나큰 후환이 제거될 것이고 당신 백 장로는 확실치 않지만 아마⋯.'"

그는 '당신 백 장로는 확실치 않지만 아마 방주 자리를 물려받게 될 것이에요'라는 말을 하려 했지만 더 이상 말을 잇지 않았다.

여장이 물었다.

"아마 어떻게 된다는 거요?"

백세경이 한숨을 내쉬고는 일이 이 지경에 이르렀으니 자신을 위한 변명으로 뭐가 좋을까 생각하다 고개를 가로저으며 더 이상 아무 말도 하지 못했다.

오 장로가 말했다.

"마대원과 서 장로 모두 당신이 죽였지만 우리는 그 억울한 누명을 교봉에게 뒤집어씌웠소. 이 두 사건은 모든 형제에게 제대로 해명해야만 하오. 본방에서는 일을 행함에 있어 늘 공명정대하게 해왔소. 이런 큰일로 좋은 사람이 억울한 누명을 쓰게 놔둘 수는 없소."

모두들 이를 듣고 고개를 끄덕였다.

소봉은 속으로 긴 한숨을 내쉬었다. 억울한 누명을 쓸 때마다 많은 원한이 쌓여만 갔는데 이제야 비로소 일부 억울한 누명을 벗을 수 있게 된 것이다. 다만 아주가 곁에 없는 것이 아쉬울 따름이었다. 가슴속 가득한 억울함이 씻겨나가는 희열을 함께 누릴 수 없으니 말이다.

여장이 기침을 한번 하더니 말했다.

"오 형제, 우리가 명확하게 모르는 상황에서 교봉에게 억울한 누명을 씌운 건 잘못이라 할 수 없소. 또한 좋은 사람에게 억울한 누명을 씌웠다 할 수도 없는 것이오. 교봉이 어디 좋은 사람이오?"

그러자 다른 누군가 말했다.

"맞습니다! 교봉은 거란 오랑캐의 개이니 극악무도한 간적입니다. 억울한 누명을 씌운 게 무슨 잘못이란 말입니까?"

오 장로가 벌컥 화를 내며 소리쳤다.

"헛소리! 헛소리 마시오!"

여장은 엄숙한 표정을 지으며 말했다.

"오 장로, 노여워 마시오. 대장부는 시비가 분명해야만 하오. 허나 이번 일의 진상이 외부로 누설된다면 강호의 수많은 벗이 우리 개방에 내분이 일어났다는 사실을 알게 될 것이오. 더구나 일개 여자 하나 때문에 부방주와 덕망이 높은 장로가 죽임을 당하고 자신들의 방주에게 억울한 누명을 씌워 내쫓았다는 추문이 널리 퍼지게 될 것이란 말이오. 이런 상황에서 다시 집법 장로마저 처단한다면 우리 개방의 명성은 바닥에 떨어져 백 년이 지나도 재기할 수 없음은 물론 우리 형제들이 강호에 나가 고개를 들고 다닐 수 없게 될 것이오. 형제 여러분, 교봉이거란 오랑캐임은 맞지 않소? 그게 억울한 누명을 씌우는 것이오?"

개방 군호 모두 이를 수긍했다. 여장이 다시 말했다.

"개방의 명성이 중요하오? 아니면 교봉의 명성이 더 중요하오?"

모든 이가 앞다투어 답했다.

"당연히 개방의 명성이 중요합니다!"

여장이 말했다.

"좋소! 사적인 문제보다 대사가 중한 법이오. 대의를 위해 소의는 논하지 맙시다. 대송의 흥망성쇠가 나라의 대사이듯 개방의 명성과 영욕은 수만 형제와 관련 있으니 이 역시 대사인 것이오. 형제간의 의리와 우정은 비교적 소사일 뿐이오. 더구나 이미 취현장에서 모든 형제가 교봉 그놈과 절교주를 마시지 않았소? 한데 무슨 우정을 논할 수 있단 말이오? 혹시라도 이번 일이 외부에 알려진다면 입을 놀린 사람에 대해서는 가만두지 않을 것이오. 아주 흉악무도하게 처단할 것이며 대충 넘어가지 않을 것이오!"

오장풍은 이에 불복했지만 다른 형제들이 모두 여장의 말을 따르고 있어 자신이 고집을 피워 다른 말을 한다면 목숨마저 위태로울 지경이었던 터라 화가 머리끝까지 치밀어올랐지만 더 이상 논쟁을 벌이려 하지 않았다.

소봉은 개방 군호가 사적인 이득과 개방의 명성을 유지하기 위해 사실에 대한 진상을 일거에 묻어버리고 강호의 도의나 품격, 절개 같은 것들을 모두 저버리는 모습을 보고 그나마 조금 가신 분통했던 마음이 다시 또 용솟음치기 시작했다. 강호인으로서 이득을 위해 의리를 경시하고 시비곡직을 돌보지 않는다면 자신은 이들과의 관계를 단호하고 깨끗이 끊어버리는 게 낫겠다는 생각이 들었던 것이다.

마 부인이 갑자기 몸을 일으켰다.

"다들 목마르지 않으세요? 제가 차 좀 내올게요. 제가 미덥지 않으면 사람을 붙여주세요. 여긴 황량한 지역이라 도망가고 싶어도 도망칠 곳이 없어요."

그녀는 단정순에게 혈도를 찍혔지만 단정순의 지력에 힘이 없었고, 이미 시간이 많이 경과한지라 혈도가 자연스럽게 풀려버린 상태였다. 다만 두 다리는 여전히 마비되고 시큰거려 방을 나서면서 절뚝거리다 하마터면 넘어질 뻔했다. 개방 군호는 시간이 많이 지체된 터라 목이 마르기는 했다. 더구나 그녀가 걷는 게 불편해 보이자 도망칠 것을 우려한 사람은 없었다.

마 부인은 자신이 남편을 모살했기에 죽음을 피할 수 없으리라 짐작하고 있었다. 그녀는 차 안에 칠향미혼산을 넣어 개방 군호를 쓰러뜨릴 생각이었지만 사람이 너무 많아 이들 모두에게 마시게 할 순 없어 성공할 가능성이 없자 도망가는 게 상책이라고 느꼈다. 더구나 개방에서 따라오는 사람도 없자 집 뒤쪽으로 살금살금 걸어 돌아가 어둠 속으로 사라져버렸다.

소봉은 그녀의 표정을 보고 도망가려 한다는 걸 알았다. 이 근방이 황량한 들판이지만 이곳 지형에 익숙한 마 부인이 동굴이나 산골짜기에 숨는다면 찾기가 쉽지 않으리라 생각됐다. 더구나 선봉장 대형의 이름을 알아내려면 그녀가 있어야 했기에 절대 도망치게 놔둘 순 없어 살그머니 그 뒤를 쫓아갔다. 아주 외진 곳에 이르자 그는 재빨리 달려가 그녀의 등에 있는 혈도를 찍었다. 주변을 살펴봐도 숨을 곳이 마땅치 않자 왼팔로 그녀를 안아 나뭇잎이 빽빽하게 들어찬 커다란 나무 한 그루 위로 훌쩍 뛰어올라 나뭇잎 뒤에 웅크렸다. 날씨가 차갑기는 했어도 아직 겨울로 접어들지 않아 낙엽이 떨어지지는 않았다. 소봉은 나무꼭대기로 걸어올라갔다. 별도 달도 없다 보니 빛이라고는 없어 밑에서 누군가 고개를 들어 쳐다본다 해도 절대 볼 수 없을 것 같았다.

잠시 후 집 안에 있던 한 타주가 외쳤다.

"그 계집이 도망갔다! 어서 쫓아라! 어서!"

입구에 있던 여덟아홉 명의 개방 제자가 집 뒤쪽으로 돌아나가 추적하기 시작했다. 몇 명은 수십 장 밖까지 쫓아가 야단법석을 떨었지만 이내 다시 돌아왔다. 누군가 횃불을 피워 들고 방 곳곳을 이 잡듯이 뒤지다 주방 뒤편에 커다란 밀짚 더미가 한 가득 쌓여 있는 것을 보고 사람들은 너도나도 추측을 했다.

"저 안에 숨어 있는 게 틀림없다! 어서 들어내자!"

"여기가 엉망인 걸 보니 저 안으로 기어들어갔을 거야."

곧 개방 제자 네다섯 명이 밀짚 더미를 한 단 한 단 들어 옮겨 바닥이 보일 때까지 걷어냈다. 누군가 욕을 퍼부었다.

"제기랄! 그 계집이 땅굴을 뚫었는지 여기는 없어!"

다들 손이 가는 대로 밀짚 더미를 원위치에 던져 엉망진창으로 쌓아놓았다. 이들은 안팎으로 다시 한번 수색했지만 마 부인의 종적은 찾을 수 없었다.

소봉은 사람들이 저주를 퍼부어대며 욕하는 소리를 듣고 속으로 실소를 금할 수 없었다. 갑자기 집 안에서 누군가의 처참한 비명 소리가 들리는데 백세경 목소리인 것 같았다. 여장을 비롯한 장로들이 처결을 한 것이다. 하지만 짐작하고 있었던 일이기에 마음에 두지 않았다. 다시 반 시진 정도 소란이 이어지다 누군가 백세경의 시신을 끌어내 땅에 묻는 소리가 들리더니 곧이어 여장 목소리가 들렸다.

"더 늦기 전에 마 부인을 죽여 마대원 형제의 원수를 갚아야 하오. 지금 찾아내지 못해 그 계집이 유유자적하도록 놔둘 수는 없소."

다들 집이 떠나갈 듯이 대답을 하고 순식간에 한 명도 빠짐없이 집을 떠났다.

소봉은 나무 꼭대기에 한참을 머물러 있다 사람들 목소리가 들리지 않자 곧바로 마 부인을 안고 나무 밑으로 미끄러지듯 내려갔다. 밀짚 몇 단을 들어내 마 부인을 짚더미 위에 내려놓고 다시 밀짚 몇 단을 몸 위에 덮어놓았다. 개방 사람들이 다시 돌아와도 이미 샅샅이 뒤졌던 밀짚 더미는 수색하지 않을 터였기에 마 부인이 발견될 일은 없었다. 마 부인은 연이어 몇 번을 놀래서인지 몰라도 이미 혼절해 있었다. 이 여인은 아주를 죽게 만든 원흉이라 그녀에 대한 소봉의 증오심은 극에 달해 있었다. 그는 그녀 등에 있는 혈도를 몇 번 더 찍어 내일 날이 밝으면 다시 추궁하기로 했다.

소봉은 우물가로 걸어가 물을 떠서 몇 모금 마시고 생각했다.

'개방에서는 평소 인의를 우선시해왔으나 오늘 전공 장로는 뜻밖에도 "국사는 대사이고 방회 일도 대사이지만 사적인 우정과 의리는 소사에 불과하다"고 말했다. 세상에는 천리와 양심이 없다는 말인가? 사람으로서 시시비비와 공도를 얘기해선 안 된다는 것인가? 저들이 숫자가 많다 보니 백세경을 죽인 것이지 그가 마 대형과 서 장로를 죽여서 그런 것만은 아니다. 중죄를 범하면 죽여야 하는 건 맞다. 그들이 비록 숫자가 많아도 여전히 날 이길 수는 없다지만 내가 마 대형과 서 장로를 죽였다면 죽여야 할 것이다. 무공이 강한 사람은 옳고 무공 실력이 부족한 사람은 틀리다고 말한다면 맹수들과 무엇이 다르단 말인가? 내가 거란인이기 때문에 내가 무슨 죄를 범했는지 상관없이 어떤 죄명도 모두 나한테 뒤집어씌운다면 그건 사실을 왜곡하는 것이니 '대의'라는 명분은 헛소리에 불과할 뿐 아닌가.'

그는 세상에 불공평한 일이 너무 많다는 생각이 물밀듯이 밀려왔지만 결론을 도출해낼 수는 없었다.

'아주는 순수하고 천진난만해서 절대 남을 해치는 짓을 하지 않았다. 하늘도 무심하시지. 내 일장으로 그녀를 죽음에 이르게 만들다니… 난 세상을 살아오면서 하늘을 우러러 친구에게 조금도 미안한 짓을 한 적이 없다. 심지어 적에게조차도 옳지 못한 행동을 한 적이 없다. 한데 하늘은 아무 연유도 없이 나에게 내 손으로 내가 가장 사랑하는 사람을 죽이게 만드는 크나큰 징벌을 가했다. 아주가 그녀의 부친으로 변장한 것은 날 사랑하고 아꼈던 이유로 내 목숨을 보호하기 위해서였으니 조금도 잘못이 없었다. 내가 그녀에게 일장을 날린 것은 복수를 위해서였다. 잘못이 있다면 원한으로 가득 찬 마음 그 자체가 잘못일 것이다. 사실 난 가슴에 가득 찬 분노를 쏟아내지 않을 수 없었지만 오로지 부친의 복수만을 위해 그런 것은 아니었다. 수많은 사람이 이유도 없이 나한테 억울한 누명을 씌우고 함부로 죄명을 전가했기 때문에 그 원통함과 분노가 그 일장 안에 담겨 표출됐던 것이다. 다 내 잘못이야. 진정 크나큰 잘못이다….'

여기까지 생각하다 참다못해 손바닥을 들어 자신의 뺨을 사정없이 후려갈겼다. 연일 계속되는 혼돈으로 너무 놀라고 슬퍼하다 보니 이 순간 기진맥진한 상태로 우물 난간에 기대 깊은 잠에 빠지는 것조차 느끼지를 못했다.

잠에서 깼을 때는 이미 날이 밝아 있었다. 소봉은 다시 마가로 돌아갔다. 집 밖에는 사람이라고는 없이 매우 조용했고 암탉 두 마리만 바닥에 떨어진 벌레들을 쪼아 먹고 있을 뿐이었다. 문을 열고 집 안으로 들어가자 방문이 열려 있고 방 안 구들장 옆에 온몸에 피범벅이 된 한 여자가 엎드려 있는 게 보였다. 바로 마 부인이었다. 소봉은 깜짝 놀랐다. 마 부인은 자신이 밀짚 더미 안에 숨겨두었는데 어찌 여기까지 나왔단 말인가? 그는 황급히 방 안으로 달려갔다.

마 부인이 발소리를 듣고 고개를 돌려 나지막이 말했다.

"제발 부탁이에요! 어서… 어서 절 죽여줘요!"

소봉은 하룻밤 사이에 20~30년은 늙은 것처럼 추한 몰골로 변한 그녀의 참담한 표정을 보고 물었다.

"개방 사람들이 또 왔었소?"

마 부인은 그 말을 듣지 못할 정도로 매우 고통스러워하는 표정이었다. 갑자기 그녀가 마치 고막이 찢어질 것 같은 큰 소리로 비명을 질렀다. 소봉은 그녀가 불시에 내지른 비명에 깜짝 놀라 펄쩍 뛰며 뒤로 한 걸음 물러섰다.

"무슨 짓이오?"

마 부인이 헐떡거리며 말했다.

"다… 당신 누구야?"

소봉은 얼굴에 붙여놓았던 수염을 떼어버리고 머리카락을 뒤로 넘겨 자신의 진면목을 드러냈다. 그러자 마 부인이 깜짝 놀라며 떨리는 목소리로 말했다.

"교… 교 방주?"

소봉은 쓴웃음을 지으며 말했다.

"난 이미 개방의 방주가 아니오. 설마 당신이 그걸 모른단 말이오?"

마 부인이 말했다.

"그래요. 교 방주군요. 교 방주, 제발 부탁이에요. 저 좀 죽여주세요!"

소봉은 눈살을 찌푸리며 말했다.

"죽이고 싶지 않소. 당신은 지아비를 모살했으니 개방 사람들이 당신을 찾으면 알아서 처리할 것이오."

마 부인이 애걸하며 말했다.

"도… 도저히 견딜 수가 없어요. 그 어린년이 그렇게 악랄한 방법을 쓰다니. 내… 내가 귀신이 돼서 가만두지 않을 거야. 이… 이거 봐요…
제 몸을….”

　그녀가 어두컴컴한 곳에 엎드려 있어 소봉은 똑똑히 보지는 못했지
만 그녀의 말을 듣자마자 곧바로 창문을 밀어젖히고 방 안에 햇빛이
들어오도록 만들었다. 힐끔 보니 깜짝 놀라지 않을 수 없었다. 마 부인
의 어깨와 팔, 가슴, 허벅지 곳곳에 칼로 그어진 상처들이 난무했고 상
처 부위에는 놀랍게도 개미들이 빼곡하게 들어차 기어다니고 있었다.
소봉은 상처 부위를 보고 사지와 허리 관절에 있는 근락筋絡이 뽑혀 끊
어져 꼼짝도 하지 못한다는 걸 알아차렸다. 이는 점혈과는 전혀 달랐
다. 점혈은 했다가 혈도가 풀리면 다시 움직일 수 있지만 근맥이 끊어
지면 다시는 치료할 방법이 없어 이때부터 전신의 힘이 빠진 채 폐인이
돼버리는 것이다. 하지만 상처 부위에 어찌 이 많은 개미가 꼬였을까?

　마 부인이 떨리는 목소리로 말했다.

　“그 어린년이 내 손발의 근육을 모두 뽑아 끊어버리고 온몸에 상처
를 냈어요. 게… 게다가 상처에다 꿀물을 부었어요… 꿀물을. 그래놓
고 개미들이 와서 내 온몸을 물어뜯어 내가 몇날 며칠 고통과 가려움
속에 고초를 겪어야 한다고 했어요. 살 수도 없고 죽… 죽을 수도 없
게 만들어야 한다면서….”

　소봉은 그녀의 상처를 한 번 더 보고는 구역질이 나올 뻔했다. 그는
절대 마음이 여린 사람이 아니었다. 그래도 살인과 방화에 대해서는
평소 후련하게 할지언정 악독한 방법으로 적을 학대하는 짓은 절대
하지 않았다. 그는 긴 한숨을 내쉬고 몸을 돌려 주방으로 가서 큰 물통
에 물을 길어와 그녀 몸에 뿌려주었다. 개미들을 물리쳐 그녀가 개미

들에게 물어뜯기는 고통을 조금이라도 줄여주기 위함이었다.

마 부인이 말했다.

"고마워요. 그래도 당신은 양심이 있네요. 난 이제 더 살 수 없어요. 부탁이에요. 한 칼에 절 죽여줘요."

소봉이 말했다.

"누… 누가 이런 짓을 한 것이오?"

마 부인이 이를 꽉 깨물었다.

"그 어리고 천한 년. 단정순의 딸년이라고 했어요. 나이가 열대여섯 살밖에 안 돼 보이던데 마음 씀씀이나 수법이 이토록 악랄하다니…."

소봉이 깜짝 놀라 말했다.

"아자였소?"

"그래요. 그년이 이렇게 말했어요. '저승에 가서 날 고해바쳐. 난 아자라고 해!' 그년은 자기 부친의 원수를 갚고 모친 대신 화풀이를 하기 위해 내게 이렇게 끝없는 고초를 겪게 만드는 거라고 했어요. 어… 어서 나 좀 죽여줘요!"

소봉이 생각해보니 조금 전 아자가 갑자기 보이지 않았던 이유는 주변에 숨어 있다가 개방 사람들과 자신이 멀리 가버린 다음 나타나 이 악랄한 방법을 펼치려 했던 것이다.

"일단 그것부터 말해보시오. 그 서찰에 서명한 사람이 누구였소?"

마 부인이 말했다.

"그 사람 이름을 그리 쉽게 알려줄 순 없죠."

"흥! 똑바로 대답하지 않는다면 당신 상처에 꿀물을 더 부어버리고 가버릴 것이오. 당신이 죽든 말든 말이오."

"당신네 사내들이란… 모두 다 그렇게 악독하군요…."

"당신이 마 대형을 죽인 방법은 악랄하지 않았소?"

마 부인이 의아한 표정을 지었다.

"다… 당신이 그걸 어찌 알아요? 누가 그러던가요?"

소봉이 냉소를 머금었다.

"내가 당신한테 물은 거지 질문을 하라고 하진 않았소. 애걸하는 건 당신이지 내가 아니란 말이오. 어서 말하시오! 마 대형을 죽여놓고 왜 나한테 덮어씌운 것이오?"

마 부인은 흉악한 눈빛으로 매섭게 노려봤다.

"묻지 않으면 안 되나요?"

"그렇소. 묻지 않으면 안 되겠소. 난 독한 사내요. 절대 당신을 가엾게 여기지 않소."

"쳇! 당연히 독하겠지. 그리 말을 안 하면 내가 모를까 봐? 내가 오늘 이 지경에 이르게 된 것은 모두 너 때문이다. 오만방자하고 다른 사람은 안중에도 없는 짐승 같은 놈! 너같이 개돼지보다 못한 거란 오랑캐는 죽고 난 뒤에도 18층 지옥에 떨어져 매일같이 악귀들에게 고통받으며 살게 될 것이다. 당장 꿀물을 상처에 쏟아부어라! 왜 못하는 것이냐? 이런 개 잡종, 후레자식!…."

그녀는 점점 더 악독하게 욕을 해댔다. 가슴속에 가득 쌓인 분노와 원망을 쏟아내지 않으면 안 될 것처럼 욕을 해대면서 상식적으로 생각할 수 없는 온갖 상스럽고 더러우며 추악한 말들을 덧붙였다.

소봉은 어려서부터 여러 걸개들과 섞여 살아오면서 그 어떤 추잡한 말에도 익숙해 있었다. 술이 얼큰하게 달아오를 때는 여럿이 함께 추잡한 말투로 욕을 해대기도 했다. 하지만 마 부인처럼 늘 고상하고 우아하게 보이던 여인이 이렇게 독하고 악랄한 욕을 하는 건 정말 뜻밖이었다. 더구나 이 저속하기 이를 데 없는 욕은 대부분 한 번도 들어본 적이 없는 것들이었다.

그는 아무 말 없이 그녀가 실컷 욕을 하게 놔두었다. 원래 창백했던 그녀의 얼굴은 흥분에 겨워 독한 욕을 해대느라 시뻘겋게 달아올랐고 두 눈에서는 희열에 가득 찬 빛을 내뿜었다. 다시 한바탕 욕을 해대고 나자 그녀는 목소리를 점차 가라앉히며 마지막으로 한마디 던졌다.

"교봉 이 개 같은 도적놈아! 네놈이 오늘 날 이 지경으로 만들어놨으니 너 역시 훗날 내장이 터지고 머리가 박살난 채 난도질을 당하고 말 것이다!"

소봉은 평정심을 유지하며 말했다.

"욕은 다 끝나셨소?"

"잠깐 쉬는 거야. 좀 쉬고 난 후에 다시 욕할 것이다. 이 부모도 없는 개 잡종아! 한 가닥 숨이 붙어 있는 한 내 욕은 영원히 끝나지 않을 것이다."

"좋소. 마음껏 욕하시오. 내가 처음 당신을 본 건 무석성 밖의 행자림에서였고 그때는 이미 마 대형이 당신한테 죽고 난 뒤였소. 그 전에는 당신과 일면식도 없었건만 어찌 내가 당신을 오늘 이 지경이 되도록 해쳤다고 말하는 것이오?"

마 부인이 원망 어린 목소리로 말했다.

"허! 무석성 밖에서 날 처음 봤다고? 바로 그 말 때문이다. 그래! 바로 그 말 때문이야. 정말 거만하기 짝이 없는 놈이로구나. 무공이 천하

제일이라고 자신하는 이 오만한 도적놈아!"

그녀의 계속된 욕설은 다시 한동안 그칠 줄 몰랐다.

소봉은 그녀가 실컷 욕을 하라고 놔둔 채 목이 쉬고 기운이 모두 빠질 때까지 기다렸다 물었다.

"욕은 실컷 하셨소?"

마 부인이 증오로 가득 찬 목소리로 말했다.

"영원히 실컷 하지 못할 것이다. 이… 이 눈만 높은 더러운 자식! 난 네가 황제라 할지라도 대단하게 여기지 않을 것이다."

"그렇소, 황제라 한들 뭐 대단할 게 있겠소? 난 평생 자신을 천하무적이라 여긴 적이 없소. 나한테 능력이 있다 해도 사람을 이 지경으로 만들지는 않을 것이오."

마 부인은 그 말에 아랑곳하지 않은 채 끊임없이 저주를 퍼붓고 한참 동안 욕을 하다 말했다.

"무석성 밖에서 날 처음 봤다고 했지? 흥! 낙양성 안의 백화회百花會에서 날 못 봤단 말이냐?"

소봉은 어리둥절했다. 낙양성에서 백화회가 열린 건 2년 전 일이었다. 그는 개방의 여러 형제들과 함께 백화회에 참석해 벌주놀이를 해가며 거나하게 술을 마신 적이 있기는 했다. 하지만 그 자리에서 그녀를 본 기억은 전혀 나지 않았다.

"그때 마 대형도 함께 가긴 했지만 당신을 데려와 소개해준 적이 없소."

"네까짓 게 뭐라고? 넌 더러운 냄새가 나는 비렁뱅이들 우두머리에 불과할 뿐인데 뭐 대단해서? 그날 백화회에서 난 흰색 모란꽃 옆에 서 있었다. 거기 참석한 영웅호한들 중 날 멍하니 바라보지 않은 사람이 누가 있었단 말이냐? 하나같이 나한테 정신이 팔려 넋을 잃고 바라봤단 말이다. 한데 유독 네놈만은 나한테 눈길 한번 주지 않았다. 네가 정말 날 보지 못했다면 그뿐이야. 그럼 널 탓할 생각 없었다. 하지만 넌 날 본 게 분명한데도 마치 보지 못한 척했어. 눈빛은 내 얼굴을 스쳐 지나갔음에도 잠시도 머물지 않았단 말이다. 마치 평범하기 짝이 없는 보통 여자를 보는 것처럼 말이야. 위선자! 이 뻔뻔스럽기 짝이 없는 놈 같으니!"

소봉은 점차 생각나기 시작했다.

"그렇소, 이제 생각났소. 그날 모란꽃 옆에 여자가 몇 명 있는 것 같았소. 그때 난 술 마시는 데 정신이 팔려 모란인지 작약인지 남자인지 여자인지 볼 시간이 없었소. 만약 선배인 여류 협객이었다면 당연히 앞으로 나가 예를 올렸을 것이오. 허나 당신은 형수일 뿐인데 내가 쳐다보지 않는 게 무슨 큰 실례라고 그러는 것이오? 또 그렇게 증오를 할 것까지 뭐가 있단 말이오?"

마 부인은 표독스러운 표정으로 말했다.

"넌 눈깔도 없더냐? 제아무리 이름난 영웅호한이라 하더라도 모두들 내 머리부터 발끝까지 자세히 훑어보고자 했다. 덕망이 높고 중한 자들 역시 감히 날 똑바로 쳐다보지는 못해도 남들이 눈치채지 못하는 틈을 타 몰래 날 힐끔거리며 쳐다봤단 말이다. 한데 넌… 오직 너만… 흥! 백화회의 천여 명에 이르는 사내들 중에 오직 너만이 처음부터 끝까지 날 쳐다보지 않았어. 넌 개방의 우두머리로 천하에 이름을 떨친 영웅이다. 낙양 백화회에서 사내들 중엔 널 최고로 쳤고 여자들

중엔 당연히 날 최고로 쳐줬다! 한데 넌 날 쳐다보지도 않았으니 내가 아무리 스스로 미모를 자부한다 해도 무슨 소용이 있겠느냐? 그 천여 명의 사내들 모두 아무리 나한테 넋이 나갔다 해도 내 마음이 어찌 편할 수 있겠느냐는 말이다."

소봉은 한숨을 내쉬며 말했다.

"난 어릴 때부터 여자들과 노는 걸 좋아하지 않았소. 나이가 들고 나서는 여자를 쳐다볼 시간이 더욱 없었을 뿐 당신만 보지 않았던 건 아니오. 당신보다 백배 더 아름다운 여자도 처음에는 관심을 보이지 않았소. 훗날 알았지만 그땐 너무 늦었지…."

마 부인이 날카로운 목소리로 물었다.

"뭐? 나보다 백배 더 아름다운 여자? 그게 누군데? 그게 누구야?"

"바로 단정순의 딸이오. 아자의 언니."

마 부인은 침을 뱉으며 말했다.

"퉤! 그런 천한 년 이름을 입에 올리다니…."

그녀의 말이 채 끝나기도 전에 소봉은 그녀의 머리카락을 움켜쥐고 그녀의 몸을 들어 바닥에 힘껏 내동댕이쳤다.

"한 번만 더 불경스러운 말을 내뱉는다면 흥! 악랄한 방법이 뭔지 톡톡히 맛보게 해줄 것이다."

마 부인은 바닥에 내동댕이쳐져 거의 기절할 정도로 온몸에서 우두둑거리는 소리가 났지만 오히려 큰 소리로 웃어댔다.

"이제 보니… 이제 보니 우리 대영웅이신 교 대방주께서 그 망할 년한테 푹 빠지셨구나. 하하… 하하… 우스워죽겠네! 개방 방주 자리에서 쫓겨나니까 대리국 공주의 부마 나리가 될 생각을 한 게로구나. 교 방주, 난 네가 그 어떤 여자도 처다보지 않는 줄 알았다."

소봉은 두 무릎에 맥이 풀려 의자에 풀썩 주저앉은 채 천천히 말했다.

"그녀를 한 번만 더 볼 수 있기를 바라오. 하지만… 하지만… 다시는 볼 수 없어…."

마 부인이 냉소를 머금었다.

"네가 원하는데 그녀가 원치를 않는 것이냐? 네가 가진 무공이면 충분히 마음을 빼앗아올 수 있지 않더냐?"

소봉은 고개를 가로저으며 아무 말도 하지 않다 한참 후에 비로소 입을 열었다.

"하늘만큼 큰 능력이 있다 해도 다시는 빼앗아올 수 없소."

마 부인이 크게 기뻐하며 물었다.

"왜? 하하… 하하…."

소봉이 나지막이 말했다.

"이미 죽었소!"

마 부인은 웃음을 돌연 멈췄다. 처량하고 고통스러운 표정으로 눈물을 머금고 있는 소봉을 보자 속으로 약간 미안한 마음이 든 모양이었다. 그는 이 오만방자한 교 방주에게 가련한 부분이 있다고 생각했지만 곧바로 얼굴에 미소를 띠었다. 그 웃는 얼굴은 점점 유쾌하고 통쾌하게 변해갔다.

소봉은 그녀의 웃는 얼굴을 힐끗 보고 자신이 상심해하는 모습에 기뻐하는 것 같자 몸을 일으켰다.

"당신의 지아비를 살해한 죄는 죽음으로도 씻을 수 없소. 더 할 말이 있으시오?"

마 부인은 그가 당장 손을 써서 자신을 죽이려 하는 것 같아 더럭 겁이 나 사정을 했다.

"사… 살려줘! 날 죽이지 마!"

"좋소, 내가 손쓸 필요 없지."

이 말과 함께 밖으로 걸어나갔다.

마 부인은 그가 뒤도 돌아보지 않고 방에서 나가는 것을 보고 분노가 치밀어올라 큰 소리로 외쳤다.

"교봉, 이 개 같은 도적놈아! 과거 난 네가 내 눈을 똑바로 쳐다보지 않은 데 화가 나 마대원한테 네 약점을 들춰내라고 했었다. 한데 마대원이 무슨 말을 해도 들어먹질 않아 백세경을 시켜 마대원을 죽인 거야. 그… 그럼에도 넌 오늘 나한테 추호의 흔들림도 없구나."

소봉이 몸을 돌려 냉랭한 어조로 말했다.

"지아비를 살해한 것이 내가 당신을 쳐다보지 않아서라고? 흥! 그런 터무니없는 거짓말을 누가 믿을 수 있겠소?"

"곧 있으면 죽을 몸인데 널 속여 무엇 하겠어? 네가 날 무시하는데 무슨 방법이 있었겠느냐? 평생 널 증오하는 마음만 품고 있을 수밖에 없었다. 개방의 그 냄새나는 비렁뱅이들이 널 천신처럼 섬기는데 천하에 그 누가 너한테 감히 죄를 지을 수 있다고? 그나마 하늘이 보우하시어 어느 날 마대원의 강철 상자 안에 있던 왕 방주 유서를 발견하게 됐지. 그 유서 안에 들어 있는 사연을 알고 내가 얼마나 기뻐했는지 알아? 하하. 내 가슴속에 자리 잡고 있던 악한 기운을 펼칠 수 있는 절호의 기회였어. 네 신세를 철저히 망쳐놓고 다시는 영웅호한이라고 과시하지 못하게 만들 생각이었단 말이다. 난 마대원을 시켜 모든 사람 앞에서 그 사실을 폭로하려고 했어. 천하의 영웅호한들한테 네가 거란의 오랑캐임을 알려 개방의 방주 자리에서 쫓아내는 건 물론, 중원에서 더 이상 설 자리가 없이 만들고 심지어 목숨을 부지하지 못하게 만들 생각이었다."

소봉은 그녀가 몸을 움직이지 못해 더 이상 사람을 해칠 수 없다는 걸 뻔히 알면서도 그녀의 악독하기 짝이 없는 말들이 구구절절 귓속에 박혀 등줄기가 오싹해졌다.

마 부인이 말을 이었다.

"하지만 그 사람은 내 말을 듣기는커녕 오히려 한바탕 호되게 욕을 하고 그 이후부터 집 밖에도 나가지 못하게 했다. 그리고 내가 단 한 마디라도 하면 날 갈기갈기 찢어 죽이겠다고 했어. 그 전까지 나한테 고분고분하기만 했던 사람인데 그렇게 격한 말과 사나운 얼굴로 날 대한다는 게 있을 수 있는 얘기야? 평생 그 사람을 마음에 둔 적도 안 중에 둔 적도 없는데 나한테 그렇게 대하니 나도 내가 겪은 고초를 그 대로 맛보게 해줄 수밖에 없었어. 그로부터 석 달이 지난 후 백세경이 집에 객으로 왔는데 그날은 8월 보름 전날이었어. 중추절을 쇠기 위해 우리 집에 온 것이었는데 그자는 날 한번 쳐다보고 또 쳐다보는데… 흥! 늙은 색귀 같으니! 난 내 몸이 유린당할 걸 감수하고 그 늙은 색귀 를 유혹에 빠뜨렸어. 그리고 그 늙은 색귀는 나와 영원한 부부로 남기 위해 마대원을 죽인 거야."

소봉은 어젯밤에 이미 창문 밖에서 백세경이 직접 한 말을 들어 그 의 말에 거짓이 없음을 알고 있었기에 긴 한숨을 내쉬었다.

"백세경은 강직하기로 이름난 호한인데 당신 손에 멀쩡하게 당해버린 것이오. 당… 당신이 칠향미혼산을 마 대형한테 먹인 다음 백세경에게 그의 후골喉骨을 부숴버리게 만들고 고소모용씨가 쇄후금나수로 그를 죽인 것처럼 위장을 한 것이로군. 안 그렇소?"

"맞아! 하하. 어찌 아니겠어? 하지만 고소모용인가 뭔가는 난 잘 몰랐어. 그 늙은 색귀가 생각해낸 거지."

소봉이 고개를 끄덕이자 마 부인이 다시 말했다.

"내가 그 늙은 색귀한테 네놈의 출신 내력에 관한 비밀을 폭로하자고 했지. 쳇! 그런데 그 늙은 색귀가 뜻밖에도 너와의 의리를 논하지 뭐야! 그러다 나한테 혹독하게 압력을 받자 칼을 들어 자결을 하려고 했어. 좋다 이거야. 난 그 색귀를 놔두고 시체처럼 활기라곤 없어 보이는 전관청이라는 작자를 찾아갔지. 그 작자는 내가 사흘 밤을 같이 잤더니 내 말이라면 뭐든지 듣는 거야. 그래서 일단 네 접선을 훔쳐오라고 했더니 자기 가슴을 힘껏 퍽퍽 치면서 모든 건 자기한테 맡기라고 큰소리치더군. 내 짐작으로는 전관청이란 놈 하나만 믿어서는 널 쓰러뜨리지 못할 것 같아 다시 또 다른 늙은 색귀인 서 장로를 찾아가 얼굴을 내밀었어. 그 이후의 일은 너도 잘 알 거야."

소봉은 마침내 마지막까지 가슴에 품고 있던 의혹을 풀 수 있었다. 전관청이 어찌 주모자가 돼서 자신에게 반기를 들었으며 백세경이 어쩌다 역도들한테 감금을 당했는지 말이다. 그는 다시 물었다.

"단 낭자가 백세경으로 변장했을 때 빈틈이라고는 전혀 없었는데 그 때문에 허점을 잡힌 게로군."

마 부인이 의아한 표정을 지었다.

"그 어린 계집이 단정순의 딸이었어? 네가 마음에 둔 사람? 그 계집이 그렇게 예뻤던가?"

소봉은 대답도 하지 않고 가슴이 시린 듯 고개를 들어 하늘만 쳐다봤다.

마 부인이 말했다.

"그… 그 어린 계집애도 정말 날 깜짝 놀라게 만들었어. 8월 보름날까지 운운했는데 그날이 바로 마대원의 기일이었거든. 하지만 나중에는 내가 평소 애정 표현을 할 때 쓰는 말을 해봤지. '저 하늘의 달은 어쩌면 그렇게 둥글고 밝을까요?' 그렇게 물으면 그 늙은 색귀는 이렇게 말했거든. '당신 몸에 있는 게 저 하늘의 달보다 더 둥글고 하얗소.' 또 중추절 월병을 먹을 때 짭짤한 걸 좋아하는지 달콤한 걸 좋아하는지 물으면 그 늙은 색귀는 이렇게 말했어. '당신 몸에 있는 중추절 월병은 꿀처럼 달았지.' 하지만 그 단 낭자는 동문서답을 하니 내가 곧바로 알아차릴 수밖에 없었다."

소봉은 문득 모든 걸 깨닫고 그날 밤 마 부인이 왜 달과 중추절 월병을 거론했는지 비로소 알게 됐다. 알고 보니 작년 8월 보름 전날 밤에 그녀와 백세경이 사통을 하면서 나누던 뻔뻔스러운 애정 표현이었던 것이다. 마 부인이 깔깔대고 웃었다.

"교봉, 네 변장은 정말 형편없었다. 그 계집애가 가짜란 걸 알고 다시 네 모습이나 말하는 걸 생각하니까 하하… 그게 교봉이라는 걸 어찌 모를 수 있겠어? 마침 단정순을 없애려던 참에 네 손을 빌리게 된 거지."

소봉은 이를 꽉 깨물었다.

"단 낭자는 당신이 죽였소. 그 빚은 당신한테 달아두는 것으로 하겠소.”

“그년이 먼저 와서 날 속인 거지 내가 가서 속인 게 아냐. 계략을 미리 알고 역이용했을 뿐이지. 그년이 날 찾아오지 않았다면 백세경이 개방 방주에 오르길 기다렸다가 개방과 대리단씨를 원수지간으로 만드는 방법을 썼겠지. 그럼 단정순은… 헤헤… 머지않아 내 손아귀를 벗어나지 못하도록 되어 있었어.”

“악독하기 짝이 없구나! 자기 남편을 죽이고 자신과 사통한 남자마저 죽이려 하고, 또한 자신의 용모를 바라보지 않는다는 이유로 애꿎은 사람마저 죽이려 하다니!”

“미색을 앞에 두고 왜 쳐다보지도 않지? 내 미모가 부족했던 건가? 세상에 너처럼 군자로 위장한 위선자가 또 어디 있단 말이야?”

그녀는 스스로 득의에 차서 한 행동에 대해 말하느라 많이 흥분된 듯 두 뺨이 빨갛게 물들었다. 그러나 체력이 점점 버텨주질 못해 말하는 동안에도 매우 숨이 찬 듯 보였다.

소봉이 말했다.

“마지막으로 한 가지만 묻겠소. 왕 방주한테 서찰을 써준 선봉장 대형이 도대체 누구요? 그 서찰을 봤으니 겉에 적힌 서명도 봤을 것이 아니오.”

마 부인이 차갑게 웃었다.

“호호… 호호. 교봉, 최후에는 결국 네가 날 구하는 것이냐? 아니면 내가 널 구하는 것이냐? 마대원이 죽고, 서 장로와 조전손, 철면판관 선정, 담공과 담파, 천태산 지광대사가 죽었다. 세상에는 나와 선봉장 대형 본인만 그게 누구인지 안다.”

소봉의 심장은 급격히 빨리 뛰었다.

"그렇소. 어쨌든 교봉이 당신한테 부탁을 하는 셈이니 그자 이름을 알려주시오."

"내 목숨이 경각에 달려 있는데 나한테 어떤 혜택을 줄 수 있지?"

"이 교 모가 힘이 미치는 한 어떤 분부라도 따르도록 할 것이오."

마 부인이 빙긋 웃었다.

"내가 뭘 바랄까? 교봉, 난 나를 세세히 뜯어볼 가치도 없다고 여기는 네가 미웠어. 그 바람에 넌 이런 화를 자초한 것이다. 네가 선봉장 대형의 이름을 알려달라고 하는데 그건 어렵지 않아. 날 네 품에 안고 반나절 동안만 지켜봐줘."

소봉은 눈살을 찌푸렸다. 정말 내키지 않는 일이었다. 하지만 이 세상에 그 비밀을 아는 사람은 오직 그녀 한 사람뿐이니 자신의 피맺힌 원한에 대한 복수 여부는 그녀가 입으로 뱉어내는 몇 마디에 달려 있었다. 그 비밀을 하루라도 늦게 알게 된다면 평생 편히 살아가기 힘들 수도 있다. 그녀의 한 가닥 남은 목숨은 언제든 끊어질 수 있기에 협박을 하거나 회유를 하는 건 무용지물이었다. 그는 생각했다.

'만일 내가 고집을 피워 이를 수락하지 않다가 숨이 끊어지고 만다면 부모를 죽인 대원수가 누군지는 더 이상 알 길이 없어지게 된다. 그녀를 안고 몇 번 쳐다보는 게 뭐 대단한 일이겠는가?'

"좋소, 원대로 해주겠소."

그는 허리를 굽혀 그녀를 품에 안았다. 그리고 두 눈을 반짝이며 그녀의 얼굴을 응시했다.

그때 마 부인의 얼굴은 피로 얼룩지고 흙과 먼지로 범벅이 되어 있었다. 더구나 밤새 갖은 고초란 고초는 모두 겪었던 터라 안색이 초췌해서 겉보기에 흉측하기 짝이 없었다. 소봉은 마지못해 그녀를 안았지만 이런 모습을 바라보자 이맛살이 찌푸려지지 않을 수 없었다.

마 부인이 벌컥 화를 냈다.

"왜 그래? 날 바라보는 게 싫어?"

소봉은 하는 수 없이 답했다.

"아니오!"

이 대답은 본의가 아니었다. 평소에 그는 제아무리 큰 위기에 봉착한다 해도 마음에 없는 말을 하는 성격이 되지 못했지만 지금은 어쩔 수가 없었다.

마 부인이 부드러운 목소리로 말했다.

"내가 싫지 않다면 내 얼굴에 입 맞춰줘."

소봉은 정색을 했다.

"그럴 수는 없소. 당신은 우리 마 대형의 아내요. 나 소봉은 의리를 중시하는 사람이오. 어찌 친구의 미망인을 희롱할 수 있겠소."

마 부인이 교태 어린 목소리로 말했다.

"의리를 논하면서 어찌 나를 품에 안고 있지…?"

바로 그때 창밖에서 누군가 푸하하 하고 웃음을 터뜨렸다.

"교봉, 정말 뻔뻔스럽기 짝이 없네요! 우리 언니를 죽인 것도 모자라 우리 아버지의 정인을 안고 몰래 입을 맞추려 하다니 부끄럽지도 않나요?"

그건 바로 아자의 목소리였다.

소봉은 양심에 거리낌이 없었던 터라 그런 아무것도 모르는 어린애

말은 마음에 담아두지 않고 마 부인을 향해 소리쳤다.

"어서 말하시오. 그 선봉장 대형이 누구요?"

마 부인이 살랑거리는 목소리로 말했다.

"날 보고 있으라고 했는데 고개를 돌리다니 무슨 짓이야?"

그 목소리는 애교로 가득했다.

아자가 방 안으로 들어와 실실 웃었다.

"어째서 아직 안 죽은 거지? 그런 추팔괴 모습을 한 널 어떤 남자가 쳐다본다고?"

"뭐? 내… 내가 추팔괴 모습이라고? 거울, 거울, 거울 가져와!"

그녀는 무척이나 놀랍고 당황스러워했다.

소봉이 말했다.

"어서 말해보시오, 어서! 말하면 거울을 내주겠소."

아자가 거침없이 탁자에서 거울 하나를 가져와 그녀 얼굴에 가져다 대고 생글생글 웃었다.

"직접 보란 말이야. 얼마나 아름다운가."

마 부인이 거울 속을 들여다보자 그 안에는 피와 흙먼지로 범벅이 된 자신의 얼굴이 보였다. 초조함, 흉악함, 악독함, 원한, 고통, 분노 같은 갖가지 추악한 표정이 미간과 입술, 코 사이에 모두 모여 있을 뿐 과거의 곱고 나긋나긋해서 사람들에게 사랑받던 미모의 가인은 온데간데없었다. 그녀는 두 눈을 커다랗게 뜨고 다시 감지를 못했다. 그녀는 평생 자신의 미모를 자부하며 살아왔는데 죽음에 이르러 거울 속에서 자신의 이런 추악한 몰골을 보게 된 것이다.

소봉이 말했다.

"아자, 거울을 치워라! 화를 돋우지 말고."

아자가 깔깔대고 웃었다.

"이 여자한테 자기 얼굴이 얼마나 추악한지 보여주려는 거예요."

"화가 나서 죽기라도 하면 큰일 난다!"

그는 마 부인의 몸이 이미 꼼짝도 하지 않고 호흡 소리도 더 이상 들리지 않는 것 같아 재빨리 호흡이 남아 있는지 살폈지만 이미 숨이 끊어진 뒤였다. 소봉은 깜짝 놀라 소리쳤다.

"이런! 숨이 끊어져버렸어."

마치 큰 재앙이라도 닥친 듯한 외침이었다.

아자가 입을 삐죽거렸다.

"이 여자를 정말 좋아하는 거였어요? 이런 여자가 죽었는데 그렇게 놀랄 것까지 있나요?"

소봉이 발을 동동 구르며 말했다.

"에잇. 어린애가 뭘 안다 그러느냐? 이 여자한테 물어볼 말이 있었다. 이 세상에서 이 여자 혼자만 아는 일이야. 네가 방해만 하지 않았다면 벌써 말했을 것이다."

"아유. 또 내 잘못이네요. 내가 당신 대사를 망친 거네요, 맞아요?"

소봉이 한숨을 내쉬었다. 이미 죽은 목숨을 다시 살릴 수도 없으니 화를 내봐야 아무 도움이 되지 않았다. 아자 이 계집은 제멋대로인 성격이라 그녀의 부모마저도 어찌하지 못하는데 하물며 남은 어떠하겠는가? 아주 얼굴을 봐서라도 괜한 승강이를 벌일 수는 없었기에 마 부인을 바닥에 내려놓았다.

"우린 가자!"

사방을 살펴보니 집 안에 다른 사람은 없고 그 나이 든 시녀도 이미 어디론가 도망가고 없었다. 그는 당장 불씨를 찾아 장작을 쌓아둔 헛간에 불을 붙였다. 불은 순식간에 치솟아오르기 시작했다.

두 사람은 집 옆에 서서 화염이 창문을 뚫고 나오는 모습을 바라봤다. 소봉이 아자를 향해 말했다.

"넌 아버지, 어머니 계신 곳으로 돌아갈 작정이냐?"

"아뇨. 아버지, 어머니한테는 안 가요. 아버지 수하의 그 사람들은 나만 보면 눈을 부릅뜨고 화를 내요. 아버지한테 그 사람들을 다 죽여버리라고 했지만 아버지는 막무가내로 제 말을 안 들어줘요."

소봉이 생각했다.

'네가 저만리를 죽게 만들었으니 그의 절친한 형제들이 널 증오하는 게 당연하지. 단정순이 어찌 너 하나 때문에 자신의 충성스러운 수하들을 죽일 수 있겠느냐? 그래놓고 네가 아니라 아버지더러 막무가내라고 하니 너무 어려서 말을 함부로 하는구나.'

"좋아, 난 가야겠다!"

그는 몸을 돌려 북쪽을 향해 걸어갔다.

"이봐요, 이봐요! 잠깐만 기다려요."

소봉은 발걸음을 멈추고 몸을 돌려 말했다.

"어디로 갈 테냐? 사부한테 돌아갈 셈이냐?"

"아뇨. 이제 사부님한테 못 가요. 감히 그럴 수 없어요."

소봉이 의아한 표정으로 말했다.

"감히라니? 또 무슨 사고라도 친 게냐?"

"사고가 아니라 제가 무공 연마에 쓰는 사부님 물건을 가져왔는데 그냥 돌아가면 뺏기고 말 거예요. 그걸 연성한 다음 돌아가서 그때 사부님께 돌려주면 두려울 것이 없죠."

"무공을 연마하는 물건이 네 사부님 것이라니 네가 빌려달라고 사정을 하면 허락해줄 것이 아니냐? 더구나 너 혼자 연마하려면 네가 이해하지 못하는 부분이 있을 텐데 그때 네 사부님한테 가르침을 내려달라 청하면 좋지 않더냐?"

아자는 입을 삐죽거리며 말했다.

"사부님은 안 준다면 안 줘요. 아무리 사정을 해도 소용없어요."

소봉은 이 버릇없고 제멋대로인 아가씨가 마음에 들지 않았다. 또 그녀의 사부인 성수해 노괴 정춘추는 악명으로 드높았던 터라 그런 사람과 괜한 갈등을 일으킬 필요는 없다고 여겼다.

"좋아, 네가 하고 싶은 대로 해라. 난 상관 안 할 테니까."

"어디로 갈 건데요?"

소봉은 마대원의 집이 활활 타오르는 것을 바라보고 장탄식을 했다.

"원수를 갚으러 가야 하지만 원수가 누군지 알 수가 없다. 살아생전에는 그 원수를 절대 갚을 수 없을 것 같아."

"아. 알았다. 마 부인이 그 원수를 알고 있었는데 제가 화를 돋워 죽어버리는 바람에 다시는 누군지 모르게 된 게로군요. 재미있네요. 교방주는 무공이 고강하고 위대한 명성이 널리 퍼져 있는 분인데 내 덕분에 이러지도 저러지도 못하는 꼴이 되고 만 셈이네요?"

소봉이 곁눈질로 바라보니 그녀의 얼굴에는 타인의 불행을 즐기는 듯한 희열로 가득 차 있었다. 이글거리며 타오르는 불빛이 그녀의 사과처럼 발그레한 뺨에 비추면서 매우 귀엽게 보였다. 이렇게 천진무구한 얼굴에 무궁무진한 악의가 숨겨져 있으리라고 누가 생각할 수 있겠는가? 그는 삽시간에 노기가 치솟아올라 대뜸 그녀의 뺨을 세차게 후려치고 싶었다. 그러나 다시 생각해보니 아주가 죽기 전에 자신에게 세상의 유일한 친자매인 그녀를 잘 돌봐달라고 부탁을 하지 않았던가?

'아주가 평생 단 한 가지 부탁을 한 것인데 어찌 따르지 않을 수 있겠는가? 이 소낭자가 간악하기 짝이 없다 해도 그 과오를 바로잡기 위해 최선을 다해야 한다. 하물며 그녀는 나이가 어리고 식견이 부족하며 장난기가 많은 것일 뿐 아니던가?'

아자가 고개를 쳐들며 말했다.

"왜요? 절 때려죽이게요? 왜 안 때려요? 우리 언니도 때려죽였는데 나 정도쯤 때려죽이는 건 별일 아니잖아요?"

그녀의 이 말은 마치 날카로운 칼로 소봉의 가슴을 찌르는 것 같아 가슴이 쓰렸다. 그는 어찌 대답할지 몰라 고개를 돌려 큰 걸음으로 성큼성큼 북쪽을 향해 걸어갔다.

아자가 생글생글 웃으며 물었다.

"이봐요, 잠깐만요. 어디로 가요?"

"중원은 이미 내가 머물 곳이 못 된다. 부모를 죽인 원수도 갚을 수가 없고…. 난 새북의 혹한의 땅으로 가서 돌아오지 않을 것이다."

아자가 고개를 갸우뚱거렸다.

"어느 길로 갈 거예요?"

"일단 안문관으로 갈 것이다."

아자가 손뼉을 치며 말했다.

"그거 잘됐네요. 난 진양晉陽으로 갈 건데 함께 가면 되겠어요."

"진양에는 어찌 가려는 것이냐? 천 리 먼 길을 일개 소낭자가 어찌 혼자 간다는 게야?"

"헤헤. 천 리 길이 뭐 무섭다 그래요? 성수해에서 여기까지 온 건 훨씬 더 먼데요. 그리고 당신이 동행할 건데 왜 혼자예요?"

소봉이 고개를 가로저었다.

"너하고는 동행하지 않는다."

"왜요?"

"난 남자고 넌 젊은 낭자라 가는 길에 투숙을 하면 불편한 점이 많아."

"그것 참 우습고도 기이한 말이네요. 내가 불편하다고 하지 않는데 당신이 뭐가 불편하다는 거죠? 우리 언니하고도 남녀가 새벽에 길을 떠나 밤에 유숙을 하면서 먼 길을 다니지 않았었나요?"

소봉이 나지막이 말했다.

"난 네 언니와 혼약을 한 사이이니 전혀 다르지."

아자가 손뼉을 치며 웃었다.

"아유. 그걸 몰랐네요. 난 언니가 요조숙녀인 줄로만 알았는데 당신과 언니는 우리 아버지와 어머니처럼 하늘과 땅에 절을 해서 부부가 되기도 전에 이미 짝을 맺었다니 말이에요."

소봉이 벌컥 화를 냈다.

"허튼소리! 네 언니는 죽기 전까지 시종 순결하기 이를 데 없는 낭자였다. 난 그녀를 대할 때 예법을 엄수하며 존중해줬고."

아자가 탄식을 하며 말했다.

"그렇게 큰 소리로 나한테 겁을 줘야 무슨 소용이에요? 두 사람이 예법을 엄수했다면서 언니가 어찌 당신을 내 형부라고 말했겠어요? 어찌 됐건 언니는 당신한테 맞아 죽었잖아요. 어서 가요!"

소봉은 '언니는 당신한테 맞아 죽었잖아요'라고 한 그녀의 말 한마디에 마음이 약해졌다.

"그냥 네 어머니가 있는 소경호 기슭으로 돌아가거라. 아니면 외진 곳을 찾아 그 물건으로 무공을 연마한 다음 사부한테 돌아가든가 말이야. 진양은 추운 곳인데 뭐 재미있는 게 있어 가려 하느냐?"

아자가 아주 진지하게 말했다.

"놀러가는 거 아니에요. 처리할 대사가 있다고요."

소봉은 고개를 가로저었다.

"난 데려가지 않을 것이다."

이 말을 하고 걸음을 옮겼다. 아자가 경공을 펼쳐 그의 뒤를 쫓아가며 소리쳤다.

"기다려요! 기다려요!"

소봉은 아랑곳하지 않고 자기 갈 길을 갔다.

얼마 가지 않아 북풍이 몰아치며 돌연 눈이 흩날리기 시작했다. 소봉은 눈보라를 무릅쓰고 빠른 걸음으로 내달렸다. 이제 그동안 쌓인 원한과 억울함을 설욕할 기회란 없고 원수를 찾아 복수할 수도 없다는 생각이 들자 울화가 치밀어올랐지만 어쩔 수 없는 일이었던 터라 가슴 가득한 근심을 떨쳐버리고자 했다. 그는 이것이 바로 진정한 해탈이라 여겼다.

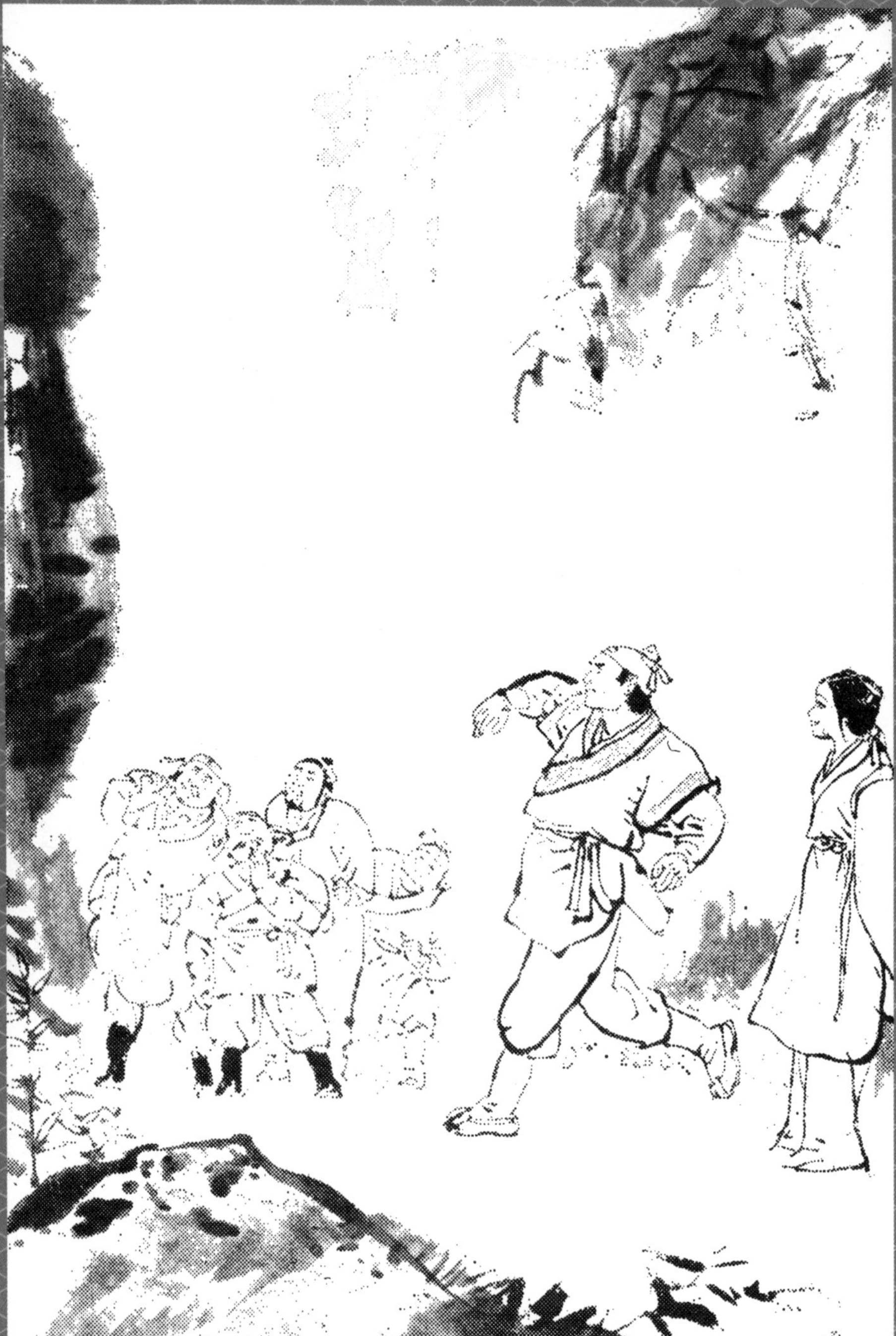

25

광활한 설원을 가다

그는 오른손으로 강철 지팡이 한 자루를 들어 석벽을 겨냥해 힘껏 집 어던졌다.

그러자 강철 지팡이가 깡 소리와 함께 석벽에 그대로 꽂혀버렸다.

8척 길이의 강철 지팡이가 바위에 4척 가까이 박혀버린 것이다.

소봉은 가슴 깊이 밀려오는 공허함에 '무림의 의리'니 '하늘의 도리'
니 하는 것들은 모두 허망한 것이며 살고 죽는 것 역시 큰 차이가 없
는 것처럼 느껴졌다. 부모와 은사의 원한을 갚고 안 갚고는 그리 긴한
일이 아니었다. 아주가 죽고 난 뒤부터는 삶의 의미를 찾을 수가 없었
다. 그녀에 대한 그리움이 사무쳐 과거 아주와 한 언약대로 새외에 나
가 사냥과 방목을 하겠다는 생각뿐이었다. 아주의 혼백이 새외에서 기
다릴지도 모른다는 기대 때문이었다. 사람은 만사에 희망이 없다고 느
끼면 귀신의 존재를 믿을 수도 있다. 그는 아주가 죽고 난 후 그녀의
혼백이 안문관 밖으로 날아가 있을 테니 자신이 가서 아주의 혼백에
게 얼굴을 보여주고 그녀를 향한 그리움이 깊다는 걸 알려준다면 그
녀 역시 저승에서 더 기뻐할 것이라 생각했다.

10여 리를 더 걸어가다 길가에 한 작은 절이 보이자 안으로 들어가
대전 벽에 기대 두 시진가량 눈을 붙였다. 피곤이 풀린 소봉은 다시 북
쪽을 향해 걸어갔다. 그렇게 40여 리를 더 걸어가니 북쪽의 요충지인
장태관長台關에 이르렀다.

가장 먼저 주점을 하나 찾아 백주 열 근과 쇠고기 두 근, 통닭 한 마
리를 시켜 자작을 하며 실컷 마셨다. 안문관으로 가는 길을 곰곰이 생
각해봤다. 신양성으로부터 북쪽을 향해 가다 채주蔡州와 영창부潁昌府

를 거쳐 정주鄭州를 지나 하동로河東路의 임분臨汾을 거친 다음 북쪽으로 올라가 태원太原과 양곡陽曲 그리고 다시 북상해서 흔주忻州를 경유해 대주代州의 안문에 이르게 될 것이다. 그가 백주 열 근을 모두 비운 후 다시 다섯 근을 더 시켜 막 마시려는 순간 주점 입구에서 발소리가 들렸다. 곧바로 누군가 안으로 들어오는데 뜻밖에도 그 사람은 아자였다. 소봉은 속으로 생각했다.

'저 소낭자가 내 주흥을 깨러 왔구나.'

그는 고개를 돌려 못 본 체했다.

아자는 빙긋 미소를 지으며 그의 맞은편 탁자에 앉아 소리쳤다.

"주인장, 주인장! 술 좀 가져오시오!"

주보가 달려와 웃으며 말했다.

"소낭자, 소낭자도 술을 드시게요?"

아자가 책망을 하며 소리쳤다.

"낭자면 낭자지 소 자는 왜 덧붙이는 거야? 난 술 마시지 말란 법 있어? 우선 백주 열 근 가져오고 다섯 근은 미리 준비해놨다가 올리도록 해. 그리고 쇠고기 두 근하고 통닭 한 마리! 빨리! 빨리 가져와!"

주보가 혀를 내밀었다가 한참 동안 집어넣지 못하고 멍하니 서서 소리쳤다.

"아이고, 세상에! 낭자, 지금 진심으로 하는 말인가요? 아니면 농인가요? 이 작은 몸집으로 그렇게 많이 드신단 말입니까?"

그는 이 말을 하면서 곁눈질로 소봉을 바라보며 생각했다.

'이 낭자는 당신을 따라 하는 거요! 당신이 뭘 마시든 그걸 마시고 뭘 먹든 그걸 먹는단 말이오.'

아자가 말했다.

"내가 몸집이 작다고 누가 그래? 눈이 삐었어? 내가 먹고 돈을 안 낼까 봐 그래?"

이 말을 하고는 품 안에서 은자 한 덩어리를 꺼내 텅 하고 탁자에 던지며 말했다.

"내가 다 못 먹고 못 마시면 개한테 먹이면 되잖아? 당신이 뭘 걱정이야?"

주보가 눈웃음을 치며 말했다.

"네, 네!"

그러고는 다시 소봉을 힐끗 쳐다보며 생각했다.

'이 낭자는 지금 시비를 거는 거예요. 말을 돌려 욕을 하잖아요.'

잠시 후 술과 고기가 나오자 주보는 커다란 사발을 하나 들고 와서 아자 앞에 내려놓으며 웃었다.

"낭자, 제가 한 잔 따라드리겠습니다."

아자가 고개를 끄덕였다.

"좋아."

주보는 커다란 사발에 술을 한가득 따르고 속으로 생각했다.

'네가 이 술을 다 마시고 바닥에 쓰러져 뒹굴도록 취하지 않으면 이상한 거다.'

아자는 두 손으로 술 사발을 들어 입에 가져다 댔다. 그리고 사발을 슬쩍 핥아보고는 눈살을 찌푸리며 말했다.

"독해! 너무 독해! 이런 독주는 마시기 힘들어. 세상에 이걸 마시겠다는 몇몇 얼간이가 없다면 당신네들이 어찌 술을 팔아먹을 수 있겠어?"

주보가 다시 소봉을 힐끗 쳐다봤다. 하지만 시종 거들떠보지도 않는 걸 보고 자기도 모르게 속으로 웃음을 터뜨렸다.

아자가 닭다리를 찢어 한입 베어물었다.

"쳇, 냄새가 지독하네!"

주보가 억울함을 호소했다.

"이 통닭은 오늘 아침까지만 해도 꼬끼오 하고 울던 놈이었답니다. 신선한 놈을 뜨끈뜨끈하게 조리한 것인데 어찌 냄새가 난단 말입니까?"

"음. 당신 몸에서 나는 냄새일지도 모르지. 그게 아니라면 이 가게 안의 다른 손님한테 나는 냄새든가."

이때 밖에는 눈이 내리고 있던 터라 지나는 사람이라고는 없어 주점 안에는 손님이 소봉과 아자 두 사람뿐이었다. 주보가 빙그레 웃었다.

"제 몸에서 나는 냄새죠. 그게 맞습니다. 낭자, 말을 좀 조심해서 하세요. 다른 손님들한테 실례되지 않도록 말입니다."

"왜? 실례되는 말을 하면 일장에 날 때려죽일까 봐?"

이 말을 하면서 젓가락으로 쇠고기 한 점을 들고 입에 물었다. 그러나 아직 채 씹기도 전에 그대로 뱉어버리면서 소리쳤다.

"아유! 고기 맛이 시큼한 걸 보니 이건 쇠고기가 아니라 인육이군. 당신들이 인육을 팔아? 여긴 흑점黑店[20]이로구나! 흑점이야!"

주보가 어쩔 줄을 몰라 하며 다급하게 항변했다.

"아이고! 낭자, 제발 부탁입니다. 소란은 피우지 마십시오. 이렇게 신선한 황소 고기를 어찌 인육이라 하십니까? 살이 이렇게 거친 인육이 어디 있단 말입니까? 이렇게 선홍색일 리가 있겠어요?"

"그래. 당신이 인육 색깔을 아는군. 대답해봐. 당신네 가게에서 몇 명이나 죽였지?"

주보가 실실 웃었다.

"낭자는 농담도 참 잘하시네요. 신양부 장태관이 얼마나 큰 마을인데 그러십니까? 우리 가게는 60년이 넘은 오래된 주점입니다. 한데 어찌 사람을 죽여 인육을 팔겠습니까?"

"좋아. 인육은 아니더라도 냄새나는 음식은 얼간이만 먹을 수 있어. 아유! 눈길을 걸었더니 신이 더러워졌네."

이 말을 하면서 구수하게 조리된 홍소우육紅燒牛肉 한 점을 그릇에서 쥐어 들고 왼쪽 신발을 닦았다. 신발 주위에는 진흙이 잔뜩 묻어 있었지만 고기로 닦아내자 신발에 붙은 진흙이 모두 떨어져 나갔다. 이어서 쇠고기 기름으로 그 위를 문지르니 표면이 반들반들하게 빛났다.

주보는 그녀가 주방장이 심혈을 기울여 조리한 쇠고기로 신발을 닦자 너무도 가슴 아픈 나머지 한쪽에 서서 한숨만 계속해서 내쉴 따름이었다.

아자가 물었다.

"한숨은 왜 쉬는 거지?"

"우리 집 홍소우육은 장태진 안에서 일품요리에 속하는 것은 물론, 주변 백 리 안에서도 다들 무지를 치켜세우며 침을 꿀꺽꿀꺽 삼킬 정도로 유명합니다. 한데 낭자가 그걸 가지고 신발을 닦으니 그… 그게…."

아자가 그를 한번 째려보며 말했다.

"그래서 뭐?"

"너무 아까워서 그러지요."

"내 신발이 아까워서 그래? 쇠고기는 소에서 난 거고 가죽신도 소에서 난 거야. 아까울 게 뭐 있어? 이봐! 이 집을 대표하는 다른 요리가 또 있어? 어디 말해봐."

"대표 요리야 당연히 있지요. 하지만 가격이 만만치 않아서요."

아자는 품 안에서 은자 덩이 하나를 꺼내 텅 하고 탁자 위에 내던지며 물었다.

"이거면 돼?"

주보는 은자 덩이가 닷 냥은 족히 나가는 걸 보고 술상을 두 번 내도 충분할 것으로 보이자 재빨리 웃음을 지었다.

"충분합니다, 충분합니다. 부족할 리가 있겠습니까요! 우리 집 대표 요리로는 잉어에 술지게미를 넣어 만든 주조리어酒糟鯉魚와 새끼 양고기를 조리해 얇게 편을 썰어 먹는 백절양고白切羊羔, 돼지고기를 간장에 조려 만든 장저육醬猪肉 또…."

"좋아, 종류별로 세 접시씩 내와."

"낭자께서 맛을 보시려면 종류별로 한 접시씩이면 충분합니다…."

아자가 굳은 표정으로 소리쳤다.

"내가 세 접시라면 세 접시인 거지 무슨 상관이야?"

"네, 네!"

그는 목소리를 길게 빼면서 소리쳤다.

"주조리어 세 접시에 백절양고 세 접시요…."

소봉은 옆에서 차가운 눈초리로 지켜보다 아자가 주보에게 생트집을 부리는 것이 사실 자신을 끼어들게 만들기 위한 수작임을 알고 있었기에 일부러 거들떠보지도 않고 혼자 술을 마시며 눈 구경만 했다.

잠시 후 백절양고 요리가 먼저 나오자 아자가 말했다.

"한 접시는 여기 놔두고 한 접시는 저기 저 나리한테 갖다드려. 남은 하나는 저 탁자에 올려놓고. 그리고 그쪽에다 밥그릇과 젓가락을 놓고 술을 따라놔."

"손님이 또 오시나요?"

아자가 주보를 한번 째려보았다.

"자꾸 쓸데없는 입을 놀리면 혓바닥을 잘라버릴지도 모르니까 조심해!"

주보가 혓바닥을 쭉 내밀며 웃었다.

"제 혓바닥을 자른다고요? 낭자한테는 그럴 능력이 없을걸요?"

소봉은 속으로 흠칫 놀라 곁눈질로 주보를 살피며 생각했다.

'스스로 죽음을 자초하는군. 감히 저 악질 꼬마한테 그런 말을 해?'

주보가 백절양고 한 접시를 소봉이 앉아 있는 탁자 위에 가져다 놓자 소봉은 아무 말도 하지 않고 젓가락을 들어 먹기 시작했다. 그리고 다시 잠시 후 연이어 주조리어와 장저육이 나왔는데 종류별로 세 접시씩이었다. 주보는 그중 한 접시를 소봉에게 주고 한 접시는 아자, 한 접시는 또 다른 탁자 위에 올려놓았다. 소봉은 주는 음식을 마다하지 않고 모조리 먹어치웠다. 아자는 각 요리마다 한 젓가락씩 먹다 말했다.

"고약한 냄새에다 썩어 문드러져서 개돼지나 먹겠는데?"

그녀는 다시 양고기와 잉어, 돼지고기를 들어 가죽신을 닦았다. 주보는 가슴이 아팠지만 어쩔 도리가 없었다.

소봉은 창문 밖을 바라보다가 곰곰이 생각했다.

'정말 성가신 계집아이로군. 저 계집아이한테 얽히면 후환이 끝도 없겠어. 아주가 잘 좀 돌봐달라고 부탁했지만 요물단지라 자기 스스로 돌보고도 남으니 내가 신경 쓸 필요가 전혀 없어. 차라리 피하는 게 상책이야. 눈으로 보지 않는 게 마음 편하지.'

이런 생각을 하는 순간 갑자기 저 멀리 눈밭에서 누군가 걸어왔다. 그 사람은 누런색 갈포로 만든 홑적삼을 입고 있었는데 전혀 추위를 느끼지 않는 것으로 보였다. 그는 순식간에 근처로 다가왔다. 마흔 살 가량 된 나이에 두 귀에 반짝반짝 빛나는 황금으로 된 커다란 고리를 달고 사자코와 큰 입을 지닌 생김새가 무척이나 흉악하고 기괴하게 생긴 사내였는데 유난히 큰 코가 특히 돋보였다.

그는 주점 문 앞에 이르러 발을 들추고 들어와 객점 안에서 아자를 발견하자 살짝 놀라는 모습을 보였다. 곧바로 얼굴에 희색을 띠고 뭔가 말을 하려다 이내 참고는 한 탁자에 자리를 잡고 털썩 앉았다.

아자가 말했다.

"술도 있고 고기도 있는데 안 먹을 거예요?"

그자는 사람이 없는 빈 탁자 위에 술과 음식이 가득한 것을 보고 말했다.

"나한테 주는 거야? 고마워, 사매."

이 말을 하고 그 자리로 가서 앉아 품 안에서 자루가 금으로 된 작은 칼을 꺼내 쇠고기를 잘라 손으로 집어 먹었다. 고기 몇 점을 먹고 나서는 술 한 사발을 마시는데 주량이 약하지 않은 것 같았다.

소봉은 얼마 전 포부동과 성수파가 싸울 때 그자가 아자의 둘째 사형이라는 걸 알았다. 그러나 당시에는 변장을 하고 있어 그자가 소봉을 알아보지 못하고 있었다. 소봉은 그자의 생김새나 행동거지가 마음에 들지 않았지만 주량이 보통이 아닌 것을 보고 꼴 보기 싫을 정도까지는 아니란 생각이 들었다.

아자는 그가 술 한 주전자를 모두 마신 것을 보자 주보에게 말했다.

"이 술들을 가져다 저 나리께 드려."

이 말을 하고 앞에 있는 술 사발 안에 두 손을 넣어 몇 번 휘저으며 손에 묻은 기름기를 닦은 다음 술 사발을 앞으로 밀었다. 주보가 생각했다.

'이 술을 누가 마신다고?'

아자는 그가 머뭇거리는 표정을 지으며 술 사발을 들려 하지 않자 재촉을 했다.

"어서 가져가. 저분이 마시려고 기다리잖아?"

주보가 헤헤 웃었다.

"낭자, 왜 또 그러십니까? 이 술을 어찌 마신단 말입니까?"

아자가 정색을 하며 말했다.

"누가 못 마신대? 내 손이 더러워서 역겹다는 거야? 그럼 좋아. 당신이 이 술을 한 모금만 마시면 내가 은자 한 덩이를 줄게."

이 말을 하면서 품 안에서 한두 냥쯤 되는 작은 원보元寶 한 덩이를 꺼내 탁자 위에 올려놓았다. 주보는 크게 기뻐하면서 대답했다.

"술 한 모금에 은자 한 냥을 주신다니 아주 좋습니다. 낭자가 손 씻은 물이 아니라 발 씻은 물이라도 마시지요."

이 말을 하고는 술 사발을 들어 크게 한 모금 마셨다.

그러나 술이 입안으로 들어가자 마치 시뻘겋게 달군 쇳덩어리로 혓바닥을 지지는 듯 견디기 힘든 통증이 느껴졌다. 주보는 웩 하고 입을 벌려 술을 뿜어내더니 극심한 고통에 양발을 펄쩍펄쩍 뛰며 소리쳤다.

"아이고, 어머니! 아이고, 어머이!"

소봉은 이 모습을 지켜보다 깜짝 놀랐다. 그의 비명 소리가 점점 모호해지는 걸 보니 혓바닥이 부어오른 모양이었다.

주점의 주인장과 주방장, 화부火夫 그리고 다른 주보들이 비명 소리를 듣고 모두 뛰쳐나와 앞다투어 물었다.

"무슨 일이야? 무슨 일인데 그래?"

주보는 두 손으로 자신의 볼을 잡아당기며 말을 못하고 혓바닥만 쭉 내밀었다. 혓바닥이 평소보다 세 배는 부어 전체가 새까맣게 변해 있었다. 소봉은 또 한번 놀랐다.

'저건 극독에 중독된 것이다. 저 악질 꼬마가 손가락을 술 안에 잠깐 넣었을 뿐인데 독이 저토록 강력하다니.'

사람들은 그 주보의 혓바닥이 이상한 것을 보고 놀랍고도 당황하지 않을 수 없었다. 모두들 앞다투어 떠들어댔다.

"무슨 독에 이리된 거야?"

"전갈한테 쏘인 거야?"

"아이고, 안 되겠네. 어서, 어서 의원을 불러!"

주보는 손가락을 뻗어 아자를 가리킨 뒤 갑자기 그녀 앞으로 걸어와 바닥에 무릎을 꿇고 쿵쿵쿵 머리를 찧으며 절을 했다.

아자가 싱글싱글 웃었다.

"아유. 부담되게 왜 이래? 나한테 부탁할 거라도 있어?"

주보가 고개를 쳐들며 자기 혓바닥을 가리키고는 다시 연신 절을 했다.

"치료해달라고? 맞아?"

주보가 아파서 땀을 비 오듯 흘리며 두 손으로 몸 여기저기를 마구 움켜쥐다가 다시 절을 하고 공수를 했다.

아자는 손을 품 안에 넣어 자루가 금으로 된 작은 칼을 꺼냈는데 그 사자코 사내가 들고 있는 칼과 똑같은 것이었다. 그녀는 왼손으로 주보의 뒷덜미를 움켜쥐고 오른손으로 금칼을 휘둘렀다.

"써억!"

아자가 칼로 그의 혀끝을 짤막하게 잘라버리자 옆에서 지켜보던 사람들은 무심결에 큰 소리로 비명을 질렀다. 잘린 혓바닥에서 피가 샘솟듯이 뿜어져 나온 것이다. 주보는 대경실색했지만 선혈이 흘러나오면서 해독이 되자 혀끝의 통증은 이내 사라져버리고 순식간에 혓바닥의 붓기도 가라앉았다. 아자는 품 안에서 작은 병 하나를 꺼내 뚜껑을 열고 소지 손톱에 노란색 분말약을 찍어 그의 혀끝 위로 털어내자 흐르던 피가 즉시 멈췄다.

주보는 화가 치밀어올랐지만 감히 어찌하지 못했다. 그렇다고 고맙다는 말은 더욱 하고 싶지 않아 매우 당혹스러운 표정을 지으며 제대로 말도 하지 못했다.

"어버… 나… 낭자…."

그는 혀끝이 일부 잘려나갔던 터라 말하는 소리조차 분명하지 않았다.

아자는 작은 은자 덩이를 손에 들고 생글생글 웃었다.

"술 한 모금을 마시면 이 은자를 준다고 했는데 조금 전에 입에 넣은 술을 모두 뱉어버렸으니 그건 무효야. 다시 마셔."

주보는 두 손으로 손사래를 치면서 명확하지 않은 발음으로 말했다.

"돼… 돼스니다. 아… 앙 마시니다."

아자는 은자를 품 안에 다시 넣고 씩 웃었다.

"조금 전에 뭐라 그랬지? '제 혓바닥을 자른다고요? 낭자한테는 그럴 능력이 없을걸요?' 이렇게 말했지? 그런데 방금 나한테 절을 하면서 잘라달라고 했잖아. 대답해봐. 이 낭자한테 그럴 능력이 있어? 없어?"

주보는 그제야 깨달았다. 이제 보니 이 참사는 자신이 조금 전에 잘못 내뱉은 말 한마디 때문에 빚어진 것이었다. 그는 울화가 극한에 이르러 당장이라도 앞으로 달려가 그녀를 흠씬 두들겨 패주고 싶었지만 다른 두 탁자에 앉아 있는 건장한 사내들이 그녀와 한패거리인 것 같아 덜컥 겁이 났다. 아자가 다시 말했다.

"마실래? 안 마실래?"

주보가 화를 내며 말했다.

"노… 노부능 앙…."

그는 함부로 욕이라도 했다가는 또다시 그녀의 올가미에 걸려들 것 같아 두렵고도 화가 치밀어오른 나머지 재빨리 내당으로 들어가 다시는 나오지 않았다.

주인장을 비롯한 여러 사람들은 서로 논의를 해가며 노기 어린 눈으로 아자를 노려보다 각자 원위치로 돌아갔다. 주인장은 다른 주보로 바꿔 손님을 맞도록 했다. 그 주보는 조금 전 그 광경을 똑똑히 지켜봤던 터라 놀라서 어쩔 줄을 몰라 하며 감히 한 마디도 내뱉지 못했다.

소봉은 화가 머리끝까지 치밀었다.

'그 주보는 농으로 던진 말이었을 뿐인데 평생 불구자가 돼서 제대로 말도 못하게 만들어놓다니. 어린 계집애가 하는 짓이 정말 악독하기 그지없구나.'

그때 아자 목소리가 들렸다.

"주보, 이 술 사발을 저기 계신 나리께 갖다드려."

이 말을 하면서 그 사자코 사내를 가리켰다. 주보는 그녀가 손을 뻗어 술 사발을 가리키자 온몸을 부들부들 떨다가 그녀가 그 술을 옆에 있는 손님에게 갖다주라는 말을 듣고 더욱더 두려움에 몸을 떨었다. 아자가 다시 웃으며 말했다.

"아, 맞다. 저 손님한테 갖다주기 싫어하는 걸 보니 직접 마시고 싶은가 보네? 그것도 괜찮지. 그럼 어디 마셔봐."

주보는 놀라서 사색이 된 얼굴로 황급히 답했다.

"아… 아닙니다! 소… 소인은 안 마십니다."

"그럼 빨리 들고 가."

"예! 예!"

그는 두 손으로 술 사발을 단단히 받쳐들고 전전긍긍하며 그 사자코 사내 탁자 위에 옮겨다놨다. 그는 만에 하나 실수로 한 방울이라도 쏟을까 두려워 두 손을 바들바들 떠는 바람에 술 사발을 탁자 면에 놓으면서 다다다다 하는 소리를 냈다.

그 사자코 사내는 마운자라 불리는 자였다. 그는 두 손으로 술 사발을 들어 사발 속의 술을 똑바로 응시하다 입에서 약 1척 정도 되는 거리에 둔 채 더 이상 가까이 옮기지도 않고 탁자에 내려놓지도 않았다. 아자가 생글생글 웃었다.

"둘째 사형, 왜요? 이 사매가 한잔 올리겠다는데 성의를 무시하시는 거예요?"

마운자가 다시 한참을 골똘히 생각하다가 갑자기 술 사발을 들어 입술에 가져다 대고 꿀꺽꿀꺽 마셔버렸다.

소봉이 깜짝 놀라 생각했다.

'저자는 내력이 그리 고강하지 않은 것 같은데 어찌 저런 극독을 해독할 수 있지?'

이렇게 놀라서 의혹을 느끼고 있을 때 그가 술 한 사발을 모두 비우더니 술 사발을 탁자에 올려놓고 양손의 무지 위에 묻은 술 방울을 아무렇게나 옷에 닦아버렸다. 소봉은 잠시 곰곰이 생각하다 그 이치를 알아냈다.

'맞다. 그가 술을 마시기 전에 양손 엄지를 술 안에 집어넣고 사발을 한참 동안 들고 마시지 않았다. 필시 그의 무지에는 해약이 있어 술 안의 극독을 제거했을 것이다.'

아자는 그가 독이 든 술을 모두 비운 것을 보고 이내 당황한 기색으로 억지웃음을 지었다.

"둘째 사형, 화독化毒 실력이 놀랍도록 발전했네요. 감축드립니다."

마운자는 거들떠보지도 않고 탁자 위에 한 상 가득했던 음식 대부분을 게걸스럽게 먹어치웠다. 그러고는 배를 턱턱 두들기고 몸을 일으키며 말했다.

"가자!"

"가보세요. 다음에 또 만날 기회가 있겠죠."

마운자가 괴상하게 생긴 눈을 부릅뜨며 소리쳤다.

"다음에 만나긴 뭘 만나? 나랑 같이 가야 한다!"

아자가 고개를 가로저었다.

"안 가요!"

그녀는 소봉 옆으로 걸어가 말했다.

"난 이 오라버니와 먼저 강남을 한번 돌기로 약조했어요."

마운자가 소봉을 한번 노려보고는 물었다.

"저 자식은 누구지?"

"어디서 이 자식 저 자식이에요? 예의 좀 갖출 수 없어요? 이분은 제 형부예요. 난 이분 처제고요. 우리 둘은 가까운 친척지간이에요."

"네가 문제를 냈을 때 내가 해결을 했으니 넌 내 말을 들어야 한다. 감히 본문의 문규門規를 위배할 작정이냐?"

"내가 문제를 냈다고 누가 그래요? 그 술 한 사발 마신 거 말인가요? 하하, 우스워죽겠네. 그 술은 주보에게 먹이려고 했던 거예요. 근데 당당한 성수파 제자가 고약한 주보가 먹다 남긴 술을 마실 줄은 생각도 못했어요. 그 하찮은 주보가 마셔도 죽지 않는데 사형이 마신 게 뭐 대단하다 그래요? 대답해봐요. 그 주보가 죽었나요? 살았나요? 그런 얼간이도 마시는데 내가 그런 쉬운 문제를 뭐 하러 내겠어요?"

그녀의 이 말은 억지가 분명했지만 그녀 말에 반박하는 건 그리 쉽지만은 않았다.

마운자는 노기를 애써 참으며 말했다.

"사부님께서 어서 돌아오라 명하셨다. 사부님의 명마저 거역할 셈이냐?"

아자가 빙긋 웃으며 말했다.

"사부님은 날 가장 아끼시니까요. 둘째 사형, 가서 사부님께 전해주세요. 제가 가는 길에 형부를 만나서 함께 강남에 놀러가게 됐다고 말이에요. 어르신께 드릴 재미난 골동 주보珠寶를 사서 돌아가겠다고 하세요."

마운자가 고개를 가로저었다.

"안 된다. 네가 가져갔지 않느냐? 사부님의…."

여기까지 말하다가 소봉을 곁눈질로 슬쩍 흘겨보고는 기밀을 누설할 수 없다는 듯 잠시 멈추었다 다시 말했다.

"사부님께서 노발대발하시면서 어서 돌아오라고 하셨다."

아자가 간청을 했다.

"둘째 사형, 사부님께서 노발대발하시며 날 돌아오라고 강요하시는 건 큰 벌을 내리겠다는 뜻 아닌가요? 그럼 다음에 사부님께서 사형한테 벌을 내릴 때 나도 사형을 봐주라고 안 할 거예요."

이 말이 마운자의 마음을 흔들었는지 얼굴에 주저하는 기색을 띠었다. 성수노괴가 아자를 많이 아껴 사부 앞에서는 무슨 말이든 할 수 있는 것으로 보였다. 그는 곰곰이 생각하다 입을 열었다.

"네가 돌아가지 않겠다고 고집한다면 그 물건을 나한테 넘겨라. 내가 사부님께 돌려드리고 잘 얘기하면 어르신도 노여움이 어느 정도 가라앉을 것이다."

"무슨 말이에요? 물건이라뇨? 난 전혀 모르는데?"

마운자가 약간은 가라앉은 표정으로 말했다.

"사매, 난 그래도 우리가 동문이라 그간의 우의를 감안해 함부로 손을 쓰지 않는 것뿐이야. 뭐가 옳고 그른지는 알아야지."

"옳고 그른 게 뭔지는 당연히 알죠. 사형이 나랑 같이 밥 먹고 술 마시는 건 옳은 것이고 저더러 사부님께 돌아가라고 하는 건 그른 거예요."

"어쩌자는 거야? 그 물건을 내놓지 않겠다면 나와 함께 돌아가야 한다."

"난 안 가요. 사형이 무슨 말을 하는지도 모르겠어요. 나한테 있는 물건을 내놓으라고요? 좋아요…."

이 말을 하더니 머리에서 주채珠釵²¹ 하나를 뽑아 들고 말했다.

"사부님께 설명할 증거가 필요하면 이 주채를 가져가요."

"내가 꼭 강압적으로 손을 써야 되겠어?"

이 말을 하면서 앞으로 한 발 나아갔다.

아자는 그가 태연하게 독주를 비운 것을 보고 독을 쓰는 능력이 자기보다 훨씬 심후하다고 여겼다. 더구나 내력과 무공에 있어서는 더욱더 그의 적수가 되지 못했다. 성수파 무공은 음험하고 악랄하기 짝이 없어서 출수를 하면 일초의 여지도 남겨두지 않기에 일단 적중이 되면 죽거나 적어도 중상을 입게 되며 또한 중상을 입고 나면 극심한 통증이 동반되고 죽을 때도 참혹한 최후를 맞게 된다. 사형제 간에는 문파 내의 서열 정리를 위한 생사의 결투 외에는 상호 간에 대련이라고는 한 적이 없었다. 대련을 하면 고하가 가려지게 되고 고하를 가리는 순간 죽거나 부상을 당하기 마련이기 때문이었다. 사부와 제자 사이에도 역시 무공을 시연한 적이 없다. 성수노괴가 무공 요결을 전수한 뒤에는 각자 흩어져 수련을 하기 때문에 무공의 고하와 깊이는 오로지 자신들만이 알고 있어 적을 상대할 때야 비로소 강약이 드러나게 되어 있었다. 성수파 문중 규율에 따르면 그녀가 독주를 공공연히 내놓은 것은 동문에게 기예를 겨루자는 의미와 같은 것으로 보통 일이 아니었다. 마운자가 만약 패배를 인정했다면 평생 그녀에게 제압을 당했을 테지만 조금 전 한 치의 망설임도 없이 그 독주를 사발째 들이켰다는 것은 아자가 또 다른 문제를 제시해 승리하지 않는 한 순순히 그의 명에 따라야만 하며 그러지 않을 때는 큰 화를 당하게 되어 있었다. 그녀는 정세가 긴박한 것을 알고 왼손으로 소봉의 소맷자락을 끌어당기며 소리쳤다.

"형부, 저 사람이 절 죽이려고 해요. 형부, 살려주세요!"

소봉은 그녀가 '형부, 형부!' 하면서 달라붙자 아주가 당부한 유언이 떠올라 가슴이 두근거렸다. 당장 출수를 해서 그 사자코 사내를 후려치려고 했지만 힐끗 바닥을 흥건하게 적신 선혈이 보이자 아자가 주보에게 그런 악랄한 방법을 썼으니 그녀도 뜨거운 맛을 보고 벌을 받게 놔두는 것도 괜찮겠다는 생각이 들었다. 그는 곧 창밖을 바라보며 본체만체했다.

마운자 역시 아자에게 사정없이 살수를 쓰고 싶지는 않았다. 그저 무서운 모습을 보여 그녀가 겁을 먹고 순순히 자기와 함께 돌아가기만 바랄 뿐이었다. 그는 대뜸 오른손을 뻗어내 소봉의 왼팔을 움켜쥐었다.

소봉은 그의 오른쪽 어깨가 살짝 흔들리는 걸 보고 그가 자신을 향해 출수를 하려 한다는 것을 알았지만 신경도 쓰지 않고 그가 손목을 잡게 놔뒀다. 그러나 자신의 팔목 살갗과 그의 손바닥이 닿자 유난히 뜨거운 느낌이 드는 것을 보고 상대가 손바닥에 극독을 묻혀놓았다는 사실을 알아차렸다. 소봉은 당장 진기를 팔목에 돋우고 웃었다.

"어찌 이러시오? 나랑 한잔하고 싶은가 보군. 그거요?"

그러고는 오른손을 뻗어 사발 두 개에 술을 가득 따랐다.

"듭시다!"

마운자는 잇따라 내력을 돋우었지만 소봉이 태연자약한 모습으로 아무 느낌도 없는 듯 행동하는 것을 보자 생각했다.

'득의양양해하지 마라. 잠시 후면 내 독장毒掌의 위력을 알게 될 것이다.'

"술을 마시자면 마시겠소. 못 마실 것 없지."

그는 술 사발을 들고 한입에 마셔버렸다. 뜻밖에도 술이 목구멍에 이르자 갑자기 한 줄기 내식이 역류하면서 가슴으로부터 급속하게 용솟음쳐올랐다. 그는 참다못해 웩! 소리를 지르며 입안 가득 머금었던 술을 뿜어내 가슴팍 옷자락이 흠뻑 젖어버렸다. 이어서 큰 소리로 기침을 하다 한참 후에야 멈추었다.

이리되자 그는 대경실색하지 않을 수 없었다. 내식이 역류한다는 것은 상대의 웅후한 내력이 자기 체내에 전해져 들어왔다는 의미였다. 그가 자기 목숨을 빼앗으려 했다면 조금 전 이미 간단히 해치웠을 것이다. 그는 너무 놀라 재빨리 손가락을 풀어 소봉의 손목을 놓으려 했다. 그러나 소봉의 손목에는 마치 극강의 점성이 있는 것처럼 손바닥이 그의 손목에 붙어 떨어질 줄을 몰랐다. 마운자가 깜짝 놀라 힘껏 털어냈지만 소봉은 꼼짝도 하지 않았다. 마치 무슨 돌기둥을 잡고 흔드는 기분이 들었다.

소봉은 다시 사발에 술을 따랐다.

"노형, 조금 전에는 마시지 못했으니 이 사발을 비우시오. 그다음 헤어지는 게 어떻겠소?"

마운자가 다시 힘껏 몸부림을 쳐봤지만 여전히 떼어낼 방법이 없자 왼손을 들어 소봉의 얼굴을 향해 힘껏 후려쳤다. 그의 장력이 채 이르기 전에 소봉은 이미 죽은 생선 더미에서 나는 것 같은 썩은 비린내를 맡고 곧바로 오른손을 뻗어내 천천히 후려쳤다. 마운자의 그 일장은 전력을 다해 펼친 것이었지만 그의 손이 나가는 중도에 뜻밖에도 비뚤어질지 누가 알았겠는가? 이를 알아챈 순간은 이미 돌이킬 수가 없었다. 장력이 이미 상대로 인해 궤도에서 벗어난 걸 알면서도 여전히 자기 의지와 상관없이 후려쳐졌고 그 일장은 자신의 오른쪽 어깨를 강타했다.

"우두둑!"

순간 그의 견골 관절이 빠져버리고 말았다.

아자가 웃으며 말했다.

"둘째 사형, 겸손도 하셔라. 왜 자신을 후려치고 그러세요? 그럼 제가 미안하잖아요?"

마운자의 분노는 극도에 달했다. 그는 소봉의 손목에 달라붙은 오른손 손바닥 때문에 너무 괴로웠지만 떼어낼 방법이 없었다. 그렇다고 왼손으로 감히 더 후려칠 수도 없어 다시 한번 더 뿌리쳤지만 떨어지를 않자 내력을 촉진시켜 손바닥에 축적해둔 극독을 상대의 체내로 투입시키려 했다. 그런데 내력이 상대의 손목에 부딪치자 곧바로 튕겨나오리라고 어찌 알았으랴? 게다가 그 튕겨나온 극독은 손바닥에서 그치는 것이 아니라 끊임없이 뒤로 밀려들어왔다. 마운자는 깜짝 놀라 다급하게 내력을 돋우어 저항했다. 그러나 극독을 품은 내력이 마치 해조가 강으로 휩쓸려 들어오듯 순식간에 팔꿈치 관절을 거쳐 겨드랑이를 향해 밀고 들어와 천천히 가슴까지 쏟아져 들어갔다. 마운자는 자신의 손바닥에 있는 독이 얼마나 무서운 것인지 알고 있었던 터라 조급한 마음에 얼굴에 땀이 범벅이 된 채 줄줄 흘릴 뿐이었다.

아자가 다시 웃으며 말했다.

"둘째 사형, 내공이 정말 고강하시군요. 이렇게 추운 날씨에 그렇게 땀을 뻘뻘 흘리고 계시니 말이에요. 이 사매가 탄복하지 않을 수 없네요."

마운자가 어찌 그녀의 조소를 상대할 시간이 있겠는가? 손바닥 독은 일단 심장으로 침투하기만 하면 그 자리에서 죽어버리고 만다. 요행이 있을 리 없다는 걸 알지만 이대로 가만히 앉아 죽기만 기다릴 수는 없는 일이었다. 그는 필사적으로 내경을 돋우어 어렵사리 버텼다.

소봉은 속으로 생각했다.

'이자는 나와 아무 원한도 없지 않나? 비록 밑도 끝도 없이 나한테 독수를 펼치긴 했어도 내가 굳이 죽일 필요까지 있겠는가?'

그는 돌연 내력을 거두었다.

마운자는 돌연 손바닥의 점성이 사라지고 심장 가까이 접근하던 독을 품은 내력이 신속하게 손바닥으로 되돌아가는 게 느껴졌다. 그는 놀랍고도 기쁜 나머지 황급히 뒤로 두 발 물러섰다. 그는 혈색이라고는 찾아볼 수 없는 얼굴로 가쁜 숨만 몰아쉬다 다시는 감히 소봉 근처로 다가가지 않았다.

그는 조금 전 죽었다 살아났다. 한마디로 저승길로 잠깐 들어섰다가 다시 돌아온 셈이었다. 주보는 이런 사실을 전혀 알아채지 못하고 그에게 달려가 술을 따랐다. 마운자는 손을 들어 그의 얼굴에 일장을 후려갈겼다. 그 주보는 악 하고 비명을 내지르며 뒤로 나동그라졌다. 마운자는 대문으로 달려가더니 서남쪽을 향해 질풍같이 내달렸다. 극히 날카롭고 가느다란 피리 소리만이 저 멀리 사라져갈 뿐이었다.

소봉이 주보를 바라보니 얼굴이 새까맣게 변하면서 순식간에 숨을 거두었다. 그는 대로하며 소리쳤다.

"악독하기 짝이 없는 녀석이로구나. 기껏 목숨을 살려줬더니 감히 출수를 해서 사람을 해쳐?"

그는 탁자를 짚고 일어서 곧바로 뒤쫓아가려 했다.

아자가 소리쳤다.

"형부, 형부! 어서 앉으세요. 제가 말씀드릴게요."

아자가 만일 '이봐요!' 혹은 '교 방주!', '소 오라버니!' 등으로 불렀다면 소봉은 본체만체하고 그대로 가버렸을 것이다. 그러나 그녀가 '형부!' 하며 두 번이나 연달아 부르는 소리에 그는 아주 생각에 가슴이 시려와 대뜸 물었다.

"뭐?"

"둘째 사형은 악독한 게 아니에요. 출수를 해서 형부를 해치지 못하니 독을 발산할 수 없어 누군가를 죽이지 않으면 안 됐던 거예요."

사파의 무공 중 산독散毒이라는 수법이 있어 독을 손바닥에 모았다가 그걸 적에게 펼치지 못했을 때는 반드시 소든 말이든 짐승 한 마리라도 때려죽여야만 하며 그러지 않으면 그 독기가 자신에게 해를 입힌다는 사실을 소봉도 알고 있었다.

"산독을 하려면 짐승에게 풀면 되지 않느냐? 어째서 아무 연고도 없는 사람을 죽인단 말이냐?"

아자는 바닥에 널브러진 주보의 시체를 바라보고 웃었다.

"저런 얼간이가 소나 말이랑 무슨 차이가 있겠어요? 짐승 한 마리 죽이는 거나 마찬가지잖아요?"

그녀는 입에서 나오는 대로 말을 하면서 아주 당연하다는 듯한 표정을 지었다.

소봉은 순간 섬뜩한 기분이 들었다.

'정말 악독하기 짝이 없는 성격을 지닌 계집애로구나. 내가 왜 이런 계집을 상대해야 하지?'

그는 주점 내 주인장을 비롯한 사람들이 다시 몰려나오는 것을 보고 괜한 일에 휩쓸리기를 원치 않아 재빨리 몸을 피해 주점을 나서 북쪽으로 향했다.

아자가 뒤따라오는 소리에 소봉은 걸음에 속도를 내기 시작했다. 몇 걸음 가지 않아 그녀를 멀찌감치 따돌렸다. 갑자기 아자의 교태 어린 목소리가 들렸다.

"형부, 형부! 기다려요! 제… 제가 쫓아갈 수가 없잖아요."

소봉은 이전까지 그녀를 상대하고 그녀의 표정이나 행동거지를 보면서 속으로 혐오감을 느껴왔지만 지금 그녀가 뒤에서 자신을 부르는 소리는 마치 아주가 살아서 부르는 소리처럼 들렸다. 이 친자매 두 사람은 어릴 때부터 떨어져 살았지만 같은 부모 밑에서 태어난 때문인지 말하는 음조音調가 무척이나 비슷했다. 소봉은 가슴이 떨려 걸음을 멈추고 뒤를 돌아봤다. 눈물이 어려 흐릿한 가운데 한 소녀가 눈밭을 나는 듯이 달려오는 모습은 마치 아주가 환생한 것처럼 보이지 않는가! 그는 두 팔을 크게 벌리고 나지막이 외쳤다.

"아주! 아주!"

순간 아주와 안문관 밖에서 함께 중원으로 들어오면서 다정하게 사랑을 속삭이던 풍광이 눈앞에 어렴풋이 펼쳐졌다. 이때 느닷없이 따뜻하고 부드러운 몸이 품 안으로 덮쳐 들어오며 외쳤다.

"형부, 기다리라니까요."

소봉이 깜짝 놀라 정신을 차리고는 그녀를 가볍게 밀어냈다.

"네가 어찌 따라오는 것이냐?"

"형부가 우리 사형을 물리쳐주셨으니 당연히 고맙다는 인사라도 해야죠."

소봉은 무심하게 말했다.

"고마워할 필요 없다. 난 널 도와주려 한 게 아니라 그자가 먼저 나한테 출수를 해서 그자 손에 죽지 않기 위해 방어를 한 것뿐이야."

이 말을 하면서 몸을 돌려 다시 걸어갔다.

아자가 앞으로 달려가 그의 팔을 잡아당기려 하자 소봉이 몸을 슬쩍 피했다. 그 바람에 아자는 허공을 움켜쥐다 휘청하더니 앞으로 곤두박질쳤다. 그녀의 무공 실력이면 스스로 일어설 수도 있었지만 그녀는 이 기회를 틈타 응석을 부리려는 듯 앞으로 고꾸라져 눈밭에 넘어지며 비명을 질렀다.

"아이고, 아야! 아파죽겠네!"

소봉은 그게 엄살인 줄 알았지만 그녀의 어리광 부리는 목소리를 듣자 속으로 아주의 모습이 떠올라 마음이 풀어지지 않을 수 없었다. 그는 당장 몸을 돌려 그녀의 뒷덜미를 움켜쥐었다. 아자는 오히려 방긋 웃었다.

"형부, 우리 언니가 저를 잘 돌보라고 했는데 왜 그 말대로 안 해요? 전 외롭고 어린 소녀라 수많은 사람이 절 못살게 구는데 형부는 신경도 안 쓰잖아요?"

그녀의 이 말은 매우 애처롭고 가련해 보였다. 소봉은 그녀의 말이 십중팔구 거짓이란 걸 알면서도 마음이 약해졌다.

"날 따라와서 뭐 좋을 게 있다 그러느냐? 난 심기가 편치 않아 너와 말을 나눌 여유가 없다. 더구나 네가 도리에 어긋난 행동을 하면 난 가만있지 않아."

"심기가 불편하니 내가 옆에서 기분을 풀어드리면 점점 좋아질 것 아니겠어요? 술을 마실 때면 제가 술도 따라주고, 옷을 바꿔 입을 일이 있으면 제가 해진 곳을 기워주고 빨래도 해드릴 수 있어요. 제가 옳지 않은 일을 하면 간섭해도 돼요. 그보다 더 좋을 순 없죠. 전 어릴 때부터 부모님한테 버림받은 몸이라 가르쳐준 사람이 없어서 아무것도 몰라요…."

그녀는 여기까지 말하다가 눈시울이 붉어졌다.

소봉이 생각했다.

'이 자매 두 사람 모두 연기에 재능이 있구나. 사람을 속이는 기술이 최고의 경지에 올라 고명하기 이를 데 없어. 다행히 난 이 아이의 행동이 얼마나 악독한지 알기에 절대 속아넘어가지 않을 것이다. 날 끝까지 따라오겠다고 하는 건 무슨 의도지? 얼마 전 내가 포부동을 도와 성수파 문하 제자들을 이겼다고 이 아이의 사부가 날 해치라고 보낸 것인가?'

그는 두려움이 느껴졌다.

'혹시 나의 대원수가 성수노괴와 무슨 연관이 있는 건 아닐까? 심지어 같은 사람일지도 모르지.'

그러다 생각을 바꾸었다.

'나 소봉은 당당한 사내대장부야. 어찌 이런 어린 소녀가 나한테 독수를 쓸까 두려워하겠는가? 차라리 장계취계將計就計[22]를 써서 역이용을 하는 게 좋겠다. 날 따라오도록 허락하고 어떤 수작을 펼치는지 두고 보자. 혹시라도 저 아이를 통해 복수를 할 수 있게 되는지 모르는 일이지.'

그러고는 말했다.

"그렇다면 나와 함께 가도록 하자. 그 전에 이것만은 분명히 해두겠다. 네가 더 이상 무고하게 사람을 해친다면 절대 용서하지 않을 것이다."

아자가 혓바닥을 날름 내밀었다.

"상대가 먼저 절 해치면요? 또 제가 살상한 사람이 나쁜 사람이라면요?"

소봉은 생각했다.

'이 아이는 교활하기 짝이 없다. 이 아이가 출수를 해서 사람을 해치면 교묘한 말로 상대가 자기한테 먼저 손을 썼다고 할 테고, 또 상대가 좋은 사람인 게 확실하면 사람을 잘못 봤다고 말할 것이다.'

이런 생각을 하고 아자를 향해 말했다.

"좋은 사람인지 아닌지는 신경 쓸 것 없다. 나와 동행하면 널 해치지 못할 테니까. 어찌 됐건 남에게 손을 쓰는 건 허락하지 않겠다."

아자가 기뻐하며 말했다.

"좋아요! 절대 먼저 손은 안 쓸게요. 대신 무슨 일이든 형부가 막아주세요."

아자는 이어서 한숨을 내쉬었다.

"아이. 형부일 뿐인데 이렇게 간섭이 심하다니. 우리 언니가 형부한테 죽지 않고 시집을 갔더라면 오히려 형부 간섭에 죽어버렸겠어요."

소봉은 화가 치밀어올라 큰 소리로 질책을 가하려 했지만 곧바로 가슴이 아파온 데다 아자의 눈에 교활한 기색이 비치는 것이 보이자 노기를 가라앉히고 생각했다.

'내가 몇 마디 했다고 저 아이가 왜 저렇게 득의양양해하는 거지?'

순간 그녀의 속마음을 알 길이 없었다. 그는 이에 개의치 않고 걸음을 재촉해 하루쯤 걸어가다 문득 이런 생각을 했다.

'아이고! 이 아이한테 무시무시한 적이나 원수가 있어 이 아이를 힘들게 할 것 같으니까 날 속여 호위를 하도록 만든 게로구나. 내가 "나와 동행을 하면 자연히 널 해치지 못할 것이다"라고 말한 건 이 아이를 보호하겠다고 답을 한 것이 아닌가? 사실 이 말을 하지 않았더라도 이 아이가 내 옆에 있으면 그 누구도 괴롭히지는 못하겠지만 말이야.'

하루를 더 걸어가다 아자가 입을 열었다.

"형부, 제가 노래 한 곡조 불러드릴게요. 어때요?"

소봉은 이미 작정을 하고 있었다.

'저 아이가 어떤 생각을 제시해도 일절 허락해서는 안 된다. 거절을 많이 당하게 만들면 만들수록 이 아이에게 유익하다.'

"싫어!"

아자가 입을 삐쭉 내밀었다.

"정말 독단적이에요. 그럼 제가 재미있는 얘기 하나 해드릴게요. 어때요?"

"싫다!"

"그럼 수수께끼를 낼 테니까 맞혀보세요. 어때요?"

"싫다!"

"노래 한 곡조 불러드릴게요. 어때요?"

"싫다!"

그녀가 연이어 열일곱 가지를 물었지만 소봉은 생각도 하지 않고 거절했다. 아자가 다시 말했다.

"그럼 제가 피리 안 불어드릴게요. 어때요?"

소봉은 여전히 똑같이 대답했다.

"싫다!"

이 한 마디 말을 내뱉고 나서야 그는 속았다는 사실을 알게 됐다. 아자가 '제가 피리 안 불어드릴게요'라고 말했는데 자신이 '싫다!' 하고 대답했으니 그 말은 피리를 불라는 말이 되는 것이 아닌가? 그는 말을 이미 내뱉은 이상 돌이킬 수가 없어 그저 속으로 '피리를 불 테면 불어 봐라' 하고 생각하고 있었다.

아자가 한숨을 내쉬었다.

"이래도 싫다고 하고 저래도 싫다고 하니 비위 맞추기 참 힘드네요. 굳이 피리를 불라고 하니 그 말에 따르는 수밖에."

이 말을 하고 품 안에서 옥피리 하나를 꺼내 들었다.

이 옥피리는 특이하다 싶을 정도로 짧아서 길이가 7촌가량밖에 되지 않았다. 몸체는 온통 새하얗고 투명해서 무척 귀여워 보였다. 아자가 피리를 입가에 가져다 대고 천천히 불기 시작하자 날카롭기 이를 데 없는 소리가 저 멀리까지 퍼져 나갔다. 조금 전 그 마운자가 떠날 때도 이런 날카로운 피리 소리가 들린 적이 있었다. 원래 피리 소리는 맑고 우렁찬 소리라면 이 백옥 피리가 내는 소리는 무척이나 처량해서 가락이라고는 없었다.

소봉이 잠시 생각하다 그 이치를 깨닫고 속으로 냉소를 머금었다.

'그래, 이제 보니 네가 같은 패거리들과 미리 약속을 해서 날 습격하려고 주변에 매복을 해놓았구나. 나 소봉이 어찌 그런 너절한 무리들을 두려워하겠는가? 그러나 방심은 금물이다.'

그는 성수노괴 문파의 무공이 매우 악독해 조금이라도 소홀하면 암수에 당할 수도 있다는 사실을 알고 있었다. 아자의 피리 소리가 한동안 높은 음역대로 불리다 다시 낮아졌다. 마치 돼지 멱따는 소리 같기도 하고 귀신 울음소리 같기도 한 것이 무척이나 듣기 싫었다. 저렇게 활달하고 예쁜 소낭자가 저런 투명하게 빛나는 옥피리를 들고 불어대는 소리가 저토록 처량한 소리인 것을 보자 성수파가 얼마나 사악한지 더욱 잘 알 수 있었다.

소봉은 아자가 하는 행동에 상관없이 걸음을 재촉했다. 얼마 지나지 않아 길게 이어진 고갯길로 접어들자 산길이 매우 좁아 한 사람만 지나갈 수 있었다.

'적이 매복해 있다면 필시 이곳에 있겠구나.'

과연 산봉우리에 올라 산모롱이를 돌아나가자 앞에 네 사람이 길을 막고 있었다. 노란색 갈포 홑적삼을 입은 네 사람은 횡으로 서 있을 수가 없자 앞뒤로 줄줄이 서 있었다. 이들은 각자 기다란 강철 지팡이를 손에 쥐고 있었는데 맨 앞에 있는 뚱뚱한 사람은 얼마 전 동백산에서 포부동을 도와 대결할 때 본 적이 있었다. 당시 소봉은 역용술로 변장을 하고 있었기에 지금 다시 만났지만 그들이 알아보지 못했다.

아자가 피리를 내려놓고 걸음을 멈추며 소리쳤다.

"셋째 사형, 넷째 사형, 일곱째 사형, 여덟째 사형! 안녕하셨어요? 근데 별일이 다 있네요. 어떻게 여기 다 모여 있대요?"

소봉 역시 걸음을 멈추고 석벽에 기대 생각했다.

'놈들이 무슨 농간을 부리는지 두고 보자.'

맨 앞의 뚱뚱한 사람은 아자의 셋째 사형인 추풍자追風子였다. 그는 소봉을 아래위로 한참을 훑어보다가 말했다.

"소사매, 잘 지냈어? 한데 둘째 사형한테는 왜 부상을 입힌 거지?"

아자가 깜짝 놀라 물었다.

"둘째 사형이 부상을 당했어요? 누가 그랬대요? 부상이 심한가요?"

맨 뒤에 서 있던 사내가 큰 소리로 외쳤다.

"어디서 시치미를 떼? 사매가 사람을 시켜 당했다고 사형이 그러던데."

그 사내는 난쟁이인 데다 맨 뒤에 서 있다 보니 앞의 세 사내에 가려 소봉도 모습을 볼 수가 없었다. 다만 말이 매우 빠르고 성질이 급한 것으로 보였다. 그 사내가 쥐고 있는 강철 지팡이는 유난히 길고 컸다. 힘이 매우 세거나 아니면 몸집이 작아 무기라도 돋보이게 하겠다는 의지로 보였다.

아자가 말했다.

"여덟째 사형, 무슨 말이에요? 여덟째 사형이 사람을 시켜 자기를 다치게 했다고 둘째 사형이 그랬다고요? 아이고. 어떻게 둘째 사형한 테 독수를 쓸 수가 있어요? 사부님께서 아시면 가만있겠어요? 여덟째 사형은 겁나지도 않아요?"

그 난쟁이는 화가 머리끝까지 나서는 강철 지팡이를 바위에 땅땅 소리가 나게 내리치며 소리쳤다.

"네가 해쳤다고 했지 내가 해쳤다고 안 그랬다!"

아자가 말했다.

"뭐라고요? 네가 해쳤다고 했지 내가 해쳤다고 안 그랬다? 좋아요! 이제야 실토를 하는군요. 셋째 사형, 넷째 사형, 일곱째 사형! 세 분 모 두 똑똑히 들었죠? 여덟째 사형이 둘째 사형을 죽였어요."

그 난쟁이가 부르짖었다.

"누가 둘째 사형이 죽었대? 사부님께서 네가 도둑질을 해서 간 걸 아시고 죽다 살아날 정도로 화가 나셨다는데…."

아자가 말을 가로챘다.

"사부님이 죽었다 다시 살아나셨다니 사형이 뒤에서 사부님한테 저 주를 퍼부은 게로군요. 정말 못됐네요!"

그 난쟁이는 격분하며 소리쳤다.

"셋째 사형, 빨… 빨리 손을 써서 저 천한 년을 끌고 갑시다. 가서 사 부님께 심판을 받도록 해야 하오! 저… 저… 저년이 허튼소리를 하지 않소? 무슨 말을 하는지 모르겠소. 젠장…."

그의 목소리는 원래 귀에 거슬렸던 데다 조급한 마음에 말이 빨라 져 무슨 말을 하려는지 더욱 알 수가 없었다. 추풍자가 말했다.

"손쓸 필요 없어. 소사매는 늘 착하고 말도 잘 들었으니까. 소사매, 우리와 함께 가자!"

그 뚱보는 말을 느릿느릿하게 했다. 성격이 매우 유순한 것 같았다. 아자가 싱긋 웃었다.

"좋아요, 셋째 사형 말이라면 그대로 따라야죠. 셋째 사형 말은 늘 잘 들었으니까."

추풍자가 껄껄대고 웃었다.

"그보다 더 좋을 순 없지. 당장 가자!"

"좋아요, 그럼 가보세요!"

맨 뒤에 있던 난쟁이가 다시 부르짖었다.

"야! 야! 뭐가 가보세요야? 같이 가자는 소리 못 들었어?"

"먼저들 가고 있으면 뒤따라가겠다는 거예요."

"안 된다. 안 돼! 우리와 함께 가야 한다."

"그것도 좋긴 한데 안타깝게도 우리 형부가 원치 않으실 거예요."

이 말을 하면서 소봉을 가리켰다.

소봉이 생각했다.

'시작이군, 시작이야! 연기가 아주 그럴듯해.'

이런 생각을 하면서 몸을 늘어뜨려 석벽에 기댄 채 두 팔로 팔짱을 끼고 있었다. 마치 앞에서 벌어지는 일에는 전혀 관심이 없다는 표정이었다.

그 난쟁이가 말했다.

"누가 네 형부야? 어째서 나는 보이지를 않지?"

아자가 깔깔대고 웃었다.

"여덟째 사형 키가 너무 커서 형부가 안 보이실걸요?"

이때 땅 소리와 함께 그 난쟁이가 강철 지팡이로 바닥을 지탱해 하늘로 훌쩍 날아올랐다. 그리고 연달아 세 사형의 머리 위를 넘더니 아자 앞에 내려와서는 소리쳤다.

"당장 우리를 따라가!"

이 말을 하면서 아자의 어깨를 움켜쥐려 했다. 그 사내는 몸집이 작긴 했지만 허리가 굵고 어깨가 딱 벌어져 옆에서 보면 오히려 매우 위세가 넘쳐 보였고 동작도 아주 민첩했다. 아자는 피할 생각을 하지 않고 그가 움켜쥐는 대로 놔두었다. 난쟁이의 큰손이 그녀의 어깨에 막 닿으려는 순간 갑자기 머뭇거리다 동작을 멈추며 물었다.

"벌써 사용한 것이냐?"

"뭘 사용해요?"

"당연히 신목왕정神木王鼎…."

그가 신목왕정이란 네 글자를 내뱉는 순간 다른 세 사람이 일제히 호통을 쳤다.

"여덟째 사제, 지금 뭐라 그랬어?"

그 목소리는 매우 준엄했다. 그 난쟁이는 한 발짝 뒤로 물러서더니 당황스럽고도 두려운 표정을 지었다.

소봉은 속으로 곰곰이 생각했다.

'신목왕정이 무슨 물건이지? 저 넷이 진지한 표정을 짓는 것으로 봐서 연극은 아닌데. 저들은 어찌 여기 매복해 있으면서 출수는 하지 않고 자기들끼리 말싸움만 하고 있는 것일까? 설마 적수가 안 되는 걸 알고 원군을 기다리기라도 하는 건가?'

그 난쟁이가 손을 뻗어내며 말했다.

"내놔!"

"내놓다니 뭘요?"

"바로 그 신… 신… 그 물건 말이야."

아자가 소봉을 가리키며 말했다.

"우리 형부한테 드렸어요."

그녀가 이 말을 내뱉자 네 사람의 시선은 일제히 소봉을 향해 쏟아졌는데 하나같이 노기를 띤 모습이었다.

소봉이 생각했다.

'정말 꼴 보기 싫은 놈들이군. 상대할 필요 없다.'

그는 천천히 몸을 일으켜 대뜸 두 발을 바닥에 찍어 훌쩍 몸을 솟구치더니 네 사내의 머리 위를 날아갔다. 이 동작이 어찌나 빨랐던지 그네 사내들조차 그가 몸을 날려 뛰어가는 것은 물론 무릎을 굽히고 허리를 낮추는 행동조차 보지 못했다. 그저 눈앞이 흐릿해지더니 머리 위로 바람 소리가 살짝 들렸을 뿐이었는데 소봉은 이미 그들의 뒤에 있었다. 네 사내는 큰 소리로 부르짖으며 그 뒤를 쫓아갔지만 눈 깜짝할 사이에 소봉은 이미 수 장 밖에 가 있었다.

돌연 획 하는 강렬한 소리와 함께 육중한 무기 하나가 그의 등 뒤를 향해 날아왔다. 소봉은 고개를 돌릴 필요도 없이 누군가 강철 지팡이를 집어던졌다는 사실을 알아차렸다. 그는 왼손을 뒤로 돌려 강철 지팡이를 잡았다. 네 사람은 격노하며 큰 소리로 외쳤다. 그러고는 다시 강철 지팡이 두 자루가 날아오자 소봉은 다시 손을 뒤로 돌려 잡았다. 강철 지팡이는 하나에 50근이 넘었는데 이를 세 자루나 들고 있었으니 160~170근은 족히 됐지만 소봉의 발걸음은 조금도 느려지지 않았다. 휙 하는 소리와 함께 강철 지팡이가 또 한 자루 날아왔다. 이번에는 날아오는 소리가 매우 우렁찬 것으로 보아 그중 가장 무거운 것으로 보였다. 바로 그 난쟁이가 던진 것이 확실했다. 소봉은 생각했다.

'분수를 모르는 녀석들이군. 아무래도 뜨거운 맛을 보여줘야겠다.'

강철 지팡이가 뒤통수를 향해 날아와 불과 2척 떨어진 곳에 이르자 그는 왼손을 뒤로 돌려 다시 가볍게 받아들었다.

네 사내가 강철 지팡이를 집어던졌을 때는 적이 피하려 해도 피하기가 쉽지 않을 것이니 네 자루 중 한두 자루는 필히 적중해서 적을 쓰러뜨릴 것이라 짐작하고 있었다. 그러지 않았다면 어찌 병기를 함부로 손에서 떼놓을 수 있겠는가? 하지만 상대는 뜻밖에도 아무 일도 없었다는 듯 일일이 받아내니 놀라면서도 화가 나지 않을 수 없었다. 그들은 큰 소리로 고함을 치며 내달려갔다. 소봉은 그들이 뒤쫓아오기를 기다렸다가 갑자기 발걸음을 멈추었다. 네 사내는 힘껏 내달리고 있던 터라 걸음을 멈추지 못해 하마터면 그의 몸에 부딪힐 뻔했지만 다급하게 걸음을 멈추며 숨을 헐떡거렸다.

소봉은 그들이 강철 지팡이를 내던지고 내달려오는 모습을 보고 이미 네 사람 무공이 평범하다는 걸 알게 됐다. 그는 빙긋 웃으며 말했다.

"무슨 가르침이 있어 재하를 쫓아온 것이오?"

그 난쟁이가 말했다.

"너… 너… 넌 누구냐? 무… 무공 실력이 꽤 쓸 만하구나."

소봉이 빙긋 웃었다.

"그리 쓸 만하진 않소."

그 난쟁이는 앞으로 몸을 날리며 호통을 쳤다.

"내… 내 무기를 내놔라!"

"좋소, 돌려주지."

그는 오른손으로 강철 지팡이 한 자루를 들어 석벽을 겨냥해 힘껏 집어던졌다. 그러자 깡 소리와 함께 석벽에 그대로 꽂혀버렸다. 8척 길이의 강철 지팡이가 바위에 4척 가까이 박혀버린 것이다. 그 강철 지팡이가 박힌 곳은 매우 단단한 암석이었다. 소봉은 자신이 힘을 실어 내던진 지팡이가 바위에 그렇게 깊이 박혀버리자 스스로 만족해했다.

'몇 개월 동안 근심에 싸여 고생했건만 무공 실력은 줄어들지 않고 오히려 발전했구나. 반년 전이었다면 아마 저렇게 깊이 꽂아넣진 못했을 것이다.'

그 네 명의 사내는 약속이나 한 듯이 큰 소리로 깜짝 놀라 소리치며 경외심으로 가득한 표정을 지었다.

아자가 뒤에서 쫓아오며 소리쳤다.

"형부, 그 수법 정말 대단한데요? 저도 가르쳐주세요."

그 난쟁이가 화를 내며 말했다.

"넌 성수파 문하의 제자가 어찌 남에게 무예를 가르쳐달라고 하느냐?"

"저분은 내 형부인데 어째서 남이라 하는 거죠?"

그 난쟁이는 재빨리 자기 무기를 거두려고 몸을 날려 강철 지팡이를 움켜쥐려 했다. 하지만 소봉은 그의 경공 수준이 어느 정도 되는지 가늠하기 위해 강철 지팡이를 바닥에서 1장 4~5척쯤 되는 석벽에 꽂아두었던 터라 그 난장이가 아무리 높이 뛰어도 1척 가까이 차이가 날 정도로 손가락이 지팡이에 닿지 않았다.

아자가 박장대소를 했다.

"좋아요. 여덟째 사형. 사형이 저 무기를 뽑아 손에 넣을 수 있다면 사형을 따라 사부님을 뵈러 가겠어요. 안 그러면 생각도 말아요."

그 난쟁이가 그렇게 홀쩍 뛰어오른 것은 젖 먹던 힘까지 다 쓴 것이라 거의 경공의 극한이라고 할 수 있는 정도였기에 다시 1촌이라도 더 높이 뛰는 건 극히 어려웠다. 아자가 그런 말로 자극하자 속으로 화가 치밀어올라 다시 힘껏 뛰어올랐다. 그러자 이번엔 중지 끝이 강철 지팡이에 살짝 닿았다. 아자가 웃으며 말했다.

"그냥 닿는 건 무효예요. 뽑아내야만 인정이에요."

그 난쟁이는 화가 극도에 이르자 공력이 평소보다 크게 증강됐다. 그는 양발을 힘껏 디디면서 작고 펑퍼짐한 몸을 질풍처럼 솟구쳐 올리면서 양손으로 재빨리 낚아챘다. 하지만 강철 지팡이를 움켜쥐긴 했지만 그의 몸은 공중에 대롱대롱 매달려 내려올 방법이 없었다. 그는 강철 지팡이를 힘껏 흔들었지만 8척에 달하는 지팡이가 단단한 바위에 반이나 박혀 있어 이렇게 흔들다가는 사흘 밤낮을 계속 흔든다 해도 뽑아낼 수 없을 것 같았다.

소봉이 씩 웃으며 말했다.

"이 소 모는 이만 실례해야겠소."

그는 가면서 나머지 강철 지팡이 세 자루마저 눈밭에 꽂아놓고 몸을 돌려 걸어갔다.

그 난쟁이는 여전히 손을 놓지 못했다. 그는 자신의 무공 실력이 어느 정도인지 잘 알고 있었다. 조금 전 위로 뛰어올라 강철 지팡이를 잡은 것이 실로 요행이라 할 수 있었기에 지금 손을 놓고 밑으로 내려간 다면 다시 뛰어오른다 해도 다시 잡을 수 있으리란 보장이 없었다. 그 강철 지팡이는 그가 매우 아끼는 무기라 자기 손에 무게를 맞춰 다시 만드는 건 쉽지 않은 일이었다. 그가 다시 힘을 써서 몇 번 흔들었지만 강철 지팡이는 여전히 꼼짝도 하지 않았다. 그는 소리쳤다.

"이봐! 신목왕정은 두고 가라! 그러지 않으면 후환이 있을 것이다!"

소봉이 말했다.

"신목왕정? 그게 무슨 물건이오?"

추풍자가 앞으로 한 걸음 나와 외쳤다.

"귀하의 무공은 입신의 경지에 이른 것 같소. 우리 모두 탄복하는 바요. 그 작은 정鼎[23]은 본문에서 아주 중요시하는 물건이오. 외부인은 가져가봐야 소용없으니 귀하께서는 부디 돌려주시기 바라오. 그럼 필히 보답하겠소."

소봉이 그들의 표정을 보니 거짓이 아닌 것 같았다. 또한 매복을 한 것도 자신을 습격하기 위한 것으로 보이지 않자 아자를 향해 말했다.

"아자, 그 신목왕정을 내놔라. 도대체 어떤 물건인지 좀 봐야겠다."

"아유! 제가 형부한테 드렸잖아요? 내놓고 안 내놓고는 형부한테 달려 있죠. 형부, 그냥 형부가 보관하세요!"

소봉은 그녀가 사문의 보물을 훔치고 자신에게 넘겼다고 말하는 건 그녀한테 닥칠 재앙을 막아달라는 꿍꿍이임을 알아차렸다. 그는 이를 역이용하기로 마음먹었다.

"네가 나한테 준 물건이 너무 많아서 어느 게 신목왕정인지 잘 모르겠구나."

그 난쟁이는 공중에 매달린 채 이들 말에 끼어들었다.

"그건 6촌 높이의 작은 목정木鼎으로 짙은 황색이다."

소봉이 말했다.

"음. 그 물건이었나? 그건 본 적이 있지. 그런 하찮은 장난감을 어디 쓴다고 그러시오?"

그 난쟁이가 말했다.

"네가 뭘 알아? 어째서 하찮은 장난감이라 하느냐? 그 목정은…."

그가 말을 이어가려 하자 추풍자가 호통을 쳤다.

"사제, 허튼소리 말게!"

그러고는 고개를 돌려 소봉을 향해 말했다.

"그게 비록 쓸모없는 장난감이지만 우리 사부님… 사부님…의 부친께서 하사하신 것이라 잃어버려선 안 되는 것이니 부디 귀하께서 돌려주신다면 감사해 마지않을 것이오."

"그냥 던져버렸는데 어디다 던졌는지 잘 모르겠소. 다시 찾을 수 있을지 말이오. 정말 요긴한 물건이라면 신양에 돌아가 찾아보겠소. 다만 길이 너무 멀어 다시 돌아오기가 무척 피곤할 것이오."

그 난쟁이가 끼어들었다.

"무척 요긴하다! 어찌 요긴하지 않을 수 있겠느냐? 저… 우리가… 빨리 신양으로 가서 가져옵시다."

그는 여기까지 말하고는 밑으로 뛰어내렸다. 자기 손에 딱 맞는 무기조차 포기한 모양이었다.

소봉은 손을 뻗어 자신의 관자놀이를 가볍게 치며 말했다.

"에이. 요 며칠 술을 충분히 마시지 못했더니 기억력이 안 좋아졌어. 그 작은 목정을 신양에 뒀는지 대리에 뒀는지도 모르다니 말이야. 음… 진양에 뒀던가?"

그 난쟁이가 소리쳤다.

"이봐, 이봐! 뭐라 그랬어? 대리에 있다는 거야, 진양에 있다는 거야? 두 지역이 얼마나 거리가 먼데 그래? 장난하는 거야?"

추풍자는 소봉이 일부러 골탕 먹이려 하는 것을 알았다.

"귀하께선 우릴 희롱하지 마시오. 그 목정을 무사히 돌려준다면 우리가 후하게 사례를 할 것이니 식언을 해서는 아니 되오."

소봉이 갑자기 깜짝 놀라는 척하며 말했다.

"아이고, 큰일 났네! 이제야 생각이 났어!"

그 네 사내가 일제히 놀라 물었다.

"뭐가 말이오?"

"그 목정은 마 부인 집에 있었는데 오면서 내가 불을 질러 기왓장 하나 남기지 않고 모조리 타버렸소. 그 목정 역시 큰 불길 속에 타버렸을 텐데 온전하게 있을지 모르겠구먼."

그 난쟁이가 큰 소리로 외쳤다.

"온전할 리가 있어? 그… 그럼… 셋째 사형, 넷째 사형! 어쩌면 좋소? 난 모르겠소. 사부님께서 질책하셔도 나랑은 상관없소. 소사매, 네가 사부님께 직접 가서 말씀드려. 난… 난 모르겠다."

아자가 생글생글 웃었다.

"내 기억엔 마 부인 집에 없는 것 같은데. 사형들, 전 이만 실례할게요. 우리 형부랑 잘 얘기해보세요."

이 말을 하면서 몸을 비스듬히 날려 소봉 앞으로 나아갔다.

소봉이 몸을 돌려 팔을 벌리며 네 사람을 막았다.

"그 신목왕정의 용도와 내력을 확실히 얘기한다면 내가 찾아줄 수 있을지도 모르겠소. 못하겠다면 나도 상대해줄 수 없으니 용서하시오."

그 난쟁이가 손을 비벼대며 말했다.

"셋째 사형, 방법이 없으니 말해주는 수밖에는 없겠소."

추풍자가 말했다.

"좋소, 귀하게 말씀드리겠…."

소봉의 신형이 흔들 하며 그 난쟁이 곁으로 날아왔다. 그러고는 손을 뻗어 그의 겨드랑이를 받치며 말했다.

"위로 올라갑시다. 난 당신 말만 들을 것이오. 저자 말은 듣기 싫소."

그는 뚱보가 겉모습은 듬직해 보이지만 실제로는 매우 교활해서 진실을 얘기할 리 없다는 사실을 알고 있었다. 오히려 그 난쟁이는 직설적이라 거짓말을 하지 않을 것이라 믿었다. 그는 난쟁이를 부축해 석벽 위로 훌쩍 뛰어올라갔다. 석벽은 가파르기 이를 데 없어 타고 올라가기가 쉽지 않았지만 소봉이 진기를 돋우어 수직으로 날아올라 발을 디딜 수 있는 곳에 힘껏 내딛자 단숨에 10여 장을 치고 올라갈 수 있었다. 그는 불쑥 삐져나온 바위가 보이자 그 난쟁이를 내려놓고 자신은 한 발로는 바위를, 한 발은 공중에 둔 채 말했다.

"어서 말해보시오!"

그 난쟁이는 높은 곳에서 밑을 내려다보고 자신도 모르게 현기증을 느껴 다급하게 외쳤다.

"어… 어서 날 내려놔라."

소봉이 씩 웃었다.

"직접 뛰어내려가시오."

"무슨 헛소리냐? 여기서 뛰어내리면 온몸이 박살나고 말 것이다."

소봉은 그의 시원시원한 성격에 호감을 느껴 물었다.

"이름이 어찌 되시오?"

"난 출진자出塵子다."

소봉이 미소를 띠며 생각했다.

'이름이 꽤 고상하고 멋이 있구나. 허나 노형의 몸과 어울리지 않는 것이 안타까울 따름이오.'

"난 이만 실례하겠소. 훗날 또 만납시다."

출진자가 큰 소리로 외쳤다.

"안 돼! 안 돼! 아이고! 그… 그럼 난 떨어져 죽는다!"

그는 두 손을 석벽에 바짝 붙이고 내경을 운용해 바위를 움켜쥐려 했지만 손에 닿는 곳이 미끄럽기 짝이 없어 의지할 곳이라곤 없었다. 그는 무공이 약하지는 않았지만 삼면이 허공뿐인 고지대에 있다 보니 자기도 모르게 겁을 먹었다.

소봉이 말했다.

"어서 말하시오. 신목왕정이 어디에 쓰는 것이오? 말하지 않겠다면 난 내려가보겠소."

출진자가 다급하게 말했다.

"내… 내가 꼭 말을 해야겠느냐?"

"하지 않아도 좋소. 그럼 다음에 봅시다."

출진자가 그의 옷소매를 움켜쥐고 말했다.

"하… 하겠다. 말하겠다! 그 신목왕정은 본문의 삼보三寶 중 하나로 불로장춘공不老長春功과 화공대법을 수련하는 데 쓰는 것이다. 사부님께서 그러셨지. '불로장춘공은 시간이 흐르면 천천히 효력을 잃을 수 있는 까닭에 이 신목왕정으로 독충을 채집해 독충의 진액을 마시면 얼굴이 늙지 않고 청춘을 유지할 수 있다고. 우리 사부님은 적지 않은 나이에도 마치 미소년 같은 얼굴을 지니셨는데 이는 이 신목왕정으로 공력을 강화하고 진기를 증강한 덕분이다. 그… 그 물건은 희대의 보물이자 예사롭지 않은 아주 귀한….'

소봉은 화공대법은 들어봤어도 불로장춘공은 난생처음 들었지만 두 수법 모두 더러운 사술임을 짐작할 수 있었다. 그 신목왕정이 그런 용도로 쓰인다는 말을 듣자 더는 묻고 싶은 마음이 들지 않아 손을 뻗어 출진자의 겨드랑이에 받치고 그대로 석벽 밑으로 내달렸다.

담장처럼 가파른 석벽을 질풍처럼 내달려 내려가는 것은 위로 오를 때보다 훨씬 빠르고 위험했다. 출진자는 놀라서 큰 소리로 비명을 질렀지만 이 비명 소리가 채 끝나기도 전에 두 발은 이미 바닥에 닿았다. 그는 놀라서 얼굴이 흙빛으로 변한 채 두 무릎을 바들바들 떨기만 할 뿐이었다.

추풍자가 말했다.

"여덟째 사제, 말했나?"

출진자는 따다다닥 하고 아래 윗니를 맞부딪치며 떨기만 할 뿐 여전히 아무 말도 하지 못했다.

소봉이 아자를 향해 말했다.

"내놔!"

"뭘 내놔요?"

"신목왕정 말이야!"

"마 부인 집에 놓고 왔다고 하지 않았어요? 그걸 왜 저한테 찾아요?"

소봉이 그녀를 위아래로 훑어봤다. 그녀의 가냘픈 허리와 입고 있는 옷이 얇은 것으로 보아 6촌 높이의 목정을 몸에 숨기고 있는 것 같지는 않았다.

'정말 교활하기 이를 데 없는 아가씨로군. 자기 문파의 일이니 내가 상관할 바는 아니지만 저 사악한 자들이 죽자 사자 내 뒤를 쫓아오면서 성가시게 굴 텐데 너무 피곤하지 않겠는가?'

이런 생각을 하고 그 사내들을 향해 말했다.

"그 물건은 이 소 모에게는 소용 없는 것이라 가져가놓고 돌려주지 않는 건 아니오. 믿어도 좋고 믿지 않아도 할 수 없소. 난 이만 실례하겠소!"

이 말을 하고 큰 걸음으로 성큼성큼 내딛어 아래위로 몇 번 움직이자 이미 다섯 사람을 멀찌감치 따돌렸다.

그 네 사내는 그의 신비한 위력에 질려 쫓아가고 싶어도 쫓을 수가 없었고 서로 논의도 하기 전에 소봉은 벌써 어디로 갔는지 자취를 감추었다.

소봉은 단숨에 70여 리를 내달렸다. 그제야 한 객점을 찾아 술과 밥을 먹게 됐다. 그날 밤 그는 언성鄢城 남쪽의 치구진馳口鎭에 묵으며 한 차례 운기행공을 하고 곧 잠이 들었다. 한밤중까지 잠을 자다 갑자기 어디선가 들려오는 몇 번의 날카로운 피리 소리에 깜짝 놀라 잠에서 깼다. 처음에는 서남쪽에서 몇 번의 피리 소리가 들리다 이어서 동남쪽에서도 이에 호응하는 소리가 들려왔다. 피리 소리가 아주 날카롭고 처량한 것으로 보아 성수파 문하 제자들이 부는 피리인 것 같았다. 소봉은 생각했다.

'그자들이 근방까지 왔구나. 신경 쓸 필요 없지.'

별안간 삐익삐익 하는 두 번의 피리 소리가 매우 가까운 곳에서 들려왔는데 바로 이 객점 안에서 나는 소리였다. 이어서 누군가의 목소리가 들렸다.

"어서 일어나. 대사형이 당도하셨어. 소사매를 잡은 것 같아."

다른 한 사람이 말했다.

"잡았다면 목숨을 부지할 수 있을까?"

앞서 말한 그 사내가 말했다.

"그걸 누가 알아? 어서 가자!"

소봉은 두 사람이 창문을 밀고 방문 밖으로 훌쩍 뛰어나가는 소리를 듣고 속으로 생각했다.

'또 그 성수파 문하의 제자들이로군. 이 작은 객점에 저런 자들이 매복해 있을 줄은 몰랐구나. 나보다 먼저 왔지만 객점 안에 조용히 있었더니 날 발견하지 못했나 보다. 한데 두 사람 말이 아자가 목숨을 부지할 수 있을지 모르겠다고 하잖아? 아자가 좀 악독하기는 해도 비명에 죽도록 놔둘 수는 없는 노릇이다. 그렇지 않으면 어찌 아주를 대할 수 있겠나?'

그는 곧바로 방문을 뛰쳐나갔다.

피리 소리가 여기서 들리면 저기서 호응하는 식으로 끊임없이 들려오다 점점 서북쪽을 향해 이동했다. 소리를 쫓아 달려가자 순식간에 객점에서 나온 그 두 사람을 따라잡을 수 있었다. 그는 두 사람 뒤쪽 10여 장 되는 곳에서 간격을 두고 쫓아갔다. 산봉우리 두 개를 넘자 전면의 산골짜기 안에서 불꽃 더미 하나가 보였다. 약 5척 정도 높이의 새파란 불꽃은 오싹한 귀기鬼氣가 서려 있어 보통 불꽃과는 전혀 달랐다. 그 두 사람은 불꽃이 보이는 곳으로 달려가 불꽃 앞에 이르자 바닥에 엎드려 절을 했다.

소봉이 살그머니 다가가 바위 뒤에 숨어 살펴보니 불꽃 더미 옆에는 10여 명이 모여 있었다. 이들은 하나같이 갈포로 만든 적삼을 입고 있었는데 짙푸른 불빛 아래 비친 얼굴은 처연한 기색으로 가득했다. 푸른 불꽃 왼쪽에는 자줏빛 옷을 입은 한 사람이 서 있었다. 다름 아닌 아자였다. 그녀의 두 손은 등 뒤로 묶여 있었고 설백의 얼굴은 푸른 불빛에 비쳐 기괴하기 짝이 없게 보였다. 사람들은 아무 말도 하지 않고 불꽃만 응시한 채 왼손을 가슴에 대고 입으로 알 수 없는 말을 중얼거렸다.

그때, 삐리리 하고 부드러운 피리 소리가 동북쪽에서 들려오자 사람들은 일제히 피리 소리가 들리는 쪽을 향해 몸을 숙여 예를 올렸다. 아자는 작은 입을 삐쭉거리기만 할 뿐 쳐다보지도 않았다. 소봉은 피리 소리가 들리는 곳을 바라봤다. 마의麻衣를 입은 사내가 표연히 걸어오는데 발걸음이 매우 민첩해서 순식간에 불꽃 앞에 이르렀다. 그는 2척가량 되는 옥피리 끝을 입가에 대고 불꽃을 향해 훅 하고 불었다. 그러자 불꽃이 갑자기 꺼지는가 싶더니 곧이어 밝은 빛을 내며 펑 소리와 함께 공중으로 1장 되는 높이까지 치솟아올랐다가 다시 천천히 가라앉았다. 사람들 모두 큰 소리로 외쳤다.

"역시 대사형의 법력은 신묘하기 이를 데 없습니다. 저희들에게 견문을 넓혀주시는군요."

소봉은 그 대사형이라는 자를 보고 왠지 의아한 생각이 들었다. 사람들에게 대사형으로 불린다면 쉰에서 예순 정도는 될 줄 알았건만 스물일고여덟쯤 되는 젊은이일 줄 어찌 알았겠는가? 큰 키의 깡마른 체구에 푸른빛이 감돌면서도 누렇게 뜬 낯빛을 지닌 그는 얼굴이 꽤 준수하게 보였다. 소봉은 조금 전 그가 바람에 떠가듯 움직이는 경공과 불꽃을 불어 일으키는 기술을 보고 그의 내력이 보통이 아님을 알았다. 그러나 그가 원기를 불어 불꽃을 끄고 일으키는 방법은 내공의 힘이 아니라 피리 속에 숨겨둔 특별한 인화 물질 때문일 것이라 짐작했다.

아자를 향해 말하는 그의 목소리가 들렸다.

"소사매, 그래도 체면이 서는데 그래? 소사매 하나 때문에 이 많은 사람이 동원돼서 성수해부터 중원까지 천 리 먼 길을 달려왔으니 말이야."

아자가 말했다.

"대사형이 친히 나서준 덕분에 이 사매의 체면이 서게 됐네요. 하지만 제 배후 인물을 생각하면 아마 여러 사형들 역량 가지고는 부족할걸요?"

"사매한테 배후 인물이 있어? 그게 누구인지 모르겠네?"

"배후 인물은 당연히 우리 아버지와 백부님, 어머니, 형부 같은 사람들이죠."

"흥! 사매는 어릴 때부터 사부님 손에 자라 부모라고는 없는데 어디서 난데없이 그 많은 친척이 나타난 거지?"

"아이고, 부모 없는 사람이라고 무슨 바위 속에서 튀어나오기라도 했다는 거예요? 다만 우리 아버지와 어머니 성함은 극비라 남한테 알릴 수 없을 따름이에요."

"사매 부모가 누군데?"

"말을 하면 깜짝 놀랄걸요? 누군지 알고 싶으면 어서 저 좀 풀어주세요."

"풀어주는 건 어렵지 않다. 우선 신목왕정부터 내놔라."

"왕정은 우리 형부한테 있어요. 셋째 사형, 넷째 사형, 일곱째 사형, 여덟째 사형도 우리 형부한테 내놓으라고 하지 않았는데 난들 무슨 방법 있겠어요?"

그 대사형이란 자가 낮에 소봉과 만난 네 사람을 쳐다봤다. 미소를 지은 채 부드러운 표정을 하고 있었지만 그 네 사람은 안색이 변해 무척이나 두려워하는 모습이었다. 출진자가 말했다.

"대… 대… 대사형, 저희와는 상관없는 일입니다. 저… 저 소사매 형부 실력이 너무 뛰어나서 저… 저희들이 쫓아갈 수 없었습니다."

대사형이 말했다.

"셋째 사제, 네가 말해봐라."

추풍자가 말했다.

"네, 네!"

그는 곧 소봉을 어찌 만나게 됐으며 네 사람의 강철 지팡이를 어찌 가져갔고 어찌 출진자를 석벽에 들어올려 대답을 강요했는지 등을 일일이 말하는데 뜻밖에도 전혀 숨기는 것이 없었다. 그는 본래 평소 말하는 투가 느릿느릿하고 태연자약했지만 그 대사형한테 말할 때만은 마치 큰 화가 닥칠지도 모른다는 듯 아주 빨랐고 무척이나 떨리는 목소리였다.

대사형은 그의 말이 끝날 때까지 기다렸다가 고개를 끄덕이며 출진자를 향해 말했다.

"그자에게 무슨 말을 했느냐?"

출진자가 말했다.

"저… 전…."

"무슨 말을 했느냐? 어서 말해봐라."

"그… 전… 신목왕정이 본문의 삼보 중 하나로 그… 그… 그 대법을 연마하는 거라고 했습니다. 그리고 희대의 보물이자 예사롭지 않은 아주 귀한 것이니 필히… 필히 돌려줘야만 한다고 했습니다."

"잘했다. 그자가 뭐라 하더냐?"

"그… 그자는 아무 말도 안 하고 그냥 절 내려줬습니다."

"훌륭하구나! 그 신목왕정이 희대의 보물이라고 말하니 그가 그 진기한 보물에 꽂혀 돌려주지 않은 것은 아니더냐?"

"그건 저… 저도… 잘…."

"도대체 안다는 거야? 모른다는 거야?"

그는 매우 온화한 목소리를 하고 있었지만 그토록 강경하고 성질이 급한 출진자가 혼비백산할 정도로 놀란 모습을 하고 있었다. 그는 이를 드드드득 하고 부딪쳐가며 말했다.

"저… 드득… 저… 드득… 모… 모… 르… 드득… 겠… 드득… 습니다."

이 드득 하는 소리는 그의 윗니와 아랫니가 마주치면서 나는 소리인데도 스스로 제어하지를 못했다.

대사형은 몸을 돌려 아자를 향해 물었다.

"소사매, 네 형부라는 게 대체 누구더냐?"

아자가 말했다.

"형부요? 말씀드리면 아마 깜짝 놀랄걸요?"

"어디 말해봐라. 정말 명성이 높은 영웅이라면 나 적성자摘星子가 몇 배 더 유의하면 그뿐이다."

소봉이 속으로 생각했다.

'적성자! 말투가 아주 건방지구나! 조금 전에 몸을 날려오는 신법을 보니 경공이 수준급이기는 하지만 대리국 파천석이나 사대악인의 운중학에도 미치지 못한다.'

아자 목소리가 들렸다.

"형부요? 대사형, 중원의 무인 중 최고가 누구죠?"

그 대사형 적성자가 말했다.

"사람들 모두 '북교봉, 남모용'이라고 하는데 설마 그놈들이 모두 네 형부란 말이냐?"

소봉은 화가 치밀어올라 생각했다.

'네 녀석이 말을 함부로 하는구나. 네가 사리 판단을 제대로 할 수 있게 해주마.'

아자가 깔깔대고 웃었다.

"대사형, 말씀도 참 재미있게 하시네요. 저한테는 언니가 하나뿐인데 형부가 어찌 둘이 될 수가 있어요?"

적성자가 싱긋 웃었다.

"너한테 언니가 하나뿐인지 난 모르지. 음… 언니가 하나뿐이라 해도 형부가 둘인 경우가 드물지는 않다."

"우리 형부는 성격이 보통이 아니에요. 다음에 만날 때 지금 그 말을 전하면 아마 뜨거운 맛을 보게 될걸요? 잘 들으세요. 우리 형부는 바로 개방의 방주이자 중원에 위세를 떨치고 있는 '북교봉'이에요."

이 말이 떨어지자 모여 있던 사람들이 모두 일제히 깜짝 놀랐다.

적성자는 살짝 눈살을 찌푸렸다.

"신목왕정이 개방 수중에 떨어졌다니 보통 일이 아니로군."

출진자는 두려움에 떨면서도 말이 많기로 유명한 그의 성격은 고칠 수가 없는지 입을 열었다.

"대사형, 교봉은 이제 개방의 방주가 아닙니다. 대사형께서는 서쪽에서 막 오셔서 최근 중원 무림에서 일어난 사건들을 못 들으셨을 겁니다. 교봉은 이미 개방 사람들한테 축출됐습니다!"

그는 자신과 관계없는 일이었던 터라 거리낌 없이 말할 수 있었다.

적성자는 한숨을 내쉬며 팽팽하게 당겨져 있던 얼굴 피부를 풀면서 물었다.

"교봉이 개방에서 축출됐다고? 그게 사실이냐?"

추풍자가 말했다.

"강호에서 다들 그렇게 말합니다. 더구나 그는 한인이 아니라 거란인이라고 합니다. 중원의 영웅들 모두 그를 죽이려고 안달입니다. 듣기로는 그자가 아버지와 어머니, 사부, 친구를 죽인 비열한 인간이며 지금도 온갖 만행을 저지르고 다닌다고 합니다."

소봉은 바위 뒤에 몸을 숨긴 채 그자가 자신이 몇 달 동안 당한 불행한 일들에 대해 서술하자 자기도 모르게 가슴이 쓰려왔다. 절세 무공을 지니고 담력과 식견이 그 누구보다 뛰어나다 해도 강호에 떠도는 명성이 이렇게 지저분해 천하 영웅들의 비웃음을 사고 있다는 사실에 기분이 좋을 리 없었다.

적성자가 아자에게 물었다.

"네 언니는 어쩌다 그런 자에게 시집을 간 게냐? 천하인들이 모두 죽기라도 했던 게냐? 아니면 그자에게 겁탈을 당해 어쩔 수 없이 처가 된 것이냐?"

아자가 실실 웃었다.

"어쩌다 시집을 갔는지는 나도 몰라요. 하지만 우리 언니는 형부의 일장에 맞아 죽었어요."

모두들 기겁을 하며 놀랐다. 모두들 강심장에다 악독한 짓만 자행하는 자들이었지만 교봉이 아버지와 어머니, 사부, 친구를 죽인 것도 모자라 자기 처까지 죽였다는 말을 듣자 천하에 보기 드문 그의 악랄함에 대해 자신들은 도저히 미치지 못한다고 인정하는 모양이었다.

적성자가 냉소를 지으며 말했다.

"북교봉, 남모용 좋아하시네. 그건 놈들이 중원 무림에서 잘난 척을 하려고 만든 말이다. 난 그 두 놈이 우리 성수파의 신공묘술神功妙術을 당해낼 수 있으리라 믿지 않는다."

추풍자가 말했다.

"옳습니다! 옳습니다! 사제들 모두 그렇게 생각합니다. 대사형의 무공은 성인聖人의 경지에 들어서지 않았습니까? 이번에 중원에 나오신

김에 북교봉 남모용을 한꺼번에 없애 중원 무림의 예기를 꺾어놓고 놈들에게 우리 성수파의 뜨거운 맛을 보여주십시오.”

적성자가 물었다.

“그 교봉이란 놈은 어디 갔느냐?”

아자가 말했다.

“안문관 밖으로 간다고 했어요. 그길로 뒤쫓아가서 어쨌든 찾아야만 해요.”

“그래! 둘째, 셋째, 넷째, 일곱째, 여덟째 다섯 사제는 이번에 적을 앞에 두고 기회를 놓쳤으니 어떤 벌을 받아야 하겠느냐?”

그 다섯 사람은 몸을 굽히며 말했다.

“대사형께서 내리시는 벌을 달게 받겠습니다.”

“중원 땅에 오니 해야 할 일도 매우 많은데 죗값에 대한 벌을 내린다면 인원이 줄어들게 될 것이다. 음. 내가 보기엔… 이러자!”

이 말이 채 끝나기도 전에 왼손을 들어 휘두르자 옷소매 속에서 시퍼런 불꽃 다섯 점이 마치 다섯 마리 개똥벌레처럼 각각 다섯 사람의 어깨를 덮쳤다. 곧이어 팟팟 하는 소리가 들렸다.

소봉은 코에서 살이 타는 냄새가 느껴졌다.

‘허 참! 사람을 태우겠다는 게 아닌가?’

불빛은 얼마 지나지 않아 꺼졌지만 다섯 사람 얼굴에 비친 고통스러운 기색은 조금도 줄어들지 않았다. 소봉은 생각했다.

‘저자가 던진 것은 유황이나 초석硝石 유의 화탄이다. 내 짐작엔 그 안에 독이 있어 불이 꺼지고 난 후 그 독성이 살갗을 파고들어가 더욱 견디기 힘든 통증을 유발하게 될 것이다.’

적성자 목소리가 들렸다.

"그건 소형 연심탄鍊心彈이다. 너희가 그 고통을 단련하면 인내력이 강해져 다음에 강적을 만나더라도 일전에 굴복하지 않을 것이며 그리 되면 우리 성수파에 먹칠을 하지 않을 수 있다."

마운자와 추풍자가 동시에 말했다.

"네! 네! 대사형의 가르침에 감사드립니다."

나머지 세 사람은 내력을 운용해 통증에 맞서느라 입을 열어 말을 할 수가 없었다. 일주향의 시간이 지나자 다섯 사람이 내뱉던 나지막한 신음 소리와 헐떡거리는 숨소리가 비로소 잦아들었다. 이 시간 동안 성수파의 여러 제자들은 그 다섯 사람이 이를 악물고 통증을 참는 표정을 지켜보면서 놀라고도 겁을 먹어 벌벌 떨고 있었다.

적성자의 눈빛이 천천히 출진자를 향했다.

"여덟째 사제, 넌 본 파의 중대 기밀을 누설해 본 파의 보물이 파손될 위기에 처하도록 만들었다. 이를 어찌 벌해야겠느냐?"

출진자는 안색이 급변하더니 두 무릎을 굽혀 바닥에 꿇어앉아 빌었다.

"대… 대사형, 저… 전 그때 엉겁결에 입에서 나오는 대로 말했을 뿐입니다. 모… 목숨만 살려주십시오. 그럼… 앞으로… 대사형의 소나 말이 된다 해도 가… 감히 일언반구 원망의 말도 하지 않을 것이며 가… 감히 원망의 마음도 일절 품지 않을 것입니다."

이 말을 하면서 연신 머리를 조아려 절을 했다.

적성자가 한숨을 내쉬었다.

"여덟째 사제, 우리는 동문 사형제지간이 아니냐? 내 힘이 미칠 수만 있다면 용서를 해주고 싶다. 다만… 에이! 만일 이번에 널 용서해주려면 앞으로 그 누가 사부님의 계령戒令을 준수하려 하겠느냐? 어서 출수해라! 본문의 규칙을 너도 알 것이다. 네가 법 집행자를 물리치기만 하면 그 어떤 죄과도 면할 수 있다. 어서 일어나 출수해라!"

출진자가 어찌 감히 그와 맞서겠는가? 그는 쿵쿵하는 소리와 함께 끊임없이 머리를 박으며 절을 해댈 뿐이었다.

적성자가 말했다.

"먼저 출수하기를 원치 않는다면 내 일초를 받아라!"

출진자가 비명을 지르고 몸을 숙여 돌멩이 두 개를 집어 적성자를 향해 힘껏 던지며 외쳤다.

"대사형, 용서하십시오!"

그는 다시 돌멩이 두 개를 집어던지며 동북쪽을 향해 몸을 날렸다. 다시 획획 하는 두 번의 소리와 함께 돌멩이 두 개를 더 던지더니 공처럼 동글동글한 몸은 이미 훌쩍 어디론가 날아가 있었다. 그는 적성자의 무공 실력에 범접할 수 없다는 것을 알고 돌멩이 여섯 개로 주의를 돌려 도망칠 수 있으리라 기대했다. 그길로 이름을 숨기고 살면 성수파 문하생들에게 잡힐 일은 없으리라 생각한 것이다.

적성자가 오른팔 소매를 휘둘러 가장 먼저 날아온 돌멩이를 잡았다가 반대로 날려보내자 돌멩이는 출진자의 등을 향해 뻗어갔다.

소봉은 생각했다.

'저자의 차력타력 기술은 보통이 아니구나. 저건 사술이 아니라 진정한 실력이다.'

출진자는 등 뒤에서 강력한 바람 소리가 들리자 몸을 왼쪽으로 비스듬히 날리며 피했다. 그러나 적성자가 되돌려 보낸 두 번째 돌멩이가 곧바로 날아와 숨 돌릴 틈조차 주지 않았다. 출진자가 왼쪽 발을 막 바닥에 찍으려는 순간 등 뒤로 강풍이 습격해오면서 세 번째 돌멩이가 쏜살같이 날아왔다. 돌멩이가 하나씩 날아올 때마다 출진자가 왼쪽을 향해 큰 걸음으로 뛰도록 만들자 큰 걸음으로 여섯 걸음을 뛰어갔을 때 그는 이미 불꽃 더미 옆에 돌아와 있었다.

픽 하는 소리와 함께 여섯 번째 돌멩이가 저 멀리에 떨어졌다. 출진자의 얼굴이 창백해지면서 손을 뒤집어 품에 있던 비수를 꺼내 들고 자신의 가슴을 향해 찌르려고 했다. 적성자가 옷소매를 가볍게 흔들자 파란색 불꽃이 그의 손목을 향해 덮쳐갔다. 쉭 소리와 함께 날아간 불꽃은 그의 팔에 있는 혈도를 태웠다. 출진자는 손에 힘이 빠지며 비수를 땅에 떨어뜨렸다. 그는 큰 소리로 비명을 질렀다.

"대사형, 자비를 베풀어주십시오! 자비를 베풀어주십시오!"

적성자가 옷소매를 휘두르자 한 줄기 강풍이 그 파란색 불꽃 더미를 향해 덮쳐갔다. 불꽃 속에서 한 가닥 초록빛 불꽃이 갈라져 출진자의 몸을 향해 날아갔다. 그 불꽃은 그의 몸에 붙자 그 즉시 타올라 옷과 머리카락부터 태우기 시작했다. 그는 땅바닥에 떼굴떼굴 구르며 참혹한 비명을 질러댔지만 단번에 죽지를 않고 살갗 타는 냄새가 사방으로 퍼져 나가는데 그야말로 무시무시한 장면이었다. 성수파 문하 제자들은 너무 놀라 감히 숨조차 쉬지 못했다.

적성자가 말했다.

"다들 말이 없는 걸 보니… 음, 내가 너무 악랄하게 손을 쓴다고 느끼나 보구나. 출진자가 억울하게 죽는다고 말이야. 그런 것이냐?"

사람들 모두 다급하게 말했다.

"대사형의 영명한 판단은 너무 느슨하지도, 그렇다고 너무 지나치지도 않은 매우 적당한 처결이라 생각합니다. 따라서 모두들 탄복하고 있었습니다."

"저놈은 본 파의 기밀을 누설해 사부님이 연공을 할 때 쓰는 보물을 존폐 위기에 빠뜨리고 말았으니 본문에서 당연히 능지처참으로 이레 밤낮 동안 고초를 받게 만든 후 처단해야 합니다. 한데 대사형께서는 동문으로서 의리를 고려하셨으니 저 녀석은 귀신이 되어서도 대사형의 은혜에 감사해야 할 것입니다."

"우리 모두 죄가 있으니 대사형께서 넓은 아량으로 용서해주시기 바랍니다."

하나같이 비위를 맞추기 위한 말들이 출진자의 처참한 비명 소리와 함께 섞여 나왔다. 소봉은 말할 수 없는 혐오감이 느껴졌다. 그가 몸을 돌려 왼발을 튕기며 아무 소리도 없이 2장 밖으로 이동했지만 적성자는 전혀 알아채지를 못했다.

소봉이 떠나려는 순간 적성자의 부드러운 음성이 들려왔다.

"소사매, 스승님의 보정을 훔쳐 남에게 넘겼으니 무슨 벌을 받아야만 할까?"

소봉은 깜짝 놀랐다.

'아자가 받게 될 형벌은 그 출진자보다 열 배는 더 참혹할 텐데 내가 나 몰라라 하고 가버린다면 어찌 마음이 편할 수 있겠는가?'

그는 곧바로 몸을 돌려 살며시 원래 있던 은신처로 돌아갔다.

아자 목소리가 들렸다.

"사부님 규칙을 어긴 건 맞아요. 대사형, 그 목정을 찾지 않을 건가요?"

"그건 본문의 삼보 중 하나다. 당연히 회수해야지."

"우리 형부는 성격이 그리 좋은 편이 아니에요. 그 목정은 제가 줬으니까 제가 달라고 하면 아무런 흠집도 없이 그대로 되돌려줄 거예요. 다른 사람이 달라고 하면 형부가 줄 것 같아요?"

적성자가 음 하는 소리를 내며 잠시 생각하다 말했다.

"그렇지는 않겠지. 하지만 그 목정에 약간의 흠집이라도 났다면 네 죄는 더욱 커질 것이다."

"사형들이 내놓으라고 하면 형부는 어찌 됐든 돌려주지 않을 거예요. 대사형의 무공이 아무리 고강해도 기껏해야 죽이기밖에 더하겠어요? 그럼 목정을 회수하기는 쉽지 않을 거예요."

적성자가 잠시 생각에 잠겨 있다 말했다.

"그럼 어찌해야 되겠느냐?"

"절 풀어줘요. 저 혼자 안문관 밖으로 나가 형부에게 목정을 돌려달라고 하겠어요. 공을 세워 속죄를 하겠다는 뜻이죠."

"그 말도 일리가 있기는 하구나. 허나 소사매! 그리하면 이 대사형의 체면이 바닥으로 떨어지고 말 것이 아니겠느냐? 널 풀어주면 네 형부와 함께 멀리 달아나버릴 텐데 내가 또 어디 가서 널 찾는단 말이냐? 그 목정은 기필코 되찾아야 한다. 네가 목정의 비밀을 누설하지만 않는다면 그 교가도 감히 함부로 훼손하진 않을 것이야. 소사매, 어서 출수를 해라! 네가 날 이기기만 하면 넌 성수파의 대사저가 돼서 오히려 내가 네 호령을 듣고 네 처분에 따르게 될 것이다."

소봉은 그제야 알게 됐다.

'이제 보니 저들의 서열은 입문한 순서가 아닌 무공의 강약에 의해 정해지는 것이로구나. 그래서 저자는 나이가 젊은데도 대사형 대접을 받고 저자보다 연장자인 수많은 사람이 오히려 저자의 사제가 된 것이었다. 그렇다면 저들은 상호 간에 늘 쟁투를 벌여 죽고 죽이는 일이 지속될 텐데 동문 간에 무슨 정과 형제의 의리가 있을 수 있겠는가?'

그는 이 규칙이 정춘추가 문파를 창건할 때 기초한 것이며, 성수파 무공이 대를 이어갈수록 더욱 강해지게 만드는 방법이란 것을 모르고 있었다. 대사형이 된 사람은 무소불위의 권력을 가지기에 사제가 되는 사람이 불복하는 경우 언제든 무력으로 반항할 수 있고 그때가 되면 무공으로 상하를 정하게 된다. 대사형이 이기면 사제는 자연히 죽든 맞든 처결을 맡겨야 하며 사제가 이기면 그 즉시 대사형 자리에 올라 기존 대사형을 처결할 수 있었다. 이때 사부는 수수방관하며 절대 간섭하지 않았다. 이런 규율이 있다 보니 모두들 자기 수련에 힘써 스스로를 보호해야만 했다. 또한 표면상으로는 전혀 내색하지 않고 무공 실력이 부족한 것처럼 보임으로써 대사형의 시기와 의심을 피했다. 출진자는 팔 힘이 워낙 강해서 강철로 만든 길고 굵은 지팡이를 사용해왔는데 이 때문에 서열이 여덟 번째였지만 적성자의 질투를 유발해왔다. 결국 이번에 적성자가 구실을 삼아 그를 제거해버린 것이다. 다른 문파 문하생들은 무공이 일정한 경지에 이르면 더 이상 발전이 없이 정체되는 경우가 허다했지만 성수파 문하생들은 잠시도 게으름을 피울 수가 없어 끊임없이 쉬지 않고 연마에 힘썼다. 대사형이 된 사람은 사제들이 자신에게 도전을 할까 두려워 늘 안절부절못했고 사제들은 언제나 대사형이 자신에게 위해를 가할까 전전긍긍했다. 그러나 무공 실력이 고강해졌다 해도 대사형에게 반드시 이길 자신이 없다면 쉽사리 도발하지는 못했다.

아자는 본래 적성자가 목정을 생각해서라도 자신에게 해를 입히지 않으리라 여겼지만 그가 자신의 속임수에 넘어가지 않고 당장 손을 쓰겠다고 나올 줄은 생각지도 못했다. 그녀는 놀라서 얼굴이 새파랗게 질렸다. 출진자의 신음 소리가 여전히 줄어들지 않고 계속해서 울려퍼지는 와중에 그 운명이 곧 있으면 자신에게 내려질 것이라 생각하자 떨리는 목소리로 이 말만 할 따름이었다.

"손발이 모두 묶여 있는데 어찌 대사형과 무공 대결을 펼칠 수 있겠어요? 절 해치려면 정정당당하게 나올 일이지 어찌 이런 얄팍한 수를 쓰는 거죠?"

적성자가 말했다.

"좋다! 그럼 먼저 풀어주마."

이 말을 하고 옷소매를 펄럭이자 한 가닥 강한 기운이 불꽃 더미 안으로 쏟아졌고 불꽃 더미 안에서는 다시 마치 물줄기와도 같은 한 줄기 가느다란 푸른 불꽃이 갈라져 나왔다. 그 불꽃은 곧 아자의 두 손을 묶은 밧줄에 발사됐다.

소봉은 그 푸른 불꽃이 아자의 몸을 태우기 위해 발사된 것이 아님을 간파하고 있었다. 팟팟 하는 가벼운 소리가 들리고 얼마 지나지 않아 아자의 두 손 바깥쪽에 묶여 있던 밧줄이 끊어졌다. 그 푸른 불꽃은 재빨리 움츠러들더니 곧이어 다시 앞을 향해 나아갔다. 이번에는 그녀의 발목을 묶고 있던 밧줄을 향했는데 역시 순식간에 밧줄이 불꽃에 타면서 끊어졌다. 소봉은 내력으로 불꽃을 움직이는 그 능력은 중원의 무인들조차 구사할 수 있는 사람이 별로 없을 것이라는 생각이 들었다.

성수파 문하 제자들은 끊임없이 칭찬을 늘어놨다.

"대사형의 공력은 성인의 경지에 들어섰습니다. 이는 보통 능력이 아닙니다."

"저희들은 듣도 보도 못한 기술입니다. 현세에서는 사부님을 제외하고 대사형이 천하제일일 것입니다."

"소사매, 여태껏 대사형께 감히 반항도 못하지 않았더냐? 애석하지만 지금은 후회해도 소용이 없구나."

모두들 너 나 할 것 없이 앞다투어 입을 열었다. 적성자는 자신을 치켜세우는 말을 듣자 웃음 띤 얼굴로 고개를 끄덕였다. 그러고는 곁눈질로 아자를 보고 천천히 입을 열었다.

"소사매, 어서 출수를 해라!"

아자가 떨리는 목소리로 말했다.

"난 안 할 거예요."

"어째서? 순순히 출수하는 게 좋을 것이다."

"대사형과는 싸우지 않을 거예요. 날 죽이려거든 얼마든지 죽여요."

적성자가 한숨을 쉬었다.

"난 널 죽이고 싶지 않다. 너처럼 아름답고 귀여운 소낭자를 죽이는 건 애석한 일이니까. 허나 어쩔 수 없이 그래야만 한다. 네가 그 많은 죄를 저지르지만 않았다면 당연히 널 힘들게 만들 일이 없었을 것이다. 소사매, 어서 덤벼라!"

이 말을 하고는 소맷자락을 휘두르자 한 줄기 강풍이 불꽃을 향해 덮쳐갔다. 가느다랗고 푸른 불꽃 한 가닥이 아자를 향해 천천히 쏘아져갔다. 그러나 그녀를 단번에 죽이고 싶지는 않았던지 불꽃의 기세가 무척이나 느렸다.

아자는 비명을 지르며 오른쪽으로 두 걸음 피했다. 그 불꽃이 그녀를 따라가며 압박하자 아자는 다시 뒤로 한 걸음 물러섰다. 그러자 그녀의 등은 소봉이 몸을 숨기고 있던 커다란 바위 앞에 기대는 형국이 되어버렸다. 적성자는 내력을 돋우어 그 불꽃으로 따라가며 아자를 압박했다. 아자는 더 이상 물러설 곳이 없어 옆으로 훌쩍 몸을 날리려 했지만 적성자가 옷소매를 휘둘러 두 줄기 강풍으로 각각 좌우를 공격해 그녀가 피할 수 없도록 만들었다. 그러자 정면에서 날아오던 푸른 불꽃이 점점 가까이 압박해 들어왔다.

소봉은 푸른 불꽃이 그녀의 얼굴에서 2척이 채 되지 않는 곳에서 1촌씩 가까워지는 것을 보고 나지막이 말했다.

"겁내지 마라! 내가 도와주마."

소봉은 이 말이 끝나기 무섭게 바위 뒤에서 손을 뻗어서는 그녀의 등에 가져다 대고 다시 말했다.

"장력을 돋워 불꽃을 향해 후려쳐라."

아자는 놀라서 혼비백산하다가 느닷없이 소봉 목소리가 들리자 기뻐서 어쩔 줄을 몰랐다. 그녀는 다른 생각은 하지 않고 당장 일장을 뻗어냈다. 그때 소봉의 내력이 이미 그의 체내에 들어가 그녀의 일장은 웅후하기 이를 데 없이 강해졌다. 푸른 불꽃은 순식간에 2척이나 뒤로 물러났다.

아자는 등에 있는 손바닥을 통해 내력이 끊임없이 들어오고 있어 스스로 이를 후려쳐 뿜어내지 않으면 자신의 몸까지 폭발할 것처럼 느껴졌다. 그녀는 이어서 오른손을 휘둘러 앞으로 뻗어냈다. 소봉의 내력은 워낙 힘이 넘쳐서 아자의 체내로 보내지는 도중 그 위력이 줄어들기는 해도 그녀가 이를 제대로 운용해 적성자의 허를 찌르는 공격만 할 수 있다면 일격으로도 승리할 수가 있었다. 다만 그녀는 너무 놀란 나머지 황급히 일장을 후려치다 보니 휙 하고 눈앞에 있던 가느다랗고 푸른 불꽃을 끄는 데 그쳐버렸다.

적성자가 깜짝 놀라 왼손을 비스듬히 후려치자 불꽃 더미 속에서 푸른 불꽃이 솟아올라 다시 아자를 향해 날아갔다. 이번 불꽃은 굵은 두께에 기세가 맹렬해서 아자의 얼굴을 퍼렇게 비추었다. 아자가 다시 일장을 후려쳐 푸른 불꽃을 가까이 오지 못하게 했다. 푸른 불꽃은 공중에서 잠시 멈추더니 불꽃 끝부분이 앞으로 1~2촌가량 전진하다 다시 1~2촌가량 후퇴했다. 어둠 속에서 마치 푸른색의 기다란 뱀이 공중에 가로로 누워 있는 것처럼 가볍게 일렁거리자 화려하면서도 기괴하기 이를 데 없는 색깔이 끊임없이 번뜩이는 장면을 연출했다.

적성자가 매서운 목소리로 호통을 치며 장력에 힘을 배가시키자 갑자기 푸른 불꽃이 펑펑 터지면서 두 떨기 불꽃 송이로 나뉘어 아자를 향해 좌우로 습격을 가했다. 푸른 불꽃은 초석과 유황, 인광석磷礦石 같은 약물로 점화된 것이라 그리 기이할 것이 없었지만 내력에 의해 추진되자 사람을 해치는 불꽃으로 변해 그 기세가 무척이나 매서웠다. 소봉이 왼손을 휘둘러 한 줄기 장력으로 가볍게 밀어내니 아자의 허리를 감싸고 있던 허리띠 두 개가 위로 붕 뜨면서 펄럭였다. 그러자 두 떨기 불꽃은 신속하기 이를 데 없이 적성자를 향해 되돌아가면서 쏘아져 나갔다.

너무 놀란 적성자가 아연실색한 채 어리둥절해하는 사이 불꽃은 이미 그의 몸 앞까지 다가왔다. 그는 다급하게 몸을 훌쩍 날렸다. 그러자 불꽃 송이 하나가 그의 발밑을 스쳐 지나갔다. 두 사제가 갈채를 보냈다.

"대단한 수법입니다. 대사형, 정말 대단하십니다."

환호성이 끝나기도 전에 두 번째 불꽃 송이가 이미 그의 아랫배를 향해 날아왔다. 적성자의 몸이 공중에 있는 상황인데 어찌 더 높이 올라갈 수 있겠는가? 휙 소리와 함께 불꽃이 이미 그의 복부에 불을 붙였다. 적성자는 악 하고 비명을 지르며 그 자리에 쓰러져버렸고 푸른 불꽃 역시 불꽃 더미 속으로 돌아갔다.

성수파 제자들은 하나같이 경외심으로 가득한 표정으로 아자를 바라보며 생각했다.

'이제 보니 소사매의 공력이 보통이 아니었구나. 대사형이 꼭 승리한다고 볼 수는 없겠다. 갈채를 보내더라도 너무 크게 보내서는 안 되겠다.'

성수파 무공은 사부가 전수해준 이후 각자가 스스로 수련을 쌓아왔기에 조예가 얼마나 깊은지는 적을 만나 겨루거나 아니면 동문끼리 죽고 죽이는 사투를 벌이기 전까지 그 누구도 실력을 알 수 없었다. 모든 제자는 아자가 뜻밖에도 대사형이 내뻗은 불꽃으로 대사형을 쓰러뜨리자 그저 경이롭게만 느꼈을 뿐 누군가 뒤에서 돕고 있다는 의심은 전혀 하지 못했다. 오로지 아자가 천부적인 자질이 있어 암암리에 공력이 이 정도에 이를 때까지 연마했다고만 여긴 것이다.

참담한 표정으로 바뀐 적성자는 돌연 혓바닥 끝을 힘껏 깨물어 나온 선혈 한 모금을 불꽃으로 내뿜었다. 불꽃은 갑자기 어두컴컴해지더니 곧이어 밝은 빛을 뿜어내며 사람들이 눈을 뜨지 못할 정도로 빛났다. 제자들은 환호성을 보내지 않을 수 없었다.

"대사형의 뛰어난 공력은 역시 우리의 시야를 넓혀주십니다."

적성자가 돌연 몸을 뱅글뱅글 돌리기 시작했다. 마치 팽이처럼 10여 바퀴를 연이어 돌다가 소맷자락을 펄럭이자 모든 불꽃이 갑자기 벼락같이 솟구쳐올라 마치 방화벽처럼 아자를 향해 압박해 들어갔다.

소봉은 적성자가 펼친 것이 극히 위험한 사술이란 것을 알고 있었다. 그가 평생 쌓아온 공력을 그 일격 안에 응집시키는 기술이었기 때문이다. 푸른 불꽃이 매우 빠른 속도로 아자의 몸을 덮쳐가자 소봉은 할 수 없이 쌍장을 일제히 내뻗으며 두 줄기 강풍으로 아자의 옷소매를 후려쳤다. 푸른 불꽃이 내뿜는 불빛 아래 아자의 자줏빛 옷이 두둥실 휘날리며 바깥쪽을 향해 내보내졌다. 이때 소봉의 경력이 이미 그 푸른 불꽃 방화벽을 향해 날아갔다.

푸른 불꽃은 공중에서 잠시 머물다 천천히 적성자의 얼굴을 향해 물러가기 시작했다. 적성자는 깜짝 놀라 다시 혀끝을 깨물더니 선혈 한 모금을 다시 불꽃을 향해 내뿜었다. 불꽃이 크게 일면서 불꽃은 다시 돌아갔지만 불과 2척가량 전진하다 다시 소봉의 내력에 의해 방향을 바꾸고 말았다. 적성자의 얼굴은 이미 혈색이라고는 찾아볼 수가 없었다. 그는 입안의 선혈을 불꽃으로 끊임없이 토해냈다. 그가 선혈 한 모금을 뿜어낼 때마다 그의 공력은 조금씩 약화되다 보니 소봉의 웅후한 내력 앞에서 푸른 불꽃은 반 척도 전진할 수 없었다.

소봉은 그의 진기가 갈수록 약해져 곧 있으면 고갈되고 말 것이라는 사실을 상대의 내경으로부터 알아채고 곧 기를 모아 아자를 향해 말했다.

"이제 저자한테 패배를 인정하라고 해라. 더 싸울 필요 없다."

아자가 소리쳤다.

"대사형, 어서 무릎 꿇고 빌어요. 그럼 죽이지는 않겠어요. 어서 패배를 인정해요!"

적성자는 너무나도 두렵고 초조했다. 그는 자신의 목숨이 경각에 달려 있음을 깨닫고 아자의 말을 듣자마자 재빨리 고개를 끄덕였다. 아자가 말했다.

"왜 아무 말이 없어요? 패배를 인정하지 않겠다는 건가요?"

적성자는 연신 고개를 끄덕이며 시종 말을 하지 않았다. 그는 전력을 집중해 상대의 장력에 대항하느라 입을 열기만 하면 진기가 끊어져 푸른 불꽃이 자신을 향해 몰려와 즉시 산 채로 타 죽게 된다는 사실을 알았던 것이다.

모든 동문이 앞을 다투어 욕을 해대기 시작했다.

"적성자, 어서 패배를 인정해라! 어찌 무릎 꿇고 절을 하지 않는 것이냐?!"

"소사매가 관용을 베풀어 목숨을 살려주는 것인데 무슨 낯으로 버티고 있는 것이냐? 어서 입을 열어라!"

"소사매는 오늘 문호를 정리하는 위대한 공적을 남겼으니 그야말로 우리 성수파의 중흥을 이룬 일등 공신이다."

"넌 사부님을 암살할 음모를 세우고 소림파에 투항하려 했으나 다행히 소사매가 네 음모를 낱낱이 밝혀냈다. 이 더러운 후레자식 같으니! 뻔뻔스럽기 짝이 없다!"

"적성자, 네가 스스로 신목왕정을 훔쳐놓고 오히려 무고한 소사매한테 뒤집어씌우다니 정말 살고 싶지 않은 게로구나!"

이들은 정세에 따라 강자에 약하고 약자에 강한 자들이라 위기에 처한 적성자에게 곧바로 안면을 바꿔 대하기 시작했다. 조금 전까지만 해도 이자들은 대사형이 천하무적 대영웅이라며 비위를 맞추다 이젠 개돼지보다 못한 표현을 써가며 욕을 해대기에 이른 것이다.

소봉은 생각했다.

'성수노괴가 거둔 제자들은 인품이라고는 전혀 없는 자들이구나. 아자가 어려서부터 이런 자들과 함께 살았으니 당연히 행동거지가 저리 된 것이다.'

그는 적성자가 극히 난처한 상황에 놓인 것을 보고 이 정도면 됐다고 여겨 즉시 내경을 거두었다. 그러자 아자의 양손 소맷자락도 이내 밑으로 내려갔다.

적성자는 지극히 지친 기색을 하며 몸을 휘청거리다 갑자기 무릎에 맥이 풀린 듯 바닥에 꿇어앉아버렸다. 아자가 말했다.

"대사형, 왜 그래요? 승복하는 건가요?"

적성자가 나지막이 말했다.

"패배를 인정하겠습니다. 이… 이제… 대사형이라 부르지 마십시오. 그대는 우리의 대사저입니다!"

모든 제자가 일제히 환호성을 질렀다.

"훌륭합니다! 정말 훌륭합니다! 대사저의 무공은 천하무쌍입니다.

성수파에 대사저 같은 후계자가 있으니 우리 성수파의 명성이 천하에 더욱 널리 떨치게 될 것입니다."

아자가 싱글거리며 웃다가 적성자를 향해 소리쳤다.

"본문 규율에 따르자면 후계자가 바뀌었을 때 전 후계자는 어떻게 처리하게 되지?"

적성자는 이마에서 식은땀을 흘리며 떨리는 목소리로 말했다.

"대대… 대사저. 제발… 부탁입니다…."

아자가 깔깔대고 웃었다.

"난 용서해주고 싶지만 애석하게도 본문의 규칙을 내 손으로 어길 순 없어. 출수를 해봐!"

적성자는 자신의 운명이 이미 결정됐음을 알고 더 이상 애걸하지 않고 쌍장에 기를 모아 불꽃 더미를 향해 내밀었다. 그러나 그의 내력은 이미 모두 소진돼버려 쌍장을 내밀었지만 불꽃은 두 번 정도 살짝 흔들릴 뿐 아무 동정이 없었다.

아자가 깔깔대고 웃었다.

"재미있군, 재미있어! 정말 재미있구나! 대사형, 공력이 다 어디로 간 거야?"

그러고는 앞으로 성큼 두 걸음 다가가 쌍장을 후려쳤다. 그러자 푸른 불꽃 한 줄기가 튀어나와 적성자를 향해 쏘아져갔다. 아자의 내력은 평범했던 터라 이 푸른 불꽃이 움직이는 기세는 지극히 약해 힘이 없고 불빛도 매우 희미했다. 그러나 적성자는 반격할 힘이 전혀 없었던 터라 일어나 도망칠 기운조차 없었다. 푸른 불꽃이 그의 몸에 적중되자 삽시간에 옷에 불이 붙어 처참한 비명 소리가 울려퍼지며 전신이 화염에 휩싸여버렸다.

모든 제자는 하나같이 큰 소리로 대사저의 공력이 입신의 경지에 도달했다고 칭송하며 성수파를 위해 수년간 화근으로 남아 있던 쓰레기를 제거함으로써 사부님의 뜻을 이어받게 됐으니 큰 공을 세웠다고 떠들어댔다.

소봉은 비록 강호에서 참혹하고 흉악스러운 일들을 수없이 많이 봐왔지만 아자처럼 수려하고 활달하며 천진무구한 소녀가 저렇듯 악랄하게 일을 행하는 것을 보고 속으로 말할 수 없는 혐오감을 느꼈다. 그는 가볍게 한숨을 내쉬고 발걸음을 옮겼다.

아자가 소리쳤다.

"형부, 형부! 가지 마세요! 기다려요!"

성수파 제자들은 별안간 바위 뒤에서 누군가 나타난 것을 목격했다. 특히 둘째 제자와 셋째 제자 등은 그게 소봉인 것을 알고 경악을 금치 못했다.

아자가 다시 소리쳤다.

"형부, 기다려요!"

그녀는 재빠른 걸음으로 소봉 옆으로 달려갔다. 그때 적성자의 참혹한 비명 소리가 점점 더 커져 그의 날카롭고 탁한 목소리가 산골짜기에 울려퍼지면서 더욱 듣기가 거북했다. 소봉은 눈살을 찌푸리며 말했다.

"나를 왜 쫓아오는데? 넌 이제 성수파 후계자가 되고 저 무리의 대사저가 됐으니 이제 만족하지 않느냐?"

아자가 웃으며 말했다.

"안 해요!"

그녀는 목소리를 낮추고 다시 말했다.

"거저 얻은 대사저가 뭐 대단하다 그래요? 형부, 전 형부랑 안문관으로 갈래요."

소봉은 적성자의 비명 소리가 울려퍼지는 이곳에 더 이상 머무르고 싶지 않아 빠른 걸음으로 북쪽을 향해 달려갔다.

아자가 고개를 돌려 성수파 제자들을 향해 소리쳤다.

"둘째 사제, 난 북쪽에 일이 있으니까 너희들은 이 근방에서 내가 돌아오기만 기다려라! 누구든 함부로 이곳을 떠나면 안 된다. 알겠느냐?"

모든 제자는 일제히 몇 걸음 앞으로 나가 공손하게 허리를 굽혀 말했다.

"대사저의 지시에 따를 것이며 그 누구도 감히 어기지 않을 것입니다."

곧이어 앞다투어 칭송을 해댔다.

"대사저의 앞길이 평안하시길 바랍니다."

"대사저께서 부디 좋은 성과를 얻으시길 바랍니다."

"대사저께서 그런 신공을 가지고 계시는데 천하의 무슨 일이든 처리하지 못하겠습니까? 저희들 바람은 쓸데없는 것들입니다."

아자는 손을 몇 번 내저었다. 그녀의 얼굴에는 득의양양한 웃음이 떠나지 않았다.

소봉이 앞을 바라보니 대지와 산하가 온통 새하얗게 덮여 있었다. 저 멀리 흰 눈이 덮여 있지 않은 산봉우리가 광활하고 아득하게만 느껴질 뿐이었다.

'이 지역을 지금 떠나면 다시 돌아오지 않을 것이다.'

그는 큰 걸음으로 성큼성큼 내딛어 뿌드득 뿌드득 소리를 내며 눈밭 위를 신속하게 내달렸다. 아자가 전력을 다해 달려와 자신과 어깨를 나란히 한 채 걸어오는 게 보였다. 흰 눈에 비친 그의 아름다운 얼굴에는 마치 재미있는 장난감이나 맛있는 사탕을 새로 얻은 듯한 천진난만한 미소로 가득했다. 조금 전에 두 눈으로 직접 목격하지 않았다면 그녀가 대사형을 죽이고 천하제일 대사파의 후계자 자리에 새로 오른 사람이라고 누가 믿을 수 있겠는가? 소봉은 가볍게 한숨을 내쉬었다. 속세의 일들이 하나같이 단조롭고 무미건조하게 느껴질 뿐이었다.

아자가 물었다.

"형부, 조금 전에는 정말 고마웠어요! 근데 왜 한숨을 쉬어요? 제가 너무 짓궂었나요?"

"짓궂은 정도가 아니라 너무 잔인하고 악랄하다. 우리같이 성인 남자들도 그런 짓은 못하는데 너 같은 어린 소녀가 그렇게 사정없이 손을 쓰는 건 더욱 안 될 말이다."

아자가 의아한 표정을 지었다.

"알면서 그러는 거예요? 아니면 정말 모르는 거예요?"

그녀는 이 말을 하면서 고개를 갸우뚱거리며 소봉을 쳐다봤다. 그녀의 얼굴은 호기심으로 가득한 표정이었다.

"내가 뭘 알아 그러겠느냐?"

"그것 참 희한하네요. 그걸 어찌 모를 수 있어요? 이 대사저 자리는 형부가 얻게 해준 가짜잖아요? 다만 저들이 알아채지를 못했을 뿐이에요. 제가 대사형을 죽이지 않았다면 언젠가 허점이 노출될 텐데 그때가 되면 형부가 또 제 옆에 있으리라는 보장도 없으니 제 목숨은 그 손에 끝장나고 말 거예요. 제가 살기 위해선 죽일 수밖에 없었다고요."

"좋아! 그럼 나랑 같이 안문관에 가서 뭐 할 건데?"

"형부, 제가 솔직히 말씀드릴게요. 어때요? 들으실래요?"

소봉이 생각했다.

'좋아, 이제 보니 여태껏 솔직히 말한 적이 없었구나. 이제 말한다는 길 보니.'

소봉이 말했다.

"물론 좋지. 난 네가 솔직히 말하지 않을까 두렵다."

아자가 깔깔대며 웃다가 손을 내밀어 그의 팔짱을 끼며 말했다.

"저한테 두려운 것도 있어요?"

소봉이 한숨을 내쉬었다.

"두려운 게 한두 가지라야 말이지. 사고를 칠까 봐 두렵고, 함부로 사람을 해칠까 봐 두렵고, 기괴한 짓을 저지를까 봐 두렵고…"

"제가 누군가한테 괴롭힘을 당하고 살해될까 봐 두렵지는 않나요?"

"네 언니 부탁을 받았으니 당연히 돌봐야겠지."

"그럼 우리 언니가 부탁을 하지 않았다면요? 제가 아주 언니 동생이 아니었다면요?"

소봉이 비웃으며 말했다.

"그럼 내가 널 거들떠볼 일이 있겠느냐?"

"우리 언니가 그렇게 좋아요? 저 같은 건 안중에도 없나요?"

"안중에도 없다는 말이 아니다. 하지만 네 언니는 너보다 백배 천배 훌륭하지. 아자, 무슨 말을 해도 넌 언니를 따라갈 수 없어."

그는 여기까지 말하고 눈시울을 붉혔다. 그 목소리 속에는 슬픔과 괴로움이 어려 있었다.

아자가 입술을 삐죽거리다 화를 버럭 냈다.

"아주 언니가 그렇게 모든 면에서 나보다 낫다면 아주 언니를 불러서 함께 지내요. 난 필요 없겠네요."

이 말을 하고 뒤돌아 걸어갔다.

소봉 역시 아랑곳하지 않고 가던 길을 계속 가다 속으로 자기도 모르게 비탄에 빠졌다.

'아주가 눈밭을 함께 걸어가다가 갑자기 화를 내고 뒤돌아갔다면 난 당연히 당장 뒤쫓아가 사과를 했을 것이다. 아니! 애초에 그녀가 화나도록 만들지 않고 무슨 말이든 그녀 말에 따랐겠지. 에이. 아주처럼 나한테 유순하고 자상한 사람이 어찌 나한테 화를 내겠어?'

돌연 발소리와 함께 아자가 다시 뒤돌아 달려오며 말했다.

"형부, 사람이 정말 독하네요. 기다리지 않겠단 말조차 안 하다니 정말 인자한 구석이라고는 하나도 없어요."

소봉이 허허하고 웃었다.

"너도 인자한 게 뭔지 아나 보구나. 아자, '인자'라는 말은 누구한테 들어봤느냐?"

"우리 어머니가 말하는 걸 들었죠. 어머니는 늘 사람을 대할 때 흉악무도하게 대해선 안 되고 인자해야 한다고 말씀하셨어요."

"네 어머니 말이 맞다. 아쉽게도 넌 어릴 때부터 어머니와 함께 있지 못하고 사부를 따라다니느라 고약한 심보만 배운 게지."

"좋아요! 형부, 앞으로 형부를 따라다니면서 형부한테 좋은 점만 배우도록 할게요."

소봉이 깜짝 놀라 연신 손을 내저으며 다급하게 말했다.

"안 된다! 안 돼! 나같이 거칠고 우악스러운 사내한테 무슨 좋은 점이 있다 하느냐? 아자, 어서 가라! 우리가 함께 있으면 늘 마음이 답답하고 정신이 산란해서 차분하게 생각을 하고 싶어도 되지를 않는다."

"생각할 일이 있으면 저한테 들려주셔도 돼요. 제가 도와드릴게요. 형부는 사람이 너무 좋아서 남들한테 쉽게 당할 거예요."

소봉은 화가 나기도 하고 우습기도 한 나머지 말했다.

"어린 계집애가 뭘 안다 그러느냐? 내가 생각지 못한 일을 네가 생각해낸다는 게냐?"

"그야 당연하죠. 때로는 아무리 생각해도 생각나지 않는 일들이 있어요."

그녀는 땅바닥에서 눈을 한 움큼 집어 동그랗게 뭉쳐서 저 멀리 집어던졌다.

"안문관 밖으로 나가서 뭐 할 거예요?"

소봉이 고개를 가로저었다.

"아무것도 안 해. 사냥이나 하고 양이나 키우면서 생을 마치면 그뿐이다."

"그럼 밥은 누가 해줘요? 옷은 누가 만들어줘요?"

소봉이 멍하니 아무 말도 못했다. 그런 일들은 전혀 생각해본 적이 없었기 때문이다. 그는 입에서 나오는 대로 말했다.

"밥 먹고 옷 입는 게 뭐 어렵다고? 우리 거란인들은 양고기와 쇠고기를 먹고 양가죽과 소가죽을 입으며 도처에 집이 있어 어떤 환경에도 잘 적응하기 때문에 걱정할 게 전혀 없다."

"그럼 혼자 적막할 때 누가 말동무를 해주죠?"

"우리 종족이 있는 곳으로 돌아가면 자연히 동족 친구들을 사귈 수 있지."

"그들이 하는 말들은 그저 사냥하고 말 타고, 소나 양을 잡아 죽이는 얘기들이 대부분일 텐데 무슨 재미가 있겠어요?"

소봉은 한숨만 내쉬었다. 아자의 말이 틀리지 않는다는 걸 잘 알기에 아무 대답도 할 수 없었기 때문이다.

"요나라에 가지 않으면 안 되나요? 그냥 요나라로 돌아가지 말고 여기서 술이나 마시고 싸움이나 하세요. 그럼 죽어도 그만, 살아도 그만, 기세를 드높이며 통쾌하게 살 수 있잖아요?"

소봉은 그녀의 이 말을 듣고 자기도 모르게 가슴이 뜨거워지면서 호기가 생겼다. 그는 고개를 들어 길게 고함을 지르며 말했다.

"네 말이 맞다!"

아자가 그의 팔을 잡아당기며 말했다.

"형부, 그럼 가지 마세요. 나도 성수해로 돌아가지 않고 형부와 술이나 마시고 싸움이나 할래요."

"넌 성수파의 대사저야. 성수파 문하에 후계자인 대사저가 없으면 어찌 되겠느냐?"

"제가 대사저가 된 건 속임수였어요. 일단 마각이 드러나면 목숨을 부지하지 못할 거예요. 재미있을지는 몰라도 그렇다고 대단한 것도 없어요. 전 그냥 형부랑 술이나 마시고 싸움이나 하면서 놀고 싶어요."

소봉이 빙긋 웃었다.

"술을 마신다고 하는데 네 주량으로는 한 사발도 못 마시고 취해버릴 게다. 싸움 실력도 마찬가지야. 날 도와주기는커녕 오히려 내가 널 도와주기만 해야 할 거야."

의기소침해진 아자가 양미간을 찌푸리며 몇 걸음 서성거리다 대뜸 땅바닥에 앉아 대성통곡을 했다. 소봉은 깜짝 놀라 다급하게 물었다.

"지… 지금… 뭐 하는 거냐?"

아자는 이에 아랑곳하지 않고 여전히 애절하게 울기만 했다.

소봉은 늘 위세가 드높은 그녀의 모습만 봐왔다. 성수파 사람들한 테 잡혔을 때에도 고집스럽게 굴복하지 않았는데 그런 그녀가 뜻밖에 도 보통 소녀처럼 대성통곡을 할 줄은 생각지도 못했다. 그는 어찌할 바를 모르고 다시 물었다.

"이봐, 이봐! 아자! 왜 그래?"

아자는 훌쩍거리며 말했다.

"난 상관 말고 어서 가버려요! 내가 여기서 울다 죽어야 기분이 좋 을 것 아니에요?"

소봉이 빙그레 웃었다.

"멀쩡한 사람이 운다고 죽지는 않는다."

"기어코 울다 죽을 거예요. 울다 죽는 모습을 꼭 보여줄 거라고요!"

"그럼 여기서 천천히 울어라. 난 함께 있어주지 못하겠구나."

이 말을 하고는 발걸음을 옮겨 몇 걸음 걸어가는 순간 갑자기 그녀 의 울음소리가 그치고 아무 소리도 나지 않았다. 소봉은 뭔가 이상한 생각이 들어 고개를 돌려봤다. 아자가 눈밭에 엎드려 미동도 하지 않 고 있었다. 소봉은 속으로 웃었다.

'요 계집애가 또 어리광을 부리는구나. 내가 아는 척을 하면 끝끝내

아는 척을 해야만 한다.'

그러고는 뒤도 돌아보지 않고 갈 길을 갔다.

1마장쯤 걸어가 고개를 돌려 다시 바라봤다. 이 일대는 지세가 평탄하고 탁 트여 있는 데다 나무나 산비탈이 길을 가로막고 있지 않아 한눈에 먼 곳까지 볼 수 있었다. 그런데 아자가 꼼짝도 하지 않고 그대로 누워 있는 것 같았다. 소봉은 속으로 주저했다.

'저 계집애는 성격이 괴팍해서 정말 저대로 누워서 다시는 일어나지 않을지도 모른다.'

그러다 이런 생각도 했다.

'이미 저 애 언니를 죽였는데 아주의 부탁대로 저 아이를 돌봐주고 보호해주기는커녕 화가 나서 죽게 만들 수는 없지 않은가?'

아주를 생각하자 자기도 모르게 가슴이 뜨거워졌다. 그는 당장 재빠른 걸음으로 온 길을 다시 돌아갔다.

아자 옆으로 다가가자 과연 여전히 바닥에 엎드려 있는 모습 그대로였고 조금도 움직이지 않았다. 소봉은 두 걸음 앞으로 걸어갔다. 순간 어리둥절해하지 않을 수 없었다. 그녀는 수 촌 깊이의 눈 속에 들어가 있는데 몸 옆에 쌓인 눈이 전혀 녹지 않은 것이었다. 혹시 정말 죽은 것이 아닐까? 그가 깜짝 놀라 손을 뻗어 그녀의 얼굴에 가져다 대자 손이 닿은 살갗 위가 얼음처럼 차가웠다. 다시 코 밑에 가져다 대보니 호흡이 전혀 없었다. 소봉은 그녀가 물에 빠져 죽은 것처럼 가장해 자기 친부모를 속이는 모습을 목격했던 터라 그리 당황해하지 않았다. 그녀는 성수파의 귀식공으로 호흡을 멈출 수 있는 능력이 있지 않았던가. 그는 손가락을 뻗어 그녀의 겨드랑이 밑을 두 번 찍었다. 그러자 내력이 그녀의 혈도 속으로 파고들어갔다.

아자는 으응 소리를 내며 천천히 눈을 떴다. 그때, 갑자기 앵두 같은 입술이 열리며 서슬 퍼런 가느다란 침 하나가 급작스럽게 튀어나오더니 소봉의 미간을 향해 날아왔다.

소봉과 그녀의 거리는 1척가량에 불과한 데다 그녀가 자신에게 암수를 쓰리라고는 생각지도 못한 상황이었다. 이 독침은 매우 거세고 빠르게 날아와서 그의 무공이 아무리 고강하다 해도 창졸간에 벌어진 일이고 지척 간에 있어 이를 피하려 해도 피할 수가 없었다. 그는 생각도 하지 않고 오른손을 휘둘러 한 줄기 웅후하고 거센 장풍을 날렸다.

이 일장은 그의 평생 공력을 모두 취합한 것이었다. 그 가느다란 강침이 1척 거리 안에서 급속도로 날아왔던 터라 무형 무질의 장풍으로 물리치기 위해서는 자기 자신도 놀랄 정도의 장력을 펼쳐내야만 했다. 그는 일장을 날리는 동시에 몸을 최대한 오른쪽으로 비틀어나갔다. 아주 옅은 비린내가 풍겨오면서 독침은 이미 그의 뺨 옆에서 불과 1촌가량 떨어진 곳을 스치고 지나갔는데 실로 위험천만한 상황이었다.

바로 그때 아자의 몸 역시 그의 일장에 의해 떠밀려 신음 소리 한번 내지 못하고 수평으로 날아가서는 푹 소리와 함께 10여 장 밖으로 나동그라졌다. 그녀의 몸은 공중에서 떨어지고 난 후 다시 눈밭 위를 1장가량 미끄러져 굴러가다 멈췄다.

소봉은 위기일발의 순간에서 빠져나오자 속으로 비명을 질렀다.

'이런 부끄러울 데가!'

처음에는 이런 생각이 들었다.

'이 요물 계집애는 정말 악독하기 그지없구나. 이런 독수로 날 암살

하려 하다니!'

성수파의 암기는 무섭고 악랄하기로 소문나 있어 그의 독침에 적중됐다면 목숨을 부지할 가능성이 희박했을 것이다. 이런 생각이 들자 순간 가슴을 쓸어내리지 않을 수 없었다.

그는 아자가 자신의 일장에 10여 장 밖으로 날아간 걸 보고 다시 한번 놀라지 않을 수 없었다.

'아이고! 이 일장을 저 아이가 어찌 견디겠나? 이미 죽었을지 모르겠다.'

그는 눈 깜짝할 사이에 그녀 옆으로 다가갔다. 그녀는 두 눈을 감은 채 양쪽 입가에서 두 줄기 선혈을 흘리고 있었고 얼굴에는 핏기라고는 없었다. 이번에는 정말 호흡이 멈춘 것 같았다.

소봉은 순간 멍해졌다.

'내가 또 이 아이를 죽였구나. 아주 동생을 또 죽였어. 아주… 아주가 죽기 전에 동생을 잘 돌봐달라고 부탁했는데 내가… 내가… 또 이 아이를 죽였어.'

이렇게 넋이 빠진 건 순식간의 일이었지만 정신이 오락가락한 상태에서는 마치 기나긴 시간이 지난 것 같았다. 그는 고개를 가로저으며 재빨리 손을 뻗어 아자의 등에 대고 진기 내력을 쏟아부었다. 한참 후에 아자의 몸이 살짝 움직이자 소봉은 크게 기뻐하며 소리쳤다.

"아자! 아자! 죽지 마라! 무슨 일이 있어도 널 살릴 것이다."

그러나 아자는 이때 잠깐 움직였을 뿐 더 이상 움직이지 않았다. 소봉은 너무 초조한 나머지 눈밭에 가부좌를 틀고 앉아 아자를 천천히 부축해 일으켜 자기 몸 앞에 놓고 두 손을 그녀의 등에 댄 채 내력을 천천히 그녀의 체내에 집어넣었다. 그는 아자가 부상이 극히 심한 상태임을 알기에 당장은 숨을 유지시켜 목숨을 잃지 않게 만든 다음 침착하게 되살리려 애썼다. 한 식경쯤 지났을 때 그의 머리에서는 은은한 수증기가 피어올랐다. 이는 온 힘을 쏟아붓고 있다는 뜻이었다.

이렇게 끊임없이 내력을 쏟아붓는 행공行功을 반 시진 간격으로 계속하자 아자의 몸이 조금씩 움직이며 가볍게 입을 열었다.

"형부…."

소봉은 크게 기뻤지만 행공을 계속할 뿐 그녀에게는 아무 말도 하지 않았다. 그녀의 몸이 점점 따뜻해지며 코로 경미한 호흡을 하는 게 느껴졌다. 소봉은 속으로 다 된 밥에 재를 뿌릴까 두려워 잠시도 쉬지 않고 내력을 주입했다. 그렇게 정오쯤 이르러 아자가 숨을 비교적 고르게 쉬자 그 즉시 그녀를 횡으로 안고 빠른 걸음으로 내닫기 시작했다. 그러나 그녀의 얼굴에는 혈색이라고는 거의 없었다.

그는 아주 빠르고도 흔들림 없이 발걸음을 내딛어가면서도 왼손으로는 여전히 아자의 등에 대고 끊임없이 진기를 주입했다. 한 시진 반쯤 걸어가자 한 작은 마을에 당도했다. 그러나 마을에 객점이라고는 없어 하는 수 없이 다시 북쪽으로 20여 리쯤 더 내달려가 한 허름한 객점을 찾을 수 있었다. 그 객점에는 주보라고는 없고 주인장이 직접 나와 손님을 맞이했다. 소봉은 주인장에게 뜨거운 국물 한 그릇을 가져오라고 시킨 뒤 숟가락으로 국물을 떠서 아자 입에 천천히 넣어주었다. 그러나 그녀는 세 모금 정도를 마시고 모두 토해냈다. 뜨거운 탕은 자줏빛 선혈로 물들어버렸다.

소봉은 심히 걱정스럽고 초조했다. 아자가 이번에 입은 부상은 치료할 수 없을 것처럼 느껴졌던 것이다. 염왕적 설신의도 어디 있는지 알 수가 없었고 설사 설신의가 옆에 있다고 해도 치료가 불가능할 것으로 보였다. 과거 아주가 소림사 장문 방장의 장력에 충격을 받았을 때도 직접 타격을 입진 않았지만 매우 아슬아슬한 상황이었다. 이미 태행산 담공의 금창약을 발랐고 더구나 자신의 진기로 연명을 하다 설신의의 도움을 받고서야 치료할 수 있었다. 그는 아자의 목숨을 장담하기 어렵다는 걸 알면서도 절대 그대로 포기하지 않았다.

'내 진기 내력을 모두 소모하는 한이 있어도 끝까지 버틸 것이다. 이는 아자를 구하기 위해서가 아니라 아주의 부탁을 저버리지 않기 위해서야.'

그는 아자가 먼저 자신에게 암수를 썼기 때문에 그런 상황에서 일장을 날리지 않았다면 그녀의 손에 자신의 목숨이 끝장났으리란 걸 알고 있었다. 소봉같이 고강한 무공을 지닌 사람은 그런 위급한 순간에는 생각도 하지 않고 자연스럽게 출수를 해서 위기를 빠져나오는 게 보통이다. 그 역시 부득이하게 아자에게 부상을 입힌 것이기에 설사 아주가 현장에 있었더라도 일언반구 책망을 하는 말을 하진 못했을 것이다. 이는 아자 스스로 화를 자초한 것이라 다른 사람과는 아무 상관이 없었다. 그러나 아주가 없어 해명할 방법이 없으니 소봉은 그녀에게 너무나 미안함이 느껴져 자책하지 않을 수 없었다.

그날 밤 그는 시종 눈을 붙이지 못했다. 밤새 몽롱한 와중에도 끊임없이 진기를 쏟아넣으며 아자의 목숨을 연장시켜야 했기 때문이다. 아주가 부상을 당한 날에는 그녀의 숨이 점차 미약해질 때만 출수를 했지만 지금은 아자에게서 잠시도 손을 떼지 못했다. 그러지 않으면 곧

숨이 끊어질 상황이었기 때문이다.

이튿날 밤 역시 마찬가지였다. 공력이 아무리 강한 소봉이라 해도 이틀 밤낮 동안 전력을 투입하자 결국 피로가 극에 달할 수밖에 없었다. 작은 객점에 있던 술 두 단지는 이미 바닥이 난 지 오래였다. 그는 주인장에게 밖에 나가 사오라 시켰지만 몸에 가진 돈이라고는 은자 몇 냥뿐이었다. 밥을 하루 먹지 못하는 건 상관없었지만 술을 하루 마시지 못하는 건 너무 힘들었다. 심신이 피로에 지쳐 있던 때라 술의 힘을 빌려야만 정신을 차릴 수 있었다.

'아자한테 금자가 좀 있을 것이다.'

그녀 몸에 있던 주머니를 열어보니 과연 작은 금 원보 세 개와 은자 몇 덩이가 있었다. 그는 은자 한 덩이를 꺼낸 다음 주머니를 잘 여며줬다. 주머니에는 자줏빛 명주 끈이 연결되어 있었는데 또 다른 끝이 그녀의 허리에 묶여 있었다. 소봉은 생각했다.

'어린 소녀가 정말 조심성도 많구나. 주머니를 떨어뜨릴까 봐 이렇게 해놓은 거로군. 이런 덜렁거리는 물건을 몸에 묶고 다니다니. 불편하지도 않나?'

그는 손을 뻗어 그녀의 허리띠에 묶인 명주 끈을 잡아당겼다. 그러나 이 끈이 얼마나 단단하게 묶여 있던지 단번에 풀리지 않고 한참 만에 풀 수 있었다. 끈을 풀자 명주 끈의 다른 한쪽도 뭔가에 묶여 있는 것 같았다. 그 물건은 그녀의 치마 안쪽에 숨겨져 있었다.

손을 놓자 탁 하는 소리와 함께 뭔가가 밑으로 떨어졌다. 그건 뜻밖에도 짙은 황색의 작은 목정이었다.

소봉은 한숨을 내쉬며 목정을 주워 탁자 위에 올려놓았다. 이 목정은 매우 정교하게 조각되어 있었는데 나무의 질은 마치 옥처럼 단단하고 윤기가 흘렀고 나뭇결에는 붉은색 실선이 은은하게 드러나 있었다. 소봉은 이게 성수파에서 불로장춘공과 화공대법을 수련할 때 쓰는 것이란 걸 알고 있었기에 혐오감이 느껴져 두 번 쳐다보다 신경도 쓰지 않았다.

'이 어린 녀석이 정말 교활하기 짝이 없구나. 말끝마다 신목왕정을 나한테 줬다 해놓고선 자기 치마 속에 묶어놓고 다닐 줄 어찌 알았겠는가? 이 아이의 동문들은 내 손에 있다고 확신한 데다 치마까지 살펴볼 생각을 못했기에 시종 발견할 수 없었던 것이다. 에이. 지금은 목숨을 부지할지조차 모르는 상황인데 이런 몸 밖의 물건이 무슨 소용이 있겠는가?'

당장 주인장을 불러 은자 두 냥으로 술과 고기를 사오라 시킨 다음 자신은 내력을 주입해 아주의 목숨을 연장시키는 데 집중했다.

나흘째 아침이 되자 더 이상 버틸 수가 없어 하는 수 없이 두 손으로 아자의 손을 하나씩 잡고 그녀를 품에 안았다. 그러고는 자기 가슴에 가까이 기대도록 만들어 자신의 내력을 그녀의 손바닥으로부터 전해 들어가도록 했다. 얼마 지나지 않아 두 눈이 더 이상 떠지지를 않자 스르르 눈이 감기면서 잠이 들고 말았다. 그러나 아자의 생사가 염려됐던 터라 얼마 눈을 붙이지 못하고 깜짝 놀라 깨어났다. 다행히도 그가 잠이 든 후에도 진기는 평소처럼 흘러들어갔다. 손바닥이 아자의 손바닥에서 떨어지지만 않으면 그녀의 숨은 끊어지지 않았던 것이다.

이렇게 다시 이틀이 지났다. 아자의 숨은 가까스로 붙어 있기는 했지만 상세는 전혀 나아질 기미를 보이지 않았다. 이런 작은 객점에 갇혀 있는데 어찌 해결책이 나올 수 있겠는가? 아자는 이따금씩 눈을 뜨긴 했지만 눈빛이 흐리멍덩하고 여전히 인사불성인 상태로 말을 한 마디도 하지 못했다. 소봉은 아무리 고심을 해봐도 묘책이 떠오르지 않아 생각했다.

'일단 아자를 안고 밖으로 나가 운에 맡길 수밖에 없겠다. 이 작은 객점에 계속 머무르는 건 어쨌든 좋은 방법이 아니야.'

그는 왼손으로 아자를 안고 오른손으로는 그녀의 주머니를 들어 품에 넣었다. 탁자 위의 그 목정을 보자 생각했다.

'저런 사람을 해치는 물건은 부숴버려야 한다!'

이 생각에 당장 일장을 날리려 했지만 생각을 바꿨다.

'아자는 천신만고 끝에 이 물건을 훔쳤을 것이다. 지금 상세로 봐서는 좋아질 것 같지 않지만 죽기 직전에 정신이 맑아질 것이다. 그럼 그 짧은 시간에 정신이 들어 이 목정에 대해 물어볼 것이다. 그때 난 이걸 보여주고 편히 죽을 수 있게 만들어주어야만 한다. 한을 품은 채 최후를 맞이하게 만들 수는 없지 않은가?'

그는 손을 뻗어 목정을 집어들었다. 목정을 손에 든 순간 뭔가 꿈틀거리며 움직이는 게 느껴졌다. 그는 이상한 생각이 들어 정신을 집중해 살펴봤다. 목정 옆에는 동전 크기의 커다란 구멍이 세 개 나 있었고 목 부분에는 가느다란 틈이 있었는데 두 개로 갈라질 수 있는 것 같았다. 왼손으로 목정의 몸체를 단단히 붙잡고 오른손 무지와 식지로 목정의 위쪽을 잡아 왼쪽으로 돌리자 과연 윗부분이 돌아갔다. 그렇게 몇 번을 돌리자 목정 뚜껑이 열렸고 목정 속을 들여다보니 놀라움과 함께 구역질이 나왔다. 목정 속에는 독충 두 마리가 서로 물어뜯고 있었다. 전갈 한 마리와 지네 한 마리가 이리 뒹굴 저리 뒹굴 하면서 살벌하게 싸우고 있었던 것이다.

수일 전 목정을 탁자 위에 올려놨을 때 목정 안에는 독충 같은 것이 전혀 없었다. 이 지네와 전갈은 얼마 전에야 목정 안으로 기어들어간 것으로 보였다. 이걸로 보아 성수파가 독충과 독물을 수집하는 기괴한 방법임을 짐작할 수 있었다. 그는 목정을 비스듬히 기울여 지네와 전갈을 바닥에 쏟아낸 다음 발로 밟아 죽여버리고 목정 뚜껑을 돌려 닫아 주머니 안에 넣었다. 객점에서 계산을 마치고 나온 소봉은 아자를 안은 채 눈보라를 뚫고 북쪽을 향해 걸어갔다.

소봉은 중원의 호걸들과 이미 깊은 원한을 맺고 있기는 했지만 변장을 하고 싶지는 않았다. 하지만 이 길로 북쪽을 향해 가면 중원 무림의 인물들과 마주치지 않을 수가 없었다. 그는 다시 사람을 죽여 원한을 맺고 싶지 않았고, 이렇게 아자를 안고 가면 상대와 대결을 펼치기가 편치 않았다. 그런 까닭에 그는 대로를 피해 황량한 산야를 택해 걸어가기로 했다. 그렇게 수백 리를 내달리니 아무 일 없이 평안하게 갈 수 있었다.

그렇게 꼬박 하루를 가다 큰 마을에 당도할 수 있었다. 소봉은 약방 밖에 '대대로 전해내려오는 유의儒醫[24] 왕통치王通治 진료'라는 팻말이 걸려 있는 것을 보고 생각했다.

'이 작은 마을에 무슨 명의가 있을 수 있겠느냐만 그래도 가서 가르침을 청해보자.'

그는 아자를 안고 안으로 들어가 진맥을 청했다.

유의인 왕통치는 아자의 맥을 짚어보고 소봉을 바라보다 다시 아자의 맥을 짚은 다음 다시 또 소봉을 바라봤다. 그는 매우 기괴한 기색으로 별안간 손가락을 뻗어 소봉의 맥을 짚었다.

소봉이 벌컥 화를 내며 말했다.

"의원, 내 누이동생의 병을 봐달라고 했지 재하를 치료해달라고 한 것이 아니오."

왕통치가 고개를 가로저었다.

"내 보기엔 당신한테 병이 있소. 심신이 혼란스러운 것 같으니 치료를 해야 하겠소."

소봉이 말했다.

"내가 무슨 심신이 혼란스럽다 하는 거요?"

왕통치가 말했다.

"이 낭자의 맥은 이미 멈췄으니 벌써 죽은 상태요. 다만 몸이 아직 굳지 않았을 뿐이오. 한데 이런 낭자를 안고 와서 의원에게 보이니 심신이 혼란스럽다는 것이 아니겠소? 노형, 사람은 죽으면 다시 살릴 수 없는 것이니 너무 상심해하지 마시오. 허니 영매의 시신을 속히 매장하도록 하시오. 그래야 흙 속에서 안정을 찾는 법이오."

소봉은 웃을 수도 울 수도 없는 상황이었지만 이 의원 말이 일리가 없는 것이 아니라는 생각이 들었다. 아자는 사실 죽은 목숨이지만 자신의 진기에 의지해 한 가닥 생기만 유지하고 있을 뿐이었다. 그러니 평범한 의원이 이를 어찌 이해할 수 있겠는가? 그는 몸을 일으켜 돌려 문밖으로 나가려 했다.

집사로 보이는 누군가가 총총 걸음으로 약방으로 달려와 소리쳤다.

"빨리! 빨리! 제일 좋은 산삼 좀 주시오. 우리 노나리께서 갑자기 중풍에 걸려 숨이 넘어가게 생겼소. 산삼에 목숨이 달렸소."

약방 주인이 다급하게 대꾸했다.

"예! 예! 아주 오래 묵은 좋은 산삼이 있습니다."

소봉은 '좋은 산삼에 목숨이 달려 있다'란 말을 듣고 불현듯 떠오르는 생각이 있었다. 중한 병에 걸린 사람이 숨이 끊어지려 할 때 진한 산삼탕을 먹으면 왕왕 목숨을 부지해 잠시 정신을 차리고 유언을 남기는 경우가 있지 않던가? 그 역시 이런 사실을 알고 있었지만 아자한테 적용할 생각은 하지 못했었다.

약방 주인이 붉은색 나무 상자를 꺼내 애지중지하며 뚜껑을 열었다. 그 안에는 손가락 굵기의 산삼 세 뿌리가 보였다. 산삼은 굵으면 굵을수록 표면에 주름이 많고 깊을수록 진귀한 것이며, 사람 모양에 머리와 손발 형태를 갖추고 있다면 아주 오래 묵은 최상품이라는 말은 소봉도 들은 적이 있었다. 그 산삼 세 뿌리는 겉보기엔 평범하고 별로 대단한 것처럼 보이지 않았다. 그 집사는 한 뿌리를 집어들고 은자로 계산을 한 뒤 서둘러 돌아갔다.

소봉은 금자 한 덩이를 꺼내 남은 두 뿌리를 모두 샀다. 약방에 마침 손님에게 약을 달여주는 도구가 있었던 터라 당장 산삼탕을 달여 아자에게 천천히 몇 모금 먹였다. 이번에는 전혀 토하지 않았다. 심지어 몇 모금 마신 다음 소봉은 그녀의 맥박이 약간 미세하게 뛰고 호흡 또한 원활해지는 걸 알아채자 뛸 듯이 기뻤다.

유의인 왕통치가 옆에서 보고 연신 고개를 가로저었다.

"노형, 산삼은 구하기가 쉽지 않은 물건인데 그리 헛되이 낭비하다니 아깝기 짝이 없소. 산삼이 영지선초靈芝仙草는 아니오. 죽은 사람을 살릴 수 있다면 돈 있는 사람들은 영원히 죽지 않을 것 아니겠소?"

소봉은 요 며칠 잠시도 아자 곁을 떠나지 않고 있었던 터라 그렇지 않아도 답답하고 괴로워하고 있었다. 그런데 이 왕통치가 옆에서 이런 저런 잔소리로 빈정대는 말을 하자 울화가 치밀어올라 손을 들어 한 대 후려치려 했지만 팔을 살짝 움직이다 곧바로 참았다.

'무공을 모르는 자를 함부로 때린다면 무슨 영웅호한이라 할 수 있 겠는가?'

그는 당장 손을 거두고 아자를 안고 약방을 나왔다. 왕통치가 차갑 게 웃으며 말하는 소리가 저 멀리서 들려왔다.

"정말 멍청하기 이를 데 없는 사내야. 죽은 사람을 안고 저리 왔다 갔다 하다니 말이야. 자기 자신도 오래 살기 힘들걸?"

그 의원은 자기 스스로가 조금 전에 '오래 살기 힘든' 지경에 들어갔 다 나온 것을 모르는 모양이었다. 소봉이 분노의 일장을 날렸다면 왕 통치가 하나가 아니라 열이라도 모두 유명을 달리했을 것이다.

소봉은 약방을 빠져나와 생각했다.

'오래된 산삼은 장백산長白山 일대의 혹한 지역에서 자생한다고 하 던데 운이 좋으면 찾을 수 있을지도 모른다. 아자를 속세에 하루라도 더 남겨둘 수만 있다면 저승에 있는 아주도 더욱 기뻐할 것이다. 내가 동생을 잘 돌보고 있다고 칭찬하면서 말이야.'

그는 당장 방향을 오른쪽으로 틀어 동북쪽 방향으로 나아가기 시작 했다. 가는 길에 약방을 만나면 안에 들어가 산삼을 샀다. 후에 금자와 은자가 다 떨어지자 체면 차리지 않고 약방에 난입해 강탈을 하기도 했는데 그 누가 소봉을 저지할 수 있었겠는가? 아자는 대량의 산삼을 복용한 이후 이따금씩 눈을 뜨고 가볍게 외치고는 했다.

"형부…."

또한 밤에 잠이 들 때 몇 시진 동안 진기를 주입하지 않아도 스스로 조금씩 호흡을 할 수 있는 정도가 됐다.

그렇게 점점 추운 곳으로 발길을 옮기다 소봉은 결국 장백산에 이르렀다. 장백산에는 산삼이 많이 나기는 했지만 지세에 익숙하고 산삼 캐는 요령을 아는 경험 많은 심마니가 아니라면 1년 내내 찾아다녀도 한 뿌리도 찾기가 쉽지 않았다. 소봉은 계속해서 북쪽을 향해 걸어갔다. 가는 길에는 인적이 드물고 나중에는 끝없는 삼림과 긴 풀만 펼쳐져 있어 높은 언덕과 깊게 쌓인 눈밖에는 없었다. 그렇게 며칠을 걸어가자 사람이라고는 보이지 않는 곳에 이르렀다. 그는 혼자 속을 태울 수밖에 없었다.

'이런, 큰일이군! 온통 눈밭인데 어디 가서 산삼을 캐지? 차라리 산삼 집산지로 가서 돈을 주고 사든가 아니면 뺏는 수밖에 없겠다.'

그는 아자를 안고 다시 돌아갔다.

그때 천지는 꽁꽁 얼어붙고 바닥에는 수 척 높이의 눈이 쌓여 있어 걷기가 쉽지 않았다. 그의 무공 실력이 탁월하지 않았다면 이렇게 사람을 안고 걸어가다가는 얼어 죽지는 않더라도 이미 깊은 눈 속에 파묻혀 빠져나올 수 없었을 것이다.

그렇게 사흘을 걸으니 어느 날 하늘색이 어두컴컴해지며 눈보라가 몰아칠 것처럼 보였다. 저 멀리 내다보니 앞뒤와 양옆 모두 새하얀 눈으로 가득 덮여 있었다. 눈밭에는 사람의 발자국은 물론 짐승들의 발자국조차 보이지 않았다. 소봉은 사방을 둘러보고 망연자실했다. 마치 망망대해 한가운데에 서 있는 기분이 든 것이다. 날카로운 바람 소리만 귓전을 스치며 지나갔다.

그는 길을 잃었다는 걸 알고 몇 번이나 커다란 나무 위에 올라 사방을 살폈지만 주변은 흰 눈으로 뒤덮인 삼림뿐인데 어찌 동서남북을 분간할 수 있겠는가? 그는 아자가 추워할까 두려워 자신의 장포를 풀어 그녀를 품에 감싸안았다. 그는 하늘 높은 줄 모르고 살아왔지만 이 넓은 세상에 자기 혼자 남은 것 같은 기분이 들어 두려움을 감출 수 없었다. 정말 자기 혼자라면 문제 될 것이 없었다. 설원이 아무리 넓고 크다 해도 결국엔 자신을 가두어둘 수는 없을 테니 말이다. 하지만 지금은 품 안에 혼미한 상태로 반쯤 죽어 있는 어린 아자를 안고 있지 않은가?

〈6권에서 계속〉

미주

▶ **모든 주석은 옮긴이 주이다.**

1 일체의 사물에 독자적인 본성이 없는 것.

2 눈에 보이는 모든 것으로 물질적인 존재를 의미한다.

3 색성향미촉법色聲香味觸法. 인간의 감각기관인 육근六根인 눈, 귀, 코, 혀, 몸, 생각의 여섯 기관에 작용하여 여섯 가지 인식(六識)을 일으키는 인식 대상.

4 승려가 입산해서 안주安住하는 일.

5 부처님께서 대답하지 않고 침묵한 14가지 무의미한 질문.

6 본래는 부처님을 지칭하던 말이었으나 뒤에 지혜와 덕망이 높은 승려들에 대한 존칭으로 사용했다.

7 요나라 황후 휘하의 직속부대.

8 1004년 북송에 침입한 요나라를 막기 위해 북송과 요 사이에 맺어진 조약.

9 사람이 기르는 온갖 짐승이라는 뜻으로, 사람답지 못한 짓을 하는 사람을 낮잡아 이르는 말.

10 옛날 사람들이 입던 일종의 잠수복으로, 물고기나 상어 가죽으로 만들어 물속에서 더 빠르고 오래 헤엄칠 수 있도록 만든 옷.

11 전국시대 제나라 무염에 사는 추녀로 훗날 선종의 왕비가 된 종리춘鍾離春.

12 용모는 추하고 못생겼으나 덕행이 고상해 황제黃帝의 총애를 받은 상고시대의 전설적인 여인.

13 거북처럼 호흡 조절을 하는 기공으로, 거북은 잠을 잘 때 귀로 숨을 내뱉어 장수를 한다는 말에서 나온 기공법.

14 토번 지역에서 생산되는 단단하고 예리한 철인 빈철로 만든 승려용 지팡이.

15 두 손을 가볍게 겹쳐 가슴 우측 아래쪽에서 위아래로 흔들며 살짝 고개를 숙여 절하는 부녀자들의 인사.

16 호숫가의 대나무 숲은 푸르름으로 가득하니 늘 무사평안하고 기쁨과 즐거움이 넘치기를….

17 하늘에 떠 있는 별은 반짝반짝 빛나니 영원히 찬란하고 늘 평온하기를….

18 고대 여인들이 장식물로 가지고 다니던 손수건.

19 술을 좋아하고 여색을 밝히고 재물을 탐하고 성질을 부리는 인생의 네 가지 경계 사항.

20 길손의 재물을 빼앗고 목숨을 해칠 목적으로 악당들이 열어놓은 객점.

21 고대 여인들이 머리에 꽂는 장식품.

22 상대의 계략을 미리 알아차리고 그것을 역이용하는 계책.

23 다리가 세 개 또는 네 개이고 귀가 두 개 달린 솥으로, 처음에는 취사용이었으나 후대에 예기禮器로 용도가 변경되어 왕권의 상징이 되었다.

24 유학자 출신의 중의中醫.

25장 현 중국의 청해성靑海省에 있는 성수해는 냇물과 작은 호수들이 많아 옛 사람들에게 황하黃河의 원천으로 여겨졌던 곳이다. 높은 곳에 올라 바라보면 호수 물이 마치 맑은 밤하늘에 별들이 가득한 것처럼 보인다고 해서 '성수해星宿海'라 불렸다. 여기서 '숙宿' 자의 발음은 '숙肅, su'이 아닌 '수秀, xiu'로 읽어야 한다.